불순한
동거동락

2

불순한 동거동락 2

초판 1쇄 발행 2020년 9월 14일

지은이 | 황한영

발행인 | 김성룡
기획, 편집 | (주)스마트빅(쉼표)
교정 | 박소영
표지디자인 | 우물
출판등록 | 제2014-000017호 (2011년 6월 30일)

펴낸곳 | 도서출판 가연
주 소 | 서울시마포구 월드컵북로 4길 77, 3층 (동교동 ANT빌딩)
전 화 | 02-858-2217
팩 스 | 02-858-2219
ISBN | 978-89-6897-076-4 03810

불순한 동거동락

2

황한영 장편소설

차 례

13. 취중진담

지민은 마치 눈싸움이라도 하듯 닫혀 있는 호프집 룸의 문 쪽을 빤히 바라보았다. 하지만 시간이 지나도 조용할 뿐이다.

'바로 출발할게요.'

조금 전, 통화를 했을 때 길게 설명을 할 것도 없이 이준은 그렇게 말했었다. 당장이라도 달려올 기세였다.

"집이라고 하더니, 생각보다 늦네……."

중얼거리며 시간을 확인했다. 이준과 통화를 한 지 40분이 지나고 있었다. 예전 포장마차와 달리 지금 이곳은 유경의 집과 가까운 곳이었다. 그런데 왜 이렇게 오래 걸리는 걸까.

"혹시 무슨 사고라도 난 건 아니겠지."

걱정되는 마음에 유경의 휴대폰을 다시금 집어 들었을 때였다. 드르륵 하고 문이 열리더니 기다리고 기다리던 이준의 모습이 눈에 들어온다. 달려온 듯 상기된 얼굴만 빼면, 다행히도 멀쩡한 모습이다.

"왔어요?"

반가운 마음에 지민은 활짝 웃으며 인사를 건넸다. 그러자 이준이 예의 바르게 고개를 꾸벅 숙인다.

"네, 안녕하세요."

인사를 끝낸 이준이 숙이고 있던 고개를 들었다. 분명 술집의 조명은 어두웠는데, 이준의 얼굴만 마치 반사판이라도 댄 것처럼 반짝반짝 빛난다. 안 본 새에 훨씬 더 멋있어진 것 같았다. 다시 봐도 적응 안 되는 그의 미모를 바라보며, 지민은 티 나지 않게끔 슬며시 입꼬리를 말아 올렸다.

이런 남자가 우리 유경이를 좋아한단 말이지……. 제가 고백을 받은 것도 아닌데. 남의 연애사일 뿐인데. 왜 이렇게 마음이 들뜨는지 모르겠다. 정말이지 아무리 봐도 동건과는 비교도 되지 않을 정도로 멋진 남자가 아닐 수 없었다. 물론 알맹이까지는 알 수 없는 법이지만 말이다. 동건 역시도 겉모습을 봤을 땐 이렇게까지 쓰레기 짓을 할 수 있는 인간이리라고는 눈곱만큼도 의심해 보지 못했었다.

"누나는 또 쓰러져 있네요."

쓰러져 있는 유경의 모습을 살핀 이준이 미간을 살짝 찌푸리며 말했다. '또'라는 말이 귀에 꽂힌다. 지민은 조금 멋쩍어졌다. 그러고 보니 데자뷰 같다.

"저어…… 또 이런 일로 불러내서 미안해요."

이번에도 역시 사과를 해야 할 것 같아 지민은 고개를 꾸벅 숙였다. 과하게 술을 마신 건 유경인데 왜 매번 자신이 미안해야 하는 건지, 의문을 품으면서.

"괜찮습니다."

이준은 그때처럼 담백한 목소리로 대꾸했다.

"물 한잔 먹어도 될까요?"

"그럼요. 이 컵 안 쓴 거예요. 마셔요."

지민은 옆에 놓여 있던 컵에 물을 따라서 얼른 이준에게 긴넸다. 이준은 유경의 옆자리에 털썩 엉덩이를 붙이고 앉았다. 그러곤 목이 탔는지 급하게 물을 마신다.

"음, 그러니까……."

금방 비워진 물 잔을 보며 지민이 머뭇거리며 말했다.

"변명하기도 조금 민망하지만, 오늘도 그럴 만한 일이…… 조금 있었어요."

말을 뱉어 놓고 보니 정말로 민망했다. 이준이 중간에 물을 마신 것만 제외하면 정말로 그날과 똑같은 상황이지 않은가. 혹시라도 유경을 매번 이런 식으로 감당 못 할 정도로 술을 마시는 여자라고 오해하는 건 아니겠지. 정말 그런 거 아니라고. 변명이라도 해야 하는 건 아닐까. 망설일 때였다.

"실례가 안 된다면 무슨 일인지 물어봐도 될까요?"

"네?"

"궁금해서요. 무슨 일 때문에 또 이렇게 되도록 술을 마신 건지."

"아……."

지민은 조금 당황했다. 이번에도 그때처럼 알겠다는 얼굴로 넘어갈 줄 알았는데 말이다. 역시 그날은 정말로 뭔가를 알고 있었던 걸까. 대답을 기다리는 듯한 이준을 보며 지민은 고민했다. 말을 해야 할지 말아야할지. 하지만 지극히 사적인 얘기고 또 좋은 얘기도 아닌지라 쉽사리 말을 꺼내기가 어렵다.

"곤란한 거면 말씀 안 해 주셔도 됩니다."

곤란해하는 지민의 표정을 읽은 듯 이준이 말했다. 그 순간이었다. 뭔가가 지민의 머릿속을 스치고 지나간 것은.

"혹시……."

지민 마른침을 한 번 꼴깍 삼킨 뒤, 대답 대신 조심스레 질문을 던졌다.

"우리 유경이 좋아해요?"

사실 이미 유경에게 들어서 알고 있었다. 하지만 지민은 모르는 척 시침을 뚝 떼고 이준을 바라보았다. 뜬금없는 질문에 이준은 잠깐 멈칫하는가 싶더니, 이내 대답했다.

"네, 좋아합니다."

더없이 깔끔한 대답이었다. 너무도 간결한 대답에 오히려 당황한 건 질문을 던진 지민이었다. 의외였다. 솔직히 말하자면 이준이 대답을 회피할 거라고 생각했다. 이미 고백을 거절당한 상태라는 것까지도 알고 있으니까 말이다. 그렇다고 해서 그사이에 유경이 마음을 바꿔 이준을 받아 줬을 가능성은 거의 희박했다. 그런데 이렇게 쉽게 수긍할 줄이야. 하지만 당황한 것도 잠시. 지민은 마치 탐색하듯 이준을 꼼꼼하게 살폈다.

대체적으로 다 마음에 들었지만 특히나 단호한 눈빛이 가장 마음에 든다. 반짝이는 새카만 두 눈동자가, 그의 마음이 가벼운 것이 아니라 진심이라는 것을 여실히 알려 주고 있었다.

똥차 가고 벤츠가 왔구나, 정말로. 확신한 지민은 고민을 멈추고 입을 열었다.

"저, 이준 씨."

"네."

"잠깐 시간 괜찮아요?"

이준의 두 눈을 똑바로 바라보며 지민은 더없이 진지한 얼굴로 말을 덧붙였다.

"유경이 관련해서 꼭 하고 싶은 얘기가 있는데……."

기절한 유경을 침대에 눕힌 뒤 이준은 그녀의 얼굴을 빤히 내려다보았다. 예전에 업었을 때보다 훨씬 더 가벼운 느낌이었다. 아니, 느낌이 아니라 확실했다. 대충 봐도 살이 빠진 게 티가 나니까 말이다.

"제대로 안 먹고 다니나 보네."

핼쑥한 유경의 얼굴에 이준은 낮게 한숨을 내쉬었다. 물론 지금 자신의 처지가 그녀를 걱정할 정도로 여유로운 상황이 아니라는 것을 잘 알고 있다. 누가 누굴 걱정한단 말인가. 쥐가 고양이 생각하는 것만큼이나 우스운 일이었다. 하지만 조금 전 지민에게서 들은 얘기 때문일까. 안쓰럽게 느껴지는 건 어쩔 수 없다.

'누나에 관련된…… 이야기요?'

'유경이 전 애인에 관한 거예요.'

또 그 자식 때문에 이렇게 술을 먹었단 말인가. 울컥, 하고 속에서 뜨거운 감정이 치밀어 올라왔다. 하지만 차마 티는 내지 못했다. 지민의 표정이 심각했기 때문이었다. 이준도 덩달아 심각해질 수밖에 없었다. 그는 들을 준비가 됐다는 듯 상체를 곧추세웠다. 그러자 지민은 아주 조심스럽게 이야기를 시작했다. 말 그대로 그녀의 전 애인에 관련한 이야기들이었다.

'그 두 사람이 왜 헤어졌는지는 혹시 알고 있어요?'

'네. 알고 있습니다.'

'역시. 알고 있었구나.'

지민은 예상했다는 듯 고개를 끄덕였다. 그러곤 이준에게 뭔가를 건넸다.

'그럼 길게 설명 안 해도 되겠네요. 이것 좀 봐 줄래요?'

'이게 뭔데요?'

'청첩장이에요.'

봉투를 열어 보았다. 지민의 말대로 청첩장이었다. 순간 이준의 얼굴이 굳어졌다.

'설마…….'

'맞아요. 유경이 전 애인 청첩장이에요.'

하, 입술을 비집고 실소가 흘렀다. 헤어진 지 얼마나 됐다고 청첩장이라니. 기가 막혔다. 하지만 충격적인 이야기는 그게 끝이 아니었다. 신부가 임신을 했다고 했다. 그래서 결혼을 서두르는 거라고. 그리고 심지어 그 신부가 유경의 오랜 친구라는 것까지도.

모든 이야기를 듣고 나자 머리가 멍해졌다. 바람을 피웠다는 것까지는 이미 알고 있었지만, 이렇게까지 심각한 쓰레기였을 줄이야. 게다가 친구까지 배신을 했으니 얼마나 그 충격이 클까. 유경이 왜 이렇게 술에 취해 쓰러져 있는지 백번 이해할 것 같았다.

'내가 이런 이야기를 하는 이유는 딱 하나예요. 이준 씨가 옆에서 우리 유경이 잘 좀 돌봐 줬으면 해서.'

그리 말하며 그를 바라보는 지민의 시선은 짙었다. 많은 것이 담겨 있는 눈빛이었다. 전화가 왔을 때부터 예상은 했지만, 지민은 아무것도 모르는 것 같았다. 그가 유경의 집을 나왔다는 것도. 유경을 포기하겠노라 했다는 것도.

"그냥…… 끝까지 참을 걸 그랬나 봐."

이준은 유경의 흐트러진 머리카락을 정리하며 한숨처럼 말했다.

"내가 고백하지 않았다면, 속 편하게 동생의 친구로서 옆에서 당신을 위로해 줄 수 있을 텐데……."

지금은 자신의 존재가 그녀에게 위로는커녕 불편함밖에 될 수 없을 것이다. 그녀의 입장은 생각지도 않고 저 하나밖에 생각하지 못한, 제 탓이었다. 그 사실이 괜스레 미안해진다.

'우리 누나 좀 부탁하자.'

문득 유현의 목소리가 떠오른다. 믿고 부탁한 건데, 지금 이 상황을 알면 얼마나 기가 막힐까. 한 대. 아니, 두 대를 얻어맞는다고 해도 할 말이 없을 것이다.

"각오 단단히 해야겠네."

두 달 뒤 있을 유현과의 만남을 떠올리며 낮게 중얼거릴 때였다.

"으음……."

유경이 몸을 뒤척이는가 싶더니 이내 입술을 달싹인다.

"……울."

"뭐라구요?"

"무울……."

"아, 물?"

되묻자 유경이 고개를 끄덕인다. 이준은 마치 스프링이 튕겨 나가듯 자리에서 벌떡 일어섰다. 익숙한 주방으로 가 자연스럽게 냉장고를 열었다. 생수병을 꺼내다 말고 멈칫했다. 미간이 절로 찌푸려진다. 냉장고 안이 자신이 마지막으로 봤던 것과 똑같았기 때문이다. 반찬통의 위치도, 내용물의 양도 그대로였다. 건드리지 않은 티가 났다.

"뭘 먹고 다닌 거야, 대체."

냉장고 문을 닫고 주방을 둘러보았다. 그제야 싱크대 한편에 놓여 있는 컵라면 용기가 눈에 들어온다. 제가 없는 일주일 동안 그녀의 생활이 눈에 뻔히 보이는 듯했다.

"여러 가지로 사람 미안하게 만드네, 진짜."

무거운 마음으로 냉수를 컵에 한가득 따랐다. 방으로 가서 유경의 상체를 일으키고 물을 건넸다. 유경은 눈도 제대로 뜨지 못한 상태로 물을 꼴깍꼴깍 잘도 삼켰다. 정말로 목이 많이 말랐던 모양이었다. 금세 비워진 잔을 들고 자리에서 일어났을 때였다. 턱, 하고 유경이 이준의 손목을 붙든다.

"야!"

꽥, 하고 튀어나온 목소리. 이준은 움찔, 당황하며 유경을 바라보았다. 조금 전까지만 해도 시체처럼 쓰러져 있던 그녀가 눈을 부릅뜨고 그를 바라보고 있었다. 꼭 좀비를 보는 것 같았다.

"정신이 들어요?"

"남자들은 원래 다 그래?"

대답 대신 대뜸 뜬금없는 질문이 돌아왔다.

"갑자기 그게 무슨……."

"원래 다 그렇게 쉬운 거냐고오오오!"

그가 말을 채 끝내기도 전에 혀가 잔뜩 꼬인 발음으로 유경은 신세한탄이라도 하듯 소리쳤다. 술주정이 확실한 듯 보였다. 그냥 무시할까. 잠깐 생각하던 이준은 이내 낮게 한숨을 내쉬며 대꾸했다.

"다 그런 거 아니에요."

제대로 된 대화를 나눌 상황이 아니라는 걸 알면서도 못내 기분이 상했다. 성별이 같다는 이유만으로 그딴 쓰레기 같은 놈과 '남자들'이라며 동급 취급받는 것 같아 매우 억울한 마음도 들었다.

"누나가 만난 남자가 하필이면 쓰레기였던 거지."

"뭣? 너 지금 내 욕했어?"

“누나 욕이 아니라, 그 새끼 욕한 건데?”

“아닌데. 내 욕한 거 같은데……?”

눈을 게슴츠레 뜨고 이준을 바라본다. 영 못 믿겠다는 눈치였다. 그 모습에 이준은 저도 모르게 피식, 헛웃음을 흘렸다. 이 와중에 저런 모습마저 귀엽게 보인다니. 아무래도 중증인 것 같았다.

“모야. 왜 웃어?”

“그냥요. 웃겨서.”

툭 내뱉듯 대꾸하자 유경이 한숨을 포옥 내쉰다.

“난 하나도 안 웃긴데에.”

급격하게 어두워진 유경의 표정을 바라보며 이준은 미간을 잔뜩 그러모으고 말했다.

“그러니까 앞으로 남자 보는 눈 좀 길러요.”

“거봐. 내 욕 맞자나!”

시무룩해할 땐 언제고 이번엔 다시 발끈이다.

“……”

역시나. 정상적인 대화는 불가능인가 보다. 더 이상 쓸데없는 대화를 나누고 싶지 않아 이준은 입을 꾹 다물었다. 어차피 그녀는 지금 대화를 기억도 못 할 게 분명했다. 이미 전적이 있지 않던가.

“잠이나 자요. 내일 출근도 해야 하는데.”

대충 달래고 그녀를 침대에 다시 눕히려고 할 때였다. 자신의 쪽으로 뻗어진 그의 손을 팩, 뿌리치며 유경이 말했다.

“근데 너도 똑같거등?”

“내가 뭘?”

“너, 나 좋다며? 어? 진심이라며? 근데 포기가 뭐 그리 쉬운 건데?"

"……."

"이럴 거면 잘해 주지나 말지! 왜 멋대로 흔들어 놓고 멋대로 떠나가는데에!"

뭐가 그렇게 서러운 건지. 유경은 또다시 꽥꽥 소리를 내질렀다. 하지만 지금 이 상황에서 가장 황당한 건 이준이었다. 적반하장도 유분수지. 지금 섭섭해야 할 사람이 누군데? 기가 막혔다. 그러나 기분이 나쁜 건 아니었다. 오히려 그의 입가에는 미소가 설핏 걸렸다.

"나한테…… 흔들렸어요?"

"그래! 흔들렸다. 왜!"

맨정신이었다면 절대 나오지 않았을 대답이었다. 거침없이 나오는 유경의 대답에 이준의 두 눈이 둥그렇게 커졌다. 그러나 놀란 것도 잠시. 입꼬리는 조금 더 위로 올라간다.

"나도 사람이야. 어리고 예쁜 애가 나 좋다는데 어떻게 안 흔들려?"

"……."

"거기다가 몸도 좋고. 음식도 잘하고. 청소도 잘하고. 돈도 잘 벌고……."

"……."

"정말 뭐 하나 빠지는 게 없네."

쫙 펼친 손가락을 하나둘 접던 유경은 이내 시선을 내리깔며 낮게 중얼거린다.

"이런데 내가 어떻게 안 흔들릴 수가 있겠냐고오……."

"휴우우우."

유경의 입에서 기다란 한숨이 흘러나온다. 지금 그녀는 자신이 무슨 말을 하는지 전혀 모르고 있는 것 같았다. 앞에 그가 있다는 것도 인지하지 못하는 듯했다. 이런 걸 보고 취중진담이라고 하는 거 아닌가.

취중진담……

전혀 예상치도 못하던 유경의 진심을 알게 된 이준은, 자꾸만 비실비실 흘러나오는 웃음을 꾹 참은 채 되물었다.

"지금 그거, 내 귀에는 열렬한 사랑 고백으로 들리는데."

"……"

"내 마음대로 해석해도 되는 거예요?"

유경이 내리깔았던 시선을 들어 올렸다. 두 사람의 시선이 허공에서 부딪혔다. 새카만 눈동자에 많은 감정들이 소용돌이치는 게 보인다. 그 두 눈을 똑바로 들여다보고 있자니 저도 모르게 긴장이 된다. 마른침을 꼴깍 삼키며 그녀의 입에서 나올 대답을 기다리는 그 순간이었다.

풀썩ㅡ.

갑작스럽게 유경의 몸이 옆으로 쓰러진다. 마치 전원이 뽑힌 로봇 같았다.

"이렇게 갑자기……?"

이준은 기가 막힌다는 얼굴로 유경을 바라보았다.

"일어나요, 누나."

"……"

"하던 얘기는 마저 하고 자야지. 응?"

"……."

다급한 마음에 어깨를 살짝 흔들어 보았지만 대꾸는커녕 금세 새근새근 숨소리만 흘러나올 뿐이었다. 아무래도 바로 꿈나라로 떠난 모양이었다.

✳

잠에서 깬 유경은 눈을 뜨자마자 곧바로 두 눈을 질끈 감았다. 벌어진 입술 틈으로 절로 앓는 소리가 흘러나온다.

"으……."

지금껏 경험해 보지 못한 엄청난 두통이 밀려왔다. 누군가가 망치로 머리를 쾅쾅 쳐 대는 것 같은 느낌이었다. 엉망인 건 속도 마찬가지였다. 꼭 배멀미를 하는 것처럼 속이 울렁거린다.

"하, 숙취가 장난이 아니네……."

늘 숙취가 조금씩은 있는 편이었지만 지금만큼 이렇게 고통스러웠던 적은 없었던 것 같다. 하긴, 이렇게까지 술을 많이 마신 것도 처음이긴 했다. 어젠 정말 말도 안 되게 무리를 했던 것 같다. 지금 다시 생각해 보면 도대체 어떻게 그렇게 마셨는지 스스로도 놀라울 정도였다. 고삐가 풀렸던 스무 살 때도 이렇게 많이 마시지는 않았던 것 같은데 말이다. 제정신이 아니었다고밖에는 설명할 수가 없다.

두 눈을 감은 채 유경은 어제의 기억을 찬찬히 되짚어 보았다. 호프집에 도착하자마자 빠른 속도로 소주 한 병을 비운 것까지는 기억이 난다. 그런데 그 이후부터는 아무것도 기억이 나질 않는

다. 뜨문뜨문 기억이 나는 것이 아니라 아예 통삭제였다. 아무래
도 필름이 제대로 끊긴 것 같았다.

"미치겠네, 진짜."

낮게 중얼거리며 유경은 다시금 두 눈을 떴다. 정신을 차리고 주
변을 살폈다. 눈에 보이는 건 다행히도 익숙한 풍경이었다.

"그래도 집에는 잘 들어왔네."

제 방이라는 것을 인지하자마자 저도 모르게 안도했다. 사실 눈
을 뜬 곳이 길바닥이라고 해도 전혀 놀랍지 않을 상황이었으니까
말이다. 이 와중에도 유경은 무사히 집에 들어온 스스로가 대견
스럽게 느껴졌다. 하지만 뿌듯함을 느끼는 건 잠시였다. 오늘은
주말이 아니라 평일이었다. 출근을 해야만 했다.

다급하게 팔을 뻗어 머리맡을 더듬거렸다. 휴대폰이 손에 걸렸
다. 액정을 터치해 시간을 확인했다. 다행히 출근까지는 꽤 여유
로운 시간이었다. 알람보다 두통이 확실한 모닝콜인 듯했다. 안심
하며 휴대폰을 확인했다. 문자가 한 통 와 있었다.

[잘 들어갔어? 일어나면 연락해.]

지민의 연락이었다.

"……잘 들어갔냐고?"

뉘앙스가 어딘지 이상했다. 유경은 고개를 갸웃했다. 당연히 지
민이 데려다줬을 거라고 생각했는데, 아니었던 모양이다.

"그 정신에 내 발로 집에 들어온 건가."

자신의 귀소본능에 대해 새삼 감탄하며 휴대폰을 살피던 그 순
간이었다. 문득, 액정을 터치하던 손끝이 허공에서 뚝 멈추는가
싶더니 이내 그녀의 얼굴이 경악으로 물들어 갔다.

"히익!"

입이 쩍 벌어지고 마른 비명이 새어 나왔다. 말도 안 돼! 상체를 벌떡 일으키며 유경은 속으로 소리쳤다. 지금 이 순간만큼은 조금 전까지 맹렬하게 괴롭히던 두통마저도 느껴지지 않았다. 그저 통화목록에 찍혀 있는 이름 석 자만이 두 눈에 가득 들어찰 뿐이었다.

[권이준]

익숙한 이름을 뚫어져라 바라보던 유경은 이내 허, 하고 헛웃음을 흘렸다. 통화 목록에 그의 이름이 찍혀 있다는 것보다도 더 기가 막힌 건, 이것이 수신기록이 아니라 발신기록이라는 점이었다.

"내가 술 먹고 전화를 걸었다고? 다른 사람도 아니고 권이준한테?"

유경은 휴대폰을 내려놓고 양손으로 제 머리카락을 쥐어뜯기 시작했다. 도저히 믿을 수가 없었다. 아니, 믿고 싶지 않았다. 술에 취해 누군가에게 전화를 걸어 대는 건, 흔한 술버릇이라는 것을 알고 있었다. 지민의 술버릇이기도 했다. 하지만 지금까지 살면서 유경은 그런 술버릇을 가져 본 기억이 없었다. 그런데 왜 하필이면 어제 처음으로 그 술버릇이 실현됐다는 말인가. 그것도 왜 하필이면 이준에게!

현실을 부정하며 굳은 채로 기억을 되짚어 보았다. 하지만 이미 끊겨 버린 필름. 아무리 생각을 해 봐도 그 어떤 장면도 떠오르지 않는다. 없는 기억을 되짚는 걸 포기하고 통화 시간을 확인했다. 1분. 그리 길지는 않았지만 그렇다고 짧은 시간도 아니었다. 헛소리를 하기에는 너무도 충분한 시간이다. 그리고 가장 큰 문제는 무슨 이야기를 했는지 전혀 기억이 나지 않는 다는 것이었다. 멍하니 허공을 응시하던 유경은 흐트러지는 정신을 다잡고 다시금 휴대폰을 집어 들었다. 혹시나 통화를 끝낸 후로 이준에게서 연락이 온 것이 있지는 않을까 샅샅이 뒤져 보기 시작했다. 하지만 안타깝게도 전화는 물론이고 문자조차 한 통 없었다.

"대체······."

어제의 나는 무슨 짓을 저질렀단 말인가?

유경은 경악하며 휴대폰을 꽈악 그러쥐었다. 휴대폰을 쥔 손끝이 달달 떨려 왔다. 기억이 나지 않는다는 게 이토록 두려운 일인 줄은 몰랐다. 공포영화 저리 가라였다. 얼굴부터 시작해서 귀와 목까지 새빨갛게 달아오르기 시작했다. 머리로 솟구치는 열 때문에 눈앞이 아찔할 정도였다. 헤어진 애인에게 연락을 했다고 해도 이보다 더 부끄럽지는 않을 것 같았다.

그때였다. 전화가 울렸다. 유경은 화들짝 놀라며 휴대폰을 확인했다. 액정에 뜨는 건 지민의 이름이었다.

– 너 괜찮아?

반가운 친구의 목소리에 유경은 울먹이며 대답했다.

"아니, 전혀 안 괜찮아."

– 그래, 안 괜찮겠지. 그렇게 마셔 댔는데.

"죽겠어, 진짜로."

숙취보다도 어제 저지른 만행 때문에. 유경은 차마 말을 뱉지 못하고 뒷말을 삼켰다.

– 그래도 살아는 있네. 다행이다.

"······고맙구나, 친구야."

- 으휴, 이 화상아. 어제 일, 기억은 나?

"아니……. 전혀."

- 그러시겠지, 어련하시겠어.

지민은 혀를 쯧 찼다. 그러곤 유경이 잃어버린 기억에 대해 설명을 시작했다. 급하게 술을 먹고 완전히 뻗은 그녀를 이준이 데리러 왔다고 했다. 그리고 그날처럼 이번에도 또 이준의 등에 업혀갔다는 말도 전했다. 그나마 불행 중 다행인 건, 그래도 이준에게 연락을 한 게 자신이 아니라 지민이라는 사실이었다. 지민과 통화를 끝낸 후 유경은 안도의 한숨을 길게 내쉬었다. 하지만 이것도 썩 괜찮은 상황은 아니었다. 기억이 나질 않으니, 이준에게 무슨 술주정을 어떻게 했는지 모를 일이었다.

'정말로 기억 안 나요?'

'누나가 나 끌어안고 애원했잖아요.'

'제. 발. 가. 지. 말. 아. 달. 라. 고.'

순간 지난번에 저질렀던 만행이 떠올랐다. 그래도 오늘은 한 침대에서 눈을 뜬 게 아니니 그러지는 않았던 모양이다. 물론 또 붙들었는데 이준이 냉정하게 팽개치고 갔을 수도 있는 일이지만 말이다.

"제발 얌전히 잠들었기를……."

유경은 양손을 모으고 기도하듯 중얼거렸다. 그러곤 진지하게 다짐했다.

"내가 또 술을 먹으면 서유경이 아니라 개다, 개!"

＊

버스에서 내린 유경은 주머니에 넣어 두었던 휴대폰을 꺼내 들었다. 통화목록에 찍혀 있는 이준의 이름을 클릭했다.

"전화를 해야 하나……."

잠깐 고민하다 이내 고개를 내저었다. 전화를 하기엔 조금 민망했다. 사실 딱히 할 말이 없기도 하고.

지민과 통화를 끝낸 후 아주 조심스럽게 방문을 열었었다. 혹시라도 이준이 집에 있을까 걱정이 됐던 탓이다. 하지만 걱정과 달리 집은 고요했고 이준의 흔적은 어디에도 없었다. 안심이 되면서도 또 다른 한편으로는 허전함이 느껴지기도 했다. 정말이지 모순되는 감정이 아닐 수 없었다. 최근 이준을 떠올리면 자꾸만 이렇게 극과 극의 감정이 부딪히곤 했다. 도대체 어떤 마음이 제 진심인 걸까. 스스로도 헷갈릴 정도였다.

[어제 네가 데려다줬다며?]

망설임 끝에 유경은 결국 전화 대신 문자를 보내기로 마음먹었다. 할 말은 딱히 없지만 해야 할 말만큼은 확실히 있었으므로.

[미안해. 그리고 고마워.]

메시지를 다 써 놓고도 한참을 망설이다 전송 버튼을 눌렀다. 메시지가 전송되었다는 문구가 액정에 떴다. 그것을 확인한 후에 휴대폰을 도로 넣으려고 하는 순간이었다. 피링, 하고 알람이 울리면서 액정에 새로운 메시지가 뜬다.

[괜찮아요.]

이준이 보낸 답장이었다. 어찌나 단답인지 간결하다 못해 썰렁하게 느껴진다. 유경은 메시지를 물끄러미 내려다보았다. 답장이 빠른 건 예전의 이준과 똑같은데, 문자 내용이 너무도 낯설었다. 예전 같았으면 분명 '속은 괜찮아요?' 하고 걱정이 담긴 질문을 했을 텐데 말이다.

"포기한다더니, 정말로 냉정하게 구네……."

자연스럽게 어제의 일에 대해 대화를 나누려고 했다. 혹여라도 그에게 뭔가 실수를 한 건 없는지, 확인도 하고 싶고. 하지만 더 이상 대화를 하고 싶지 않다는 그의 속뜻이 문자에 고스란히 드러나 있었기에 유경은 조용히 휴대폰을 주머니에 집어넣을 수밖에 없었다. 그때였다. 뒤에서 누군가가 그녀를 부른다.

"서 대리님."

낯익은 목소리였다. 걸음을 멈추고 뒤를 돌아보았다. 선우가 반갑게 웃으며 이쪽으로 다가오고 있었다.

"어? 팀장님도 버스 타고 출근하셨어요?"

"네, 오늘 동생이 차를 빌려 달라고 해서요."

"아, 그렇구나. 좋은 형이네요. 보통 남자들 차는 잘 안 빌려주던데."

"음, 물욕은 딱히 없는 편이긴 해요."

물욕 대신 일 욕심이 두 배가 된 걸까. 선우는 일에 매우 열정적이었다.

"근데 서 대리님, 얼굴이 안 좋네요. 어디 안 좋아요?"

그러고 보니 아침임에도 불구하고 그의 얼굴엔 붓기라고는 전혀 찾아볼 수가 없었다. 곧 죽을 것 같은 자신의 모습과는 정반대의 모습. 너무 비교가 되는 것 같아 저도 모르게 괜스레 목소리가 기어들어 간다.

"저, 그게…… 숙취 때문에요."

"저런, 무리하셨나 보네요."

"죄송합니다. 그래도 일엔 지장 없게 할게요."

고개를 꾸벅 숙였다. 상사의 입장에서는 꼴불견으로 보일 수밖에 없는 상황이었으니까 말이다. 하지만 선우는 불쾌한 기색 전혀 없이 여전히 웃는 얼굴로 질문했다.

"해장은 했어요?"

"아뇨. 물만 먹어도 속이 안 좋아서요."

유경은 고개를 내저었다. 이번엔 정말로 제대로 숙취를 경험하고 있는 중이었다.

"회사 뒤편에 있는 콩나물국밥집 가 봤어요?"

"네? 콩나물국밥집이요?"

"전 아직 못 가 봤는데, 다들 거기가 정말 맛있다고 하더라구요."

"아, 맞아요. 거기 맛집이에요. TV에도 몇 번 나왔다고 하더라구요."

"그렇구나. 서 대리님 입맛엔 어땠어요?"

"맛있었어요."

별생각 없이 대꾸했다. 그러자 선우가 씨익 입꼬리를 말아 올린다.

"잘됐네요. 그럼 오늘 점심엔 거기 콩나물국밥 먹는 거 어때요?"

"점심……에요?"

"난 먹고 싶던 음식 먹고. 서 대리님은 해장하고. 딱인 것 같은데."

구렁이 담 넘어가듯 매끈하고 자연스러운 진행이었다. 하지만 딱히 거절할 이유는 없었다. 뜨끈한 콩나물국밥을 먹으면 속이 좀 풀릴 것 같기도 했다. 유경은 알겠다는 듯 고개를 끄덕였다. 그렇게 자연스럽게 점심 약속이 잡혔다.

회사 안으로 들어온 두 사람은 나란히 엘리베이터에 올라탔다. 선우가 먼저 기획부가 있는 층의 버튼을 눌렀다. 이어서 유경이 버튼을 눌렀다.

"4층은 왜요?"

같은 부서임에도 다른 버튼을 누른 유경을 보며 선우가 고개를 갸웃했다.

"잠깐 홍보팀에 들르려고요."

"홍보팀이요?"

"네, 개인적으로 볼일이 있어서요."

대답하는 유경의 얼굴이 살짝 경직되었다. 그것을 눈치챈 건지, 아니면 개인적인 용건이라고 한 것 때문인지, 다행히도 선우는 더 이상 묻지 않았다.

엘리베이터는 4층에 먼저 멈춰 섰다. 유경은 선우에게 눈인사를 하고 엘리베이터에서 내렸다. 복도를 가로지르는 걸음이 무거웠다. 걸음이 멈춘 건 홍보팀 앞에서였다. 닫힌 문을 바라보며 심호흡을 크게 한 번 했다. 업무 때문에라도 자주 왔던 곳인데, 마치 생전 처음 온 것처럼 오늘따라 유독 긴장이 된다. 괜히 주먹도 한 번 쥐었다가 펴 보았다. 입안이 바짝 마르고 속눈썹이 파르르 떨린다. 세희에게는 일부러 전화를 걸지 않았다. 지민의 전화도 받지 않는다는데 제 전화를 받을 것 같지는 않아서였다. 만약 할 말이 있었다면 진작 연락이 왔을 것이다. 그런데도 지금까지 연락 한 통 없다는 건, 작정하고 자신을 피한다는 얘기였다. 세희는 아무래도 이대로 그녀와의 인연을 끝내고 싶어 하는 것 같았다.

오늘 출근하는 버스 안에서 유경은 진지하게 고민을 했었다. 세희가 원하는 대로 이렇게 조용히 인연을 끝내는 게 정말로 맞는 것인지. 일을 크게 만드는 건, 그녀 역시도 원치 않았다. 하지만 아무리 생각해 봐도 이건 아닌 것 같았다. 이제 와서 그게 다 무슨 소용이겠냐마는, 변명이라도 직접 듣고 싶었다. 물론 세희와의 오랜 인연은 여기까지가 끝이겠지만 말이다.

"내가 쫄 거 없어. 당당하게. 어깨 펴고!"

스스로에게 주문을 걸 듯 되뇐 유경은 조심스럽게 홍보실 문을 열었다. 출근 시간이라 사무실 안은 분주해 보였다. 유경은 사무실을 크게 훑었다. 세희의 모습은 보이지 않았다. 아직 출근을 하지 않은 듯했다. 마음만 급해서 너무 일찍 와 버린 모양이었다. 계속해서 기다릴 순 없으니, 나중에 다시 와야 하나……. 답답한 마음으로 돌아서려고 할 때였다.

"엇, 서 대리님?"

홍보실의 최 대리가 알은척을 해 왔다.

"안녕하세요. 최 대리님."

유경은 고개를 꾸벅 숙였다.

"오랜만에 보죠, 우리?"

"그러게요."

"어째 서 대리님은 더 예뻐진 것 같네요?"

"빈말이라도 감사합니다."

두 사람은 입사동기였다. 시시콜콜한 안부 인사를 주고받았다.

"근데 아침부터 여긴 웬일이에요?"

"아…… 세희한테 볼일이 있어서요."

최 대리는 세희와 유경이 친구 사이라는 것을 알고 있기에 편하게 설명했다.

"네? 임세희 씨요?"

"그런데 안 보이네요. 아직 출근 안 했나 봐요."

"……?"

유경의 말에 최 대리의 눈이 둥그렇게 커진다. 매우 놀란 듯한 표정이었다. 뭐지……? 왜? 최 대리의 표정에 오히려 당황한 건 유경이었다. 그녀가 고개를 갸웃하자 최 대리가 말한다.

"서 대리님, 세희 씨한테 못 들었어요?"

"네? 뭘요?"

"정말 못 들었나 보네."

최 대리가 '저런…….' 하는 시선으로 유경을 보며 말을 덧붙였다.

"임세희 씨. 지난주에 그만뒀어요."

✳

오늘 유경은 퇴근시간이 되자마자 가장 먼저 가방을 챙겨 들고 사무실을 나섰다. 부장보다도 더 빠른 퇴근이었다. 입사 이래로 처음 있는 일이었다. 늘 마지막까지 남아서 사무실을 정리한 후에야 나서는 편이었지만, 오늘만큼은 도저히 마음의 여유가 없었다.

집으로 들어오자마자 유경은 곧바로 거실 소파를 향해 직진했다. 그러곤 털썩, 쓰러지듯 드러누웠다. 천장을 바라보며 눈을 느리게 깜빡였다. 머리가 멍했다. 오늘 아침부터 지금까지, 대체 무슨 정신으로 시간을 보냈는지 모르겠다. 그저 기계적으로 평소 하던 업무만 처리했을 뿐이었다. 마치 술을 마셔서 필름이 끊긴 것처럼 오늘 하루 일과가 드문드문 기억이 나지 않는다.

'임세희 씨. 지난주에 그만뒀어요.'

최 대리가 그렇게 말했을 때 제가 얼마나 멍청한 표정을 지었을지는 굳이 거울을 보지 않아도 알 수 있었다.

"하."

다시금 떠오르는 목소리에 입술을 비집고 헛웃음이 흐른다. 최 대리의 말에 따르면 세희는 두 달 전부터 퇴사 준비를 했다고 했다. 최근 바쁘다고 하더니, 그 때문이었던 모양이었다. 도대체 언제부터였더라. 세희와 데면데면해진 것이…….

그러고 보니 동건과의 관계가 소원해질 때 즈음부터 세희와도 그렇게 됐던 것 같다. 아마 그때부터였겠지. 그 두 사람이 눈 맞은 건. 그 전엔 동건과 함께 셋이서 밥도 먹고, 술도 마시고 했었다. 일주일에 동건을 세 번 본다면, 그중 한 번은 세희와 함께였다.

그런데 어느 날부터 갑자기 세희가 그 자리를 피하기 시작했다. 그리고 자연스럽게 동건과의 데이트 약속도 줄어들었다. 아니, 지금까지는 자연스러운 일이라고 생각했다. 절대 자연스러울 수가 없는 상황인데. 이제 와서 생각해 보니 정말 이상한 것투성이다. 그런데 도대체 왜 몰랐을까. 가장 가까운 두 사람이 바람이 났는데, 눈치를 전혀 채지 못했다는 사실이 스스로도 기가 막힌다. 하긴. 어느 누가 상상을 할 수 있을까. 이런 끔찍한 일을.

"드라마 주인공이야, 뭐야."

얼마나 기가 막히면 눈물도 나지 않는다. 사실 회사에 있는 동안 별의별 생각을 다 해 봤었다. 세희의 집으로 쳐들어가야 하나. 동건의 집으로 쳐들어가야 하나. 너희들이 어떻게 나한테 이럴 수가 있냐고, 머리채를 붙들고 한바탕 소란이라도 피워야 하는 거 아닌가. 하지만 그런 생각을 거듭할수록 스스로만 더 비참해질 뿐이었다. 비참함이라면 지금도 이미 충분하다 못해 넘치고 있는데 말이다.

벌떡-!

시체처럼 늘어져 있던 유경이 별안간 상체를 일으켰다. 그러곤 주먹을 꽈악 그러쥐고 다짐하듯 말했다.

"그냥 정말 너무, 굉장히, 무지막지하게 더러운 똥을 밟았다고 생각하자."

그 두 사람 때문에 언제까지고 우울하게 있을 순 없었다. 그럴수록 자신만 손해였다. 결코 잊을 순 없겠지만 잊은 척해야지. 결코 괜찮지 않겠지만 괜찮은 척해야지. 그들이 아니라 나를 위해서. 유경은 속으로 다시 한번 다짐하며 자리에서 일어났다. 숙취가 아직 남아 있는지 여전히 속이 쓰렸다. 이미 늦은 것 같긴 하지만 지금이라도 꿀물이라도 타서 먹어야 할 것 같았다. 애써 씩씩하게 걸으며 주방으로 들어섰다.

"꿀이 어디 있더라⋯⋯."

이준은 단번에 찾았던 꿀을 찾기 위해 주위를 두리번거리는데, 문득 그녀의 시야에 식탁 위가 들어온다. 조금 더 정확하게 말하자면 식탁 위에 붙어 있는 메모지에. 익숙한 메모지였다. 다가서서 그것을 집어 들었다. 역시나 익숙한 글씨가 적혀 있었다.

「냉장실에 콩나물 국 넣어 뒀어요. 냄비째로 다시 끓이면 돼요. 속 쓰려도 꼭 먹고 출근해요.」

아침에는 정신이 없어서 못 봤는데, 내용을 보니 아무래도 어제 붙여 놓고 간 모양이었다.

"근데 그 와중에 콩나물국까지 했다고?"

놀랍지 않을 수가 없었다. 하지만 어찌 보면 정말로 권이준다운 행동이었다. 아침에 문자로는 찬바람이 쌩 불더니. 이 온도차는 도대체 무엇이란 말인가.

"⋯⋯괜히 헷갈리잖아."

유경은 작게 중얼거리며 냉장고 문을 열었다. 정말로 못 보던 냄비가 보였다. 투명한 냄비 속엔 콩나물국이 담겨 있었다. 그 순간이었다. 꼬르륵, 하는 소리가 흘러나온다. 그와 동시에 잊고 있던 허기가 마치 파도처럼 밀려들었다.

사실 오늘 점심 때 선우와 함께 콩나물국밥집에 갔었지만, 속이 여전히 안 좋아서 두어 숟가락밖에 먹지 못하고 다 남겨야만 했다. 그러니까 오늘 하루 종일 먹은 음식이 그 두 숟가락뿐이라는 얘기였다. 공복이나 마찬가지였다.

유경은 꿀물 대신 콩나물국을 택했다. 냄비를 가스 불 위에 올렸다. 가장 센 불로 설정하니 국은 금방 끓었다. 보글보글하는 소리와 함께 맛있는 냄새가 난다. 가스 불을 끄고 커다란 국그릇에 콩나물국을 가득 담았다. 전자레인지에 데운 햇반의 절반을 퍼 국에 말았다. 다른 반찬을 꺼낼까 하다 그냥 자리에 앉았다. 국에 서는 뽀얀 김이 올라오고 있었다. 냉장고에 들어갔다 나온 음식 이지만 그래도 먹음직스럽게 보인다.

"잘 먹겠습니다."

듣지 못할 인사를 전하며, 국밥의 형태가 된 밥을 한 숟가락 크 게 떠서 입으로 가져갔다. 오물오물. 그리웠던 이준의 음식을 천 천히 음미하기 시작했다. 속이 좀 괜찮아져서인지, 아니면 그냥 사실인 건지. TV에도 맛집으로 소개됐다던 콩나물국밥보다 훨 씬 맛있게 느껴진다. 밥이 넘어가자 허했던 속이 든든해지는 듯 했다. 하루 종일 차갑게 얼어 있던 온몸에 따뜻한 온기가 퍼져 나 가는 느낌이었다. 순간, 눈가가 뜨거워지는 걸 느꼈다.

"킁—!"

왠지 눈물이 날 것 같아 유경은 코를 삼켰다.

14. 민폐 하객

눈부신 햇살이 창으로 쏟아져 들어왔다. 요즘은 해가 일찍 떴다. 겨울은 완전히 뒷방으로 사라지고 봄이 온 것이다. 유경은 팔을 들어 눈을 가렸다. 하지만 눈부신 빛을 감당하지 못하고 결국 자리에서 일어났다.

창가로 가 깜빡 잊고 미처 치지 못했던 커튼을 신경질적으로 끌어당겼다. 암막커튼이 아니라 완전히 빛을 차단하지는 못했지만 그래도 제법 어둑해졌으니 잠은 더 잘 수 있을 것 같았다. 유경은 다시 침대에 누워 잠을 청했다. 어제 평소보다 늦게 잔 탓에 졸음이 쏟아졌다. 그때였다.

딩동딩동—

초인종 소리가 울려 댄다.

"이 시간에 대체 누구야……."

유경은 졸음이 그득한 눈을 힘겹게 떴다.

택배인 건가? 예정에 없는 방문객이라면 택배기사일 확률이 가장 컸다. 하지만 이내 고개를 내저었다. 요즘에는 주말에도 택배가 오는 경우가 있다는 얘기는 듣기는 했지만, 중요한 문제는 최근에 그녀는 뭔가를 주문한 적이 없다는 것이었다. 택배가 아니라면 누군가가 잘못 눌렀을 가능성도 있었다. 정말로 실수거나, 혹은 가끔 장난을 치는 아이들도 종종 있었다.

그래. 그런가보다. 아무리 생각해봐도 이 시간에 저를 찾아올 이는 없으니까 말이다. 그렇게 생각한 유경이 다시금 눈을 감았을 때였다.

딩동—

또다시 초인종이 울렸다. 아무래도 잘못 누른 건 아닌 모양이었다.

"진짜 택배인가?"

어쩌면 엄마가 보낸 것일지도 모르겠다는 생각이 들었다. 그제야 유경은 느릿하게 몸을 일으켰다. 잠옷 차림으로 택배기사를 맞을 순 없어 의자에 걸쳐두었던 카디건도 야무지게 챙겨 입고 방을 나섰다.

"하여튼, 엄마도 참……. 뭘 보낼 땐 제발 연락 좀 미리 달라니까."

단잠을 깨운 불만에 투덜거리며 현관을 향해 비척비척 걸어가는 순간이었다. 띠리릭, 하고 도어록이 풀리는 기계음이 들리더니 연이어 현관문 열리는 소리가 들린다.

흠칫-!

순간 놀란 유경은 걸음을 뚝 멈췄다. 도둑인가? 아니지, 어떤 도둑이 아침부터 비밀번호를 풀고 남의 집에 침입을 해? 그럼 대체 누구지? 비밀번호를 알고 있는 사람이 누가 있더라……. 짧은 시간 동안 많은 생각들이 뇌리를 스치고 지나갔다. 그러는 사이 현관에서 거실로 들어오는 침입자의 모습이 보였다. 이준이었다.

"권이준……?"

유경의 눈이 눙그렇게 커졌다. 귀신이라도 본 듯한 얼굴이었다. 아니, 귀신을 봤다고 해도 지금처럼 놀랍진 않을 것 같다.

"어, 일어나 있었네요?"

하지만 이준은 전혀 그렇게 생각하지 않는지, 아주 자연스럽게 집 안으로 들어서고 있었다. 마치 이 집에서 계속 같이 살고 있는 사람처럼 말이다.

"벨 눌러도 반응이 없길래 아직 자는 줄 알고 그냥 들어왔어요."

"으응…… 지금 막 일어났어. 근데 이 시간에 여긴 왜……."

유경은 얼떨떨한 얼굴로 대답했다. 그때 짐을 가지러 오겠다더니, 지금 온 건가? 고개를 갸웃하며 이준을 살폈다. 촬영이라도 있는 건지 그는 몸에 딱 맞는 검은 수트 차림이었다. 뭐 언제는 안 멋있었느냐마는, 오늘따라 유독 더 멋있는 모습이었다.

"누나랑 갈 곳이 있어서요."

이준이 양손에 들고 있던 쇼핑백을 살짝 들어 올리며 말했다. 짐을 가지러 왔다기보단 오히려 짐을 들고 온 것 같았다.

"갈 곳이라고……?"

"얼른 씻고 나와요. 시간 없으니까."

"응? 대체 무슨……."

"자세한 얘기는 나중에 해요. 일단은 씻는 거 먼저."

어찌된 건지, 분명 한국말인데 좀처럼 알아들을 수가 없다. 유경은 당황해서 멍하니 서 있을 뿐이었다. 그러자 이준이 유경의 등을 욕실을 향해 떠밀기 시작한다.

"시간 없어요. 얼른."

알 수 없는 재촉과 함께.

유경은 젖은 머리를 수건으로 돌돌 감싸고 욕실을 나섰다. 막무가내였던 이준의 재촉에 못 이겨 일단 씻기는 했지만, 여전히 정신은 꿈을 꾸고 있는 듯 몽롱할 뿐이었다.

"다 씻었어요?"

욕실을 나오기가 무섭게 옆에서 불쑥 이준의 목소리가 들려왔다. 유경은 깜짝 놀라며 옆으로 고개를 돌렸다. 욕실 바로 옆의 벽에 삐딱하게 기댄 채 이준이 그녀를 보고 있었다. 씻는 동안 문 앞에서 그녀를 기다리고 있었던 모양이었다.

"이거 받아요."

놀란 눈으로 자신을 바라보는 유경을 향해 이준이 들고 있던 쇼핑백 두 개를 건넸다.

"전부 빠짐없이 착장하고 나오면 돼요."

"착장? 이게 뭔데?"

"옷이랑 구두요. 아, 그리고 귀고리도."

옷, 구두, 귀고리……?

등장부터 뜬금없기는 했지만 외출 풀세트 역시 뜬금없기는 마찬가지였다. 하지만 유경은 아무 말도 할 수 없었다. 말을 할 틈도 주지 않고 이준이 그녀의 등을 떠밀었기 때문이었다. 이번엔 욕실이 아니라 그녀의 방이었다.

탁. 조금 전 욕실 문이 닫혔던 것처럼, 또다시 그녀의 눈앞에서 방문이 닫혔다. 이준에 의해서.

"……."

유경은 닫힌 문을 바라보며 느릿하게 눈을 껌뻑였다. 아침부터 대체 이게 웬 난리인지 모르겠다. 어디까지 그의 장단을 맞춰 줘야 하는 걸까. 아니, 내가 왜 그래야 하지? 뒤늦게야 집 나간 정신이 들어올락 말락 할 때였다. 툭, 그녀의 손끝에 대롱대롱 매달려 있던 쇼핑백이 바닥으로 떨어졌다. 쇼핑백 밖으로 묵직한 비닐이 튀어나왔다. 옷걸이가 보이는 걸 보니 이준의 말대로 정말로 옷인 모양이었다.

유경은 허리를 숙여 그것을 집어 들었다. 촤륵, 하는 소리와 함께 그녀의 눈앞에서 옷이 펼쳐졌다. 흰 원피스였다. 비닐에 가려져 있지만 딱 봐도 비싸 보이는 원단이었다. 디자인도 심플하면서 어딘지 모르게 고급스러운 냄새를 폴폴 풍긴다. 갑자기 발끝에서부터 불길한 예감이 스멀스멀 올라오기 시작했다. 유경은 얼른 나머지 쇼핑백도 확인했다. 이번에는 반짝거리는 흰 에나멜 구두가 나왔다. 구두를 꺼내고 보니 작은 상자가 보인다. 곧바로 그것도 확인했다. 반짝이는 다이아몬드가 포인트인 귀고리였다. 사실 정말로 다이아몬드인지, 아니면 싸구려 큐빅인지 구별할 수 있는 능력 따위는 없었다. 하지만 아무것도 모르는 그녀의 눈에도 귀고리는 옷과 구두만큼이나 고급스러워 보였다.

"지금 나더러 이것들을 전부 입고 걸치라고……?"

부담감이 훅 끼쳐 온다. 대체 자신을 어디로 끌고 가려고 이런 차림을 하라는 걸까. 혹시 어디 중요한 모임에 초대받기라도 한 걸까. 아니면 연예인들이 모이는 파티라든가. 그래서 파트너로 참석할 사람까지 고급스러워야 하는 거고? 창의성이라고는 눈곱만큼도 없는 머리로 열심히 생각해 봤지만, 끝내 그럴듯한 답은 나오지 않았다. 그렇게 머릿속에 의문을 가득 품고 있을 때였다.

"누나, 시간 별로 없어요!"

방문 너머에서 이준의 목소리가 들려왔다. 준비는 않고 계속해서 멍하게 시간낭비를 하고 있다는 것을 눈치챈 모양이었다.

"하여튼, 귀신같은 놈이라니까."

유경은 중얼거리며 화장대 앞에 앉았다. 더 이상 의문을 품는 대신 포기하고 일단은 마음 편하게 그의 말에 따르기로 했다. 분주하게 화장을 시작했다. 부담감 때문에 평소보다 훨씬 공을 들였다. 머리에도 마찬가지로 힘을 줬다. 파마기가 거의 다 풀린 머리카락 끝에 굵고 풍성한 웨이브를 넣었다.

화장과 머리를 끝낸 후 옷부터 꺼내 들었다. 비닐을 벗겨 내고 보니 훨씬 더 예뻤다. 손끝에 닿는 옷의 촉감 역시 마치 값비싼 실크처럼 부드러웠다. 혹시라도 실수로 흠집이라도 낼까 싶어 아주 조심스럽게 옷을 입었다. 마치 맞춤옷이라도 되는 듯 그녀의 몸에 딱 맞았다. 타이트한 미니 원피스였다. 지퍼는 옷의 뒤편에 있었다. 손을 뻗어 지퍼를 최대한 올려 보았지만 완벽하게 잠기지는 않는다. 몇 번 더 도전했지만 결국은 실패로 끝났다. 어쩔 수 없이 이준에게 부탁해야겠다고 생각하며 유경은 옷을 포기하고 귀고리를 걸고 구두를 신었다.

구두를 신고 나니 마치 계단에 올라간 것처럼 눈높이가 높아졌다. 굽이 꽤나 높았다. 어림잡아 봐도 10센티는 훌쩍 넘어보였다. 이렇게 높은 구두는 정말이지 오랜만이었다. 평소엔 키가 커서 굽이 있는 구두는 잘 신지 않는 편이었다. 그녀의 구두 중 가장 높은 것도 고작 5센티였다.

"이제 다 됐나……."

원피스와 구두, 귀고리까지 이준의 말대로 모든 것을 풀 착장한 유경은 거울 앞에 섰다. 방을 나서기 전 자신의 매무새를 확인하려던 유경은 거울을 보고 눈을 둥그렇게 떴다. 거울 속 자신의 모습이 너무도 낯설었기 때문이다. 꼭 다른 사람 같았다. 옷을 만들 때 어찌나 옷감을 아꼈는지 매끈한 허벅지가 훤히 드러나는 것으로 모자라 가슴골도 보일 정도였다. 평소 입는 옷 스타일과는 거리가 매우 먼, 과감한 의상이었다.

"너무 야한 것 같은데……."

물론 요즘 세상에 이정도로 '야하다'라고 표현하는 사람은 별로 없을 테다. 실제로 길거리를 지나다니다 보면 이보다 더한 차림의 여성들이 자주 보이곤 했다. 하지만 평소 꽁꽁 싸매고 살던 유경의 입장에서는 부담스러울 수밖에 없는 옷이었다.

민망한 마음에 유경은 괜스레 치맛자락을 끌어 내렸다. 하지만 금세 제자리로 돌려야만 했다. 아래로 끌어내려 허벅지를 가리려다 보니 딱 그만큼 가슴 윗부분이 더 드러났기 때문이었다.

"하. 미치겠네, 진짜."

결국 이러지도 못하고 저러지도 못한 채 유경은 조심스럽게 방을 나섰다.

달칵.

문이 열리는 소리에 거실 소파에 앉아 있던 이준이 고개를 돌려 이쪽을 바라본다. 무감하던 그의 눈이 살짝 커지는 게 보인다.

역시 너무 야해서? 아니면, 나랑 너무 안 어울려서? 그의 알 수 없는 시선에 유경은 왠지 민망해져 걸음을 뚝 멈췄다. 그러자 잠깐 동안 유경을 빤히 바라보던 이준이 스윽 몸을 일으키더니 그녀를 향해 다가오기 시작했다.

성큼성큼.

기다란 다리 덕에 이준은 금방 유경의 코앞까지 다가왔다. 바로 앞에서 걸음을 뚝 멈춘 이준은 유경을 빤히 바라보았다. 높은 구두를 신었음에도 불구하고 여전히 고개를 살짝 치켜들어야만 이준과 시선을 맞출 수 있었다. 정말이지 낯선 경험이었다. 5센티 구두를 신어도 보통 남자들과 눈높이가 어지간하면 맞거나 오히려 그녀가 더 높아지는 경우가 허다했으니까 말이다.

……정말 크긴 크구나.

이제 더는 새삼스러울 것도 없는데, 이준과 이렇게 마주설 때마다 저도 모르게 계속해서 감탄하게 된다. 흔치 않은 경우라 더 그런 것 같았다.

"잘 어울리네요."

빤히 유경을 바라보던 이준이 말했다.

"정말로? 너무 어색하지 않아?"

"전혀요. 완전 잘 어울리는데?"

"그래……?"

그녀는 이미 자신의 모습을 거울로 보고 온 상황이었다. 제 눈에도 남의 옷을 입은 것처럼 어색하기만 했었다. 그런데 잘 어울린다니. 놀리는 것처럼 느껴지기도 했다. 하지만 그의 눈빛은 더없이 진지했다. 진심으로 그렇게 생각하는 듯했다.

"예뻐요. 정말로."

미심쩍어하는 유경의 속내를 읽었는지, 이준이 다시 한번 강조하듯 말했다. 그제야 유경은 아까 방을 나섰을 때 저를 바라보던 그의 시선에 담긴 뜻을 깨달을 수 있었다.

'그리고 누나가 더 예뻐요.'

'다른 사람은 모르겠는데. 내 눈엔 누나가 더 예쁘다고요. 이민아랑 비교도 안 될 정도로.'

갑자기 전에 들었던 이준의 말이 떠오르는 건 왤까. 순간 얼굴로 열이 홧홧하게 올랐다. 유경은 괜스레 헛기침을 작게 하며 시선을 피했다.

"뭐, 불편한 건 없어요?"

"없……."

대충 대답하려던 유경은 순간 떠오르는 일에 입을 다물고 이준을 바라보았다.

"하나 있어. 불편한 거."

"뭔데요?"

"……지퍼를 제대로 못 채웠어."

무슨 말인지 바로 이해한 듯 이준이 고개를 끄덕였다.

"돌아봐요."

유경은 슬그머니 돌아섰다. 지퍼를 제대로 채우지 못한 채 등을 보여 주고 있자니, 꼭 맨몸을 보여 주는 것처럼 부끄러웠다. 그의 표정을 볼 수 없어서 더욱더 그런 것 같았다.

지퍼에 이준의 손이 닿았다. 순간 유경은 저도 모르게 흡 하고 숨을 참았다. 1센티도 되지 않을 텐데, 지퍼가 올라가는 속도가 마치 영원처럼 길게 느껴지는 건 왜일까.

"다 됐어요."

체감하기로는 한참 만에 지퍼에서 손을 떼며 이준이 말했다. 그제야 유경은 참고 있던 숨을 몰아쉬었다. 숨을 조금 고른 뒤 몸을 돌리려고 했다. 그런데 이준이 그녀의 양어깨를 부드럽게 붙든다.

"잠깐만요."

"왜?"

"목걸이 채워 줄게요."

"목걸이?"

"귀고리랑 세트인데 아까 깜빡했어요."

깜빡했다고……?

너무도 성의 없는 변명에 유경이 미심쩍어할 때였다. 뒤에서 이준이 마치 백허그를 하듯 양손을 뻗어 유경을 감쌌다. 그의 손에 들려 있는 목걸이가 보였다. 그와 동시에 그의 향기가 훅 끼쳐 온다. 이제는 제법 익숙하게까지 느껴지는 향기였다.

"아……."

차가운 금속의 느낌이 피부에 고스란히 닿았다. 유경은 움찔했다. 대체 왜 이렇게 긴장이 되는 거야. 진짜. 아랫입술을 잘근잘근 깨물며 또다시 숨을 참았다. 그런데 지퍼를 올릴 때보다 목걸이를 채우는 시간이 훨씬 더 오래 걸린다. 아무래도 잘 되지 않는 모양이었다.

"잘 안 돼?"

끝날 때까지 숨을 참고 있다가는 저세상으로 떠나게 될 것 같아 유경은 조심스레 입을 열었다.

"그냥 내가 할까?"

"아뇨. 할 수 있어요."

이준은 단호하게 거절했다. 결국 유경은 입을 다문 채 얌전히 기다려야만 했다. 생각처럼 쉽지가 않은지 이준이 조금 더 가까워지는 게 느껴졌다. 그와 함께 목덜미에 그의 숨결도 고스란히 전달됐다. 순간, 온몸의 솜털이 쭈뼛 서는 느낌이 들었다. 하지만 지금 이 상황에서 놀라며 멀어지면 이준이 더 이상하게 생각하지 않겠는가. 지금 그녀가 할 수 있는 일은 단 한 가지밖에 없었다. 그저 아무렇지 않은 척 애써 숨을 참는 것뿐.

"됐어요."

한참 만에야 이준이 한 걸음 뒤로 물러섰다. 그제야 유경은 경직된 몸의 긴장을 풀고 거실에 놓여 있는 거울을 바라보았다. 가느다란 줄 가운데에 반짝이는 다이아가 쿡 박혀 있다. 귀고리만큼이나 심플한 디자인이었다. 훤히 드러나 있는 옷의 디자인 때문에 조금 민망하게 느껴졌는데, 목걸이 덕분에 그래도 조금은 시선을 분산시킬 수 있는 것 같아 마음에 들었다.

"어때요. 마음에 들어요?"

"응. 마음에 들기는 하는데⋯⋯."

지금 중요한 건 그게 아니지 않니? 유경은 말을 멈추고 이준을 빤히 바라보았다. 그 시선에도 이준은 뭐가 문제인지 전혀 모르겠다는 듯 평온한 얼굴이었다. 목마른 사람이 우물을 판다고. 결국 그녀가 먼저 말을 꺼내야만 했다.

"일단 너무 급해 보여서 네 말에 따르기는 했는데, 난 아직도 뭐가 뭔지 전혀 모르겠거든?"

"⋯⋯."

"이젠 내가 납득할 수 있도록 설명을 좀 해 줘 봐. 이게 무슨 상황인 건지."

유경이 이준의 두 눈을 빤히 바라보았다. 어쩌다 보니 비몽사몽에 그가 하라는 대로 다 따르긴 했지만 더 이상은 무리였다. 이미 잠도 다 깨고 완전히 제정신이 돌아온 상태였으니까 말이다.

"중요한 자리에 갈 거예요."

"무슨 자린데?"

"왜요. 내가 누나를 납치라도 할까 봐 걱정돼요?"

"누가 그렇대?"

"그럼 그냥 나 믿고 가요. 누나한테 해로운 일은 안 할 테니까."

자신만만한 얼굴로 말을 내뱉은 이준은 유경의 손목을 턱, 하고 붙들었다. 그러곤 반항을 할 새도 없이 손목을 잡아끌기 시작했다.

"야! 권이준!"

막무가내 행동에 저항하듯 소리쳤지만 이준은 무시하고 걸음을 옮길 뿐이었다. 발끝에 힘을 주고 버티려고 했지만 남자의 힘을 이길 수는 없는 법이다. 이 상황이 너무도 기가 막히지만, 결국 이번에도 유경은 그를 따를 수밖에 없었다.

'그럼 그냥 나 믿고 가요.'

믿어 달라던 그의 말을 믿고 따르던 유경이 뭔가 잘못됐음을 인지한 건, 이준의 차가 도로 위를 달리기 시작한 지 40분쯤 지났을 때였다. 차창 밖으로 보이던 풍경들이 어느 순간부터 확 달라져 있었다. 도심의 '빌딩숲'이 아니라 정말 말 그대로 진짜 '숲'이었다.

"대체 어디로 가는 거야?"

도대체 같은 질문만 지금 몇 번째 하고 있는 건지 모르겠다. 어차피 물어봐야 제대로 된 대답을 들을 순 없다는 걸 알고는 있었지만, 그래도 더는 참을 수가 없었다. 유경은 이준을 찌릿 노려보았다. 나 이제 진짜 화가 나려고 해. 눈빛으로 말했다. 물론, 그다지 위협적이지는 않은 것 같지만 말이다.

"다 와 가요."

유경을 흘긋 바라본 이준이 표정 하나 바뀌지 않고 덤덤하게 대꾸했다. 역시나 그녀의 위협에도 그는 눈곱만큼도 겁을 먹지 않은 듯했다.

"그건 나도 알아."

쳇.

유경은 눈에 잔뜩 주었던 힘을 풀며 퉁명스레 대답했다. 내비게이션에 도착이 10분 남았다는 메시지가 뻔히 떠 있었다. 다 와 간다는 걸 어찌 모를 수가 있겠는가. 물론 도착지의 주소도 보이기는 했다. 다만 문제는, 주소를 봐도 도대체 뭐하는 곳인지 전혀 짐작이 가질 않는다는 것이었다. 답답해 죽을 맛이었다. 꼭 눈뜬장님이 된 기분이다. 하지만 그러거나 말거나, 이준은 여전히 대답해 줄 생각이 없다는 듯 운전에만 집중하고 있을 뿐이었다.

"혹시라도 이상한 곳에 데려가는 거기만 해 봐."

그런 이준을 미워 죽겠다는 듯 흘겨보며 유경은 말을 덧붙였다.

"진짜 가만 안 둘 거야."

[목적지에 도착했습니다.]

잠시 후, 내비게이션에서 딱딱한 여성의 목소리가 흘러나왔다. 그와 동시에 달리던 차 역시 멈춰 섰다. 유경은 재빠르게 주위를 둘러보았다. 경치가 제법 좋은 곳에 널따란 정원이 딸려 있는 예쁜 건물 한 채가 놓여 있었다. 입구에는 간판도 세워져 있었다.

"설마, 커피 마시러 온 거야?"

간판에 떡하니 적혀 있는 'coffee'라는 문구를 확인한 유경은, 고개를 획 돌려 기가 막힌다는 듯 이준을 바라보았다. 요즘 인기가 좋은 커피숍인 모양이었다. 게다가 날도 화창하고 좋아서인지 주차장엔 꽤나 많은 차들이 보였다. 하지만 그렇다고 이 패션을 하고서 가자는 곳이 설마 커피숍일 줄이야. 정말이지 눈곱만큼도 상상하지 못했다.

"설마요."

이준이 피식, 낮게 웃었다. 그러곤 운전석 천장에 붙어 있는 선 바이저를 열더니 꽂혀 있던 뭔가를 꺼내 유경에게 건넨다. 아무 생각 없이 그것을 받아 든 유경은, 뒤늦게 물건을 확인하고 두 눈을 크게 떴다. 정사각형의 카드였다. 굳이 봉투 안을 확인해 보지 않아도 내용물이 뭔지 알 수 있었다. 봉투를 쥔 손끝이 떨리기 시작한다.

"이걸 왜……."

손끝만큼이나 떨리는 목소리를 천천히 내뱉으며 이준을 바라보았다. 그녀의 눈빛 역시 떨리고 있었다.

"……네가 가지고 있어?"

"며칠 전에 누나 데려다줬던 날이요. 그날, 지민 누나가 줬어요."

"지민이가 이걸 너한테 줬다고?"

도무지 이해가 되지 않아서 유경은 눈을 동그랗게 뜨고 되물었다.

"대체 왜?"

"내가 달라고 했으니까요."

"그게 무슨……."

"다 들었어요. 누나 전 남친이, 누나한테 무슨 짓을 했는지."

"……."

"내가 생각했던 것보다 훨씬 더 질이 나쁜 쓰레기던데? 친구였던 그 여자도 마찬가지고."

서늘한 이준의 음성이 귓속으로 파고들었다. 순간 유경은 가슴이 철렁 내려앉는 듯했다. 그녀는 아랫입술을 질끈 깨물었다. 도대체 지민이 무슨 생각으로 이준에게 이런 이야기를 한 건지 알 수가 없다.

10대도 아니고 이 나이 먹고 애인과 친구에게 동시에 배신을 당했다. 정말이지 이루 말할 수 없을 정도로 비참한 상황이었다. 그런데 이준이 모든 것을 알고 있다니. 유경은 지금 이 순간 한층 더 비참해지는 기분이었다. 이준의 눈에는 자신이 얼마나 한심하고 불쌍하게 보일까. 물론, 정말로 이준이 자신을 한심하게 생각할 거라 여기는 건 아니었다. 그리고 무엇보다 자신은 죄가 없었다. 나쁜 건 배신을 한 그들이었다.

하지만 과연 제 탓이 전혀 없다고 말을 할 수 있을까. 이 세상에 일어나는 모든 일에는 인과관계가 있는 법인데 말이다. 내가 완벽한 연인이었다면……, 내가 완벽한 친구였다면……, 이따위 말도 안 되는 일을 겪을 일은 없지 않았을까. 제 탓이 아니라는 걸 누구보다 잘 알고 있었지만, 그럼에도 불구하고 하루하루 자존감이 좀먹어 가는 건 어쩔 수 없는 노릇이었다.

"지금 여기, 그 두 사람 결혼식 장소예요."

굳어 버린 그녀를 보며 이준은 뒤늦게야 그녀가 했던 질문에 대한 대답을 했다.

"꼴에 눈치는 보였는지 스몰웨딩 한다더라고. 하객 때문이겠죠, 아마."

이준이 뱉어 낸 말 중 단 한 마디만이 유경의 귀에 매섭게 꽂혔다. 스몰웨딩.

이준에게서 시선을 떼고 다시금 창밖으로 시선을 옮겼다. 조금 전까지만 해도 반짝이던 건물은 더 이상 아름답게 보이지 않았다. 유경의 눈동자가 바람 앞의 등불처럼 흔들리기 시작했다.

"……여기가, 그 두 사람의 결혼식장이라고?"

지난 며칠간 유경은 그 두 사람에 대해 잊으려고 부단히도 노력했었다. 저도 모르게 문득 그들을 떠올릴 때마다 미친 듯이 괴로워졌기 때문이다. 특히나 오늘은, 아예 생각조차 하지 않으려고 하루 종일 잠들어 있을 계획이었다. 그래서 어젯밤 쏟아지는 졸음을 버티고 또 버티다 일부러 새벽녘에 잠들었다. 잠들고 깨어났을 땐 '오늘'이 지나갔으면 해서. 그런데 지금 제 발로 결혼식장 앞에 와 있다니. 기가 막혔다.

주차장에 주차된 많은 차들이 그들의 하객일 거라는 것과 저 건물 안에 그 두 사람이 있을 거라는 생각이 들자, 순간 가슴이 빨리 뛰는가 싶더니 이내 눈앞이 핑 돌기까지 한다. 두 눈을 질끈 감았다. 하지만 그것도 잠시. 유경은 감은 눈을 얼른 떴다. 감은 두 눈 위로 세상에서 더없이 행복한 미소를 짓고 있을 두 사람의 얼굴이 떠올랐기 때문이다.

"권이준."

유경은 바르르 떨리는 입가를 애써 바로 잡으며 낮은 음성을 뱉어 냈다.

"이게 대체 무슨 짓이야?"

"누나가 피하려고만 하는 거 같아서요. 근데 나는 누나가 안 그랬으면 좋겠거든."

이준의 음성은 평소처럼 단조롭기 그지없었다. 그녀를 바라보는 눈빛 역시 그랬다. 그런데 그의 목소리가, 그의 눈빛이, 꼭 자신을 한심하다고 타박하는 것처럼 느껴지는 건 왤까.

"그래!"

유경이 발끈해서 소리쳤다.

"피하려고 했어! 왜? 그러면 안 돼?"

"왜 누나가 피해야 하는데요? 잘못한 건 그 사람들인데."

역시나 이준이 말해 주었다. 당신의 잘못이 아니라고. 하지만 그 말이 이미 한번 삐딱선을 타기 시작한 지금의 그녀의 귀에 곱게 들릴 리가 없었다.

"네가 이러면, 내가 고맙다고 할 줄 알았어?"

화를 낼 상대가 틀렸다는 걸 알고 있었다. 그러나 길 잃은 원망은 고스란히 이준을 향했다. 그가 무슨 생각으로 자신을 여기까지 데려왔는지 모르는 건 아니었다. 저를 한심하게 여기고 타박하는 것이 아니라는 것 역시도 잘 알고 있었다. 아마도 동정일 것이다. 하지만 그래서 더욱더 자존심이 상하는 것이다. 화도 났다. 그리고 서글퍼졌다. 짧은 순간에 그녀의 안에서 오만가지 감정이 널을 뛰어 댄다. 울컥, 하고 속에서 울음이 차오르는가 싶더니 순식간에 눈시울이 벌겋게 달아올랐다.

"후……."

그런 유경을 바라보던 이준이 낮게 한숨을 내쉬었다. 그러곤 조심스럽게 말한다.

"그 마음 이해 못 하는 거 아니에요."

"……."

"근데, 그러면요?"

"……."

"누나는 정말 이대로도 괜찮다고 생각해요?"

괜찮으냐고? 그럴 리가 없잖아. 유경은 주먹을 꽈악 그러쥐었다. 잘 다듬은 손톱이 여린 살을 묵직하게 파고든다.

"안 괜찮으면?"

격해진 감정을 애써 억누르며 유경은 최대한 덤덤한 목소리를 내뱉었다.

"안 괜찮으면 뭘 어쩌라고? 나더러 지금, 결혼식장 들어가서 엎기라도 하라는 거야?"

"누나가 그걸 원한다면요."

이준은 마치 기다렸다는 듯이 더없이 진지한 얼굴로 대답했다. 마치 '라면에 계란 넣을까?' 하는 물음에 '누나가 원한다면 넣어도 돼요'라고 말하듯 담백한 어투였다.

"하, 너 정말……."

유경은 기가 막혀서 한숨을 내쉬었다. 차 앞 유리에 비친 제 모습을 바라보았다. 이제야 알 것 같았다. 자신이 입은 옷이 왜 하필이면 새하얀 원피스여야만 했던 것인지를.

"이대로 전부 누나 혼자 안고 가면, 그 사람들이 알아줄까요? 이대로 피하면, 누나는 과연 잊을 수 있을까?"

"……."

"이 일은 분명 두고두고 가슴에 남을 텐데. 살면서 별안간에 튀어나와 누나를 괴롭힐지도 모르는데. 그때마다 괴로울 텐데. 그

상처 혼자 다 끌어안고 살아가야 하는 스스로한텐 안 미안하고?"

"……."

어쩜 이렇게 정곡만 푹푹 찌르는 건지. 이준은 애써 무시하고 덮어 두려 했던 부분을 굳이 끄집어내 그녀의 눈앞에 들이밀고 있었다. 당신의 상처를 외면하지 말라고. 도망치지 말라고.

유경은 그의 질문에 그 어떤 대답도 할 수 없었다. 그저 아랫입술만 질끈 깨물 뿐이었다. 어찌나 세게 깨물었는지 비릿한 피 맛이 금세 입안 가득 퍼져 나간다.

"그러니까, 누나를 위한 선택을 했으면 좋겠어요."

꿀 먹은 벙어리처럼 입을 꾹 다물고 있는 유경을 바라보며 이준은 제 할 말을 이어 갔다.

"어차피 해도 후회, 안 해도 후회라면 앞으로 조금이라도 덜 후회가 남을 선택. 누나 스스로에게 조금이라두 덜 미안할 수 있는 선택."

이준의 부드러우면서도 힘 있는 목소리가…….

"누나가 하고 싶은 대로 해요."

그의 진심이…….

"나중 일은 생각하지 말고."

너덜너덜해진 그녀의 가슴을 묵직하게 파고든다.

"무슨 선택을 하든, 나는 누나 편이니까."

"결혼 축하해."

"예쁘네. 축하해."

"축하해! 잘 살아야 해."

신부대기실을 찾아오는 이들마다 마치 약속이라도 한 듯 하나같이 같은 말을 했다. 축하한다고. 그래. 결혼식장에서 신부에게 할 말이 그것밖에 더 있겠는가. 모르는 건 아니었다. 하지만 좋은 말도 한두 번이라고. 계속해서 같은 말만 반복해서 듣다 보니 세희는 이 상황이 이젠 지겹게까지 느껴지고 있었다. 물론, 자신이 할 수 있는 말 역시 한 가지뿐이기는 했지만.

"고마워요, 다들."

세희는 억지로 입꼬리를 올려 가식적인 미소를 지으며 그들의 인사에 대답을 했다.

"근데 생각보다 별로 티 안 나네?"

"네?"

"몇 개월이랬지? 배가 생각보다……."

"얘도 참!"

노골적으로 세희의 전신을 훑던 여자는 동행한 이의 지적에 그제야 눈빛을 거둬들였다.

"세희 네가 이해 좀 해. 이 여편네가 원래 좀 생각 없이 말을 뱉어."

동행자가 곤란하다는 얼굴로 대신 사과를 건넸다. 정작 말을 내뱉은 이는 별것도 아닌 걸 가지고 유난 떤다는 듯한 시선을 보냈다. 그리고 세희는, 그런 두 여자를 바라보며 아무 말 없이 그저 웃어 보일 수밖에 없었다.

사실 지금 기분은 이루 말할 수 없을 정도로 불쾌했지만 티를 낼 순 없는 입장이었다. 심지어 그녀는 이 두 사람이 누구인지조차 알지 못했다. 자신에 대해 잘 아는 듯 구는 걸 보니 아마도 먼 친척이지 않을까, 하고 짐작할 뿐이었다.

급격하게 어색해진 분위기. 두 여자는 덕담 비슷한 두어 마디를 더 건넨 후 대기실을 빠져나갔다. 그들의 뒷모습을 보며 한껏 치켜 올라갔던 세희의 입꼬리가 제자리로 돌아온다.

"하, 지긋지긋하네, 진짜……."

세희는 들고 있던 부케 손잡이를 꽈악 그러쥐며 낮게 한숨을 내쉬었다. 언제 웃었냐는 듯 그녀의 얼굴은 무표정하기 그지없었다. 딱히 조금 전에 불쾌한 일을 겪어서 그런 것만은 아니었다. 오늘 하루 종일 그녀는 결혼하는 새 신부라고는 볼 수 없을 정도로 어두운 얼굴이었다. 결혼식의 주인공은 으레 신부라고들 하지만, 세희는 그 말에 동의할 수가 없었다. 다른 이들은 모르겠지만 적어도 제 결혼식만큼은 아니었다.

오늘의 주인공은 자신이 아니라 양측의 부모님인 것 같았다. 애초에 세희는 결혼식을 할 생각이 없었다. 갑자기 결혼을 결정하면서 스케줄이 빠듯하고 또 그리 떳떳하지 않다는 것도 이유였지만, 무엇보다도 배가 부른 채로 웨딩드레스를 입고 싶지 않았다. 하지만 어른들은 그것만큼은 양보할 수가 없다고 했다. 하필이면 두 사람 다 형제자매가 없이 외동이었다. 결국 여태껏 뿌린 만큼은 무조건 거둬야 한다는 부모님의 뜻에 따를 수밖에 없었다.

"이럴 줄 알았으면, 끝까지 안 하겠다고 고집을 피우는 건데……."

뒤늦게 후회가 된다. 두 눈 감고 두 귀 막으면 하루 정도는 버틸 수 있을 줄 알았는데 그게 이렇게도 어려운 일이었을 줄이야. 남들은 결혼식에 정신이 없어서 시간이 순식간에 삭제되는 듯한 느낌이었다던데, 세희는 오히려 오늘따라 유독 더 시간이 흐르지 않는 것만 같았다.

아주 어렸을 때부터 행복한 신부가 되는 것을 꿈꿔 왔었다. 학창 시절 장래희망을 묻는 종이에도 그녀는 다른 친구들과는 달리 직업이 아닌 '행복한 신부' 혹은 '현모양처'라고 써 냈을 정도였다. 그런데 제 오랜 꿈이 이런 식으로 한순간에 와장창 깨질 줄은, 정말이지 꿈에도 상상하지 못했었다.

처음은 분명 실수였다. 결혼을 하게 될 거라 굳게 믿었던 남자친구에게서 뻥 차였다. 자신이 부족한 남자인 것 같다고. 네가 더 좋은 남자를 만났으면 좋겠다고. 끝까지 그녀를 위하는 척 이별을 고했다. 하지만 뒤늦게야 알게 됐다. 다른 여자를 만나기 위해 이별을 선택한 것이고. 자신은 버려졌다는 것을.

개새끼…….

처음 그 사실을 알게 됐을 때 그녀는 배신감 때문에 좀처럼 정신을 차릴 수가 없었다. 억울하고 화가 나서 미쳐 버릴 것만 같았다. 친한 친구들인 유경과 지민에게도 차마 털어놓지 못했다. 자존심 때문이었다.

끙끙 앓다가 혼자 술집으로 향했다. 술잔을 기울이고 있는데 우연히 유경의 남자친구였던 동건과 마주쳤다. 혼자 술을 마시는 그녀를 보고 의아해하던 동건은 이내 자신의 일행이 아닌 그녀의 앞에 앉아 함께 술잔을 기울였다. 술에 취해서일까. 친구에게조

차 하지 못했던 말을 동건에게 털어놓게 됐다. 동건은 위로의 말을 건네주었고, 오랜만에 느끼는 따뜻한 위로에 저도 모르게 펑펑 울어 댔다. 그리고 그날 밤, 사고를 쳤다.

 그날로 끝났어야 했다. 하지만 어떻게 된 일인지 하루로 끝내지 못하고 동건과 계속해서 만나게 됐다. 입이 열 개라도 할 말이 없는 상황이기는 하지만, 그래도 굳이 핑계를 대자면 그녀는 전 남친의 배신으로 제정신이 아닌 상태였고, 사무치게 외로웠다. 그리고 동건 역시 유경과 사이가 소원해져 있었던 상태이기도 했다.

 만남이 잦아질수록 마음이 깊어졌다. 안 된다는 걸 알면서도 친구의 연인을 사랑하게 됐다. 물론 동건이 저와 같은 마음이 아니라는 것은 알고 있었다. 그에게 있어 자신은 한낱 바람피우는 상대, 섹스파트너. 그 이상도 그 이하도 아니었다. 그는 자신과 몸을 섞으면서도 유경과 헤어질 생각이 전혀 없는 것 같았으니까 말이다. 그를 마음에 품은 그 순간부터는 정말이지 괴로운 나날의 연속이었다. 그러던 어느 날, 그의 아이를 갖게 됐다는 것을 알게 됐다. 어쩌면 이게 기회일지도 모르겠다고 생각했다. 그래서 아이를 핑계로 동건을 붙잡았다.

'뭐? 임신이라고……?'

'응. 동건 씨 아이야.'

'……'

'설마, 의심하는 건 아니지?'

 예상했던 대로 그는 무척이나 당황한 것 같았지만, 결국엔 그녀와 자신의 아이를 책임지겠노라 말했다. 곧바로 임신 소식을 양가 부모님께 알리고 결혼 준비를 서둘렀다. 번갯불에 콩을 구워 먹는다는 속담이 딱 어울리는 시간들이었다.

　유경 몰래 결혼 준비를 하면서 마음 한구석엔 커다란 죄책감이 남아 있긴 했지만, 어차피 엎질러진 물이라고. 돌이킬 수 있는 건 아무것도 없다고. 뻔뻔하게 자기합리화를 했다. 하지만 시간이 지날수록 죄책감보다 더 큰 문제가 그녀의 목을 옥죄어 왔다. 어느 순간부터 저도 모르게 하루에도 열두 번씩 동건의 마음을 의심하게 된 것이었다.

　나는 사랑이었는데, 그는 책임감이었다는 걸 알아서일까. 아니면 개새끼라고 욕했던 전 남친과 자신의 남편이 될 동건이 결국은 나를 바 없다는 걸 깨달아서일까. 그의 입에서 사랑한다는 말을 들어도, 이젠 정말 유경을 정리했다고, 너뿐이라는 말을 들어도, 의심을 완전히 떨쳐 낼 순 없었다. 심지어는 결혼식 당일인 오늘까지도 마음이 불안하기만 할 뿐이었다.

　"나만큼 불행한 신부가 또 있을까……."

　세희는 볼록하게 솟아오른 제 배를 바라보며 낮게 중얼거렸다. 우정을 버리고 사랑을 선택했다. 하지만 이제 와서 보니 사랑을 얻은 것 같지도 않다. 이도 저도 아닌 제 처지가 너무도 서러워서 눈물이 핑 돌았다.

　떨리는 걸음을 조심스럽게 내디뎠다. 아직 식이 시작되기 전이라 찾아온 사람들이 분주하게 오가고 있었다. 말만 스몰웨딩이지, 꽤나 본격적이었다. 널따란 정원을 가로지르고 있는 새하얀 버진로드와 색색의 아름다운 꽃 장식들은 결혼식장 분위기를 한껏 살려 주고 있었다. 게다가 화창한 날씨까지. 완벽한 야외결혼식장의 모습이었다. 눈치가 보여서 스몰웨딩을 선택했을 거라던 이준의 예상은 아무래도 틀린 것 같았다. 그러고 보니 언젠가 세희가 야외결혼식이 자신의 로망이라고 했었던 것도 같다.

"뭐야, 저기?"

"헐! 비주얼 좀 봐. 민폐 하객이네, 완전."

나란히 들어서는 이준과 유경의 등장에 사람들의 시선이 쏠렸다. 둘 다, 눈에 띄지 않으려야 않을 수가 없는 비주얼이기는 했다. 게다가 유경은 신부를 돋보이게 하기 위해 피해야 하는 흰 원피스까지 입지 않았던가. 누가 봐도 평범한 하객처럼 보이지 않는 두 사람의 모습에 여기저기서 웅성거리기 시작했다. 그중엔 유경을 알아보고 눈이 튀어나올 듯이 표정을 짓는 이들도 몇 있었다. 그럴 수밖에 없었다. 신부와 신랑 양측 모두 유경과 겹치는 지인이 없을 수가 없었으니까 말이다.

네가 여긴 왜 온 거야? 대체 무슨 일을 저지르려고?

적대감이 가득 담긴 노골적인 시선들이 유경의 얼굴에 고스란히 꽂혔다. 어쩌면 당연한 일이었다. 신랑과 신부의 편에 선 이들에게는 그녀가 불청객으로 보일 수밖에 없을 테니까 말이다. 못 볼 꼴을 당한 건 분명 저이건만, 그들도 이런 사정을 분명 알고 있을 텐데. 그들의 눈빛 공격에 유경은 오히려 자신이 악당이 된 것만 같았다.

그들의 시선이 머리 위에서 쏟아지는 눈부신 봄 햇살보다도 더 따갑게 느껴진다. 이런 상황이 닥치리라는 건 이미 알고 있었다. 하지만 그래도 막상 겪으니 못내 억울하고, 몸이 절로 움츠러드는 건 어쩔 수 없다. 그때였다. 이준이 팔을 들어 그녀의 어깨를 부드럽게 감쌌다.

"쫄 거 없어요."

작지만 힘이 실린 중저음의 목소리였다. 어깨를 감싼 채 옆에 있어 주는 이준이 꼭 든든한 방패처럼 느껴졌다. 그래. 지금 움츠러들어야 하는 건 내가 아니라 그 두 사람이야.

유경이 마음을 굳게 다잡으며 움츠러들던 어깨를 의도적으로 곧게 펴는 그 순간이었다. 저 멀리서 동건의 모습이 보인다. 새카만 턱시도에 나비넥타이까지. 잘 차려입은 동건은 하객들에게 인사를 하고 있었다. 워낙 정신이 없어 그녀가 이곳에 왔다는 사실도 아직 눈치를 채지 못한 듯했다. 유경의 걸음이 그 자리에서 뚝 멈춰졌다. 옆에서 걷던 이준 역시 덩달아 걸음을 멈췄다.

"……."

걸음을 멈춘 채, 유경은 동건을 빤히 바라보았다. 누가 오늘의 주인공 아니랄까 봐. 새신랑인 그는 활짝 웃고 있었다. 그리고 한눈에 봐도 더없이 행복해 보였다. 저렇게 밝게 웃는 모습을 마지막으로 봤던 게 언제였더라……. 아니, 그랬던 적이 있기는 했었던가……. 기억조차 나지 않을 정도로, 언젠가부터 그녀와 함께할 때는 보여 주지 않았던 미소였다.

이미 상처를 받을 만큼 받았다고 생각했다. 칼에 찔리고, 손톱에 뜯기고, 발에 짓밟혀서. 그래서 이제는 무뎌졌다고 생각했다. 더 이상 아픔을 느낄 수 없을 거라고. 이미 바닥이라 이보다 더 밑으로 내려갈 수 없을 거라고. 하지만 그건 혼자만의 착각이었던 것 같다. 아니, 바람이었을지도 모르겠다. 무뎌졌다고 생각해도 이렇게 벌어진 상처에 소금 한 주먹을 맞을 때면, 마치 이번이 처음인 것처럼 또다시 엄청난 통증이 느껴지곤 했다. 바닥이라 생각하고 딛고 있던 발아래 역시 또다시 무너져 내렸다. 같은 일이 계속 반복되고 있었다. 도대체 이게 몇 번째인 건지. 이제는 어디가 끝일지, 아니, 정말 끝이 나기는 하는 것인지, 겁이 날 정도였다.

"……이준아."

여전히 동건에게 시선을 고정한 채로 유경은 느릿하게 입술을 달싹였다.

"그냥…… 가자. 우리."

솔직하게 말하자면, 청첩장을 본 그 순간부터 지금까지 몇 번이고 머릿속으로 상상해 봤다. 드라마의 한 장면처럼 그들의 결혼식장에 쳐들어가 모든 것을 엎어 버리면 어떨까, 하는 상상. 상상 속에서 그녀는 용감했다. 이 결혼 반대야! 고래고래 소리 지르며 수많은 하객들 앞에서 두 사람의 실체를 까발리기도 했다. 당황한 두 사람의 표정을 상상하자 통쾌했다.

하지만 상상은 상상일 뿐. 현실로 이룰 생각은 눈곱만큼도 없었다. 착해서가 아니었다. 그냥 단지, 용기가 없을 뿐이었다.

'왜 누나가 피해야 하는데요? 잘못한 건 그 사람들인데.'

'누나는 정말 이대로도 괜찮다고 생각해요?'

그런데 이준의 말을 들을수록 애써 참고 있던 억울함이 슬그머니 고개를 쳐들기 시작했다.

'하고 싶은 대로 해요.'

'무슨 선택을 하든, 나는 누나 편이니까.'

그리고 없던 용기가 솟아났다. 결국 한참을 고민한 끝에 차에서 내렸다. 전쟁터처럼 느껴지는 결혼식장을 향해 무거운 걸음을 내디디며 그녀는 굳게 마음을 먹었다. 이준의 말대로 해도 후회, 안 해도 후회라면 차라리 지르고 후회하자고. 적어도 나만큼은 타인이 아닌 나 스스로를 위해 행동하자고.

물론 상상했던 것처럼 결혼식을 파탄 내야겠다는 마음을 먹은 건 아니었다. 다만 그 두 사람에게 똑똑히 알려 주고 싶었다. 오늘 당신들의 행복 아래에 누군가의 너덜너덜해진 가슴이 짓밟혀 있다는 것을. 그래서 오늘이 당신들에게 마냥 행복하기만 한 날이 되어서는 안 된다는 것을 잊지 않기를. 그렇게라도 복수하고 싶었다. 그래야 내가 조금이라도 덜 억울할 테니까.

그런데 막상 웃고 있는 동건의 모습을 보자 힘이 쭉 빠지는 듯했다. 이제 와서 그게 다 무슨 소용인가 싶다. 이런 소심한 복수를 한다고 한들 이제 와서 바뀌는 건 아무것도 없을 텐데. 그렇다고 제 마음이 아무 일 없었던 것처럼 후련해질 수 있는 것도 아닐 테고.

"정말로 괜찮겠어요?"

이준이 걱정 가득 담긴 시선으로 그녀를 바라보았다. 유경은 작게 고개를 끄덕였다.

"……응."

"알겠어요."

아까처럼 또 피하지 말라고 뾰족한 말로 찌르면 어쩌나, 걱정했다. 하지만 생각했던 것과 달리 이준은 군말 없이 그녀를 따라 고개를 끄덕였다. 당신이 괜찮다면 그걸로 됐다고. 그녀를 바라보는 그의 눈빛이 그리 말하고 있었다. 이 와중에도 온전히 제 편을 들어 주는 이준이 고맙다. 그렇게 돌아서는 순간이었다. 하필이면 동건의 모친, 강 여사와 시선이 딱 마주쳤다.

"……!"

한복을 곱게 차려입은 강 여사는 마치 귀신이라도 본 것처럼 새하얗게 질린 얼굴로 유경을 바라보고 있었다. 아니, 어쩌면 귀신보다 더 공포스러운 존재를 마주한 얼굴이었다. 이럴 땐 도대체 어떻게 반응을 해야 하는 걸까. 평소처럼 반갑게 인사를 할 수도, 그렇다고 모르는 척을 할 수도 없는 애매한 상황이었다. 잠깐의 고민 끝에 유경은 강 여사를 향해 고개만 꾸벅 숙여보였다. 그것이 지금 이 상황에서 할 수 있는 최선이라고 생각했다.

숙인 고개를 들어 올렸다. 그와 동시에 강 여사의 눈에서 불이 번쩍 인다. 이를 앙다문 채 강 여사가 좁은 보폭으로 빠르게 유경을 향해 다가오기 시작했다.

못난 내 아들 때문에 네가 마음고생이 많았지. 내가 대신 사과하마. 너한테 너무 미안하다……. 강 여사의 표정을 보면서도 유경은 우습게도 혹시라도 강 여사가 제게 위로를 건네려는 건가, 하고 생각했다.

'난 널 며느리가 아니라 정말로 친딸이라고 생각한단다. 동건이가 티끌만큼이라도 잘못하는 게 있으면 혼자 끙끙 앓지 말고 무

조건 엄마한테 이르도록 해. 내가 아주 혼쭐을 내 줄 테니까. 알겠지?'

동건과 만나는 동안 수도 없이 그렇게 얘기했던 분이었으니까. 그런데 그런 그녀를 비웃기라도 하듯 강 여사의 입에서 나온 한마디는 매정하기 그지없었다.

"넌 대체……! 여기가 어디라고 온 거니?"

"……어머님."

"어머! 어머! 애 좀 봐!"

유경의 말이 채 끝나기도 전에 강 여사가 팔짝 뛴다. 그러곤 혹시 누가 들을세라 주위를 휘휘 둘러보며 유경을 향해 뾰족한 목소리를 내뱉었다.

"어머님이라니, 누구더러 어머님이라는 거야?"

강 여사가 사나운 눈초리로 쏘아붙였다. 지금까지 알고 지낸 세월이 3년이었지만, 처음 보는 얼굴이었다. 상상도 할 수 없었던 낯선 모습에 유경은 흠칫 굳었다. 누군가가 뒤통수를 세게 내려친 것처럼 정신이 얼얼했다. 그런 그녀의 속을 아는지 모르는지, 강 여사는 매섭게 유경을 몰아붙였다.

"누가 들으면 어떡하려고 그러는 거니? 너 정말 남의 귀한 자식 앞길 막으려고 작정을 했어?"

대체 언제부터였을까. 딸과 같은 존재에서 남보다 못한 존재가 되어 버린 것은……. '우리 며늘아기'라며 세상에서 더 없이 다정하게 바라보던 눈빛은 이제 존재하지 않았다. 유경을 담고 있는 강 여사의 두 눈에는 오직 그녀가 제 아들의 앞날을 망가뜨리려고 온 게 분명하다는 공포와 적개심만이 그득했다. 세상에서 둘도 없이 차가운 강 여사의 시선을 깨닫고 나자 그제야 외면하고 싶었던 현실이 눈에 보인다. 저를 제외하고는 모두가 한통속이었던 것이었다는 것을. 오늘, 이 순간, 아픈 사람은 저 혼자밖에 없다는 것을.

그냥 돌아서려던 그녀의 도화선에 불이 붙는 순간이었다. 팔은 안으로 굽고, 가재는 게 편이라더니. 역시 그럴 수밖에 없는 모양이라고. 머리로는 이해할 수 있었다. 하지만 상처 받아 너덜너덜해진 마음은 그것을 도저히 수용해 줄 수가 없는 모양이다.

"……어머님, 아니, 강 여사님."

멍하니 강 여사를 바라보던 유경은 있는 힘을 다해 입매를 끌어 올렸다.

"입은 삐뚤어졌어도 말은 바로 하셔야죠."

"뭐, 뭐야?"

"남의 귀한 자식 앞길을 막은 건, 제가 아니라 그쪽 아드님이라는 거. 여사님도 잘 아시잖아요."

또박또박. 어른 앞에서 되바라지게 제 할 말을 뱉어 내는 유경을 보며 강 여사는 조금 전 그녀를 마주했을 때보다 더 놀란 얼굴을 했다. 충격이 큰 모양이었다. 그럴 수밖에 없는 것이, 지금까지 유경은 단 한 번도 강 여사에게 말대꾸를 해 본 적이 없었다. 가끔 부당하다는 생각이 들곤 했지만 그때도 웃으며 '네, 네.' 하고 대답했었다.

바보처럼 착해 빠져서가 아니었다. 사랑하는 남자의 어머니였으니까. 딸이라고 생각해 진정으로 위해서 하는 말이라 여겼으니까.

그런데 지금 이 순간 그게 아니었다는 것을 강 여사가 직접 알려 주지 않았던가. 그것은 더 이상 그녀가 강 여사의 말에 바보처럼 '네. 네.' 해야 할 이유가 없다는 말이나 다름없었다.

"걱정하지 마세요. 저, 이 결혼 파탄 내러 온 거 아니니까요."

유경은 아예 입꼬리를 한껏 말아 올려 미소까지 지으며 말을 덧붙였다.

"아니, 오히려 이 자리에 있는 사람들 중에 제가 가장 두 사람의 결혼을 축하할걸요? 시궁창에 빠질 뻔한 내 인생을 구해 줬는데. 선량한 사람한테 피해 안 주려고 쓰레기들끼리 끌어안고 살겠다는데. 너어무 고마운 거 있죠. 그래서 감사 인사하러 온 거예요."

꾸벅.

충격으로 인해 입만 벌린 채 한마디도 되받아치지 못하는 강 여사를 향해 정중하게 고개를 숙인 후, 유경은 다시금 빙글 몸을 돌렸다. 마침 그녀를 발견한 건지 이쪽으로 다가오는 동건의 모습이 보인다. 유경은 새신랑이 먼 걸음 하지 않도록 그를 향해 성큼성큼 걸음을 옮겼다. 이준 역시 유경의 뒤를 따랐다.

"동건 씨, 오랜만이네."

유경은 동건을 향해 인사를 건넸다. 마치 오랜 친구처럼 자연스러운 표정과 말투였다.

"네가 여긴 어떻게……."

예상치 못한 그녀의 등장에 동건은 입을 쩍 벌리며 유경을 바라보았다. 10센티가 넘는 힐을 신어서 유경은 지금 180센티가 넘는 키였다. 그리고 동건의 키는 176. 그래도 결혼식이랍시고 키높이 구두를 신은 모양이었지만, 안타깝게도 유경보다는 눈높이가 낮앉다. 게다가 유경의 옆에는 훤칠한 키에 눈부신 외모를 지닌 이준까지 서 있었다. 압도당하지 않고는 버틸 수 없을 정도로 포스가 넘치는 커플이었다.

"어머, 표정이 왜 그래. 내가 못 올 곳 왔어?"

유경은 대놓고 이죽였다.

"며칠 전까지만 해도 세상에서 나랑 가장 가깝던 두 사람이 결혼한다는데, 당연히 내가 와서 축하해 줘야지."

"유경아……."

처음 보는 그녀의 모습에 놀란 듯 동건의 목소리가 떨려 왔다. 하지만 유경은 눈 하나 깜빡 않고 제 할 말만 이어 갔다.

"결혼 축하해, 동건 씨. 진심이야."

"……."

"20년 지기 친구 뒤통수도 아무렇지 않게 치는 여자랑, 꼬옥 예쁜 가정 꾸려서 백년해로해야 해."

그리고 마지막으로 방긋, 여유로운 미소를 흩뿌리는 것까지 잊지 않았다.

"알았지?"

식이 시작되기 20분 전. 신부대기실은 고요했다. 세희는 발길이 뚝 끊긴 대기실 입구를 빤히 바라보았다. 사실 처음부터 대기실을 찾는 이들 자체가 별로 없었다. 그리고 지금까지 신부대기실을 찾은 이들의 대부분은 그녀가 아닌 부모님의 지인들이었다. 자신의 주변인은 거의 부르지 못했다. 그럴 수밖에 없는 것이, 자신의 지인과 유경의 지인은 대부분 겹쳤기 때문이다. 고등학교, 대학교, 심지어 회사까지 같은 곳을 다녔으니 당연한 일이었다.

세희는 대기실 입구에서 시선을 떼고 주위를 쓱 둘러보았다. 값비싼 카메라를 든 사진기사가 무료한 얼굴로 벽에 기대서 있었다. 저 사람은 지금 무슨 생각을 하고 있을까. 오늘 일당은 꽁이라는 생각을 할까. 아니면, 이렇게까지 친구가 없는 신부는 처음이라고 불쌍하다는 생각을 할까. 그 순간이었다. 허공만 바라보던 사진기사와 세희의 시선이 마주친 것은.

"저어……."

멋쩍었는지 사진기사가 어색하게 웃으며 묻는다.

"신부님 단독 샷이라도 좀 더 찍을까요?"

"아뇨. 됐어요."

단호하게 거절한 세희는 그냥 두 눈을 꾹 감아 버렸다. 시간이 지날수록 역시 결혼식 따위 하는 게 아니었다는 후회만 점점 짙어지고 있었다. 조금만 참자. 이제 얼마 안 남았으니까……. 어서 빨리 시간이 흐르길. 그래서 이 치욕스러운 상황에서 벗어날 수 있기를. 간절히 바랄 때였다.

"임세희."

귀에 익은 목소리가 들렸다. 특유의 청아함이 깃든 목소리였다. 설마!

세희는 감았던 눈을 번쩍 떴다. 그와 동시에 입을 쩍 벌리고 마른 비명을 내질렀다. 다시는 우연이라도 절대 마주치고 싶지 않았던 인물이 대기실 안으로 성큼성큼 걸어 들어오고 있었다. 심

지어 그 옆에는 마치 연예인처럼 보이는 반짝이는 외모의 남자
도 함께였다.

"네가 어떻게……."

세희는 말을 차마 끝맺지 못했다. 뒤늦게 유경의 차림새가 눈에
들어왔기 때문이었다. 길쭉하고 늘씬하지만 들어갈 데는 들어가
고 나올 데는 확실히 나온 몸매의 굴곡을 고스란히 드러내 놓고
있는 흰 원피스. 안 그래도 큰 키를 더 돋보이게 만드는 하이힐.
반짝이는 액세서리까지. 유경은 웨딩드레스를 입고 있는 저보다
도 훨씬 더 화려한 모습이었다.

세희는 솟아오른 배를 가리기 위해 펑퍼짐한 디자인의 웨딩드레
스를 고를 수밖에 없었다. 원하는 디자인은 눈물을 머금고 포기
할 수밖에 없었다. 그래서일까. 그녀와 자신이 더욱더 비교가 되
어 보이는 건. 부끄러움과 초라함, 그리고 분노까지. 복합적인 감
정이 한꺼번에 치밀어 올랐다.

"꼭 귀신이라도 본 것 같은 얼굴이네."

"……."

"넌 정말 내가 아무것도 모르고 있을 거라고 생각했나 봐?"

어느덧 가까이 다가온 유경이 한쪽 입꼬리를 씨익, 말아 올린다.

"축하인사 하러 왔어. 그래도 우리가 친구였던 세월이 얼만데,
그 정도는 해 주는 게 예의일 거 같아서."

세희는 차마 아무런 말도 하지 못했다. 유경의 앞에선 입이 열
개라도 할 말이 없었으니까. 그저 벌어진 입을 꽉 다물 뿐이었다.

"세희야. 결혼, 진심으로 축하해."

유경은 그런 세희와는 정반대되는 여유로운 얼굴로 제 할 말을

이어 갔다.

"내가 봤을 때 너는 친구도 잃고, 회사도 잃고, 다 잃은 것 같지만. 그래도 든든한 남편 얻었으니까 행복하겠다. 그렇지?"

"……."

"그리고 너보다 박동건을 더 오래 만나고 잘 아는 여자로서 하나만 알려 줄게. 잘생기면 얼굴값, 못생기면 꼴값한다잖아? 근데 박동건은 딱 꼴값 쪽이더라고."

"……."

"너 그거, 얼굴값 당하는 것보다 훨씬 더 기분 더러운 일인지 아니? 그래도 너랑 한때나마 친구였던 정 때문에 충고해 주는 거니까 잘 새겨들어."

유경이 허리를 살짝 숙이며, 한마디도 하지 못하고 있는 세희의 귓가에 대고 작게 속삭이듯 말했다.

"참, 바람 안 피우는 사람은 있어도 한 번만 피우는 사람은 없다더라. 네 든든한 남편, 간수 잘해."

아픈 곳만 콕콕 찌르는 유경의 말에 부케를 쥐고 있는 세희의 손끝이 바들바들 떨려 왔다. 입가도 바르르 떨려 왔다. 지금 이 상황이 너무도 치욕스러웠지만 반박할 말이 없어서 더 분했다.

"그럼 이만 가 볼게."

유경은 숙였던 허리를 곧게 펴고 입구를 향해 돌아섰다. 그러다 문득 떠오른 생각에 걸음을 멈추고 다시금 세희를 내려다본다.

"아참, 혹시나 해서 하는 말인데 이제 와서 사과는 필요 없어. 물론 너는 사과할 생각이 전혀 없었던 것 같지만."

그렇게 14년 우정에 마침표가 찍혔다. 유경은 반짝이는 남자와 함께 당당한 걸음걸이로 신부대기실을 빠져나갔고, 세희는 이곳에 덩그러니 남아 흥미롭다는 듯 이쪽을 바라보고 있는 사진기사의 시선을 받아야만 했다. 참으로 비참한 말로가 아닐 수 없었다.

"……아아아악!"

그들이 사라진 곳을 멍하니 바라보고 있던 세희는 뒤늦게 있는 힘껏 악다구니를 내질렀다. 그와 동시에 들고 있던 부케도 바닥에 신경질적으로 내팽개쳤다.

파앗―!

벽에 부딪힌 부케가 바닥으로 떨어졌다. 그 충격에 꽃잎들이 신발 자국이 찍혀 있는 더러운 바닥 위를 아무렇게나 나뒹굴었다. 처참한 꼴이었다. 그 모습이 꼭 지금 자신의 모습처럼 느껴졌다. 모든 것이 마음에 들지 않았다. 최고의 날이어야 할 오늘이, 자신에겐 평생 중 가장 최악의 날로 기억될 것 같았다. 두 눈을 질끈 감았다. 감은 눈 아래로 하루 종일 참았던 눈물이 결국 툭 하고 떨어졌다.

두근두근.

신부대기실을 빠져나오는 것과 동시에 심장이 빠르게 뛰기 시작했다. 옷을 뚫고 밖으로 나올 기세였다. 이제야 집을 나갔던 정신이 제자리로 돌아오는 듯했다. 도대체 무슨 정신으로 그들을 상대했는지 스스로도 모를 일이었다. 어떤 표정을 지었는지, 무슨 말을 했는지. 불과 몇 초 전의 일이었는데 아주 머나먼 일처럼 아득하게만 느껴진다. 하지만 아직 긴장을 풀기엔 일렀다. 마지막 단계가 남아 있었다.

"후우."

심호흡을 짧게 한 다음, 신부대기실을 등진 채 앞만 보고 걷기 시작했다. 높은 구두 때문에 걷는 게 불편했지만 이를 꽉 깨문 채 중심을 잡았다. 그 덕분에 런웨이에 올라선 모델만큼이나 완벽한 걸음을 선보일 수 있었다.

건물을 빠져나오자 역시나 유경을 알아본 사람들이 시선을 보내기 시작했다. 그녀의 뒤로 따가운 시선이 꼬리표처럼 길게 따라붙었다. 수군거림도 아까보다 훨씬 노골적이었다. 몇몇 말들은 정확하게 그녀의 귓속을 파고들기까지 했다. 아무것도 모르는 척, 아무렇지 않은 척, 애써 당당하게 걸음을 옮겼다. 하지만 손끝이 떨리는 것까지는 막을 도리가 없었다. 그때였다. 이준의 커다란 손이 그녀의 손을 부드럽게 감싸 쥐며 속삭이듯 말했다.

"괜찮아요."

대단한 위로의 말은 아니었다. 그런데 그 순간, 마치 거짓말처럼 떨림이 뚝 멈췄다. 참으로 신기한 일이었다. 커다란 손 하나에 의지한 채 정원을 가로지르기 시작했다. 온 신경이 맞잡은 손으로 쏠려 있어서인지 타인의 시선들조차 느껴지지 않았다. 덕분에 유경은 끝까지 당당한 걸음걸이를 유지할 수가 있었다. 이루 말할 수 없이 완벽한 마무리였다.

15. 오늘부터 1일

　잔잔한 클래식 음악이 흐르는 분위기 좋은 이탈리안 레스토랑. 두 사람은 직원의 안내에 따라 볕이 잘 드는 창가 테이블에 마주 앉았다. 유경은 제 앞에 놓여 있는 메뉴판을 이준에게 건넸다.

　"배 많이 고프지?"

　이준은 즉답했다.

　"조금요."

　하긴. 아침 일찍부터 물도 제대로 마시지 못하고 바쁘게 움직였는데, 지금 배가 고프지 않은 게 더 이상했다.

"여기 음식들 다 맛있어. 먹고 싶은 거 다 골라."

"정말 그래도 돼요?"

"그래, 맘껏 시켜. 오늘은 내가 살 테니까."

유경의 대답이 떨어지자마자 이준은 씩 웃으며 메뉴판을 정독하기 시작했다. 꽤 값비싼 레스토랑이었다. 그래서 특별한 날에만 찾는 곳. 오늘은 그 특별한 날 중 하나였다. 메뉴판에 찍혀 있는 가격대가 신경 쓰이지 않는다면 거짓말일 것이다. 하지만 지금 이 순간만큼은 이준에게 쓰는 돈이 하나도 아깝지 않을 것 같았다. 그 정도로 그녀는 지금 컨디션이 최고로 좋았다. 마치 10년 묵은 체증이 내려간 것처럼 속이 시원했다. 이 모든 건 이준 덕분이었다.

"세트로 시키는 게 좋을 것 같은데. 누난 어떻게 생각해요?"

"네가 알아서 시켜."

고개를 끄덕이자 이준이 메뉴판을 덮고는 우아하게 손을 들어 직원을 불렀다.

"주문하시겠습니까?"

"커플 B세트로 부탁드립니다."

순간 유경은 저도 모르게 흠칫했다. 그의 입에서 나온 '커플'이라는 단어가 유독 귀에 꽂히는 건 왤까.

"네, 커플 B세트요."

직원이 다시 한번 주문을 확인하며 유경과 이준을 번갈아 봤다. 유경은 의도적으로 시선을 피했다. 그저 주문이 맞는지, 틀렸는지 확인하기 위해 둘러본 것뿐이겠지만 신경이 쓰이는 건 어쩔 수 없었다. 혹시 저 여자가 이준을 알아본 거면 어떡하지. 설마 커플

세트를 시켰다고 진짜 커플이라고 오해를 하는 건 아니겠지. 짧은 순간이었지만 쓸데없는 걱정마저 들었다. 그러나 다행히도 직원은 이준을 알아보지 못한 눈치였다. 커플이라고 오해를 하는 건지는 알 수 없었지만 말이다.

"다른 건 필요한 거 없으신가요?"

직원이 웃는 얼굴로 되물었다. 유경은 속으로 안도의 한숨을 짤막하게 내쉬었다. 그러곤 문득 떠오르는 생각에 질문을 던졌다.

"혹시 맥주도 있나요?"

"네. 생맥주가 준비되어 있습니다."

"그럼 맥주도 한잔 주세요."

망설임 없이 맥주를 주문한 유경은 이준을 향해 물었다.

"너도 한잔할래?"

"아뇨. 차 가져왔잖아요."

"대리 부르면 되잖아."

"이 시간엔 대리 구하는 게 하늘의 별 따는 것만큼 어려워요."

"아, 그래?"

운전을 해 봤어야 알지.

"맥주는 한 잔만 주세요."

유경은 머쓱한 얼굴로 직원을 향해 주문을 마무리했다.

"근데 대낮부터 무슨 술이에요."

주문을 받은 직원이 떠나가고, 이준이 물을 반쯤 따른 컵을 유경에게 내밀며 말했다.

"술에 시간이 뭐가 중요해. 낮술이라는 말이 괜히 있겠어?"

"완전 술꾼이네."

"술꾼이라니."

어감이 영 별로였다. 유경은 미간을 살짝 좁힌 채 항변했다.

"그 정도는 아니거든?"

"그 정도 맞는 거 같은데? 며칠 전에 고생해 놓고 또 술이 들어가요?"

……아, 맞다! 그제야 유경은 고작 며칠 전, 숙취 때문에 엄청나게 고생했었다는 사실을 깨달았다. 분명 술을 또 마시면 개라고, 금주 결심을 했었는데 말이다. 역시 인간은 망각의 동물인 모양이었다.

"……멍멍."

스스로에게 했던 약속을 떠올리며 유경은 아주 작게 중얼거렸다. 그러자 이준이 고개를 갸웃한다.

"뭐라고요?"

"아니야, 아무것도."

그러는 사이, 음식보다 먼저 준비된 맥주가 나왔다. 유리잔 표면에는 송골송골 이슬이 맺혀 있었다. 보기만 해도 시원했다. 유경은 망설임 없이 잔을 들고 입으로 가져가 들이켰다. 톡톡 쏘는 탄산이 목구멍으로 청량하게 넘어가는 느낌이 좋았다. 꼭 지금 뻥 뚫린 제 속 같았다.

"캬, 좋다!"

한 번에 반이나 비운 술잔을 탁, 테이블 위에 내려놓으며 감탄사를 내뱉었다. 저도 모르게 나온 말이었다.

"기분 좋아 보이네요."

"응. 나 지금 정말로 기분 좋아."

유경은 씨익 미소를 지으며 솔직하게 말했다.

"하고 싶은 말 다 하고 나니까 속이 시원한 거 있지."

"나 아니었으면 어쩔 뻔했어요? 하고 싶은 말이 그렇게 많았으면 서 그냥 참고 넘어갔으면 분명히 화병 걸렸을걸요."

"네 말이 맞아. 나도 몰랐는데 화가 엄청 쌓여 있던 것 같아."

유경은 동의하며 고개를 끄덕였다. 그러곤 이준의 두 눈을 바라 보며 진심으로 말했다.

"정말로 고마워. 너 아니었으면 절대 나는 용기 못 냈을 거야."

물론, 나중에 오늘의 행동에 대해 괜한 짓을 한 게 아닐까 하며 후회할지도 모른다. 하지만 적어도 지금 이 순간만큼은 속이 후 련했으니 그것만으로도 만족이었다. 아마 시간이 흘러도 아무 행 동도 하지 못했을 때보다는 덜 후회스럽지 않을까.

"근데 아까 보니까, 누나 말 엄청 잘하던데요? 혹시 대본 준비 한 건 아니죠?"

"나도 내가 그렇게까지 말을 잘할 줄은 몰랐어. 아까 나 떠는 거 티 안 났지?"

"전혀. 완전 래퍼 같았어요."

두 사람은 동시에 작게 웃음을 터뜨렸다. 그때였다. 드디어 기다 리던 메인 메뉴들이 나왔다. 허기가 졌던 두 사람은 허겁지겁 식 사를 시작했다. 음식은 오늘도 역시 맛있었다. 클래식 음악은 듣 기 좋았고, 함께 곁들이는 맥주는 시원했으며, 간간이 나누는 대 화도 자연스러웠다. 흠잡을 데 없는 점심식사였다. 하지만 유경 은 식사를 하는 내도록 못내 이준이 신경 쓰였다. 마치 아무 일 없 었다는 듯 다정한 그의 태도를 보자 헷갈리는 것이다. 정말로 마음 정리를 다 끝내고 친구의 누나로 보고 있는 걸까. 만약 그런 거라면, 조금은 쓸쓸할 것 같다고 생각했다. 참으로 이기적이게도.

도로 위를 유려하게 달리던 차가 멈췄다. 그녀의 아파트 주차장이었다.

"데려다줘서 고마워."

유경은 안전벨트를 풀고 이준을 향해 말했다.

"뭘요."

이준은 덤덤하게 대답했다.

"……."

"……."

짧은 대화 끝에 차 안에는 무거운 침묵이 흘렀다. 갑자기 분위기가 왜 이렇게 어색한 건지 모르겠다. 조금 전까지만 해도 함께 웃고 떠들며 식사까지 해 놓고 말이다.

"그럼, 나 먼저 들어갈게. 조심해서 가."

어색하기 그지없는 얼굴로 작별인사를 건넨 유경이 조수석 문고리를 잡았을 때였다. 문득 이준이 툭, 내뱉듯 말했다.

"그날이요."

유경은 몸을 틀어 다시금 이준을 바라보았다.

"응? 그날?"

"지민 누나랑 술 마시고 쓰러진 날이요."

"아……."

순간 떠오르는 기억에 유경의 입가가 살짝 경직됐다. 그래. 이 얘기가 왜 안 나오나 했다. 유경은 마치 죄를 짓고서 선생님의 처분을 기다리는 학생처럼 얌전하게 양손을 무릎 위로 모았다.

"그날은 정말 미안해. 지민이한테 너 집에서 나간 거 얘기 아직 안 했거든. 그래서 연락을 했나 봐."

"그 이후는요?"

"……미안. 필름이 완전히 끊겼어."

"완전히? 그럼 하나도 기억이 안 난다는 건가?"

삐딱하게 되묻는 질문에 유경은 고개를 작게 끄덕였다. 그러자 이준이 못마땅하다는 듯 눈썹을 찌푸린다. 아무래도 그날, 제가 뭔가 실수를 하긴 한 모양이었다.

"내가 무슨 실수라도 했니?"

"실수라……."

그날의 기억을 떠올리듯 낮게 곱씹던 이준이 이내 입가를 비스듬히 올리며 말한다.

"뭐, 누나 입장에서는 실수였을지도 모르겠네요."

"……그게 무슨 말이야?"

"그날, 누나 말 엄청 많이 했거든."

"말을 많이 했다고? 내가?"

금시초문이었다. 이준에게 한 말은커녕, 어떻게 집으로 들어왔는지조차 기억이 나지 않으니 말이다.

"아주 많이요."

이준은 고개를 끄덕이며 대답했다. 순식간에 불안감이 그녀를 엄습해 왔다.

"뭐라고…… 했는데?"

되묻는 목소리 끝이 떨린다. 눈빛 역시도 떨려 왔다. 불안한 마음을 여실히 보여 주고 있었다.

"나더러 예쁘다고 했어요."

"뭐?"

"몸도 좋고. 음식도 잘하고. 청소도 잘하고. 돈도 잘 번다고."

"……."

"뭐 하나 빠지는 게 없다고 하던데요?"

하마터면 '그만!' 하고 빼액 소리를 내지를 뻔했다. 그나마 다행이었다. 여기서 멈춰 줘서. 유경은 저를 바라보는 이준의 입가에 살며시 걸쳐진 여유만만한 미소에, 얼굴로 열이 홧홧하게 오르는 것을 느꼈다. 어찌나 뜨거운지 곧 터질지도 모르겠다는 생각이 들 정도였다. 손발 역시 맥반석에서 구워지는 오징어처럼 오그라든지 오래였다. 손가락 열 개와 발가락 열 개가, 마치 강력 본드로 붙이기라도 한 듯 떨어질 생각을 않는다.

……내가 정말로 저딴 말을 했다고?

너무도 충격적이었다. 쉽게 믿을 수가 없었다. 이 녀석, 지금 내가 기억 안 난다고 아무 말이나 하는 거 아니야? 당장이라도 이준의 멱살을 붙든 채 거짓말하지 말라며 소리치고 싶었다. 하지만 부정하고 싶은 마음과 달리 유경은 입도 벙긋하지 못했다. 평소 이준에 대해 그렇게 생각했던 건 사실이었기 때문이다.

"그리고."

유경이 눈을 이리저리 굴리며 쥐구멍을 찾고 있을 때였다. 아직 끝이 아니라는 듯, 이준은 그녀의 두 눈을 똑바로 바라보며 담백한 목소리로 말을 덧붙였다.

"나한테 흔들렸다고도 했어요."

그리 말하는 이준의 눈빛은 진지했다. 웃음기라고는 전혀 없었다. 농담을 하는 것 같지는 않았다.

"……."

"……."

두 사람 사이에는 무거운 침묵이 흘렀다. 마치 시간이 멈춘 것만 같았다. 잠깐 굳어 있던 유경은 당황한 기색을 애써 숨기며 조심스럽게 입을 열었다.

"그건……."

하지만 말을 채 끝내기도 전에 이준이 선수를 친다.

"실수라고요?"

"……."

"취중에 누나의 진심이 나온 거라고 생각하는데, 난."

이준은 대충 넘어갈 생각이 없는 것처럼 보였다. 그날 바로 말하지 않았던 것은, 없던 일로 넘어가려던 것이 아니라 복잡할 그녀의 마음을 배려해서였던 것이다. 유경은 아랫입술을 질끈 깨물었다. 이준의 말이 맞았다. 흔들렸던 것 역시 사실이었다. 물론 그에게 그 사실을 말할 생각은 전혀 없었지만 말이다.

잠깐 고민했다. 이렇게 된 마당에 그냥 솔직하게 말을 해야 하는 건지. 아니면 끝까지 모르는 척 시침을 떼야 하는 건지.

"솔직히…… 잘 모르겠어."

고민 끝에 유경은 조심스럽게 말했다.

잘 모르겠다. 그 어떤 것보다도 이것이 그녀의 진심이었다.

"뭘 모르겠다는 거예요? 나한테 흔들렸다면서."

"그래, 흔들린 건 맞아. 맞는데……."

도대체 이걸 어떻게 설명해야 하는 걸까. 나조차도 무엇이 문제인 건지 명확하게 모르겠는데. 적당한 말이 생각나지 않아 대답을 망설이는 걸 보고 이준이 말했다.

"혹시 아직도 전 남친을 정리 못 한 거예요?"

"그런 건 아니야."

유경은 단호하게 고개를 내저었다. 동건이라면 진작 정리했었다. 배신감만 남았을 뿐. 그를 향한 미련 따위는 사라진 지 오래였다. 그리고 오늘 결혼식장에서 그나마 남아 있던 감정의 찌꺼기마저도 모두 비워 내고 온 참이었다.

"내가…… 착각하는 걸지도 몰라서 그래."

빙 둘러서 말했다. 하지만 이준은 전혀 못 알아듣겠다는 듯한 눈치였다. 유경은 작게 한숨을 내쉰 다음 말을 덧붙였다.

"그냥, 내 상황이 조금 그렇잖아."

"누나 상황이 어떤데."

"애인한테 차이고, 친구한테 배신당하고……."

"……."

"한마디로 엉망진창이지."

제 입으로 다시 확인사살을 하게 되다니. 한층 더 비참하게 느껴진다. 한숨처럼 말을 내뱉은 유경은 씁쓸하게 웃어 보였다. 하지만 이준은 웃음기 전혀 없는 얼굴로 그녀를 바라보고 있을 뿐이었다. 어디 한번 계속 말해보라는 듯. 제 뒷말을 기다리는 이준의 빤한 시선을 슬쩍 피하며 유경은 계속해서 말을 이어갔다.

"어쩌면 내가 지금 너무 괴로워서, 그리고 또 외로워서. 그래서 흔들렸던 걸지도 몰라. 네가 아닌 다른 누가 내 옆에 있었다고 해도 같은 마음이 들었을지도 모를 일이고."

"……"

"그런데 어떻게 내가 네 마음을 받아 줄 수가 있겠어."

이게 지금 그녀의 솔직한 심정이었다. 그의 마음이 진심이라는 걸 알아서. 그의 진심이 가볍지 않다는 걸 알아서. 그래서 더 조심스러울 수밖에 없었다. 그의 진심에 비하면 지금 흔들리는 제 감정은 아무것도 아닐 테니까. 너무도 한없이 가벼울 뿐일 테니까.

"그러니까."

그녀의 말을 잠자코 듣고 있던 이준이 묻는다.

"누나는 지금 본인 감정이 헷갈린다는 얘긴 거죠?"

더없이 깔끔한 정리였다. 유경은 대답 대신 조심스럽게 고개를 끄덕였다. 이준은 잠깐 동안 뭔가를 생각하는가 싶더니 이내 말했다.

"그럼 지금 확인해 보면 되겠네요."

"확인……?"

"그래요, 확인."

도대체 무슨 수로? 이준이 하는 말의 의미를 알아듣지 못한 유경은 고개를 갸웃했다. 그때였다. 이준이 유경을 향해 바짝 다가왔다. 특유의 달콤한 향기가 훅 끼쳤다. 그와 동시에 그의 커다란 손이 그녀의 양 뺨을 붙들었다. 이준이 제 이마를 그녀의 동그란 이마에 살포시 가져다 댔다. 숨결이 느껴질 정도로 가까운 거리. 그가 낮은 목소리를 내뱉었다.

"싫으면 밀어내도 돼."

순식간이었다. 그의 입술이 그녀의 입술 위로 겹쳐진 것은.

"······!"

생각지도 못한 접촉 사고였다. 마치 가만히 서 있다가 차에 치인 것처럼 충격적이었다. 깜짝 놀란 유경은 두 눈을 동그랗게 떴다. 그녀의 시야에는 감은 눈 아래로 풍성하게 깔린 이준의 기다란 속눈썹이 보인다.

도대체 이게 무슨 일이야?

적나라하게 입술을 부딪치고 있는 상황이었지만 좀처럼 현실감이 느껴지지 않았다. 마치 꿈을 꾸는 것처럼 몽롱했다. 그럴 수밖에 없었다. 권이준과 키스라니. 그녀에겐 꿈에서라도, 아니, 실수로라도 생각해 본 적이 없는 일이었으니까 말이다.

꿈······인 건가?

유경이 느릿하게 눈을 깜빡였을 때였다. 말캉한 무언가가 입술을 부드럽게 핥는다. 제 입술에 닿는 생생한 감각에 척추를 타고 소름이 쫙 돋아났다. 더 이상 꿈이라고 착각할 여지가 없었다.

"읏."

저도 모르게 꽉 닫혀 있던 입술이 벌어졌다. 그리고 그 틈을 놓치지 않고 이준은 혀를 살짝 벌어진 틈으로 망설임 없이 집어넣었다. 말캉한 그것이 그녀의 고른 치열을 조심스럽게 훑어 나갔다. 혀끝으로 안에 자리한 그녀의 혀를 옭아매었다. 훑고, 잡아당기고, 빨아 당기는 행위를 반복하기 시작했다. 뜨거운 숨과 함께 달콤한 타액이 입안을 어지럽혔다. 머리가 아찔해졌다. 유경은 두 눈을 질끈 감았다.

이준은 마치 잡아먹을 듯 그녀를 탐했다. 그녀의 뺨을 감싸고 있던 손은 어느덧 작은 머리통을 단단하게 붙들었다. 마치 빠져나갈 여지 따위는 절대 주지 않겠다는 듯 단호함이 느껴졌다. 혼이 빠져나갈 정도로 짙은 키스는 한참이나 이어졌다. 도대체 얼마나 시간이 흐른 건지도 가늠을 할 수가 없을 정도였다. 숨이 막힐 때쯤이면 입술을 살짝 떨어뜨려 숨을 쉬게 만들어 주었다. 그러곤 금세 다시 몰아붙이기를 반복했다.

이준은 그동안 참아 왔던 것을 한 번에 쏟아 내기라도 하려는 듯 집요했다. 마치 평생 키스만 연구하고 살아온 것처럼 능숙하기도 했다. 덕분에 유경은 오히려 마치 이번이 처음인 것처럼, 네 살이나 어린 연하에게 완전히 리드당할 수밖에 없었다. 강약을 완벽하게 조절하는 그의 기술에 그녀는 좀처럼 정신을 차릴 수가 없었다. 이런 키스는 정말이지 평생에 처음이었다. 마치 본드 칠이라도 한 듯 빈틈없이 맞붙어 있던 입술이 떨어진 것은, 유경이 허리를 곧게 펴고 있을 힘조차 없어졌을 때였다. 그제야 이준은 쥐고 있던 그녀의 작은 머리통을 조심스럽게 놓아주었다.

"하아……."

입술이 떨어지자 두 사람의 입에서 누가 먼저랄 것도 없이 가쁜 숨이 터져 나왔다. 그의 손아귀에서 벗어나는 것과 동시에 유경은 풀썩, 의자 등받이로 쓰러지듯 몸을 기댔다. 온몸에 핏기가 사라진 느낌이었다. 키스가 아니라 마치 흡혈귀에게 흡혈을 당한 게 아닐까, 의심이 될 정도였다. 하지만 아직 어려서 혈기가 왕성한 탓일까. 곧 죽을 것 같은 그녀와 달리 이준은 쌩쌩해 보였다. 숨소리도 금방 정상으로 돌아왔다.

"싫었어요?"

그는 지친 유경을 빤히 바라보며 물었다.

"아니다. 안 밀어냈으니까 좋았던 건가?"

"……."

뭐 이런 질문이 다 있단 말인가. 아직 열기가 식지도 않았는데 당돌하게 묻는 이준에게 유경은 차마 그 어떤 대답도 해 주지 못했다. 그저 여전히 멍한 얼굴로 이준을 바라볼 뿐이었다. 그런 그녀의 얼빠진 표정이 귀엽다는 듯 사랑스럽게 바라보던 이준이 입술을 길게 늘어뜨리며 씨익, 웃는다.

"나는, 환장하게 좋았어요."

도발적인 대사와 달리 그의 미소는 마치 어린아이처럼 순진무구했다. 조금 전까지 그녀를 잡아먹을 듯 키스를 퍼부은 남자와는 꼭 다른 사람인 것처럼 느껴질 정도였다. 그 말도 안 되는 간극 때문일까. 그의 미소에 척추를 타고 소름이 쫙 돋아난다. 다시금 얼굴이 새빨갛게 달아오르는 느낌이었다. 민망함에 시선을 피하려고 하는 순간이었다. 이준이 손을 뻗어 그녀의 손을 붙잡았다.

"이번이 마지막이에요."

손등을 부드럽게 감싸며 그녀의 손가락 사이사이로 제 손가락을 하나씩 천천히 맞춰 가며, 그가 말을 이어 갔다.

"누나가 정말로 싫은 거라면, 더는 부담 주지 않을게요. 그땐 나 진짜 깔끔하게 포기할게요."

손등으로 그의 온기가 고스란히 전달되었다. 그리고 미세한 떨림까지도.

"그런데 만약에 누나도 같은 마음이라면, 아니, 나보단 훨씬 작은 마음이더라도 괜찮으니까. 내가 싫은 게 아니라면……."

이준이 잡고 있던 그녀의 손을 자신의 입가로 가져가더니, 손바닥에 입술을 맞추며 작게 속삭였다.

"그만 밀어내고 나 좀 받아 줘요, 제발."

입술의 움직임이, 뜨거운 숨결이, 그녀의 손바닥을 간질였다. 아찔한 감각이었다. 하지만 그보다도 더 유경의 마음을 떨리게 하는 건, 이준의 눈빛이었다. 목소리만큼이나 애절한 저 눈빛. 당신을 간절하게 원하고 있다고. 그의 세포 하나하나가 적나라하게 표현하고 있는 듯했다.

"나는……."

무슨 말이라도 해야 할 것 같아서 유경이 느릿하게 입술을 달싹였을 때였다. 순간, 이준이 잡고 있던 손을 화악— 자신의 쪽으로 끌어당겼다. 그와 동시에 유경의 몸이 그를 향해 기울었다. 얼굴이 가까워졌다. 이준이 다가온 그녀의 양 뺨을 다시금 단단하게 붙들고는 자신의 입술을 겹쳤다.

"으읍."

벌어진 입술 사이로 뜨거운 그의 숨결이 확 끼쳐 왔다. 그녀의 입안은 금세 그의 열기로 가득 찼다. 이번에도 역시나 갑작스러운 키스. 그러나 이번엔 조금 전과 달랐다. 유경은 눈을 동그랗게 뜨는 대신 천천히 눈꺼풀을 내리깔고 그를 받아들였다.

털썩—

유경은 방으로 들어오자마자 침대 위로 쓰러지듯 모로 누웠다. 불편한 옷을 입은 그대로였다. 옆으로 눕자 귀고리가 뺨에 닿아 거슬린다. 그리고 주름이 질 값비싼 원피스도 걱정되고. 하지만 지금은 손가락 하나 까딱할 힘이 없었다.

"오늘은 하루가 진짜 길다……."

눈을 느리게 깜빡이며 한숨처럼 중얼거렸다. 정말이지 긴 하루였다. 아직 해가 중천에 떠 있는 시간이었지만, 꼭 고단한 하루를 마무리하는 밤이 된 것 같은 기분이었다. 그럴 수밖에 없는 것이, 짧은 시간 동안 너무도 많은 일이 일어나지 않았던가. 심지어 상상도 해 보지 못한 사건들의 연속이었다.

그 두 사람의 결혼식장에 설마 제가 찾아가게 될 줄이야. 귀신이라도 본 듯 저를 보고 입을 쩍 벌리던 두 사람의 얼굴은, 정말이지 통쾌하기 그지없었다. 하지만 그보다 더 충격적인 건 뒤에 일어난 일이었다. 어찌나 놀랐는지, 동건과 세희는 어느덧 완전히 잊혀 버렸다. 결혼을 하든지, 말든지. 행복하든지, 말든지. 그 두 사람 따위가 어떻든 간에 더 이상 문제가 아니었다.

"……진짜로 꿈인 거 아니야?"

유경은 힘들게 손을 들어 제 입술을 스윽, 쓸어 보았다. 평소보다 살짝 부은 입술에서 열기가 느껴졌다. 그와 동시에 조금 전 이준과 짙은 키스를 나누던 장면이 눈앞에 생생하게 떠오른다. 살포시 겹쳐지던 도톰한 입술의 감촉, 입안을 가득 채우던 뜨거운 열기, 애절하다 못해 뜨겁던 그의 눈빛까지…….

"꺄아—!"

너무도 생생한 감각에 유경은 비명을 내지르며 얼른 입술에서 손을 뗐다.

"변태같이 뭘 다시 곱씹고 있는 거야, 나는!"

유경은 양손을 들어 뺨을 찰싹, 소리 나게끔 내리쳤다. 아무도 보는 이는 없었지만 그래도 민망했다. 역시, 아무래도 꿈은 아닌 것 같았다.

"그러니까, 권이준이랑 내가……."

차마 말을 끝맺지 못하고 유경은 한숨을 길게 내쉬었다. 정말 이래도 되는 걸까. 분위기에 휩쓸려 괜히 사고를 친 건 아닐까. 후회하게 되는 건 아닐까. 갑자기 보이지 않는 앞날이 걱정스러워진다. 물론, 이미 엎질러진 물이었지만 말이다.

사실 확실한 건 하나 있었다. 분위기에 휩쓸린 건 결코 아니라는 것. 이준의 말대로 키스는 제 감정을 확인하는 그 어떤 방법보다도 정확한 방법이었다. 그와의 키스가 싫지 않았다. 아니, 조금 더 솔직하게 말하자면 좋았다. 떨어지는 입술이 아쉽게 느껴졌을 정도로. 이제 더는 인정하지 않을 수가 없었다. 그는, 더 이상 동생의 친구가 아닌 남자라는 것을.

"……그것도 짐승 같은 남자 말이지."

잡아먹을 듯 키스를 퍼붓던 이준을 떠올리며 낮게 중얼거렸을 때였다.

띠링─

휴대폰에 문자 한 통이 도착했다. 깜짝 놀란 유경은 마치 스프링이 튕겨지듯 상체를 벌떡 일으켰다. 그러곤 아주 조심스럽게 휴대폰을 들어 액정을 확인했다. 이제 막 도착한 문자가 떠 있었다. 발신인은 예상했던 대로 이준이었다.

[우리 오늘부터 1일이에요♥]

더없이 친절한 확인사살이었다. 메시지 끝에 붙은 하트가 여실히 알려 주고 있었다. 조금 전 일은, 꿈 따위가 아니라 현실이라고.

"유치하게 1일은 무슨……."

누가 20대 아니랄까 봐.

"그리고 낯간지러운 이 하트는 또 뭐야……."

유경은 좀처럼 적응이 되지 않는 닭살스러운 메시지를 얼른 닫아 버렸다. 휴대폰을 꽉 그러쥔 채 침대에 다시금 벌러덩 드러누웠다. 답장을 하는 게 예의라는 걸 알고 있었지만, 손발이 오그라들어서 지금 당장은 답장을 할 수가 없을 것 같았다.

"설마, 나도 하트를 보내야 하는 건 아니겠지?"

닭살스러운 건 딱 질색인데. 걱정스러운 마음에 작게 꿍얼거렸다. 그러나 표정까진 숨길 수 없는 법. 그리 말하는 그녀의 입가에는 부드러운 미소가 걸쳐져 있었다.

평소와는 다르게 아침 일찍 눈이 떠졌다. 모닝콜이 울리기도 전이었다. 잠에서 깬 순간부터 가슴이 콩콩콩 작게 뛰기 시작했다. 평소와 다름없는 하루의 시작이건만 왠지 공기부터 다른 것처럼 느껴졌다. 학창 시절 소풍가는 날 아침 그랬던 것처럼, 기분 좋은 설렘이었다. 예전에도 분명 느껴 본 적이 있는 감정이었다. 그래서 마냥 즐길 수만은 없는, 그런 감정.

"서른하나씩이나 먹고 주책이다, 주책."

연애에 가슴 설렐 나이는 지났다고, 더 이상 기대 같은 걸 해서는 안 된다고. 떨리는 가슴을 주먹으로 지그시 누르며 유경은 스스로를 타박했다.

빵—

출근을 위해 아파트 입구로 나왔을 때였다. 그녀가 밖으로 나오자마자 마치 기다렸다는 듯이 클랙슨 소리가 울렸다.

설마…….

유경은 소리가 나는 쪽을 바라보았다. 설마 했는데 낯익은 차가 서 있었다. 물론, 활짝 열린 운전석 창문 너머로 보이는 얼굴은 더욱더 익숙했다.

"아침부터 웬일이야?"

"누나 출근시켜 주려고요."

"출근을?"

유경은 눈을 둥그렇게 뜨고 되물었다. 그도 그럴 것이, 자신이 알기로 이준의 집은 여기서 꽤 거리가 멀었다. 그런데 이 시간에 여기까지 왔다니. 도대체 얼마나 일찍 일어나서 나왔단 말인가. 놀라지 않을 수가 없었다.

"얼른 타요. 지각할라."

이준의 말대로 일단 차에 올라탔다. 아직 얼떨떨했지만 습관처럼 안전벨트부터 맸다. 그 모습에 이준이 작게 웃었다.

"자동이네요, 이제?"

"또 당할 순 없잖아."

"아쉽네. 놀리는 거 재미있었는데."

짓궂은 이준의 말에 유경은 흥, 하고 콧방귀를 뀌어 주었다.

"근데 진짜 아침부터 웬일이야? 무슨 일 있는 건 아니지?"

"그냥요. 혹시라도 어제 일이 꿈이었을까 봐요. 누나 얼굴 봐야 안심이 될 것 같아서."

장난스럽게 말을 뱉어 낸 이준은 씨익, 미소를 지어 보였다. 하지만 유경은 따라 웃지 못했다. 장난처럼 말했지만 그 속에 담겨 있는 그의 진심이 느껴졌기 때문이었다. 유경은 이준을 빤히 바라보다 이내 그를 향해 손을 뻗었다. 그러곤 엄지와 검지로 그의 뽀얀 뺨을 아프지 않게 살짝 꼬집었다.

"뭐하는 거예요?"

그녀의 뜬금없는 행동에 이준이 눈을 크게 떴다. 그가 이렇게 당황한 얼굴은 처음 보는 것 같았다. 늘 저만 당했었는데 이 모습을 보니 꽤 귀엽다. 살짝 웃음을 흘린 유경은 이내 뻗었던 손을 거둬들이며 말했다.

"꿈 아니라는 거 알려 주려고."

"……."

돌아오는 반응이 없다. 그저 유경을 빤히 바라보고 있을 뿐이었다. 그의 표정이 멍했다. 놀란 것 같기도 하고. 멍한 것 같기도 했다.

"왜 그렇게 빤히 봐?"

"아니, 진짜 꿈인가 싶어서……."

"꿈 아니라니까."

"그러게. 꿈이 아니라는데 왜 이렇게 자꾸만 꿈같지. 지금까지 꿈에서 누나가 이렇게까지 다정했던 적은 없었는데도."

이준의 말에 유경이 눈을 동그랗게 떴다.

"내 꿈 꾼 적 있어?"

"있죠, 당연히."

"언제?"

"한 번만 꿨을까 봐?"

"몇 번이나 꿨는데?"

"음, 글쎄요. 셀 수 없이 많이?"

설마 제 꿈까지 꿨을 줄이야. 심지어 셀 수 없이 많이 꾸기까지 했다니. 정말이지 상상도 못 해 봤었다. 도대체 무슨 꿈을 꿨을까. 그의 꿈에서 나는 어떤 사람이었을까. 문득 궁금해진다.

"무슨 꿈인데?"

"그건······."

그건? 유경이 호기심 어린 눈을 반짝이자, 이준이 이내 시선을 피하며 대답한다.

"······비밀이에요."

그리 말하며 고개를 돌린 이준의 귀가 붉게 달아올랐다. 물감이라도 칠한 듯 붉은색이었다. 그리고 그 모습을 보자, 왠지 그녀는 그가 무슨 꿈을 꾸었는지에 대해 더는 묻고 싶지가 않아졌다.

"아, 그래······."

유경은 어색하게 대꾸한 다음 창밖으로 시선을 옮겼다. 곧이어 그녀의 얼굴도 새빨갛게 달아올랐다.

"저 앞에서 세워 주면 돼."

유경이 길가를 가리키며 말했다.

"여기서요? 볼일 있어요?"

의아해하면서도 이준은 일단 유경의 말대로 갓길에 차를 세웠다.

"그건 아닌데. 네 차를 타고 회사 앞까지 갈 순 없잖아."

"왜 안 되는데요?"

"그걸 몰라서 물어?"

"그 남자 때문이에요?"

'그 남자'라니. 생뚱맞은 이야기에 유경은 고개를 갸웃했다.

"그 남자가 누군데?"

"누나네 팀장."

"무슨 소리야, 대체. 여기서 팀장님이 왜 나와?"

얘가 또 시작이네. 유경이 눈살을 찌푸리며 되묻자, 이준이 불퉁한 목소리로 말을 돌린다.

"사귀는 사이잖아요, 이제. 그런데도 회사 사람들 눈에 띄면 안 되는 거예요?"

"그러니까! 더욱 눈에 띄면 안 되지."

단호한 유경의 말에 이준의 입이 오리처럼 비죽 튀어나왔다. 꽤나 섭섭한 모양이었다.

"……다른 게 아니라, 우리 팀에 네 열렬한 팬이 있어."

"팬이요?"

"그래. 네 팬카페 회원으로 활동까지 하고 있는 열혈 회원."

유경은 달래듯 상황 설명을 해 주었다. 보라의 앞에서 어쩌다 보니 네 팬이 되어 버렸고, 그래서 얼떨결에 네 사인이 그려진 잡지까지 받게 됐다는 것까지도, 모두. 잡지 얘기를 할 땐, 이준은 재미있다는 듯 웃음까지 터뜨렸다.

"알겠어요, 이해했어요."

모든 설명을 듣고 난 후에야 이준은 납득했다는 듯 고개를 끄덕였다.

"이해해 줘서 고마워. 여기까지 태워다 준 것도 고맙고. 그럼 나 먼저 내릴게."

작별 인사를 건네고 차에서 내리려고 할 때였다.

"잠깐만요."

이준이 재빠르게 그녀의 어깨를 탁, 붙들며 말했다.

"차비는 주고 가야죠."

"……차비?"

아니. 제멋대로 태워다 줘 놓고 차비 타령이 웬 말이란 말인가. 유경이 어이가 없다는 듯 바라보자, 이준이 잘 뻗은 검지로 자신의 왼쪽 뺨을 툭툭 건드렸다. 대사는 없었지만 그 의미만큼은 정확하게 전달되는 제스처였다.

"지금, 뽀뽀라도 해 달라는 거야?"

"키스면 더 좋고요."

뻔뻔하게 말하며 이준은 눈을 내리깔았다. 뽀뽀든, 키스든, 얼른 해 달라는 듯이.

"……뽀뽀로 하자."

왠지 바가지를 쓴 것 같아 조금 억울하기는 했지만 길게 실랑이를 할 시간도 없었다. 유경은 운전석을 향해 상체를 살짝 기울이며 그의 뺨에 입술을 가져갔다. 그렇게 입술이 닿기 바로 직전이었다. 이준이 옆으로 고개를 휙 틀었다.

초옥―

뺨이 아닌 그의 입술 위로 유경의 입술이 겹쳐졌다. 예상과는 다른 촉감에 유경은 얼른 몸을 떼었다. 숨겨져 있던 반사 신경이 나온 것이다.

"너어……!"

"쳇. 평소엔 느리면서, 이럴 때만 빠르고 난리래."

재빠른 그녀의 행동에 이준이 아쉽다는 듯 제 입술을 혀로 핥으며 입맛을 다셨다. 붉은 속살이 새빨간 입술 위를 훑는 모습이 슬로모션처럼 느릿하게 눈에 들어왔다. 제 입술을 제가 핥는 것뿐인데, 왜 이렇게 외설적으로 보이는 건지 모르겠다.

아니, 얘는 왜 아침부터 에로영화를 찍는 건데? 계속 보다가는 코피라도 팡, 터져 버릴까 겁이 나서 유경은 두 눈을 질끈 감았다. 그리고 생각했다. 앞으로 야한 걸 찾아보기라도 하면서 단련을 좀 해 두어야겠다고. 매번 지금처럼 놀라지 않으려면.

오늘따라 유경의 하루는 참으로 바쁘게 흘러갔다. 특별히 업무량이 많아진 건 아니었다. 다만, 업무 말고도 신경 써야 할 것이 더 생긴 탓이었다.

지잉―

퇴근 시간. 회사를 이제 막 빠져나가고 있는데 재킷 주머니에 넣어 두었던 휴대폰에서 진동이 울렸다. 짧은 걸 보니 문자인 듯했다. 발신인 역시 확인해 보지 않아도 알 수 있을 것 같았다.

"대리님, 휴대폰에 불나겠어요."

휴대폰을 확인하려는데 바로 옆에서 걷던 보라가 고개를 이쪽으로 휙 틀었다. 진동 소리를 들은 모양이었다.

"오늘따라 무슨 연락이 그렇게 많이 와요?"

보라가 고개를 갸웃했다. 이상하게 생각할 법도 했다. 평소와 다르게 하루 종일 휴대폰을 손에서 놓지 않았으니까 말이다. 전부 이준과의 연락이었다. 별로 대단한 내용도 아니었다. 아침엔 '잘 들어갔어요?' 물었고, 점심엔 '밥 맛있게 먹었어요?' 물었다. 딱히 특별할 것 없는, 일상적인 대화들이었다.

유경이 질문에 대한 답변을 하면 이준은 '나는 ~했어요.' 하고 자신의 이야기를 했다. 그러곤 또다시 다른 질문을 던졌다. 계속 그런 식이었다. 그러다 보니 문자가 좀처럼 끊어지지를 않았다. 바빠서 답장을 늦게 보내도 이준에게서는 칼답이 돌아왔다. 분명히 최근엔 패션쇼 준비 때문에 바쁘다고 했었는데 말이다.

모델이라는 게 이렇게 한가한 직업이었을 줄이야. 이준만 특별히 그런 건지 모르겠지만, 오늘 그의 연락 패턴으로만 보면 '모델'이 아니라 '백수'라고 해도 믿을 수 있을 것 같았다. 어쨌든, 오늘 하루 종일 수많은 문자들로 그와 정말로 연애를 시작했다는 게 실감이 나기는 했다. 어쩌면 그게 목적이었던 게 아닐까 싶기도 하다.

"그러게. 오늘따라 이상하게 연락 오는 데가 많네."

어설프게 변명하며 유경은 휴대폰을 도로 집어넣었다. 혹시라도 보라에게 보일까 불안해서 메시지를 제대로 볼 수가 없었던 것이다. 그래도 발신인은 얼핏 확인했다. 예상대로 이준이었다.

"대리님."

급하게 휴대폰을 주머니에 넣는 유경을 빤히 바라보던 보라가 대뜸 물었다.

"혹시, 남자 생기셨어요?"

뭔가 냄새를 맡은 모양이었다. 그녀를 바라보는 보라의 눈이 초롱초롱했다.

"아니야, 남자는 무슨……!"

순간 놀란 유경은 양손을 내저으며 부정했다. 하지만 당황한 얼굴 표정과 저도 모르게 크게 튀어나온 목소리까지는 숨길 수 없었다. 그녀의 모든 행동들은 '과한 부정은 긍정'이라는 말을 여실히 증명해 주고 있었다. 눈치 빠른 보라가 그것을 눈치채지 못했을 리 없었다.

"불나는 휴대폰, 하루 종일 뺨에 서려 있던 홍조, 분명히 딱 연애 초기의 증상들인데……"

보라는 여전히 의심 가득한 시선으로 유경을 바라보며 다시 한 번 물었다.

"정말 아니에요?"

명탐정 코난에 빙의하기라도 한 듯 보라의 눈빛이 예리하게 빛났다. 변명할 여지가 없을 정도로 완벽한 추리였다. 지민도 그렇고 보라도 그렇고. 내 주변에는 왜 이렇게 눈치가 빠른 사람들이 많은 거야. 정작 나는 눈치라고는 쥐뿔도 없는데……. 새삼스럽게 억울해지는 건 왤까.

"그래."

유경은 최대한 정색하며 말했다.

"정말 아니야."

제발 좀 그냥 넘어가 주라. 응? 보라를 향해 은근한 눈빛을 쏘아 댔다. 그녀의 간절함이 통한 걸까. 다행히도 보라는 알겠다는 듯 고개를 끄덕였다.

"흐응, 그러시구나……."

물론 진심으로 속아 넘어간 건 아닌 것 같았지만 말이다. 유경은 괜스레 고개를 돌리며 보라의 시선을 피했다. 양심이 쿡쿡 찔려 왔다. 또 거짓말을 해 버리고 말았다. 어쩌다보니 최근 보라에게 습관처럼 거짓말을 하게 되는 것 같았다. 하지만 그녀로서는 어쩔 수가 없는 일이었다. 연애라는 건 지극히 사적인 부분이었지만, 그렇다고 보라에게까지 숨기고 싶은 마음은 없었다. 이미 사적인 이야기를 실컷 해 오던 사이였다. 동건과 관련된 문제로 골치가 아플 땐 보라의 도움을 종종 받기까지 했었다.

그러나 이번에는 기필코, 무슨 일이 있어도 꼭 숨겨야만 했다. 다른 사람은 몰라도 보라에게만큼은 절대로 들켜서는 안 되는 일이었다. 하필이면, 그 상대가 권이준이었으니까. 혹시라도 눈치 빠른 보라가 손톱만큼이라도 뭔가를 알게 되는 날에는, 그녀의 입장은 아주 곤란해질 수밖에 없었다. 거짓말이 거짓말을 낳는다고. 첫 단추를 잘못 꿰어 버린 탓에 생긴 거짓말이 눈덩이처럼 불어나서 수습도 어려운 상황이었다. 그런데 이제 와서 들킨다면……. 유경은 속으로 고개를 절레절레 내저었다. 그 뒷일은 상상도 하고 싶지 않았다. 끔찍했다.

하아……. 대체 어디서부터 잘못된 걸까. 속으로 길게 한숨을 내쉴 때였다. 또다시 휴대폰에서 진동이 울렸다. 이번에는 짧게 끊어지는 게 아니라 길었다. 전화였다. 유경은 휴대폰을 꺼내 들었다. 발신인은 이번에도 이준이었다.

"전화 온 거 아니에요?"

지이잉. 지잉―

진동이 계속해서 울리는데 전화를 받지 않고 물끄러미 내려다보는 유경을 보며 보라가 고개를 갸웃했다.

"받으셔도 돼요."

이번에도 받지 않으면 정말로 이상하게 여길 게 뻔했다. 잠깐 고민하던 유경은 결국 보라에게 눈짓으로 양해를 구한 다음 조심스럽게 전화를 받았다.

"응, 왜?"

애써 덤덤한 목소리를 뱉어 내면서 한 손으로는 재빠르게 볼륨키를 최대한 낮췄다. 꼭 물 위에서는 느긋해 보이지만 물밑에서는 미친 듯이 발을 젓고 있는 오리가 된 기분이었다.

― 아직 회사죠?

"이제 막 나왔어."

― 벌써요? 지금 어딘데요?

이준의 목소리가 갑자기 다급해졌다.

왜 이렇게 놀라는 거지? 이준의 다급함에 유경은 덩달아 다급하게 대답했다.

"회사 앞인데. 왜?"

― 다행이다.

이준은 안도의 한숨을 내쉬었다. 그런데 왜 갑자기 알 수 없는 불안감이 그녀의 등 뒤를 엄습하는 걸까. 찝찝함을 느낄 때였다.

이준이 말을 덧붙였다.

 - 회사 옆 골목으로 와요.

"뭐……?"

 - 골목 들어오면 첫 번째 가게 앞에 있어요. 차, 알아볼 수 있죠?

 설마 했는데, 회사 앞까지 온 모양이었다. 유경은 너무도 당황했지만, 보라 때문에 차마 티도 내지 못하고 그저 '응. 알겠어.' 하고 대답을 할 뿐이었다.

"보라 씨."

 통화를 마친 유경은 버스정류장을 향해 걷던 걸음을 뚝 멈췄다.

"미안한데 나 먼저 가 볼게. 갑자기 급한 일이 생겨서."

"네? 아, 네."

"내일 봐!"

 급하게 인사를 건넨 유경은 가던 길의 정반대 방향을 향해 달려가기 시작했다. 쌔앵- 마치 마라톤 선수처럼 다급하게 사라지는 유경의 뒷모습을 바라보던 보라는 풋, 하고 작게 웃음을 터뜨렸다.

"하여튼, 서 대리님은 거짓말엔 진짜 재주 없다니까."

 유경이 완전히 시야에서 사라진 후에야 느릿하게 걸음을 옮기며 보라는 생각했다. 잘하지도 못하는 거짓말까지 하는 걸 보니 아무래도 정말로 숨기고 싶은가 보다고. 그렇다면 한동안은 자신도 모르는 척해야겠다고.

뒤에서 누가 쫓아오기라도 하는 듯 빠르게 달려온 유경은 골목 입구에서 우뚝, 걸음을 멈추었다. 영업이 끝난 가게 앞에 비상등을 켠 채 주차된 차 한 대가 보인다. 낯익은 차였다. 멈춰 선 채로 주변을 휙휙 살폈다. 다행히도 버스정류장과는 정반대 방향이라 인적이 드물었다. 아는 얼굴이 없다는 것을 확인한 후에야 그녀는 다시금 재빠르게 걸음을 옮겼다. 조수석에 올라타 문을 쾅! 닫았다. 그러자 비스듬하게 기댄 채 이쪽을 바라보던 이준이 피식, 웃는다.

"무슨 죄 지었어요? 난 또, 멀리서 달려오는 누나 모습 보고, 경찰한테 쫓기는 범죄자인 줄 알았네."

어쭈, 웃어?

누구는 달려오느라 숨이 턱 끝까지 차 있는데, 정작 일을 저지른 상대는 이토록 여유로운 표정이라니. 왠지 너무도 괘씸하게 느껴져서 유경은 눈썹을 치떴다.

"너 진짜 이럴래?"

"내가 뭘요?"

"회사 앞은 곤란하다고 했잖아. 그 말 한 지 아직 24시간도 채 안 지났어. 그런데 벌써 까먹은 거야?"

"기억하고 있어요. 그래서 회사 앞으로 안 가고 옆으로 왔잖아요."

회사 '앞'이 곤란하다고 했다고 '옆'으로 왔단다. 지금 제가 잘했다고 생각해서 저렇게 당당하게 말을 하는 걸까. 얼핏 들으면 말장난처럼 느껴지는 말에 유경은 기가 막히다 못해 코까지 막힐 지경이었다.

하지만 차마 화를 낼 순 없었다. 정문이 아니라 이렇게 구석진 골목길에 차를 대고 있는 걸 보니 확실히 아무 생각 없이 온 건 아닌 것 같았다. 그러니까, 제 딴에는 배려를 하기는 했다는 것이었다.

"근데 갑자기 여기는 왜 온 거야?"

'이렇게까지 했는데 문제 될 거 있어요?' 하는 얼굴로 바라보는 이준의 표정에 할 말이 없어진 유경은 얼른 화제를 돌렸다.

"온다는 말도 없었잖아."

오늘 하루 종일, 퇴근하기 바로 직전까지, 이준과 수많은 문자를 주고받았었다. 하지만 회사 앞으로 오겠다는 말은 전혀 없었다. 은근슬쩍 뉘앙스를 풍기거나 한 것도 없었다.

"꼭 한번 해 보고 싶었거든요."

"뭘? 사람 놀래는 걸?"

유경이 한껏 빈정거리며 물었다. 하지만 이준은 개의치 않는다는 듯 여전히 웃는 얼굴로 대답했다.

"여자친구 퇴근 시간에 맞춰서 서프라이즈로 데리러 가는 거."

"……."

"오랜 로망이었어요."

'웃는 얼굴에 침 못 뱉는다'는 말은 아마도 과학이 아닐까. 해맑게 웃으며 저런 말을 하는 이준을 보고 있자니, 유경은 저도 모르게 굳어 있던 얼굴 근육이 느슨하게 풀어지는 것을 느꼈다. 찌릿, 노려보던 시선을 거둬들이고 한껏 누그러진 목소리로 말했다.

"그건 저번에도 했었잖아."

"그땐 여자친구 아니었잖아요."

아까부터 꼬박꼬박 저를 '여자친구'라 칭하는 이준의 말에 가슴 끝이 간질거린다.

"……그건 그러네."

속절없이 뛰는 제 가슴을 들킬까 싶어 유경은 얼른 시선을 돌리며 안전벨트를 하려고 했다. 그녀의 손이 안전벨트에 닿는 그 순간이었다. 이준이 소리쳤다.

"잠깐!"

갑자기 들려오는 큰소리에 놀란 유경이 안전벨트에서 손을 떼고 이준을 바라보았다.

"왜 그래? 무슨 일 있어?"

"앞으로 내 차 탈 땐 안전벨트 하지 마요."

목소리가 너무도 다급하기에 대단한 말이 나올 줄 알았는데. 그의 입에서 튀어나온 말은 뜬금없기만 했다.

"뭐? 안전벨트를 하지 말라고?"

그동안은 그렇게나 안전벨트를 강조하더니. 갑자기 왜 이토록 극단적인 심경의 변화가 왔단 말인가. 유경이 제가 잘못 들은 건 아닐까, 하고 고개를 갸웃하자 이준이 더없이 진지한 얼굴로 말했다.

"내가 해 줄 테니까."

"그게 무슨……."

그게 무슨 황당한 소리냐고. 되물을 새도 없이 이준이 그녀의 쪽으로 상체를 한껏 기울이더니 그녀의 안전벨트를 붙들었다.

"……!"

예고도 없이 갑작스레 가까워진 이준 때문에 유경은 황급히 등받이에 바짝 등을 기대야만 했다. 물론, 키스 따위가 아니라 안전벨트를 볼모로 잡고 놀리려는 것뿐이라는 걸 알고는 있었다. 이미 몇 번이나 겪어 보기도 했고. 하지만, 그래도 이렇게까지 가까워질 때는 저절로 긴장이 되는 건 어쩔 수 없는 일이다. 제발 예고 좀 하고 행동하면 안 되겠니? 넌 대체 왜 이렇게 서프라이즈를 좋아하는 거야? 유경이 속으로 꿍얼거릴 때였다.

탁.

안전벨트가 잠기는 소리가 들려왔다. 그리고 그와 동시에.

쪼옥—

그녀의 입술 위로 그의 입술이 도장을 찍듯 짧게 닿았다가 떨어졌다. 이번에도 역시 너무도 갑작스러운 일이었다. 유경은 눈도 채 감지 못한 상태였다. 문득 서울에서는 눈 뜨고 코 베인다는 말이 떠올랐다. 물론 지금 상황에서 쓰라고 만들어진 속담은 아니었지만 말이다.

토끼처럼 동그랗게 뜬 눈동자에 한껏 가까워졌다가 살짝 멀어지는 이준이 보인다. 그녀와 달리 매우 여유로운 얼굴의 이준은 유경을 향해 싱긋 웃으며 말했다.

"이건, 수고비."

……차비에 이어 수고비까지. 아침에도 그러더니 이번에도 역시 그는 참으로 알뜰살뜰하게도 챙겨 갔다. 다른 의미에서 참으로 계산적인 남자가 아닐 수 없었다.

혹시, 뽀뽀 못 해 죽은 귀신이라도 붙은 게 아닐까. 틈만 나면 입술을 들이대는 걸 보면 영 말이 안 되는 얘기가 아닐지도 몰랐다. 볼일이 끝났다는 듯 아주 자연스럽게 운전석으로 돌아가는 이준을 보며, 유경은 정말로 진지하게 엉뚱한 의문을 품었다.

"오늘 급한 일 없죠?"

어느덧 안전벨트까지 야무지게 맨 이준이 유경을 향해 물었다.

"급한 일?"

"뭐, 회사 일이 급하다거나. 집에 일찍 가야만 하는 급한 일이 있다거나."

"응. 그런 건 딱히 없는데……. 왜?"

유경의 질문에 이준이 상큼하게 미소를 지으며 답했다.

"데이트하려고요."

16. 연애의 시작

　이준이 그녀를 데리고 간 곳은 한강이었다. '데이트'라는 단어에 정말이지 잘 어울리는 장소가 아닐 수 없었다. 주차장에 주차를 한 뒤, 두 사람은 흐르는 강물과 밤하늘이 잘 보이는 적당한 곳에 자리를 정했다.

　이준이 차에서부터 야무지게 챙겨 온 돗자리를 펼쳤다. 야광별이 촘촘히 박혀 있는 정사각형의 돗자리가 초록빛 풀숲 위에 펼쳐졌다. 누가 모델 아니랄까 봐 돗자리마저도 평범하지가 않다.

　"돗자리를 원래 챙겨 다녀?"

"아뇨. 오늘 산 거예요."

"한강 오려고?"

이준은 고개를 끄덕였다. 계획성과 준비성이 철저한 게, 역시 권이준답다는 생각이 들어 유경은 속으로 작게 웃었다.

"잠시만 기다리고 있어요."

돗자리 위에 엉덩이를 붙이는 유경을 보며 이준이 말했다.

"어디 가게?"

"간단하게 요깃거리 사러요. 저녁 아직 안 먹었죠?"

유경은 고개를 끄덕였다. 안 그래도 슬슬 배가 고프던 참이었다.

"뭐 사 올 건데?"

"비밀."

"비밀이라고?"

"오늘 데이트의 콘셉트가 서프라이즈거든요."

아니, 무슨 데이트에 콘셉트까지 있어? 유경은 황당하다는 시선으로 이준을 바라보았다. 이미 그가 서프라이즈를 좋아한다는 건 대충 알고 있었지만, 이 정도면 너무 과한 거 아닌가 싶다. 일종의 중독 증세랄까. 그녀의 속마음을 아는지 모르는지, 이준은 등을 보이고 돌아섰다.

"금방 올게요."

짧은 한마디만 남긴 채.

성큼성큼.

긴 다리 탓에 멀어지는 속도도 참으로 빠르다. 금세 작아진 이준의 뒷모습을 보며 유경은 고개를 절레절레 내저었다.

"저것도 병이야, 병……."

작아지던 이준의 모습이 시야에서 완전히 사라지고, 한순간에 덩그러니 돗자리 위에 홀로 남겨진 유경은 그제야 주변을 둘러보았다. 해가 진 하늘은 캄캄했지만 이 주위는 수많은 불빛들 덕분에 그리 많이 어둡지 않았다. 기온도 마찬가지였다. 아직 저녁이 되면 공기가 조금 서늘하긴 했지만, 그래도 춥다고 느낄 정도는 아니었다.

여러 모로 한강 나들이에는 딱 좋은 조건인 듯했다. 그래서인지 주위에는 돗자리를 펼쳐 놓고 앉아 있는 사람들이 제법 많이 보였다. 친구나 가족 단위도 종종 보였지만 대부분이 연인들이었다. 이곳에 있는 사람들의 표정은 모두 다 여유롭고 행복해 보였다. 보고 있자니 덩달아 마음이 여유로워지는 느낌이었다.

"그러고 보니 이렇게 밖에 나온 게 얼마 만이더라……."

기억도 나지 않을 정도로 까마득했다. 동건은 사람이 많은 곳을 싫어했다. 아니, 움직이는 것 자체를 싫어하는 편이었다. 어쩔 수 없이 데이트 패턴이 단조로울 수밖에 없었다. 함께 식사를 하고 커피숍을 가고. 가끔 영화를 보러 가는 날이 특별한 데이트라고 여겨지곤 했었다. 그와 만났던 3년이라는 시간 동안 활동적인 데이트를 했던 건 손에 꼽을 수도 있을 정도였다. 그것도 대부분이 연애 초기 때의 일이었다. 어느 순간부터는 데이트는커녕 만나는 일 자체도 확 줄어들었으니까 말이다.

"3년인데 별 추억도 없네."

이걸 다행이라고 해야 할지. 유경이 옛 생각에 씁쓸하게 웃을 때였다. 저 멀리서 이쪽으로 오고 있는 이준의 모습이 보였다. 그의 손에는 검은 봉지와 넓적한 쟁반 같은 것이 들려 있었다. 빠르게 사라졌던 것처럼 또다시 빠르게 다가온 이준은 들고 있던 것을 조심스럽게 돗자리 위에 내려놓았다. 쟁반 위에 올려져 있는 건 김이 모락모락 나는 라면이었다.

"난 또. 뭐 얼마나 대단한 거기에 비밀로 하나 했더니."

유경이 헛웃음을 흘리자 이준이 정색하며 말한다.

"라면이라고 다 같은 라면으로 생각한다면 큰 오산이거든요?"

"그럼 다르다고?"

"다르죠."

"대체 어느 부분이? 내 눈엔, 용기가 종이인 거 빼곤 일반 라면이랑 똑같아 보이는데."

"누나, 한강에서 라면 한 번도 안 먹어 봤죠?"

그리 묻는 이준의 표정이 '여태 한강에서 라면도 한 번 안 먹어 보고 뭐했어요?' 하고 묻는 것 같았다. 왠지 무시를 당하는 기분이라 유경은 불퉁하게 대꾸했다.

"그래. 못 먹어 봤다, 왜. 꼭 먹어 봐야 해?"

"꼭 먹어 봐야 하는 건 아니지만, 요즘 워낙 핫 하잖아요."

보라에게서 한강에 라면을 끓여 주는 기계가 있다는 얘기를 들어 보긴 했었다. 엄청 맛있다고. 이준의 말대로 요즘 핫하다고도 했다. 하지만 '나도 꼭 한번 먹어 봐야지'라고 생각해 본 적은 없었다. 그저 그런가 보다 했을 뿐. 라면 먹으러 한강까지 가는 건 오버라고 생각했다. 이런 게 말로만 듣던 세대 차이인 걸까. 연애 시작한 지 고작 하루 만에 네 살 차이가 벌써 느껴지다니⋯⋯. 문득 서글퍼져서 유경은 툭 내던지듯 말했다.

"유행에 못 따라가는 옛날 사람이라 죄송하네요."

"내가 언제 옛날 사람이라고 했어요?"

"네 눈빛이 분명히 그렇게 말했거든?"

오리처럼 입을 쭉 내밀고서 새침하게 대꾸하는 유경의 모습에 이준이 귀엽다는 듯 피식, 웃었다.

"알았어요. 내 눈이 잘못했네."

이준은 그녀를 달래려는 나무젓가락을 반으로 쪼개서 건넸다. 유경은 나무젓가락을 받아 들며 여전히 뾰루퉁하게 말했다.

"그리고 우리는 치맥 세대거든?"

"치맥, 좋죠. 그런데 라면도 맛있어요. 일단 한번 먹어 봐요."

유경은 라면을 바라보았다. 먹음직스럽게 보이는 새빨간 국물과 라면 특유의 자극적인 향이 시각과 후각을 동시에 괴롭혀 대고 있었다. 게다가 배까지 고픈 상태인지라 얼른 한 젓가락 하고 싶은 마음이 굴뚝이었다. 하지만 괜한 자존심 때문에 쉽게 젓가락을 가져가지는 못했다.

그 모습을 물끄러미 보고 있던 이준이 뒤늦게 생각났다는 듯 함께 들고 왔던 검은 봉지를 부스럭거리더니 뭔가를 꺼냈다. 유경의 눈이 동그랗게 커졌다. 그가 건네는 건 캔맥주였다.

"누나가 좋아하는 브랜드로 사 왔어요."

맥주를 받아 드는 유경의 얼굴이 환하게 펴졌다. 그의 말대로 그녀가 가장 애정하는 브랜드의 맥주였다. 게다가 아쉽지 않을 용량의 큰 캔이었다.

"이야, 권이준. 센스 좀 있는데?"

손에 전달되는 차가운 감각에 기분이 좋아진 유경은 갑자기 후해졌다. 사실은 아까 주위를 둘러볼 때 다들 캔맥주를 하나씩 들고 있는 게 유독 눈에 들어왔다. 그래서 저도 모르게 슬그머니 맥주 생각이 났었던 참이었다.

"기분 좀 풀렸어요?"

"응. 완전 풀렸어."

마치 처음부터 기분이 상했던 적 없었다는 듯 유경은 배시시 웃었다. 단순하기 짝이 없는 그 모습에 이준은 못 말리겠다는 듯 푸훗, 웃음을 터뜨렸다.

"맥주가 그렇게 좋아요?"

"맥주가 좋은 게 아니라, 내 생각해서 이걸 사 온 네 마음이 기특해서 기분이 풀린 거야."

"아, 그런 거였어요? 하마터면 술꾼이라고 오해할 뻔했네."

장난스러운 이준의 말에 유경은 못 들은 척 얼른 화제를 돌렸다.

"잘 먹겠습니다."

기도하듯 말한 뒤 면발을 한 젓가락 크게 집어 들고 입으로 가져갔다. 호로록. 구불구불한 면발이 입술을 살짝 부딪치며 입안으로 쏙 들어간다.

"맛이 어때요?"

입을 오물거리는 유경을 보며 이준이 물었다. 제가 만든 음식도 아닌데 긴장한 얼굴이었다. 조금 전 한강 라면은 다르다며 큰소리를 친 탓이리라.

"완전 맛있어."

입에 있던 것을 삼킨 유경은 엄지를 척 치켜들었다. 그제야 이준의 얼굴에서 긴장한 기색이 싹 사라졌다.

"그쵸, 맛있죠?"

"응, 정말로 같은 라면인데도 신기하게 다르네?"

왜 사람들이 '한강 라면' 타령을 하는지 알 것 같았다. 야외에서 먹는 라면이라서 그런 걸까. 라면 끓이는 기계의 성능이 좋아서인 걸까. 자주 먹는 라면인데도 맛이 완전 다르게 느껴졌다. 게다가 시원한 맥주까지 한 모금 곁들이니, 최고급 레스토랑의 스테이크 와 와인의 조합이 전혀 부럽지가 않다.

유경은 라면을 국물까지 모두 처리했다. 캔맥주도 깨끗하게 비워 냈다. 다 먹고 난 뒤 쓰레기들을 봉투에 담아 옆으로 밀어낸 다음, 두 사람은 부른 배를 두드리며 돗자리에 나란히 누워 하늘을 바라보았다.

"서울에서는 별이 안 보일 줄 알았는데, 그래도 꽤 보이네."

밤하늘에는 반짝이는 별들이 콕콕 박혀 있었다. 꼭 사진처럼 예뻤다. 밤하늘을 바라보는 유경의 입가에 나른한 미소가 걸렸다.

"이렇게 하늘 보는 거 얼마 만인지 모르겠어."

"나도요."

"아, 좋다……."

'좋다'라는 말이 절로 나왔다. 나른하게 중얼거린 유경은 고개를 옆으로 살짝 돌려 이준의 옆얼굴을 바라보았다. 오뚝한 코와 날렵한 턱선이 눈에 들어온다. 어쩜 이렇게 누워 있는 얼굴도 완벽할 수 있는 걸까. 이젠 외모에 감탄하기도 지겨울 법한데, 계속해서 감탄이 드는 건 어쩔 수가 없는 것 같다. 어쩌면 죽을 때까지 이 외모에는 적응이 되지 않을지도 모르겠다는 생각마저 든다.

"데려와 줘서 고마워."

이준의 외모를 감상하던 유경은 이내 말했다.

"나야말로 같이 와 줘서 고마워요. 그리고……."

이준이 고개를 돌려 유경을 마주 보았다. 두 사람의 시선이 부딪혔다. 유경을 담은 이준의 새카만 눈동자가 반짝였다. 꼭 별이 박혀 있는 밤하늘 같았다.

"내 마음 받아 준 것도."

"……."

"고마워요, 진심으로."

낮은 목소리가 귓가로 흘러들었다. 그것은 그녀의 안으로 들어와 큰 울림이 되었다. 참으로 묘한 일이었다. 이준과 함께 있으면 떨림과 편안함이 동시에 느껴졌다. 완전히 상반되는 감정이라고 생각했는데 말이다.

"넌, 내가 그렇게 좋아?"

그의 진지한 눈빛을 받고 있자니 왠지 민망해져서 유경은 일부러 장난스럽게 말했다.

"당연하죠."

하지만 망설임 없이 돌아오는 대답엔 장난기라고는 전혀 없었다.

"정말 많이 좋아해요. 누나가 상상하는 것 이상으로."

"……."

"사실, 나는 아직도 실감이 안 나요."

이준이 손을 뻗어 유경의 손을 감싸 쥐었다.

"누나가 내 여자친구라는 게……."

부드러운 목소리와 함께 손가락 사이로 자신의 손가락을 넣고 깍지를 꼈다. 맞닿은 손등으로 그의 온기가 전해졌다. 서늘한 공기와 대비되어서 한층 더 따뜻한 느낌이었다. 그녀를 바라보는 눈빛 역시 온기만큼이나 따뜻했다. 잠깐 동안 두 사람은 말없이 서로를 마주 보았다. 굳이 말을 하지 않아도 눈빛으로 전해진다는 게 어떤 건지 알 것도 같았다.

'나 지금 정말로 행복해요.'

그리 말하는 이준의 마음의 소리가 들리는 듯했다. 그리고 그런 그의 감정은 마주 보고 있는 그녀에게까지 고스란히 옮겨져 왔다. 유경은 진심으로 생각했다. 널 계속 밀어내지 않아서 다행이라고. 나 엄청난 후회를 할 뻔했다고.

"……."

"……."

그렇게 얼마의 시간이 지났을까. 둘 사이에 흐르는 어둠 같은 정적을 먼저 깬 건 유경이었다.

"근데, 있잖아……."

유경은 여전히 이준과 시선을 마주한 채 아주 조심스럽게 운을 뗐다.

"이런 분위기에 이런 얘기를 해도 되는지는 모르겠는데 말이야……."

"뭔데요?"

"부탁이 하나 있는데, 들어줄 수 있어?"

"글쎄요. 일단 부탁이 뭔지부터 들어 보고."

"냉정하네. 분위기 타고 그냥 들어준다고 할 줄 알았는데."

"그건 그거고. 이건 이거니까."

단호한 이준의 말에 유경은 입맛을 쩝 다신 후 용건을 말했다.

"그 여자친구라는 말…… 그만 좀 하면 안 돼?"

"왜요. 여자친구를 여자친구라고 부르는 게 뭐 잘못됐어요?"

"그건 그런데……."

"듣기 싫어요?"

"아니, 그런 게 아니라……."

"그럼 오글거린다고?"

차마 그렇다고 솔직하게 대답을 할 수는 없는 노릇이었다. 유경은 아랫입술을 살짝 깨물었다. 그러나 그것만으로도 충분한 대답이 된 모양이었다. 기분이 상한 듯 이준이 한쪽 눈썹을 삐뚜름하게 올리며 뾰루퉁하게 대꾸했다.

"그 부분은 누나가 이해해 줘요."

강조하듯 한 자, 한 자, 뚝뚝 끊어 가며.

"누. 구. 랑. 은. 다. 르. 게. 나. 는. 첫. 연. 애. 니. 까."

……아, 맞다. 그랬지, 참.

유경은 새삼스러운 사실을 깨달으며 고개를 끄덕였다. 그가 워낙에 선수처럼 능글맞게 굴어서 까맣게 잊고 있었다.

"근데, 너. 진짜로 연애 처음 하는 거 맞아?"

"속고만 살았어요?"

"내 탓이 아니라 네 탓이거든?"

유경이 잡혀 있던 손을 쏙 빼며 말을 이어 갔다.

"어떻게 의심을 안 해? 네가 하는 것만 보면 연애 초심자가 아니라 오히려 완전 선수 같은데."

유경이 투덜거리자 이준이 아예 그녀의 쪽으로 몸을 완전히 틀어 돌아누웠다. 그는 팔을 접어 턱을 괴고는 짙은 시선으로 유경을 빤히 바라보며 붉은 입술을 느릿하게 달싹였다.

"어떤 면이?"

어떤 면이냐고?

유경은 저도 모르게 시선이 가는 이준의 붉은 입술을 애써 외면하며 작게 대답했다.

"……지금 이런 면이."

"지금 이런 면이요? 내가 뭘 했는데?"

그래. '끼'라는 건 역시 그냥 타고 나는 거구나……. 전혀 모르겠다는 듯 눈을 둥그렇게 뜨고 있는 이준과 달리 완전히 납득을 한 유경은 화제를 바꿨다.

"아까 회사로 데리러 오는 게 로망이라고 말했었잖아. 그거 말고 또 다른 건 없어?"

"왜 없겠어요. 엄청 많은데."

"뭔데?"

"한번 볼래요?"

보다니? 뭘? 동문서답이었다. 이해를 못한 유경이 고개를 갸웃하는데, 이준 자신의 휴대폰을 꺼내 터치를 몇 번 하더니 그녀에게 건넸다. 유경이 여전히 의아한 얼굴로 그것을 받아 들었다. 액정에 떠 있는 건 메모장이었다.

[위시리스트]

가장 먼저 눈에 들어온 건 의미심장한 제목이었다. 그리고 뒤이어서 들어오는 것은, 빼곡히 적혀 있는 글씨와 그 앞에 적혀 있는 숫자들이었다.

 1. 커플 아이템 맞추기

 2. 애칭 부르기

3. 여행 가기

4. 드라이브하기

5. 스티커 사진 찍기

6. 남산타워 가기

7. 산책하기

.

.

.

　　내용의 정체를 확인한 유경의 입이 크게 떠억 벌어졌다. 맥주 한 캔을 마시고 알딸딸해졌던 정신이 번쩍 돌아오는 느낌이었다. 엄청 많다던 본인의 말대로 정말이지 엄청난 양이었다. 그중에는 '회사 앞으로 데리러 가기'와 '한강 데이트'라는 문항도 보였다. 처음엔 하나하나 읽었지만, 곧 지친 유경은 포기하고 대충 눈으로 숫자만 훑어보았다. 마지막에 적혀 있는 숫자가 '60'이었다.

　"뭐가 이렇게 많아?"

　"벌써 놀라면 어떡해? 아직 한참 더 남아 있는데."

　"이거 말고도 더 있다고? 그것도 한참이나?"

　"생각이 안 나서 그 정도밖에 못 쓴 건데? 설마 20년 가까이 짝사랑하면서 누나랑 연애하면 하고 싶었던 게 고작 60개밖에 안 되겠어요?"

　'60'이라는 숫자를 '고작', '밖에'라고 칭하는 표현력이라니. 심지어 그리 말하는 이준의 얼굴은 장난기라고는 찾아볼 수 없을 정도로 진지하기까지 했다.

이 연애, 정말 괜찮은 걸까…….

유경은 새삼스럽게 자신의 앞날이 두려워졌다.

✳

한강 데이트는 즐거웠지만, 날씨가 문제였다. 시간이 지날수록 기온이 뚝뚝 떨어지더니 어느 순간부터는 몸이 달달 떨리기까지 했다. 이준이 돗자리와 함께 미리 준비해 두었던 담요를 덮었지만 소용없었다. 결국 아쉬움을 뒤로한 채 돗자리를 접어야만 했다. 집으로 돌아오는 길. 두 사람은 차 안에서 날이 풀리면 다시 한번 한강 데이트를 하자고 약속했다.

그렇게 도착한 집 앞.

유경은 현관 앞에 서서 도어록을 향해 손을 뻗었다. 그러나 그녀의 손보다도 더 먼저 도어록으로 향하는 손이 있었으니. 바로, 이준의 손이었다. 조금 전 집 앞에 도착했을 때 그는 작별인사를 하는 대신 그녀를 따라 차에서 내렸다. '왜?' 하고 바라보자 전에 다 못 챙겼던 짐을 가져갈 거라고 했다.

띠띠띡.

이준은 거침없이 도어록의 버튼을 눌렀다. 꼭 자신의 집이라도 되는 것처럼 자연스러운 행동이었다. 물론 얼마 전까지 한집에 살았으니 자연스러울 수밖에 없는 거긴 하지만 말이다.

"뭐 해요? 안 들어오고."

집 안으로 먼저 들어간 이준이 유경을 향해 말했다. 완전한 주객전도였다. 누가 보면 그의 집에 그녀가 초대받은 거라고 생각하지 않을까. 집 안에서도 마찬가지였다. 이준은 그녀보다도 먼저 신발을 벗고 들어가 거실을 성큼성큼 가로질렀다. 소파에 앉더니 긴다리를 꼬았다. 그는 외출을 끝내고 제집에 온 듯 편안해 보였다. 오히려 뒤늦게 거실로 들어선 유경의 표정이 더 어색할 정도였다.

"짐 안 챙겨?"

리모컨을 집어 드는 이준을 보며 유경이 물었다. 그러자 이준이 고개를 옆으로 삐딱하게 기울이더니 시선을 빤히 마주하며 되묻는다.

"그 말을 믿었어요?"

"뭐?"

"순진하긴. 누가 봐도 수작 거는 거였는데."

허. 입술을 비집고 헛웃음이 절로 나왔다. 이 나이 먹고 '순진하다'라는 말을 듣는 것도 어이가 없었지만, 연하인 데다가 연애 초짜이기까지 한 이준에게 들었다는 게 더욱더 기가 막혔다.

"야. 너 솔직히 말해 봐. 연애 처음 하는 거 맞아? 진짜로?"

"또 그 얘기예요?"

이준은 지겹다는 듯 눈살을 살짝 찌푸렸다. 그러더니 이내 제 옆의 빈자리를 툭툭 친다.

"쓸데없는 의심은 그만하고 이리 와서 앉아요. 다리 아프겠다."

"······."

"빨리요. 나, 누나한테 할 말 있단 말이에요."

거듭되는 재촉에 유경은 그의 옆자리에 엉덩이를 붙였다.

"할 말이 뭔데?"

"오늘 여기서 자고 가도 돼요?"

"뭐?"

"너무 피곤해서 운전 못 할 거 같은데."

이준은 보란 듯이 입을 쩍 벌리며 목젖이 보일 정도로 하품을 크게 한 번 해 보였다. 뻐근한 어깨를 풀어 주려는 것처럼 목도 좌우로 까딱인다. 마치 '나 이 정도로 피곤해요.' 하고 보여 주려는 듯이. 뻥튀기만큼이나 과장된 그의 제스처에 유경은 눈살을 찌푸렸다.

"설마. 할 말이라는 게, 그거였어?"

그렇다고 하기만 해 봐, 아주. 찌릿. 매서운 눈빛을 던졌지만 그는 질문에 대한 대답 대신, '왜 아니겠어요?' 하는 듯한 뻔뻔한 얼굴로 또 다른 질문을 던진다.

"졸음운전이 얼마나 위험한지, 잘 알죠?"

왜 모르겠는가. 졸음운전이 음주운전만큼이나 위험하다는 걸. 다만 문제는, 그리 말하는 이준의 눈빛이 피곤하기는커녕 조금 전에 봤던 밤하늘처럼 반짝이고 있다는 것이었다.

"이게 지금 어디서 약을 팔아? 너 지금 전혀 안 피곤해 보이거든?"

"보이는 게 전부라고 생각해요?"

"그럼 아니라고?"

"누나, 의외로 편협한 사고방식을 지녔네요."

"뭐? 편협……?"

졸지에 편협한 사고방식을 지닌 사람이 되어 버렸다. 기가 막히다 못해 말문까지 턱 막혔다. 유경은 눈썹을 씰룩이며 이준을 바라보았다. 하지만 그러거나 말거나 이준은 아랑곳 않고 그런 그녀의 무릎 위로 벌러덩 드러눕기까지 했다.

"아, 너무 피곤해서 앉아 있기도 힘드네."

"안 비켜?"

"좀 봐줘요. 진짜 피곤해서 그래. 그리고 어차피 머리통도 작아서 별로 무겁지도 않잖아요."

어쩜 이렇게 뻔뻔할 수가 있을까. 하지만 또 틀린 말은 아니라 할 말이 없다. 얄미워 죽겠네, 진짜. 유경은 속으로 꿍얼거리며 제 다리를 베고 누워 있는 이준을 노려보듯 빤히 내려다보았다.

"사실은 이것도 내 로망 중 하나였어요."

시선이 따가울 법도 한데, 이준은 전혀 기색 없이 말했다.

"급하다고 막 갖다 붙이기는."

유경은 코웃음을 쳤다.

"진짠데."

"몇 번이었는데?"

"31번이요."

망설임 없이 뱉어지는 대답에 유경은 고개를 절레절레 내저었다. 거짓말인 게 뻔해 보였지만 확인해 보자는 말은 차마 할 수가 없었다. 혹시라도 '31번'에 '다리베개 하기'가 떡하니 적혀 있기라도 할까 봐 무서워서.

"그래. 내가 졌다, 졌어. 네 마음대로 해."

언젠가 이 녀석을 이기는 날이 오기는 할까. 한숨 쉬며 유경은 백기를 들었다. 그러자 이준이 기다렸다는 듯 감은 눈을 반짝 떴다.

"진짜 내 마음대로 해도 돼요?"

갑자기 왜 이렇게 불안해지는 걸까. 밤하늘에 박힌 별보다도 더 반짝이는 이준의 눈동자를 보며, 유경이 뱉은 말을 도로 집어삼키고 싶다고 생각했을 때였다. 이준이 갑자기 손을 뻗더니 그녀의 목을 제 쪽으로 끌어당겼다. 자연스럽게 유경의 상체가 아래로 기울었다. 그녀의 몸이 유연하지 못해 두 사람 사이에는 공백이 남았다. 이준이 고개를 살짝 들어 올리자 그 공백은 금세 메워졌다. 두 사람의 입술이 맞붙었다. 이준이 그녀의 아랫입술을 살짝 깨물었다.

"아."

짧은 신음과 함께 입술이 벌어졌다. 이준은 그 틈으로 거침없이 들어왔다. 가벼운 입맞춤이 아니었다. 서로의 타액을 주고받으며 키스는 점점 짙어지기 시작했다. 이어 가기엔 두 사람 모두 지나치게 불편한 자세였다. 두 사람은 조금씩 몸을 움직여 편인한 자세를 만들었다. 좁은 소파 위에서 떨어지지 않기 위해 두 사람은 서로를 끌어안았다. 그러는 동안에도 맞붙은 입술은 떨어지지 않았다.

"으음……."

길게 이어지는 키스에 숨이 차다는 생각이 들었을 즈음이었다. 문득 유경의 아랫배에 뭔가가 단단한 것이 묵직하게 눌리는 느낌이 들었다. 순간 당황한 유경은 눈을 동그랗게 떴다. 이준은 여전히 키스에 열중하고 있는 채였다. 그러는 동안에도 그녀의 아랫배에 눌리는 힘은 점점 더 강해지고 있었다. 이러다간 큰일이 날 것 같다는 생각에 유경은 입술을 뗐다. 가슴팍을 밀어내며 얼른 붙어 있던 몸도 떼어 냈다.

"왜요?"

한창 집중하고 있는 와중에 흐름이 끊기자 살짝 짜증이 나는 모양이었다. 이준이 한쪽 눈썹을 찡룩였다.

"아니……."

유경은 입을 뗐다가 다시 다물었다. 대체 이걸 뭐라고 설명해야 할지 어려웠다. 심지어 이준은 전혀 감도 못 잡고 있는 얼굴이었다.

곤란한 상황. 눈을 데구르 굴리던 유경은 이내 힌트를 주기 위해 시선을 이준의 아래쪽으로 슬쩍 내렸다. 평소엔 청바지를 즐겨 입더니 왜 오늘따라 면바지를 입어서는. 베이지 톤의 면바지가 불룩 솟아 있는 게 보인다. 보고 있자니 얼굴로 열이 점점 오르는 것 같아, 내렸던 시선을 다시금 얼른 끌어 올렸다. 다행히도 이준은 그녀의 짧은 힌트를 제대로 캐치한 것 같았다.

"아, 이거요?"

자신의 아래쪽을 흘긋 내려다보더니 이내 그녀와 시선을 맞추며 덤덤하게 말한다. 얼굴색 하나 변하지 않고서.

"신경 쓰지 마요. 다른 생각이 있어서 그런 게 아니라, 그냥 본능일 뿐이니까."

신경을 쓰지 말라니……. 유경은 말문이 막혔다. 저토록 자기주장이 확실하건만, 어찌 신경을 쓰지 않을 수가 있단 말인가. 그런 유경의 표정을 읽은 모양이었다. 이준이 상체를 일으키며 그녀에게서 완전히 떨어졌다. 그러곤 안심시키려는 듯 다정한 목소리로 말했다.

"걱정 말아요. 당장은, 건드릴 생각 없으니까."

'당장은'이라는 단어가 유독 크게 들리는 건 기분 탓인 걸까. 꼭 호랑이가 토끼를 잡아 놓고서 앞발로 툭툭 치며 여유를 부리는 듯한 느낌이었다. '지금은 배가 고프지 않아 널 잡아먹지 않지만, 언제고 내가 원할 땐 잡아먹을 수 있어'라는 듯이. 영 믿음이 가지 않아, 유경은 좀 더 그에게서 멀어졌다. 안전거리를 확보하기 위해서였다. 그 모습이 재미있다는 듯 바라보던 이준이 한쪽 입꼬리를 씨익, 말아 올리며 말을 덧붙인다.

"물론, 나는 언제든 준비가 돼 있지만."

젠틀하다고 해야 할지. 음흉하다고 해야 할지. 영 갈피를 잡을 수 없는 미소였다.

모닝콜이 울리기도 전에 먼저 쏟아지는 햇빛에 유경은 힘겹게 눈을 떴다. 자기 전에 커튼을 치고 자는 습관을 들여야겠다고 생각하는 순간이었다.

"굿모닝."

바로 옆에서 중저음의 목소리가 들려왔다. 유경은 고개를 돌려 반쯤 감겨 있는 눈으로 옆을 바라보았다. 마치 어서 깨어나기를 기다리고 있었다는 듯, 이준이 부드럽게 미소를 지으며 자신을 바라보고 있었다.

꿈인가…….

아직 몽롱한 정신에 순간 유경은 꿈과 현실이 헷갈렸다. 하지만 흐트러진 머리카락을 정리해 주는 손길은, 꿈이라기에는 지나치

게 생생했다. 무거운 눈꺼풀을 꾸욱 감았다가 천천히 떴다. 그제
야 어제 일이 떠오른다.

'나 오늘 여기서 자고 가도 돼요?'

'너무 피곤해서 운전 못 할 거 같아요.'

'졸음운전이 얼마나 위험한지, 잘 알죠?'

어젯밤. 결국 이준은 자신의 집으로 돌아가지 않았다. 이준은
은근히 고집이 센 편이었다. 아니, '은근히'가 아니라 대놓고 였다.
평소엔 무던한 것 같다가도 제가 원하는 것 앞에서는, 황소고집
보다 더한 똥고집을 부려 댔다. 유경은 이미 아주 작정을 해 버린
그의 고집을 꺾을 순 없었다. 백전백패였다.

두 사람은 편한 옷으로 갈아입고 거실 소파에 앉아 함께 TV를
보며 과일을 깎아 먹었다. 오랜만에 이런저런 수다도 떨었다. 관계
가 변한 만큼 단둘이 한집에 있는 게 불편할 줄 알았는데, 생각보
다 그리 어색하지 않았다. 꼭 그가 집을 나가기 전으로 돌아간 것
같았다. 그렇게 즐거운 시간을 보내고 난 뒤 늦은 밤, 유경은 평
소처럼 잠자리에 들 준비를 했다. 이제 막 침대에 누웠을 때였다.

똑똑. 노크 소리가 들렸다.

'왜?'

그녀의 물음에 기다렸다는 듯 방문이 벌컥 열렸다. 열린 문틈으
로 이준이 빼꼼 얼굴을 내밀며 말했다.

'나도 여기서 자면 안 돼요?'

'뭐……?'

순간 유경은 제가 잘못 들은 건가 했다. 하지만 대답을 듣기도

전에 성큼 방 안으로 들어서는 그의 옆구리에는 베개가 야무지게 끼워져 있었다. 이번에도 역시 작정을 하고 찾아온 것이었다.

'하늘에 맹세코 얌전히 잠만 잘게요. 누나, 나 믿죠?'

이번에야말로 눈에 뻔히 보이는 개수작이 아닐 수 없었다. 희대의 개소리라는 '오빠 믿지?'의 다른 버전인 '누나, 나 믿죠?'를 시전하는 이준의 뻔뻔한 얼굴을 보며 유경은 미간을 살짝 찌푸렸다.

'허락할 때까진 안 건드릴 거라면서?'

'손만 잡고 잘게요.'

손만 잡고 잔다니. '오빠 믿지?'에 이은 두 번째 헛소리 되시겠다. 얘가 드라마를 너무 많이 봤네. 유경은 헛웃음을 흘렸다.

'내가 두 번 당할 것 같아?'

'이번엔 진짜예요. 믿어 줘요.'

이준은 마치 애니메이션에 나오는 고양이 캐릭터처럼 커다란 눈을 느리게 깜빡였다. 정말이지 순진무구한 아이 같은 눈빛이었다. 날카로운 그의 외모와 상반되는 느낌이라 더 강하게 와닿는 듯했다. 모델 활동을 해서인지 아주 표정 연기가 수준급이었다. 하마터면 한 번 당해 놓고도 또 속아 넘어갈 뻔했을 정도였다.

'됐거든?'

하지만 다행히도 유경은 금세 정신을 차리고 단호하게 'NO'를 외쳤다.

'사귄 지 얼마 됐다고 벌써 한 침대야?'

'아니, 내가 무슨 짓을 하겠다는 것도 아니고. 그냥 손만 잡고 자겠다니까?'

'그것도 안 돼.'

'손도 안 된다고요?'

조금 전까지 있던 고양이는 대체 어디를 가고 호랑이가 낮게 으르렁거리기 시작했다.

'와, 해도 해도 너무하네. 혼자 어디 조선 시대에서 살다 오셨나. 그리고 벌써 잊었나 본데, 우리 이미 동침한 적 있는 사이거든요?'

그가 쏘아붙이는 말들 중 유독 '동침'이라는 단어가 귀에 쏙 박혔다. 그와 동시에 잊고 있던 기억 하나가 떠올랐다. 아침에 눈을 떴을 때 코앞에 다가와 있는 이준의 얼굴을 보고 술이 화들짝 깨 버린, 그날의 기억……. 잊고 살았던, 아니, 잊고 싶었던 흑역사였다. 논리갑인 이준의 공격에 유경은 할 말을 잃을 수밖에 없었다. 그렇게 또 그녀는 장렬히 패배하고 말았다.

"뭐 해요?"

멍하니 어제 일을 떠올리는데, 이준이 유경의 눈앞에 대고 손바닥을 휘휘 흔들어 보였다. 그제야 유경은 초점 없던 눈을 바로 떴다.

"잠 깨는 중이야."

"난 또. 눈 뜨고 자는 줄 알았네."

이준은 작게 웃으며 손을 뻗어 다시금 삐져나온 그녀의 머리카락을 귀 뒤로 꽂아 주었다.

"잘 잤어요?"

"응, 오랜만에 잘 잔 것 같아. 꿈도 안 꾸고."

누군가와 함께 잠드는 것이 익숙하지는 않았다. 아주 어릴 때부터 그랬다. 유현은 밤마다 무섭다며 부모님을 찾았지만, 유경은 자신의 방이 생기고 난 이후로는 단 한 번도 부모님과 함께 잠들지 않았다. 그게 습관이 됐는지, 어쩔 수 없이 타인과 함께 자게 되는 날엔 늘 잠을 설쳤었다.

남자친구였던 동건과도 마찬가지였다. 3년을 만났지만 쭉 그랬다. 결혼을 하게 된다면 다른 건 몰라도 침대는 두 개를 놓아야겠다고 생각했을 만큼. 당연히 이번에도 불편할 거라고 생각했다. 그런데 웬걸. 잠든 기억도 없는데 눈을 떠 보니 아침이다. 오히려 혼자 잘 때보다도 훨씬 더 숙면을 취한 것이었다.

"부럽네요. 나는 한숨도 못 잤는데."

잠을 못 잤다는 본인의 말대로 이준의 눈 밑엔 그림자가 드리워 있었다. 물론 시도 때도 없이 자체 발광하는 그 잘난 얼굴은 여전했지만 말이다.

"침대가 작아서 불편했지? 거봐. 내가 그냥 유현이 방에 가서 자라고 했잖아."

"아뇨. 침대는 충분했어요."

"충분했다고?"

유경은 이해할 수 없다는 듯 반문했다. 그녀의 침대는 슈퍼싱글이었다. 혼자 자기엔 충분했지만 두 사람이 함께 자기에는 부족한 크기. 게다가 이준이 살집은 없어도 어깨가 넓고 키가 크기 때문에 더 비좁게 느껴질 수밖에 없었을 텐데 말이다.

"오히려 조금 더 좁았으면 좋겠다고 생각했는데? 그 핑계로 더 붙어서 자게."

"충분히 붙어 자지 않았니?"

"안 충분했어요. 난."

욕심도 참 많지. 어제도 숨이 막힐 정도로 꽉 끌어안고 있었으면서.

"네가 충분했다가는 내가 질식하겠다."

유경이 눈살을 찌푸리자 이준이 말을 돌렸다.

"참, 누나. 내가 밤새도록 곰곰이 생각해 봤는데요. 아무래도 어제 한 말, 취소해야 할 거 같아요."

"어제 한 말?"

무슨 뜻인지 알아듣지 못하고 유경이 고개를 갸웃했다.

"아무래도 오래는 못 기다릴 거 같아서요. 내 생각보다 참을성이 별로 없네, 얘가."

이준이 시선을 아래로 내리깔았다. 여전히 알쏭달쏭한 말에 유경의 시선 역시 아래로 내려갔다. 그의 시선이 닿은 곳이 눈에 들어왔다. 그와 동시에 유경은 화악, 얼굴을 붉히며 고개를 들어 올렸다.

"야! 아침부터 이게 무슨 짓이야?"

"누나가 잘 모르나 본데, 이쪽은 원래 아침이 더 씩씩한 법이에요."

지나치게 친절한 설명이었다. '그쪽'의 씩씩함 역시도 지나치기는 마찬가지였다. 원래 아침이 더한 법이라고는 하지만, 그래도 그녀에겐 아침부터 마주하기에는 너무도 외설적인 장면이 아닐 수 없었다.

"그런 거 잘 알고 싶지 않거든?!"

민망함에 유경은 괜스레 목소리를 더 키웠다. 나이 서른하나 먹고 순진한 척하려는 건 아니었지만, 상대가 이준이라 그런지 이상하게 너무도 민망했다.

 이불을 끌어다가 이준과 자신의 중간을 가렸다. 두 사람 사이에 견고한 이불 벽이 생겼다. 하지만 곧 이준에 의해 흔적도 없이 사라지고 말았다.

 "변태가 아니라 건강한 거예요."

 이불을 아예 침대 아래로 내던진 이준이 조금 전 그녀의 행동을 나무라듯 검지로 발그스름한 뺨을 가볍게 툭 쳤다.

 "그리고 이게 내 죈가?"

 "그럼 내 죄야?"

 "잘 아네."

 "뭐?"

 "그러게 누가 밤이고 아침이고, 시도 때도 없이 예쁘래요?"

 "……."

 말문이 막혀 버렸다. 왜 내 탓을 하느냐고 화를 내야 할지, 칭찬을 해 줘서 고맙다고 해야 할지 헷갈렸다. 혼란스러워하는 유경을 보며 피식, 낮게 웃음을 흘린 이준은 침대를 벗어났다. 그러곤 허리를 살짝 숙여 그녀의 동그란 이마에 가볍게 입을 맞추며 말했다.

 "잠 깨고 천천히 나와요. 간단하게 아침 준비해 놓을게."

 평소와 같은 하루의 시작이었다. 자연스러운 스킨십을 제외하고는.

유경은 출근을 하자마자 자리에 가방을 내려 두고 곧장 회의실로 향했다. 출근을 하기 직전, 팀원들이 모여 있는 단체 채팅방에 공지가 하나 올라왔기 때문이었다. 예정에 없던 긴급회의가 있을 거라는 내용이었다.

"좋은 아침이에요. 대리님."

"보라 씨도 좋은 아침."

먼저 와 있던 보라에게 인사를 하고 옆자리에 앉았다. 아직 팀원들이 전부 모이지 않은 상태였다. 회의를 주최한 선우도 보이지 않았다.

"어?"

노트를 펼치는데, 보라가 유경을 보며 눈을 동그랗게 떴다.

"대리님, 혹시 피부에 뭐 하셨어요?"

"피부? 아니. 왜?"

"원래도 피부 좋으신 건 알았지만, 오늘따라 유난히 더 좋아 보이는 것 같아서요."

"그래?"

칭찬에 머쓱해진 유경은 손등으로 제 뺨을 살짝 가렸다. 출근 준비를 하면서 오늘따라 유난히 화장이 잘 먹는 것 같다는 생각을 하기는 했었다. 그냥 기분 탓인 줄 알았는데. 다른 사람의 눈에도 보일 정도로 티가 나는 모양이었다.

"하루아침에 어떻게 이렇게 피부가 달라져요? 비결이 뭐예요?"

외모에 관심이 많은 보라가 진심으로 비결이 궁금하다는 듯 눈을 반짝였다.

"글쎄…… 비결이랄 게 딱히 없는데."

대단한 비결이라도 있지 않을까 기대하는 눈빛이 살짝 부담스러웠다. 유경은 뺨에 닿았던 손을 내리고는 멋쩍게 웃으며 대답했다.

"오랜만에 잠을 푹 자서 그런가?"

"그게 전부예요?"

"응, 일단은."

"와…… 잠이 보약이라는 소리는 많이 들었지만, 그게 이렇게까지 드라마틱한 효과가 있을 줄이야."

보라는 진심으로 감탄하는 듯 입을 쩍 벌리며 말했다.

"어제 엄청 잘 주무셨나 봐요."

순간 아침에 눈을 뜨자마자 보였던 이준의 얼굴이 떠올랐다. 턱을 괸 채 저를 바라보고 있던, 나른한 듯하던 그 얼굴이.

자고로 사람이라면 아침에 일어났을 때 눈코입이 다 부어 못나지는 게 정상이 아니던가. 그런데 어찌된 일인지 이준은 붓기는커녕 오히려 아침에 한층 더 섹시한 느낌이었다. 인간미라고는 전혀 없는, 대단한 외모가 아닐 수 없었다.

"으응, 잘 잤어."

눈앞에 생생하게 떠오르는 얼굴을 떨쳐 내며 유경은 어색하게 대답했다. 보라의 앞에서 이준을 떠올렸다는 것만으로도 왠지 죄를 짓는 것처럼 마음이 불편해져 온다. 이래서 사람이 죄를 짓고 살면 안 된다고 하나 보다. 뭘 해도 마치 돌덩이를 얹은 것처럼 마음이 불편하고 무거웠다. 물론, 죄라고 하기엔 억울한 부분이 많았지만 말이다.

그러는 동안 회의실에는 팀원들이 속속들이 도착하고 있었다.

마지막으로 회의실로 들어온 건, 선우였다. 일순 실내가 조용해졌다. 선우는 팀원들과 일일이 시선을 맞추며 눈인사를 건넨 다음 상석에 앉았다.

"우선 급한 사안이라 이른 시간에 회의를 하게 된 점, 양해 부탁드립니다."

정중하게 운을 뗀 선우는 바로 용건을 꺼냈다.

"우리 회사가 이번에 준비 중인 신제품에 많은 공을 들였고 또 그만큼 기대를 하고 있다는 건, 다들 알고 계실 거라고 생각합니다."

"……."

"그런데 며칠 전, 긴급 정보가 입수가 됐다고 합니다. 경쟁사에서도 곧 신제품 출시를 준비하고 있다고요."

선우의 말에 조용하던 팀원들이 일제히 웅성거리기 시작했다. 같은 업종에서 신제품 출시 시기가 비슷할 때엔 먼저 오픈하는 것이 화제성이나 선점에서 여러모로 유리할 수밖에 없었다. 반대로 말하자면 늦게 출시하는 회사가 손해를 보게 된다는 뜻이기도 했다. 그쪽이나 이쪽이나 발등에 불이 떨어진, 긴급한 상황인 것이다.

"해서 신제품 출시일을 예정보다 앞당기기로 했습니다. 아무래도 한동안 많이 바쁠 것 같네요. 다들 마음의 준비를 하시길 바랍니다."

정중한 목소리였지만 사형선고처럼 들렸다. 유경 혼자만 그렇게 생각한 건 아니었는지 여기저기서 한숨이 흘러나왔다. 한동안 풀 야근을 하게 될 거라는 말이나 진배없었다.

"모든 게 다 급한 상황이지만 그중에서도 지금 가장 급한 것이, 광고 모델 선정인데요."

산만한 분위기 속에서도 선우는 중심을 잡고 제 할 말을 차분하게 이어 갔다.

"여러분들에게서 추천을 받겠다고 합니다."

"……."

"신제품이 '석류 음료'인 만큼 주 고객층인 여성들에게 먹힐 만한 얼굴을 원합니다. 매력적인 남성이나 여성들의 워너비로 꼽힐 만한 여성이어야겠죠. 참고로 위에서는 흔하지 않은, 참신한 얼굴로 가고 싶다는 분위기라고 합니다."

잠자코 이야기를 듣고 있던 보라가 질문을 던졌다.

"그럼 신인이어도 상관없는 건가요?"

"물론입니다. 일반인이어도 상관은 없습니다. 그저 여러분이 생각하셨을 때, 제품에 잘 어울리고 광고 시작했을 때 화제성을 가져올 만한 캐릭터를 기준으로 추천해 주시면 될 것 같습니다."

화제성은 있되 참신한 얼굴이라. 톱스타를 섭외하라는 것보다 훨씬 더 어려운 말이었다. 유경은 재빠르게 머릿속으로 여러 얼굴들을 떠올려 보았다. 안타깝게도 마땅한 인물은 없었다.

"모두들, 제품과 어울릴 만한 인물을 한두 사람씩 추천해서 오늘 중으로 보고서 제출 바랍니다."

선우의 말이 끝나기가 무섭게, 이번에는 김 과장이 놀란 얼굴로 되물었다.

"오늘 중으로요?"

"네, 오늘 중으로요."

선우의 확답에 팀원들의 표정이 모두 급격하게 나빠졌다. 유경도 한숨을 푹 내쉬었다.

"이상으로 회의를 끝마치도록 하겠습니다."

그런 와중에도 선우는 포커페이스를 유지하며 회의를 마무리 지었다.

"개인적인 업무에 관해서는 사내 메신저로 각각 전달 드리겠습니다. 그럼 오늘도 모두들 파이팅 합시다!"

특유의 부드럽게 웃는 얼굴로 선우가 파이팅을 외쳤다. 평소 같았으면 저마다 '파이팅!'을 따라 외치며 으쌰으쌰 하는 분위기가 조성됐을 것이다. 하지만 지금은 그 누구도 대답을 하는 이가 없이 조용할 뿐이있다.

"……."

분위기가 어찌나 가라앉아 있는지 유경은 제가 다 민망해졌다. 초상집에 온 듯한 착각이 들 정도였다. 죽상을 하고 있는 팀원들의 눈치를 보며 소심하게 '파이팅.' 하고 따라 읊조렸다. 그런 유경을 향해 선우가 고맙다는 듯 눈을 찡긋해 보인다.

……팀장님 마음 다 알아요. 힘내세요.

유경도 마주 보고 웃어 보였다.

아침 회의를 끝내고 유경은 보라와 함께 탕비실로 향했다. 향긋한 커피를 한 모금 들이켜자 그제야 정신이 좀 차려지는 것 같았다. 사실 아침부터 맞은 핵폭탄 때문에 좀 멍했었다.

"설마 오늘부터 바로 야근하라는 말은 안 하겠죠?"

"음, 가능성이 없진 않은 것 같은데."

"아, 벌써 약속도 다 잡아 놨는데……."

짜증스레 얼굴을 구기는 보라를 보며 유경은 '저런' 하며 심심한 위로를 건넸다.

"참, 광고 모델이요. 대리님은 누구로 추천하실 거예요?"

"아직 못 정했어. 조건이 워낙 까다로워서 마땅한 인물을 찾을 수 있을지 모르겠네."

막막해서 한숨을 길게 내쉬는 유경과 달리 보라는 여유만만한 얼굴이었다. 커피를 홀짝이며 물었다.

"보라 씨는 벌써 생각한 사람이 있는 거야?"

"듣자마자 속으로 바로 '이 사람이다!' 하고 정했죠."

"누군데? 신인배우?"

"아뇨, 권이준이요."

하마터면 유경은 이제 막 들이켠 커피를 그대로 뿜어낼 뻔했다. 얼른 입안에 남아 있는 커피를 꼴깍, 삼켜 낸 후 보라를 바라보았다.

"……권이준?"

"네! 완전 대박이죠?"

"글쎄……."

"왜요? 화제성은 있되 참신한 얼굴! 아까 팀장님이 말씀하신 조건에 권이준이 딱 부합하잖아요. 나잇대 상관없이 여자들한테 잘 먹힐 매력적인 외모라는 건, 두말하면 입 아픈 소리고."

미지근한 유경의 반응에 보라가 침을 튀기며 열변을 토했다. 하나하나 다 맞는 소리기는 했다.

"……그건 그렇긴 한데."

반박할 말이 없어서 잠깐 생각하던 유경은 이내 조심스레 입을 열었다.

"화제성이 제일 중요하잖아. 그게 될까?"

"어머, 그게 무슨 소리세요. 당연하죠!"

보라는 이번에도 흥분해서 소리쳤다.

"방송 같은 걸 전혀 안 해서 그렇지, 공중파라도 한번 타면 인기가 완전 급부상할걸요? 솔직히 그런 외모가 어디 흔해요? 웬만한 배우들보다도 훨씬 더 잘났는데."

"……."

"솔직히 빵 떠서 인기 얻으면 한편으로는 섭섭할 것 같기는 하지만, 그래도 잘됐으면 좋겠어요! 그렇게 되면 계약할 때나, CF 촬영할 때, 잘하면 실물도 볼 수 있을지도 모르잖아요."

바로 그게 문제였다. 보라의 말대로 이준이 모델이 되면 아무래도 여러 모로 기획팀과 마주쳐야 할 일이 생길 가능성이 컸다. 물론, 일 때문에 마주치게 되더라도 모르는 사이인 척하면 될 일이기는 했다. 하지만 전적이 있는 이준을 생각하면, 그다지 믿음직스럽지는 않았다.

"직접 사인해 준 잡지도 받고, 실물도 보고. 이 정도면 저 완전 성덕 아니에요?"

신나서 종알대는 보라를 보며 유경은 속으로 쓴웃음을 삼켰다. 이준이 되기를 바라야 하는 건지, 안 되기를 바라야 하는 건지……. 그녀는 조금 혼란스러워졌다.

17. 도발

아침에 바쁠 거라는 예고편이 날아오더니, 곧바로 야근이 잡혀 버렸다. 예정에 없던 야근을 끝내고 집으로 돌아왔을 때 시간은 어느덧 11시를 넘어가고 있었다.

엘리베이터를 기다리던 유경은 문득 아파트 입구 유리에 비치는 제 모습을 보며 한숨을 내쉬었다.

"꼭 절인 파김치 같네……."

그 어느 때보다도 힘든 야근이었다. 저녁도 제대로 먹지 못하고 모두들 컵라면으로 때웠을 정도였다. 발등에 불이 떨어졌다는 표현이 딱 맞았다. 그 불을 끄기 위해 하루 종일 정신없이 뛰어다녀야만 했다. 힘들어 죽겠다고 불평을 할 시간도 없었다. 기획팀뿐만 아니라 온 회사 전체가 비상이었다.

안쓰러운 몰골을 감상하고 있는데 엘리베이터가 도착했다. 올라타서 버튼을 눌렀다. 그러다 문득 뭔가 허전하다는 것을 느꼈다. 그 허전함의 정체가 무엇인지는 금방 깨달을 수 있었다. 오늘따라 유난히 조용한 휴대폰이었다. 어제는 불이 날까 걱정되던 휴대폰이 오늘은 마치 전원이 꺼졌나 싶을 정도였다.

아침에 통화를 하면서 오늘부터 바빠질 거라는 말을 하기는 했었다. 회사가 비상이라고. 한동안은 계속 야근을 하게 될 것 같다고도 말했다.

"······그래도 그렇지. 어떻게 정말로 연락을 한 통도 안 할 수가 있어?"

어제의 그 열정은 어디로 가. 설마, 하루 만에 그 열정이 모두 식어 버리기라도 한 걸까. 보통 연애를 시작하면 남자들이 변한다는 건 익히 들어 알고 있었다. 당연히 처음과는 같을 수 없는 법 아니겠는가. 유경 역시 그 정도는 이해할 수 있었다. 하지만, 아무리 그래도 그렇지. 이건 너무 빠른 거 아닌가.

"벌써 나는 잡은 물고기라, 이거지?"

이준이 그럴 성격이 아니라는 걸 알면서도, 왠지 괘씸한 마음이 드는 건 어쩔 수 없다. 먼저 연락을 해 보려다가 이내 고개를 내저으며 휴대폰을 도로 집어넣었다.

뭔가 바쁜 일이 있는 거겠지. 마음 넓은 여자인 척 합리화를 하며 엘리베이터에서 내렸다. 현관에 들어서던 유경은 문득 걸음을 뚝 멈췄다. 집안에 불이 훤하게 밝혀져 있었다.

"나갈 때 불을 안 끄고 갔나?"

자신보다 이준이 더 늦게 집을 나섰으니, 범인은 그일 것이다. 그래도 뭔가 이상했다. 얼마 후 있을 쇼 때문에 사무실에 출근 도장을 찍어야 한다며 집을 나서고 있다는 통화를 했을 땐, 분명 밝은 아침이었는데 말이다.

고개를 갸웃하는데, 문득 그녀의 시야에 신발장에 가지런히 놓여 있는 신발이 보인다. 이준의 신발이었다. 어제 신고 왔던.

"……이게 왜 여기 있어?"

설마, 하는 마음에 집 안으로 조심스럽게 들어섰다. 아니나 다를까. 신발의 주인이 거실 소파에 등을 기댄 채 잠들어 있는 게 보인다.

"권이준!"

그의 곁으로 다가가 어깨를 흔들었다.

"……어, 왔어요?"

느릿하게 감은 눈을 뜨며 이준이 유경을 반겼다.

"너 대체 여기서 뭐하고 있어?"

"누나 기다렸죠. 얼굴 보고 가려고."

대답한 이준은 기지개를 시원하게 켰다. 그러다 벽에 걸린 시계를 보고는 조금 놀란 듯 눈을 크게 떴다.

"벌써 시간이 이렇게 됐어요? 잠깐 눈만 좀 감고 있으려고 했는데, 나도 모르게 잠들어 버렸네."

"아침에 사무실 간다고 하지 않았어?"

"벌써 다녀왔죠. 그게 언젠데."

"갔다가 왔다고? 왜 너희 집으로 안 가고 여기로?"

"집 상태가 엉망인 게 자꾸 눈에 밟히더라고요."

그리 말하는 이준은 더없이 진지한 얼굴이었다. 그러고 보니 집이 조금 달라진 것 같기도 했다. 유경은 그제야 집안을 찬찬히 둘러보았다. 여기저기 어질러져 있던 물건들이 제자리를 찾아가 있었다. 베란다에 방치돼 있던 빨래건조대에도 빨래가 질서정연하게 널려 있었다.

"그러니까, 우리 집 청소하려고 퇴근을 여기로 했다고?"

이준은 마치 당연한 일을 했다는 듯 담담한 얼굴로 고개를 끄덕였다.

"더러운 집에서 살다가 내 여자친구, 병이라도 걸리련 큰일 나니까요."

"……야, 그 정도는 아니었거든!"

"심각하던데?"

"네가 결벽증이 너무 심한 거야."

"결벽증이라니. 나 그딴 병 없거든요? 누굴 환자로 만들어."

이준은 검지로 유경의 볼을 쿡 찔렀다. 하지만 찔린 건 그녀의 양심이었다. 유경은 입을 다문 채 들고 있던 가방을 내려놓고 소파에 앉았다.

"밥은 먹었어요?"

"응, 대충."

"뭐 먹었는데요?"

"컵라면."

"아무리 바빠도 밥을 먹지."

"말도 마. 그마저도 너무 바빠서 입으로 들어가는지 코로 들어가는지도 모르고 먹었어."

"많이 바빴나 보네."

"응, 완전 바빴어. 엄청, 많이, 굉장히."

하루 종일 쌓여 있던 불만을 뱉어 내며 유경은 소파 등받이에 몸을 기댔다. 으으. 앓는 소리가 절로 나왔다.

"안마 좀 해 줄까요?"

그녀를 안쓰럽다는 듯 바라보던 이준이 말했다.

"안마?"

"나 잘해요. 운동 배우면서 마사지도 조금 배웠거든."

지금까지 겪은 이준은 못 하는 게 없었다. 이번에도 마찬가지로 믿음직스러웠다. 유경은 못 이기는 척 그를 향해 등을 보였다.

"어깨가 좀 뻐근해."

부위까지 친절하게 알려 줬다. 이준은 그녀의 말대로 양어깨를 감싸고 안마를 시작했다. 잘한다던 말은 빈말이 아니었다. 커다란 손은 적당한 힘으로 어깨부터 목과 연결되는 라인까지 아주 세심하게 주물렀다. 하루 종일 경직되어 뭉쳐 있던 근육이 정말로 풀리는 느낌이 들었다.

"배는 안 고파요? 간단하게 야식이라도 해 줄까요?"

"됐어. 이 시간에 먹고 자면 얼굴 부어."

"좀 부으면 어때. 그래도 어차피 예쁠 텐데."

얘는 어쩜 이렇게 낯간지러운 말을 아무렇지 않게 툭툭 내뱉을 수가 있는 걸까? 그가 이럴 때마다 부끄러운 건 어째서 늘 자신의 몫인 건지. 등지고 있어서 얼굴은 보이지 않았지만 안 봐도 훤했다. 분명 얼굴색 하나 변하지 않았겠지.

이쯤 되니 진지하게 의문이 든다. 정말로 이준은 자신을 예쁘다고 생각하는 걸까. 아니면, 그냥 립서비스를 하는 걸까. 문득 언젠가 보았던 여자 모델의 얼굴이 떠올랐다. 같은 여자가 봐도 감탄할 정도로 인형 같던 그 외모가. 사실 마음에 걸리는 건 비단 그 여자만은 아니었다. 모델 일을 하다 보면 그 외에도 정말로 수많은 예쁜 여자들을 보며 지내고 있을 것이다. 그런데도 정말로 제가 예뻐 보인다면, 그의 심미안에 문제가 있는 것은 아닐까.

진지하게 이준에 대해 걱정할 무렵이었다. 목과 어깨를 지나 어느덧 두피 마사지까지 시작한 그가 말했다.

"오늘도 자고 가도 되죠?"

그 소리가 왜 안 나오나 했다. 유경은 헛웃음을 흘렸다.

"너, 이 소리 하려고 안마해 준다고 한 거지?"

"눈치챘어요?"

그래. 세상에 공짜가 어디 있겠는가.

"네 마음대로 해. 어차피 네 마음대로 하려고 했겠지만."

유경은 체념한 투로 말했다. 사실 이 시간에 쫓아내는 것도 이상했다. 심지어 집안일까지 해 주지 않았던가. 그것도 간단한 청소가 아니라 '대청소' 수준으로.

"누나."

"또 왜."

"그냥 다시 들어올까 봐요."

"어딜 들어오겠다는 거야?"

"어디긴 어디야. 이 집이지."

당연하다는 듯 뱉어지는 그의 말에 유경은 몸을 휙 돌려 이준을 바라보았다.

"누구 마음대로?"

"아직 계약기간 남았잖아요."

"계약기간 같은 소리 하고 있네. 완전 됐거든?"

엉터리 계약서에 감쪽같이 속았던 지난날을 떠올리며 유경은 눈썹을 찌푸렸다. 그러곤 은근슬쩍 제 어깨로 향하는 이준의 손을 탁, 쳐 내며 다시 한번 단호하게 말했다.

"꿈도 꾸지 마, 이 사기꾼아."

"사기꾼이라니, 너무하네."

"너무한 건 너랑 서유현이지. 어떻게 그런 말도 안 되는 사기를 칠 생각을 해?"

다시 생각해 봐도 정말 어이가 없다. 물론 두 녀석이 나쁜 뜻으로 저지른 일이 아니라는 건 알고 있었다. 그래도 처음 이준이 계약서를 들이밀었을 때 당황했던 걸 생각하면 괘씸하게 생각되는 건 어쩔 수 없다. 자신을 압박하던 숫자까지도 정확하게 기억이 났다. 위약금 600만 원.

"기왕이면 사랑꾼이라고 해 줘요. 사랑에 눈멀어서 그런 짓까지 한 거니까."

이준이 한쪽 입꼬리를 씨익, 말아 올렸다.

말이나 못 하면 밉지나 않지. 웃는 얼굴에 침을 뱉을 수도 없고. 혀를 쯧, 찬 유경은 이준의 잘난 얼굴을 무시하며 자리에서 일어났다.

"근데 나랑 같이 살면 누나도 나쁠 건 없지 않아요?"

그냥 한 말인 줄 알았는데, 그는 정말로 진심이었던 모양이다. 물을 마시기 위해 주방으로 향하는 그녀의 뒤로 따라붙으며 이준이 설득하듯 말했다.

　"아니, 누나 입장에선 오히려 이득 아닌가?"

　"내가 무슨 이득을 보는데?"

　"청소도 해 주고. 밥도 해 주고. 내가 다 해 주잖아요. 누난 살림이 영 꽝인데."

　"……그동안 불만이 많았나 보다?"

　"불만이 아니라 사실을 얘기했을 뿐이에요."

　어찌 된 게 한마디도 지는 법이 없다. 유경은 컵에 따른 물을 한번에 말끔히 비워 낸 후 이준을 찌릿 노려보았다.

　"그래서? 네가 지금 하고 싶은 말이 뭔데?"

　"서유현 돌아오기 전까지만이라도 같이 살자고요."

　박력 있게 말하며 이준이 유경의 손을 붙들었다. 손깍지를 끼며 그녀의 두 눈을 빤히 바라보았다. 짙은 눈빛으로 호소했다.

　"같이 있고 싶단 말이에요."

　그래도 유경이 흔들리는 기색을 보이지 않자, 이번에는 고양이 캐릭터로 변신해 모성애를 자극했다.

　"내가 누나 손에 물 한 방울 안 묻히게 해 줄게요."

　"……"

　"응? 응? 응?"

　마치 장난감을 사 달라고 떼쓰는 어린아이처럼 아예 맞잡은 손을 붕붕 흔들기까지 하며 애교를 부려 댄다.

　"……"

그런 이준을 보며 유경은 속으로 생각했다. 권이준은 아마 늑대가 아니라 여우가 아닐까 하고. 그것도 꼬리가 아홉 달린 구미호!

✳

결국 그날 이후로 이준은 자신의 집으로 돌아가지 않았다. 유경의 입에서 같이 살아도 된다는 허락이 나온 적은 없었다. 하지만 그는 마치 허락을 받은 것처럼 당당하게 집 안에 둥지를 틀었다.

그는 아홉 개나 있는 꼬리를 용케 숨기고서 온 집 안을 누비고 다녔다. 그 모습이 은근히 얄미웠지만 차마 쫓아낼 수는 없었다. 이준이 움직일 때마다 집 안이 한층 더 쾌적해졌기 때문이었다. 열흘이 지난 지금, 유경은 더 이상 인정하지 않을 수가 없었다. 그의 말대로 자신에겐 이 생활이 엄청난 이득이라는 것을. 그리고 사실 딱히 쫓아낼 핑계도 없었다. 가장 걱정했던 부분인 동침도 해결이 됐기 때문이었다.

'나 오늘부터 방문 걸어 잠그고 잘 거야.'
하룻밤을 함께 보내고 그다음 날, 유경은 잠잘 채비를 끝내고 이준에게 말했었다. 결연한 눈빛도 함께 보냈다. 싫다고 고집을 피울 줄 알았다. 하지만 이준은 의외로 심드렁하게 대꾸할 뿐이었다.
'문 안 잠가도 돼요. 안 갈 거니까.'
'네 말을 어떻게 믿어?'
'진짜예요. 활짝 열어 놓고 자도 안 가요. 누나랑 자다가는 내 명에 못 죽을 것 같아서.'

146

그리 말한 이준은 정말로 곧장 유현의 방으로 향했다. 그래도 의심이 가서 이틀 밤 정도는 문을 걸어 잠그고 잤었다. 하지만 이준은 침입은커녕 그녀의 방 쪽으로는 눈길도 주지 않았다. 최근에는 완전히 마음이 놓여 더 이상 방문을 잠그지 않고 있었다. 이준은 여전히 유현의 방에서 잠을 잤다.

그 문제가 해결되고 나니 모든 게 그대로였다. 그가 차려 준 밥을 먹고 출근을 하고, 퇴근을 해서는 그가 차려 준 밥을 먹었다. 함께 TV를 보고 소소한 수다도 떨었다.

연애를 시작했다고 해서 특별히 바뀐 건 없었다. 정말이지 예전과 다름없는 생활이 이어지고 있었다. 그래도 굳이 달라진 점을 뽑자면, 너무도 자연스럽게 시도 때도 없이 스킨십을 하게 됐다는 점이었다.

아침에 일어나서 한 번, 출근하기 전에 한 번, 퇴근하고 한 번, 자기 전에 한 번. 어느 동요처럼 이준은 시도 때도 없이 입술을 들이밀어 댔다. 혹시라도 그녀가 거부를 하거나 혹은 깜빡했을 때엔 그 다음번에 두 배, 아니, 세 배로 챙겨 갔다. 어찌나 알뜰살뜰하신지, 살림 왕이라는 칭호라도 붙여 줘야 하지 않나 싶다.

"나 왔어."

모처럼 야근이 없는 날이었다. 정시에 퇴근해 집으로 들어온 유경은, 현관 앞까지 마중을 나와 있는 이준을 향해 인사를 건넸다.

"일찍 왔네요?"

"버스 기사 아저씨가 카레이서 출신이었나 봐. 엄청 빠르시더라."

신발을 벗고 들어섰다. 이준이 자연스럽게 그녀의 허리를 감았다. 문을 통과하려면 꼭 거쳐야만 하는 관문 같았다. 이제는 적응이 된 유경은 눈을 감았다.

초옥—

그의 보드라운 입술이 그녀의 입술에 도장을 찍듯 닿았다. 짧게 머무르고 떨어져 나갔다. 유경이 감았던 눈을 떴다. 이마를 맞댄 채 이준이 그녀의 두 눈을 빤히 바라보고 있었다. 그녀를 담은 새카만 눈동자에는 아직 열기가 그득 담겨 있었다. 어찌나 뜨겁게 바라보는지. 시선을 맞추고 있는 유경마저 덩달아 열이 오르는 게 느껴질 정도였다. 이번엔 뽀뽀만으론 안 끝나겠구나, 생각했을 때였다. 허리를 감고 있던 팔을 풀며 이준이 훌쩍 뒤로 물러났다.

"배고프죠?"

"……."

"저녁 준비 다 됐으니까, 손만 씻고 얼른 와요."

싱긋, 웃으며 말하는 이준의 눈동자는 어느덧 식어 있었다.

"있잖아."

밥을 먹다 말고 유경이 문득 운을 뗐다.

"나 궁금한 게 있는데."

"뭔데요?"

김치를 집으려던 이준이 젓가락을 내려놓고 시선을 들어 그녀를 바라보았다. 들을 준비를 끝마친 그를 보며 유경은 저도 모르게 마른침을 꼴깍 삼켰다. 대체 뭐라고 해야 할까. 아니, 이런 말을 해도 되는 걸까……. 답답한 마음에 운을 떼기는 했는데, 막상 말을 하려니까 입이 쉽사리 떨어지질 않는다.

"무슨 말을 하려고 이렇게 뜸을 들여요? 괜히 겁나네."

이준의 재촉에 유경은 결국 망설이던 입을 열었다.

"……왜, 자꾸 뽀뽀만 해?"

"응? 그게 무슨 말이에요?"

그는 정말로 무슨 말을 하는지 모르겠다는 듯 눈을 동그랗게 떴다. 그 눈빛에 유경은 뒤늦게 후회가 들었다. 역시 괜한 말을 한 것 같았다. 그냥 입 다물고 있을걸……. 하지만 이미 엎질러진 물이었다. 이제 와서 입을 다물면 더 이상하게 생각할 게 뻔했다. 유경은 두 눈을 질끈 감고 '에라, 모르겠다!' 하는 심경으로 말을 내질렀다.

"키스는 왜 안 하는 거냐고! 뽀뽀는 하면서!"

말 그대로였다. 처음에는 시도 때도 없이 키스를 퍼부어대서 사람 숨을 막히게 만들더니, 어느 순간부터는 뚝 끊어졌다. 가벼운 입맞춤은 수십 번 하면서도 키스는 단 한 번도 없었다. 분위기가 짙어지려고 하면, 아까 그랬던 것처럼 이준이 브레이크를 거는 게 느껴졌다.

처음에는 인지하지 못했다. 하지만 그 패턴이 며칠째 이어지고 있는 중이었다. 제아무리 눈치 없는 그녀라지만 도저히 모르려야 모를 수가 없었다.

벌써 마음이 식은 건가. 그럼 잦은 뽀뽀는 뭔데? 좋긴 하지만 키스를 하고 싶을 정도는 아닌 건가. 그럼 꿀 떨어지는 저 눈빛은 또 뭐고? ……아니면, 설마 나한테서 입 냄새가 나나? 한번 시작한 걱정은 걷잡을 수 없을 정도로 번져 나갔다.

처음에는 조금 아쉽다고만 생각했다. 그런데 이제는 자존심마저 상했다. 좋아 죽겠다며 가만히 있는 사람을 흔들어댈 땐 언제고. 겨우 마음을 열었더니 이제 와서 헷갈리게 만드는 건 대체 뭐란 말인가. 사람을 갖고 노는 것도 아니고.

어쩌면 고작 키스 하나에 그녀가 너무 의미부여를 하는 걸 수도 있었다. 하지만 남녀 사이에서는, 특히나 이제 막 시작한 연인 사이에서는 무시할 수 없는 부분임은 틀림없었다. 널뛰는 감정을 애써 가다듬고 이성적으로 생각하려고 노력했다. 그나마 가장 그럴듯한 가설은, 조금 수치스럽긴 하지만 '입 냄새'인 것 같았다.

입 냄새가 난다는 말은 태어나서 단 한 번도 들은 적도 없었고, 아마도 그게 이유는 아닐 거라고 생각했다. 그럼에도 혹시 몰라서 오늘은 아예 회사에서 하루 종일 치약과 칫솔을 달고 살았다. 커피를 마실 때마다, 군것질을 할 때마다, 하다못해 껌은 씹고서도 양치를 했다. 대화를 하던 중 보라가 '대리님, 혹시 치약 드셨어요?' 하고 물었을 정도였다.

"아……."

오늘 했던 수고를 떠올리고 있을 때였다. 문득 이준의 입에서 탄식 비슷한 소리가 흘러나왔다. 예상했던 반응이 아니었다. 유경은 감았던 눈을 스리슬쩍 뜨고 그를 바라보았다. 그런 엉큼한 생각을 하고 있었느냐며 크게 웃을 줄 알았다. 그런데 지금 그의 얼굴엔 웃음은커녕 언뜻 곤란한 기색까지 내비쳤다.

……이게 아닌데. 웃고 넘어가야 할 일이었다. 그런데 그가 진지

하게 받아들이는 것 같아서 너무도 당황스러워졌다. 당혹감과 민망함, 그리고 수치심이 한꺼번에 들이닥쳤다.

"아니, 그렇다고 뭐……. 내가 키스가 하고 싶다는 건 아닌데……. 그냥 궁금해서……. 조금 이상하긴 하잖아……. 혹시라도 내 입에서 입 냄새라도……."

횡설수설.

입에서 나오는 대로 내뱉던 유경은 이내 아랫입술을 질끈 깨물었다. 말을 하다 보니 더욱더 비참해지는 기분이 들었기 때문이다. 조금 전, 말을 꺼내면서도 어쩌면 제 착각일지도 모른다고 생각했었다. 그저 내 기분 탓일지도 모르겠다고. 그런데 지금 보이는 반응은, 그가 키스를 의도적으로 피한 게 사실이었음을 여실히 알려 주고 있었다.

……정말로 입 냄새가 문제였을 리가 없잖아. 아래로 내리깐 그녀의 눈빛이 여지없이 흔들렸다. 혼란스러웠다. 제가 어떻게 반응을 해야 할지, 좀처럼 정리가 되질 않았다.

"다른 이유가 있는 건 아니고……."

그런 유경을 알 수 없는 표정으로 물끄러미 바라보던 이준이 느릿하게 입술을 달싹였다.

……다른 이유가 있는 건 아니고? 유경은 저도 모르게 주먹을 살짝 그러쥐었다. 그래! 어디 들어나 보자. 얼마나 대단한 이유인 건지. 속으로 단단히 벼르며 그의 새빨간 입술을 바라보았다.

"시작하면 못 참을 것 같아서요."

잠시 후, 툭 내뱉어진 그의 대답은 황당했다. 꼭 저를 놀리는 것만 같았다. 변명을 하려거든 좀 그럴듯하게 할 것이지. 너무도 성의가 없게 느껴졌다. 차라리 입 냄새가 난다고 말하는 편이 훨씬 납득하기 쉬웠을 것이다.

"야, 권이준!"

순간 울컥, 치밀어 오르는 감정에 유경은 처박고 있던 고개를 번쩍 들어 올리며 꽥 소리를 내질렀다.

"넌 이 상황에서도 그런 소릴……."

하지만 말을 채 끝맺기도 전에 이준은 더없이 진지한 표정과 목소리로 그녀의 말허리를 단칼에 끊어 냈다.

"농담이 아니라 진짜예요."

"……."

"솔직히 말하자면, 뽀뽀도 아슬아슬한 상황이고."

본인의 말대로 농담은 아닌 것 같았다. 말문이 턱 막혔다. …… 설마 저런 이유가 있었을 줄이야. 여러 가지 가설을 떠올리면서도, 그 때문일 거라고는 정말이지 눈곱만큼도 상상하지 못했었다. 너무도 당황한 유경은 할 말을 잃은 채 입을 딱 다물었다. 그가 너무도 진지해서 웃을 수도 없었다.

"그러니까, 책임 못 질 것 같으면 함부로 도발하지 마요."

"……."

"유혹도 말고."

그의 눈빛이 위험하게 빛났다.

"내 인내심은 이미 한계치에 달해 있으니까."

일종의, 경고였다.

아침 출근 길. 버스에서 내리자마자 유경은 바로 앞에 보이는 커피숍에서 차가운 아메리카노 한 잔을 샀다. 컵에 꽂힌 스트로를 쪼옥 빨아 당겼다. 얼음이 가득 든 커피는 차갑다 못해 이가 시릴 정도였지만 그래도 효과는 좋았다. 줄곧 멍하던 정신이 그제야 조금 차려지는 것 같았다.

출근도 하기 전인데 벌써 하루 종일 일을 한 것처럼 피곤했다. 간밤에 늦게 잠든 탓이었다. 눈을 감아도 자꾸만 이준의 짙은 눈빛이 떠올라 좀처럼 잠에 들 수가 없었다.

'책임 못 질 것 같으면 함부로 도발하지 마요.'

사실 제 손길에 그의 몸이 예민하게 반응한다는 것을 그녀도 알고는 있었다. 그때마다 조금 당황스럽기는 했지만 그래도 별 대수롭지 않게 생각했다. 남자 나이 스물일곱이면 한창 혈기왕성할 나이였으니까 말이다. 그런데 설마, 그리 좋아하는 키스마저 피할 정도로 참고 있었을 줄이야. 정말 눈곱만큼도 눈치채지 못했다.

"하긴. 권이준 입장에서는 엄청 오래 참은 거긴 하지……."

그가 자신을 짝사랑한 세월만 해도 거의 20년에 가깝다고 했다. 그런데 겨우 연애를 시작하게 됐음에도 또 참으라고 했으니, 그의 입장에서는 더 힘들었을지도 모르겠다. 그동안의 시간들이 그에게는 고문이나 다름없었을지도 모르겠다고 생각하니 조금 미안해졌다. 언제까지고 피할 생각은 아니었다. 그가 싫은 것은 더더욱 아니었다. 오히려 마음은 점점 커져 가고 있었다. 키스를 안 해주는 것이 섭섭하게 느껴졌을 정도로.

다만, 아직은 조금 어색했을 뿐이었다. 권이준에게는 서유경이 처음부터 여자였겠지만, 서유경에게 권이준은 지금껏 동생 친구였다. 연애를 시작했다고 해서 그 세월이 사라질 순 없었다. 솔직히 말하자면 처음엔 키스도 어색했었다.

다행스럽게도 이제 키스까지는 아주 자연스럽게 응할 수 있게 되었다. 하지만 그 이상도 괜찮을지에 대해서는 아직 자신이 없었다. 좀처럼 상상이 되질 않았다. 이준과 몸을 섞는다는 것이.

"후우……."

스트로를 질겅질겅 씹던 유경은 이내 길게 한숨을 내쉬었다.

"……어렵다, 어려워."

지금 이 순간, 그녀에게 세상에서 가장 어려운 게 무엇이냐고 물으면 망설임 없이 대답할 수 있을 것 같았다. 동생 친구였던 남자와의 연애라고.

아침부터 시작된 피로감은 점심시간이 됐을 때까지도 이어졌다. 오전 중에 커피를 석 잔이나 마셨더니 이제는 속이 쓰릴 지경이었다.

그럼에도 불구하고 아직도 카페인이 부족하게 느껴졌다. 커피 한 잔을 더 마셔야 할 것 같아서 점심을 먹고 오는 길에 곧장 탕비실로 향했다. 이제 막 탕비실 문을 열었을 때였다.

"대리님."

유경은 탕비실 문고리를 붙잡은 채 고개를 옆으로 돌렸다. 오전에 외근을 나갔던 보라가 이쪽으로 오고 있었다.

"일찍 왔네?"

"네, 일이 생각보다 잘 풀렸어요."

"점심은 먹었어?"

"오는 길에 샌드위치 사 먹었어요. 커피는 회사 와서 먹으려고 참았고요."

"잘했어. 요즘 회사가 일도 많이 시키는데, 우리는 회사 비품이라도 열심히 써야지."

두 사람은 킥킥, 낮게 웃으며 탕비실로 들어갔다. 자연스럽게 커피를 내린 보라가 유경에게 한 잔을 건네주었다. 받아 든 커피의 향을 음미하며 한 모금 마셨다. 벌써 넉 잔째였지만, 그래도 커피의 향은 질리지 않고 맡을 때마다 향기롭게 느껴졌다.

"참, 대리님. 오늘 퇴근하고 뭐 하세요?"

"오늘? 별건 없는데. 왜?"

"사실은, 아까 김 사장님이 호텔 레스토랑 식사권을 주셨거든요."

'김 사장'이라면 보라가 조금 전 외근을 나가서 만났던 거래처 사장이었다. 짠돌이로 워낙 유명한 사람이라 유경은 의외라는 듯 눈을 크게 떴다.

"김 사장님이?"

"놀라셨죠? 저도 사실 받으면서 놀랐어요. 사람이 죽을 때가 되면 바뀐다던데, 혹시 무슨 일 있으신 건 아닌지 걱정까지 했다니까요."

그럴 만도 했다. 보라의 말에 유경은 동의한다는 듯 작게 웃었다.

"그런데 아니나 다를까. 확인해 보니까 날짜가 오늘까지인 거 있죠? 생색이란 생색은 다 내 놓고. 이제 보니 자기는 시간이 안 되고, 그렇다고 버리자니 아까워서 그냥 저 준 것 같아요."

보라가 투덜대며 가방에 넣어 두었던 봉투를 꺼내 유경에게 건넸다.

"시간 괜찮으시면 대리님이 쓰실래요?"

"그래도 비싼 건데. 나 줘도 돼?"

"어차피 저는 오늘 약속이 있어서 못 가거든요. 짠돌이 김 사장님이 처음이자 마지막으로 주신 걸지도 모르는데, 버리긴 아깝잖아요."

보라에게서 유경은 받아 든 봉투를 열어 식사권을 확인했다. 프렌치레스토랑 2인 식사권이었다. 회사와 그녀의 동네의 한가운데쯤에 위치한 호텔이었는데, 꽤 값비싸기로 유명한 곳이기도 했다. 자연스럽게 이준의 얼굴을 떠올렸다. 야근을 피하려면 미친 듯이 일에 집중해야겠다고 생각했다. 그렇게 꺼냈던 식사권을 봉투에 다시금 집어넣으려던 순간이었다. 문득 그녀의 시야에 '호텔'이라는 글씨가 눈에 크게 들어온다. 그와 동시에 머릿속에 뭔가가 휙 스쳐 지나갔다.

호텔이라……. 유경은 그것을 한참 동안이나 빤히 들여다보았다.

어디선가 연애를 하면 살이 찐다는 말을 들어 본 적이 있다. 하지만 이준은 좀처럼 공감을 할 수가 없었다. 27년 차 모태솔로 권이준 인생에서 드디어 꿈에 그리던 첫 연애를 시작한 지 이제 보름 남짓. 그런데 살이 찌기는커녕, 그는 하루가 다르게 점점 더 수척해져 가고 있는 중이었다.

그럴 수밖에 없는 것이, 연애를 시작한 뒤로 운동하는 시간이 평소보다 훌쩍 늘어났다. 운동 강도 역시 마찬가지로 엄청 늘렸다. 운동에 집중하고 있는 그를 본 트레이너가 적당히 하라고, 진심으로 말렸을 정도였다. 그럼에도 불구하고 그는 여전히 만족스럽지 않았다. 오히려 시간을 조금 더 늘려야 하나, 강도를 더 높여야 하나, 고민했다.

화보나 패션쇼 때문에 다이어트에 돌입한 건 아니었다. 하지만 이유는 명확했다. 그저 아무 생각도 하고 싶지 않다는 것이었다. 최근 그는 정말로 환장할 노릇이었다. 틈만 나면 음란마귀가 머릿속을 휘젓고 다니는 탓이었다. 그녀와 함께 있을 때뿐만이 아니라 그저 생각하는 것만으로도 아래쪽으로 피가 쏠리는 게 느껴졌다. 꼭 학창시절 그녀를 상대로 몽정을 하던 그 시절로 돌아간 기분이었다.

이 나이 먹고 몽정이라니. 스스로도 기가 막혔다. 그래서 더 운동에 집착할 수밖에 없었다. 운동을 하는 동안에는 다른 생각을 하지 않을 수 있었다. 그렇게 땀을 실컷 빼고 나면 몸도 정신도 개운해졌다. 몸이 고통스러울수록 정신은 맑아지는 법이니까. 물론, 그쪽 체력과 이쪽 체력이 다른 건지 속에서 들끓는 욕망은 손톱만큼도 줄어들지 않았지만 말이다.

어쨌든, 오늘도 이준은 유경이 출근하는 것을 본 후 곧바로 피트니스클럽을 찾았다. 운동복으로 갈아입고 가볍게 스트레칭을 했다. 물을 한 모금 마시고 곧바로 러닝머신 위에 올라섰다. 머릿속을 떠도는 잡생각을 떨치는 데에는 달리는 게 최고였다. 처음부터 100미터 달리기를 하는 듯한 속도로 맞추고 달리기 시작했다. 30분쯤 지나자 온몸에 열이 올랐다. 쉴 없이 돌아가는 벨트 위로 굵은 땀방울이 마치 빗방울처럼 후드득, 떨어졌다.

"야! 권이준!"

그 모습을 옆에서 지켜보던 재규가 경악했다.

"너 러닝머신이랑 원수졌냐? 뭘 이렇게 무식하게 달려 대."

이준은 아무런 대답도 하지 않았다. 그저 정면만 보고서 페이스를 유지하며 달릴 뿐이었다.

"살살 좀 해. 오늘 워킹 있는 거, 잊은 건 아니지?"

열흘 앞으로 다가온 패션쇼 준비 때문에 요즘 일주일에 세 번 사무실 모여서 쇼에 설 모델들은 단체로 워킹 연습을 하고 있었다. 말이 워킹 연습이지, 무려 네 시간을 쉴 없이 걸어야 하기 때문에 사실 고행이나 다름없었다. 하루 종일 쉬다가 연습을 해도 쓰러질까 겁날 판국이었다. 그런데 벌써부터 힘을 빼고 있는 친구의 모습이 재규는 도저히 이해가 되질 않았다.

"야. 내 말 안 들려?"

"……."

"어휴. 됐다, 됐어! 내가 너랑 무슨 말을 하냐. 대신 쓰러져도 나는 모르는 척할 거야. 알겠어?"

재규가 옆에서 뭐라고 하든 마치 아무 소리도 들리지 않는 것처럼 이준은 달리는 데에만 집중했다. 그런 그의 엄청난 집중력을 깨트린 건, 전화 한 통이었다.

진동 소리에 이준은 기계 위에 올려 두었던 휴대폰을 흘끗 확인했다. 발신인을 확인하는 순간 무심하던 눈이 동그랗게 커졌다. 유경의 전화였다. 그는 곧바로 전원 버튼을 눌렀다. 빠르게 돌아가던 벨트가 속도를 점차적으로 줄여 나가기 시작했다. 벨트가 멈추기도 전에 이준은 러닝머신에서 내려왔다.

"영원히 달릴 것처럼 하더니, 왜 벌써 내려와?"

"전화."

한껏 비아냥거리는 재규를 향해 간단하게 대답한 이준은 곧바로 복도로 나왔다. 실내를 울리는 커다란 음악 소리가 거의 들리지 않을 정도로 복도 끝까지 걸어간 후에야 전화를 받았다.

"웬일이에요?"

'여보세요' 대신 다른 인사말을 건넸다. 그 정도로 그녀가 먼저 그에게 연락하는 건 드문 일이었다.

― 물어볼 게 있어서. 혹시 지금 바빠?

"아뇨, 그냥 운동 중이었어요. 얘기해요."

벽에 삐딱하게 기대선 채, 그녀의 다음 말을 기다렸다.

― 별건 아니고…… 오늘 외식할까?

"외식이요? 갑자기?"

― 실은 공짜 식사권이 생겼거든. 기간이 딱 오늘까지야.

"아아, 공짜 식사권……."

이준은 낮게 중얼거리며 쓰게 웃었다. 그럼 그렇지. 웬일로 그녀가 데이트 신청을 하나 했다.

― 네가 바쁘면 어쩔 수 없고.

그의 미지근한 반응에 오해한 모양이었다. 유경이 데이트 신청을 철회하려 했다. 이준은 기대고 있던 등을 떼며 얼른 대답했다.

"아뇨, 시간 돼요. 퇴근 시간에 맞춰서 회사로 갈까요?"

— 아니. 그냥 바로 거기서 보는 게 좋을 것 같아. 위치가 어중간해서.

"알겠어요. 장소랑 시간 문자로 보내 줘요."

용건만 간단히 나눈 짧은 통화를 끝내고 이준은 그녀의 문자를 기다렸다. 잠시 후, 짧은 진동과 함께 메시지가 도착했다.

[8시. ○○호텔 레스토랑.]

순간, 이준은 눈을 크게 떴다. '호텔'이라는 글자가 유독 크게 보였기 때문이었다. 뒤늦게 뒤에 붙은 '레스토랑'이라는 글씨가 들어왔다. 그와 동시에 커졌던 동공도 원래 크기대로 돌아왔다.

"미친. 진짜로 음란마귀가 씌기라도 했나……."

지조적으로 웃으며 휴대폰을 든 팔을 내렸다. 스스로도 기가 막혔다. 고작 '호텔'이라는 글자에 심장이 철렁했다니. 대체 무슨 허황된 기대를 했단 말인가.

"두 시간은 더 뛰어야겠네."

이준은 턱을 악다물고서 다시금 피트니스 클럽 안으로 향했다.

고급스러운 인테리어의 넓은 실내. 잔잔하게 흐르는 클래식 음악. 급하게 예약했지만 운 좋게 얻어 걸린 창가 자리. 창밖으로 보이는 서울 야경. 차례차례 나오는 난생처음 보는 예쁜 요리들까지……. 공짜로 온 게 미안하다는 생각이 들 정도로 환상적인 분위기였다.

하지만 그중에서도 가장 완벽한 건, 그녀와 마주 앉아 있는 이준이었다. 장소에 맞게 스타일링을 한 듯 왁스로 단정하게 넘긴 포마드헤어에 깔끔한 네이비 수트차림이었는데, 고급스러운 레스토랑의 분위기와 매우 잘 어울렸다. 그 때문에 출근 복장을 하고 바로 온 그녀는 조금 민망해졌다. 이럴 줄 알았으면 옷이라도 사 입고 오는 건데. 뒤늦게 후회가 들었다.

"분위기 좋네요."

첫 번째 접시가 치워지고 두 번째 접시가 나왔을 때, 이준이 말했다.

"이런 분위기 좋아하는 줄 알았으면, 진작 오는 건데 그랬어요. 공짜표 생기기 전에."

"아니야. 공짜니까 온 거지. 한 끼에 이렇게 사치 부리는 거, 난 별로야."

비쌀 거라 예상은 했지만 아까 메뉴판을 보고 얼마나 놀랐는지 모른다. 밥 한 끼에 20만 원이라니. 그것도 심지어 1인분의 가격이었다. 메뉴판을 덮으며 유경은 생각했었다. 오늘은 김 사장님 덕분에 좋은 경험을 하게 됐지만, 앞으로 다시 올 일은 없을 것 같다고.

"누나 남자친구, 이 정도 사 줄 능력은 돼요."

"알아. 너 돈 잘 버는 거. 근데 나는 정말로 이런 데 와서 먹는 알수 없는 음식들보다 네가 해 주는 밥이 훨씬 좋아."

"거짓말."

"진짜야. 솔직히 지금 나오는 음식들이 무슨 맛인지도 잘 모르겠어. 푸아그라니, 뭐니. 재료도 나한테는 너무 낯설고. 그냥 예쁘기만 한 것 같아."

혹시 직원이 들으면 실례가 될 것 같아 유경은 목소리를 최대한 낮추고 속삭이듯 말했다. 그 모습에 이준의 입가가 부드럽게 늘어졌다.

"그래도 와인은 맛있죠?"

"응, 비싼 와인이라 그런지 맛있네."

유경은 고개를 끄덕이며 와인을 한 모금 더 들이켰다. 사실 생전 처음 먹어 보는 비싼 음식들보다 달콤 쌉싸름한 와인이 그녀의 입에는 가장 잘 맞았다.

두 사람은 기분 좋게 식사를 이어 갔다. 음식은 끊임없이 나왔다. 배가 너무 불러서 이제 더는 못 먹겠다는 생각이 들 때 즈음, 타이밍 좋게 디저트가 나왔다. 달콤한 아이스크림이 곁들여진 와플이었다.

디저트용으로 작은 포크가 따로 나왔다. 그것을 집어 드는 유경의 손끝이 미세하게 떨려 왔다. 심장도 콩닥콩닥, 빠르게 뛰기 시작했다.

"누나가 좋아하는 바닐라 아이스크림이네요."

이준이 자신의 접시에 놓여 있는 아이스크림 한 덩이를 유경의 접시에 옮겨 주었다.

"내 몫까지 많이 먹어요."

"으응, 고마워."

긴장하고 있다는 것을 티 내지 않으려고 유경은 억지로 웃으며 아이스크림을 한 스푼 크게 떠먹었다. 부드러운 아이스크림이 입안에서 사르르 녹았지만, 달콤함은커녕 시원하다는 것조차 느끼지 못했다.

기계적으로 포크질을 했다. 디저트는 금방 사라졌다. 마지막으로 조금 남아 있던 와인을 한 번에 비워 내고 자리에서 일어났다.

엘리베이터 앞에 섰다. 금색으로 치장된 엘리베이터 문에 나란히 서 있는 두 사람의 모습이 비쳤다. 유독 그녀의 얼굴이 붉었다.

"와인, 너무 많이 마신 거 아니에요?"

이준이 걱정스럽다는 듯 유경을 바라보았다. 술기운 때문에 붉어졌다고 생각하는 듯했다. 하지만 사실은 그 때문이 아니었다. 와인 한 병을 더 마실 수 있을 것 같다는 생각이 들 정도로 정신은 멀쩡했다. 지금 얼굴이 붉은 이유는, 너무도 긴장했기 때문이었다.

"그런가……?"

차마 솔직하게 말하지 못하고 유경은 대충 얼버무렸다. 그때였다. 엘리베이터가 그들이 있는 층에 도착했다. 문이 열렸다. 두 사람은 올라탔다. 숫자 버튼 옆에 서 있던 유경은 숫자 '17'을 꾸욱 눌렀다. 그러자 이준이 어이가 없다는 듯 유경을 바라본다.

"17층은 왜 눌러요? 많이 취했어요?"

술에 취해 실수를 했다고 생각한 모양이었다. 그가 유경을 대신해 숫자 '1'을 눌렀다.

1번 숫자판에 불이 들어오는 걸 보고 유경은 낮게 한숨을 내쉬며 중얼거렸다.

"맨날 나한테 눈치 없다더니……."

"뭐라고요?"

여전히 못 알아들은 듯 이준이 고개를 갸웃했다. 앞으로 그가 제게 눈치가 없다고 놀리면 네가 그럴 자격이 있느냐고 반격을 해 줘야 할 것 같았다. 유경은 대답 대신 재킷 주머니 속에 들어 있던 카드를 꺼내 이준의 앞으로 척, 건넸다.

"……이게 뭐예요?"

이준의 목소리 끝이 떨렸다. 카드를 내려다보는 눈빛 역시도 떨리고 있었다. 알면서 묻는 의도가 뭔지 알 것 같았다. 도저히 믿어지지가 않는 모양이었다. 유경은 심호흡을 살짝 한 다음 말했다.

"방, 예약해 뒀어."

"……!"

확인사살에 이준의 눈이 둥그렇게 커졌다. 마치 핵폭탄이라도 맞은 듯한 얼굴이었다. 그럴 거라 예상하기는 했지만, 그는 자신이 생각했던 것보다도 훨씬 더 많이 놀란 것 같았다. 그런 이준의 반응에 유경은 한층 더 얼굴이 붉어졌다. 남녀가 뒤바뀐 것 같아서 너무도 민망했다.

이게 그렇게 충격적인 일인 건가……. 내가 괜한 짓을 한 걸까……. 혹시 밝히는 여자로 보이면 어떡하지……. 뒤늦게 후회와 걱정이 밀려왔다. 하지만 이미 엎질러진 물이었다. 여기까지 와서 되돌릴 순 없었다.

띵—

그러는 동안 어느덧 엘리베이터는 17층에 멈춰 섰다. 문이 활짝 열렸다. 그와 동시에 유경은 두 눈을 질끈 감고서 '에라, 모르겠다!' 하는 심정으로 툭, 내뱉듯 말했다.

"오늘은 여기서 자고 가자."

서프라이즈를 좋아하는 연하의 남자친구를 위해 준비한, 그녀의 첫 서프라이즈였다.

달칵.

방문이 열리자마자 유경은 먼저 잽싸게 안으로 들어갔다. 이제 막 구두를 벗고 준비된 실내화에 발을 꿰어 넣었을 때였다. 뒤에서 문이 닫히는 소리가 들렸다.

탁−

고작 마찰음이었을 뿐인데, 그 소리가 왜 이렇게 크게 들리는 건지. 유경은 마치 뒤에서 누가 등을 떠밀기라도 한 것처럼 방 안으로 들어섰다.

스위트룸까지는 아니었지만 방안은 꽤나 넓고 예뻤다. 그를 위해 준비한 첫 이벤트인 데다가, 또 다른 처음을 맞게 될 의미 있는 날인 것 같아서 무리를 한 덕분이었다. 널찍한 창문 너머로 식사를 할 때 봤던 야경이 반짝이고 있었다. 꼭 한 폭의 그림처럼.

"방 좋네……."

유경은 마치 부동산에서 나온 사람처럼 괜스레 방의 이곳저곳을 살폈다. 그가 지금 어떤 표정을 짓고 있을지. 무슨 생각을 하고 있을지. 뒤쪽이 너무도 신경 쓰였지만 애써 무시하고 눈에 보이는 곳에 집중하려고 애썼다.

방을 둘러보다 침대 쪽으로 가까워졌을 때였다. 어느덧 그녀의 뒤편으로 바짝 다가온 이준이 그녀의 손목을 탁, 붙들었다. 그가 힘을 줘서 그녀의 팔을 자신의 쪽으로 잡아당겼다. 그와 동시에 그녀의 가녀린 몸이 휙 돌아갔다. 단번에 이준과 시선이 마주쳤다. 그는 아주 짙은 눈빛으로 그녀를 내려다보고 있었다.

"지금 이거, 내 멋대로 해석해도 돼요?"

장소 때문일까. 아니면 제 마음가짐 때문일까. 중저음의 목소리가 오늘따라 더욱더 관능적으로 들린다. 유경은 민망함에 나오지 않으려는 목소리를 억지로 뱉어냈다.

"······응."

대답이 끝나기가 무섭게 이준이 팔을 내려 그녀의 허리를 단단하게 휘감았다. 가녀린 허리를 받치는 팔에 힘이 바짝 들어간 게 느껴진다. 그는 고개를 살짝 숙여 그녀의 이마에 자신의 이마를 갖다 대고 시선을 맞췄다.

"나 한번 시작하면 중간에 못 멈춰요. 그럴 자신 없어."

당장이라도 잡아먹을 듯이 이글거리는 새카만 눈동자가, 그의 말이 농담이 아니라는 걸 여실히 증명해 주고 있었다.

"그러니까, 마지막으로 한 번만 더 물을게요."

"······."

"정말로 괜찮겠어요?"

기회를 주겠다는 듯 쿨한 말투와는 달리, 그의 눈빛은 세상에서 가장 간절해 보였다. 허리를 감싸고 있는 팔 역시 단단하기만 했다. 빠져나갈 틈을 주지 않겠다는 듯이. 세상에서 가장 귀여운 언행 불일치였다. 덕분에 긴장이 살짝 풀렸다. 유경은 살풋 웃으며 말했다.

"네가 그런 얼굴로 묻는데, 내가 어떻게 안 괜찮다고 할 수가 있겠어?"

"그럼 하지 마요."

기회는 한 번뿐이었다. 두 번은 없었다. 단호하게 말을 내뱉은 그는 기다렸다는 듯 그녀의 입술을 집어삼켰다. 거침없이 틈을 가르고 안으로 들어온 그의 혀가 뜨거운 숨을 뱉어내며 입안 점막을 하나하나 섬세하게 훑기 시작했다. 그동안은 대체 어떻게 참아 왔는지 의문이 들 정도로 그는 적극적이었다. 그녀의 입안에 있는 타액들을 모조리 삼키려는 듯 아주 세게 빨아 당겼다. 혀가 다 아릴 정도였다.

"……으응."

여유도 주지 않고 몰아붙이는 탓에 숨이 찼다. 유경은 고개를 살짝 틀어 입술을 떼어 냈다.

그러나 금방 다시 붙들리고 말았다. 숨을 쉴 틈도 주지 않고 그는 조금 전보다 한층 더 거칠게 다가왔다. 엄청난 기세에 유경은 뒤로 주춤 밀려났다. 매끈한 종아리가 침대 가장자리에 부딪히면서 그녀는 그대로 풀썩, 침대 위로 쓰러졌다.

자연스럽게 그녀의 위로 올라타듯 이준이 다가왔다. 그러곤 다시금 그녀의 입술을 단번에 집어삼켰다. 뜨거운 키스가 이어졌다. 커다란 손으로 발갛게 달아오른 뺨을 부드럽게 쓸었다. 열기를 그득 머금은 손바닥이 가느다란 목덜미를 지나쳐 쇄골을 천천히 훑어 내려간다.

"읏."

피부 아래로 삽시간에 퍼져나가는 야릇한 감각에 짧은 신음이 흘렀다. 제 입에서 나온 소리임에도 낯설 정도로 야릇한 신음이었다.

헉!

순간 당황한 유경은 벌어진 입술을 다물며 감고 있던 두 눈을 번쩍 떴다. 팔을 뻗어 이준의 단단한 가슴팍을 다급하게 밀어냈다. 그제야 정신을 놓고 그녀를 탐하던 이준이 느릿하게 눈을 뜬다. 나른하게 들어 올린 눈꺼풀 아래의 새카만 눈동자는 여전히 뜨겁게 이글거리고 있었다. 꼭 모래사막 위에서 작열하고 있는 태양을 연상케 했다.

"······씻고 올게."

시선을 피하며 유경이 작게 말했다. 그러자 이준이 멀어진 상체를 은근하게 겹쳐 오며 그녀의 목덜미에 얼굴을 파묻었다.

"안 씻으면 안 돼요?"

뜨거운 숨결과 부드러운 입술의 감촉이 예민한 목덜미를 간지럽히자 온몸에 소름이 쫙 돋아난다. 유경은 또다시 제멋대로 야릇한 소리를 흘리게 될 것 같아 아랫입술을 질끈 깨물었다. 그러곤 제 위에 올라탄 곰 같은 이준의 몸을 힘주어 밀어내며 말했다.

"무슨 소릴 하는 거야. 당연히 씻어야지."

"나오기 전에 집에서 씻고 왔는데."

"너는 모르겠지만 나는 하루 종일 일하고 왔잖아. 씻어야 해."

"괜찮아요."

"내가 안 괜찮아. 찝찝해."

끈질긴 유혹을 뿌리치며 단호하게 말했다. 두어 번 더 입씨름을 하겠구나, 생각했는데 이준이 웬일로 순순히 겹치고 있던 몸을 살짝 비켜준다.

정말로 다행인 일이었다. 조금 더 몰아붙여 졌으면 그의 페이스에 꼼짝없이 휘말릴 뻔했다. 속으로 안도의 한숨을 내쉬며 유경은 욕실로 가기 위해 침대에서 일어났다. 그러자 이준이 따라 일어난다.

"왜?"

"같이 씻어요."

"뭐?"

"혼자 기다리기 싫어요. 같이 씻어요. 내가 등도 밀어줄게."

"여기가 목욕탕이야? 밀긴 뭘 밀어."

기가 막혔다. 유경은 미간을 찌푸린 채 이준의 너른 어깨의 양쪽을 붙들어 도로 침대에 앉혔다. 그러곤 마지막으로 경고하듯 말했다.

"들어오기만 해 봐, 아주!"

물론 이준은 전혀 겁이 나지 않는다는 얼굴이다.

"들어가면 어떡할 건데요?"

"내가 나갈 거야."

"욕실을?"

"아니. 이 방을."

이번 경고는 꽤나 살벌했던 모양이다. 여유 만만하던 이준의 표정이 단번에 바뀌었다.

"……얼른 씻고 나와요."

그는 완전히 포기한 듯 얌전히 두 손을 무릎 위로 그러모았다. 흣, 승리의 미소를 지으며 유경은 마음 편하게 욕실로 향했다. 혹시 몰라서 욕실 문까지 걸어 잠그고 샤워를 시작했다. 최후의 협박이 통했는지 문밖은 내내 조용했다.

샤워를 다 끝내고 나서 물기를 닦는데 조용하던 심장이 다시금 쿵쿵쿵 뛰기 시작했다. 조금 전까지는 그래도 술기운이 약간은 남아 있었는데, 샤워를 끝내고 나니까 완전히 사라져 버린 것이다.

"이럴 줄 알았으면 한 병 더 먹는 건데……."

뒤늦게 후회를 하며 샤워가운을 걸쳤다. 속옷을 입어야 하나, 잠깐 망설였지만 금세 포기했다. 하루 종일 입었던 속옷을 다시 입기도 찝찝했고, 어차피 입고 나가 봐야 그의 손에 의해 순식간에 벗겨질 게 뻔했으니까 말이다.

"후읍……!"

심호흡을 크게 한 번 하고 조심스럽게 욕실 문을 열었다. 밖으로 나가자 아까와 똑같은 자세로 침대에 앉아 있는 이준이 보였다.

"그건 왜 걸치고 나왔어요?"

이준이 유경의 차림새를 보며 말했다.

"어차피 금방 벗길 건데."

"……."

어쩜 이렇게 늘 예상을 뛰어넘는 걸까. 속옷을 입고 나왔으면 아주 완벽히 비웃음까지 살 뻔했다. 유경은 할 말을 잃고 그 자리에 서 있었다. 그러자 이준이 자리에서 벌떡 일어나더니 그녀를 향해 성큼성큼 다가오기 시작했다. 순간 저도 모르게 주춤, 뒷걸음질이 쳐졌다. 그런 그녀를 바라보며 이준이 씨익 웃는다.

"걱정 마요. 지금 바로 잡아먹을 거 아니니까."

이준은 그녀를 스쳐서 뒤에 걸려 있는 가운을 집어 들었다.

"씻고 나올게요."

"······아깐 씻고 와서 안 씻는다더니."

"그 말이 먹힐 줄 알았죠."

이준은 자신의 패배를 인정하며 쿨하게 욕실 안으로 쏙 들어갔다. 탁. 욕실 문이 닫히는 소리가 들렸다. 곧이어 샤워기에서 물줄기가 쏟아지는 소리가 들려온다.

"하아······."

유경은 안도의 한숨을 길게 내쉬며 침대 가장자리에 살짝 걸터앉았다. 긴장이 살짝 풀리는 느낌이었다. 조삼모사였지만, 그래도 잠깐의 여유가 생겨서 마음이 놓였다. 이 나이 먹고서 연하 앞에서 내숭을 떨고 싶은 건 아니었다. 그런데 제 의지와는 상관없이 긴장되는 걸 어쩌란 말인가.

"그나저나, 쟤는 대체 왜 저렇게 여유로운 건데?"

왠지 심술이 나 입을 불퉁거렸을 때였다. 닫혔던 욕실 문이 열리더니, 뿌연 수증기와 함께 샤워가운 차림의 이준이 나타났다.

"벌써 다 씻었어?"

유경은 당황하며 이준을 바라보았다. 그 짧은 새에 머리까지 감은 모양이었다. 젖은 머리카락이 매끈한 이마를 살짝 가리고 있었다.

"마음이 급해서요. 혹시라도 누나 마음이 변할까 봐 걱정도 되고."

두 번만 급했다가는 초능력이 발현되는 게 아닐까. 진심으로 그의 능력에 감탄했을 때였다. 이준이 성큼성큼 그녀를 향해 다가오기 시작했다. 긴 다리 덕분에 두 사람은 눈 깜짝할 새에 가까워졌다.

바로 앞에 선 이준이 고개를 숙여 그녀를 빤히 내려다봤다. 제대로 여미지 않은 샤워가운의 앞섶이 살짝 벌어지며 탄탄한 가슴 근육이 고스란히 드러났다.

그가 상의 탈의 한 모습을 종종 본 적 있었다. 하지만 처한 상황이 달라서인지 그때와는 느낌이 다르다. 고작 한 뼘 남짓 되는 노출임에도 눈을 어디에다 둬야 할지 모를 정도로 야릇하게만 보였다.

"……머리, 말려야 하는 거 아니야?"

"괜찮아요. 짧아서 금방 말라."

"그래도 감기 걸리면……."

말을 끝내지 못했다. 이준이 그녀의 어깨를 붙들고 부드럽게 뒤로 밀어낸 것이다. 풀썩, 침대 위로 몸이 뉘어졌다. 폭신한 이불에 등이 닿는다.

"정말로 내 걱정하는 거 맞아요?"

조금 전과 마찬가지로 이준이 그녀의 위로 자연스럽게 올라탔다.

"본인 걱정하는 거 아니고?"

입꼬리에 살짝 맺힌 웃음이 소름 끼칠 정도로 야릇했다. 유경이 저도 모르게 흠칫하는데, 커다란 손이 그녀의 머리카락을 부드럽게 쓸었다. 귀 뒤쪽을 훑은 손이 목덜미로 미끄러지듯 내려온다. 그저 머리카락을 쓸어 넘겨줬을 뿐인데 너무도 야하게 느껴지는 손길이었다.

도대체 어떻게 된 걸까. 목소리도, 웃는 얼굴도, 손길도, 심지어 저를 바라보는 눈빛까지. 어느 하나 야하지 않은 게 없다.

"지금 긴장한 거예요?"

"……아, 아니거든?"

쓸데없는 자존심이었다. 입꼬리를 바르르 떨며 부정해봐야 더 우습게만 보일 텐데. 습관적으로 센척한 후 바로 후회했을 때였다. 쿡, 이준의 입술을 비집고 웃음이 흘러나온다.

"귀여워 죽겠네, 진짜."

정말로 귀여워 죽겠다는 듯, 꿀이 뚝뚝 떨어지는 눈빛으로 그녀를 빤히 내려다보던 이준이 천천히 상체를 숙여왔다. 이마에 촉촉한 입술이 닿았다. 그리고 감은 눈 위에 한 번, 코끝에 한 번, 입술에 또 한 번. 마치 도장을 찍듯 천천히 키스해왔다.

조심스러운 움직임이었다. 닿는 자리마다 애정이 듬뿍 묻어나는 게 느껴질 정도로. 눈, 코, 입을 지나쳐 온 입술은 자연스럽게 다음 차례인 목덜미에 닿았다. 할짝, 뭉툭한 혀끝이 여린 피부를 맛보자 간지럽다 못해 몸의 솜털이 쭈뼛쭈뼛 섰다.

"아……."

두 눈을 질끈 감고 몸을 반대로 틀었다. 하지만 그에 의해 단단하게 포박된 상태라 마음대로 움직일 수가 없었다. 정말로 호랑이에게 잡힌 토끼가 된 기분이었다. 꼼짝없이 그의 애무를 고스란히 받아들여야만 했다.

샤워가운 앞섶으로 들어온 커다란 손이 거침없이 맨살 위를 헤집었다. 그 손길에 단단하게 묶었던 끈이 허망하게 풀어진다. 몸을 감싸고 있던 샤워가운이 활짝 벌어지고 실오라기 하나 걸치지 않은 맨몸이 형광등 불빛 아래에서 고스란히 드러났다.

가녀리면서 굴곡 있는 여체는, 남성의 것과는 확실히 달랐다. 아름다웠다. 처음 마주한 그녀의 모습에 이준의 목울대가 크게 일렁였다. 그는 짙은 시선으로 그 자태를 느릿하게 훑었다. 마치 고가의 미술품이라도 감상하는 듯 짙은 눈길이었다.

온몸을 훑는 집요한 눈길에 민망해진 유경이 샤워가운을 다시 여미려고 할 때였다. 탁. 그가 가녀린 손목을 단단하게 붙들었다.

"가리지 마요. 더 보고 싶어."

꽉 잠긴 목소리가 외설적으로 들렸다. 그의 짙은 시선을 차마 감당할 자신이 없어서 유경은 두 눈을 질끈 감았다.

그렇게 얼마나 시간이 지났을까. 느긋하게 그녀의 몸을 감상하던 그가 이내 고개를 숙여 매끈한 피부 위로 보드라운 입술을 내렸다. 새빨간 입술이 새하얀 피부 위를 느긋하게 훑어 나갔다. 값비싼 악기를 다루는 듯이 아주 조심스럽게.

뽀얀 피부를 타고 올라온 커다란 손이 소담하게 솟아 있는 젖가슴을 움켜쥐었다. 한 손에서 터질 듯이 차오르는 보드라운 살결을 천천히 주무르자 손가락 사이에서 마찰 된 유두가 꼿꼿하게 고개를 든다.

쇄골을 지분거리던 입술이 미끄러지듯 아래로 내려와 반대쪽 젖가슴을 집어삼켰다. 혀끝으로 유두를 핥으며 잇새로 살짝씩 깨물어 자극을 줬다. 간지럽다가도 짜릿하고, 짜릿하다가도 간지럽고. 롤러코스터를 타는 것처럼 온몸의 감각이 널을 뛰어댔다. 점점 더 거칠어져 가는 숨에 가슴이 불규칙하게 들썩였다.

그는 아주 천천히 그녀의 온몸을 맛봤다. 나른한 혀끝이 구석구석 닿을 때마다 몸이 뒤틀리고 옅은 신음이 절로 흘렀다. 밑에 깔린 새하얀 이불이 그녀의 손아귀에서 와락 일그러졌다.

"하아, 이준아……."

끈질긴 애무에 유경은 녹초가 되었다. 지친 숨을 토해내자 한참 만에야 이준이 맞닿아 있던 몸을 천천히 일으켰다.

그가 자신의 허리춤에 묶여 있던 끈을 풀었다. 아슬아슬하게 걸쳐져 있던 샤워가운이 툭, 힘없이 바닥에 떨어진다. 쩍 벌어진 어깨와 과하지 않게 잘 잡힌 근육, 움푹 파인 쇄골과 납작한 배. 그 아래로 잘 뻗은 길고 튼튼한 다리까지. 꼭 잘 깎아 놓은 조각상처럼 군더더기 없는 탄탄한 몸이었다. 그러나 느긋하게 감상할 여유는 없었다. 그가 곧바로 그녀의 가녀린 몸 위로 제 몸을 겹쳐왔다. 탄탄한 살결이 그녀의 보드라운 피부를 지그시 누른다.

맨살끼리 맞부딪히자 뜨겁게 달아오른 그의 체온이 그녀의 피부로 스미듯 전달된다. 안 그래도 달아올라 있던 몸에 열기가 더해지자 뜨겁게 느껴질 정도였다. 새하얀 피부는 열기로 곳곳이 붉게 달아올라 있었다.

"누나."

목덜미를 살짝 핥으며 이준이 속삭였다.

"나 더는 못 참을 것 같은데……."

간절한 목소리였다. 그리고 유경은 그 말의 뜻을 너무도 잘 알아들을 수 있었다. 그의 것은 이미 그녀의 아랫배를 지그시 압박하고 있었다. 잘 모르는 그녀가 느끼기에도 곧 터져 버릴 것처럼 아슬아슬한 느낌이었다.

"해도…… 돼요?"

시선을 마주하며 그가 조심스럽게 물었다. 허락을 구하는 눈빛이, 목소리만큼이나 간절해 보인다. 조금 전까지 저를 거칠게 탐하던 호랑이는 어딜 가고, 또 갑자기 고양이로 변신이란 말인가. 그 모습이 왠지 귀엽게 느껴져서 유경은 저도 모르게 작게 웃었다.

"안 된다고 하면, 안 할 거야?"

"죽을 거야."

한 치의 망설임도 없는, 단호한 대답이었다.

"뭐가 이렇게 극단적이야?"

"그 정도로 나는 지금 누나가 간절하단 거야."

"……."

"그러니까 살려 줘요."

애원하듯 말하며 그가 제 아래를 그녀의 허벅지에 비볐다. 단단하게 발기한 페니스가 머금고 있는 열기와 움찔거림마저 적나라하게 느껴졌다. 순간 머리끝부터 발끝까지 소름이 쫙 끼쳐온다. 거기에서 그치지 않고 그는 손끝으로 그녀의 아래를 가볍게 훑었다.

"아홋!"

다물려있던 틈새를 비집고 들어온 손가락이 이미 질척하게 젖어 있는 질구 안으로 예고도 없이 쑥 들어왔다. 갑작스러운 이물감에 유경은 턱을 치들었다.

입으로는 젖가슴을 빨아 당기고 손으로는 예민한 내벽을 뱀처럼 휘감으며 자극해왔다. 길고 단단한 것이 안을 멋대로 헤집어대자 한순간에 머릿속이 텅 비어버린다. 도저히 참을 수 없을 정도로, 아주 느릿하고 집요한 손길이었다.

노골적인 마찰음이, 제 입에서 나온 야릇한 신음이, 방안을 훑고 적나라하게 귓가로 흘러들어왔다. 결국 이번에도 백기를 드는 건 그녀의 몫이었다.

"그, 그마안……!"

유경이 그의 단단한 팔에 매달려 소리쳤다. 하아, 하아. 거친 숨이 벌어진 입술 틈으로 흘러나왔다. 눈꼬리엔 투명한 눈물방울까지 그렁 맺혔다. 그제야 이준은 무자비하던 손길을 거둬들였다. 축축하게 젖어 있는 손가락을 제 입으로 가져가더니 쪼옥, 빨아 먹는다. 마치 달콤한 꿀을 맛보는 것처럼.

……재가, 지금 뭘 하는 거야?

아찔하게 느껴지는 장면에 유경은 두 눈을 질끈 감았다. 미쳤어, 정말! 미쳤다고! 필름이 끊긴 듯 정지된 머릿속엔 미쳤다는 말만 둥둥 떠다녔다. 달아오른 양 뺨이, 복잡한 머리가, 부풀어 오른 온몸이, 곧 터져버릴 것만 같았다. 한도 초과였다. 서유경은 침대에서조차 권이준을 이길 수가 없는 것이다.

"누나."

어느덧 이준이 깨끗해진 손으로 그녀의 뺨을 부드럽게 감쌌다. 그러곤 손끝으로 그녀의 눈꼬리에 맺힌 눈물을 스윽 닦아 내며 묻는다.

"이제, 해도 돼요?"

조금 전과 같은 질문인데도 이번엔 무섭게 느껴졌다. 덜컥 겁부터 난다. 귀엽다는 생각은 눈곱만큼도 들지 않았다. 아까처럼 장난을 쳤다가는 또 무슨 꼴을 당할지 모를 일이었다. 유경은 감았던 눈을 번쩍 떴다. 짐승처럼 빛나는 그의 두 눈을 똑바로 바라보며 재빠르게 고개를 끄덕였다.

"착하네."

마치 말 잘 듣는 강아지를 칭찬하듯 그가 웃으며 둥그런 이마에 가볍게 입을 맞췄다. 간지러워 눈을 살짝 찌푸리는데, 당장이라도 터질 것처럼 불끈거리던 검붉은 페니스가 잔뜩 젖어 있는 안으로 미끄러지듯 들어온다. 손가락과는 차원이 다른 벅찬 이물감이 순식간에 그녀를 가득 채웠다.

"하아."

이준의 입에서 탁한 숨이 터져 나왔다. 내벽 주름이 제 것을 빈틈없이 꽈악 물어오는 것이 고스란히 느껴진다. 아찔함에 그는 어금니를 꽉 깨물었다.

"힘 좀 빼요. 너무 조여서 숨을 못 쉬겠어."

그는 조심스럽게 허리를 움직였다. 빨려가듯 깊은 곳을 향해 치달았다가 빠져나오기를 반복했다. 살과 살이 부딪히는 젖은 마찰음과 누구의 입에서 나오는지 알 수 없는 뜨거운 숨결이 방 안에 낮게 깔렸다.

"뜨거워요, 누나 여기."

"그런 말 하지, 훗……."

"참지 마요. 소리 내도 돼."

질끈 다물린 입술 틈을 혀끝으로 다정하게 핥아내며 그는 속도를 올렸다. 아래에 깔린 가녀린 몸이 힘없이 흔들려댔다.

하웃, 하앗, 학.

몸을 반으로 쪼갤 듯이 강렬한 움직임에 유경의 입에서 참지 못한 신음이 연신 터져 나왔다. 손이 깊은 곳을 무자비하게 치받아대는 단단한 것이 그녀의 정신을 아득하게 만들었다.

그의 목을 끌어안고 허덕였다. 너른 등을 꽈악 끌어안은 그녀의 손끝이 살을 깊게 파고든다.

"윽!"

이준은 꽉 다문 턱을 쳐들었다. 위아래에서 감겨드는 보드라운 살결에 사정감이 치밀었다. 더는 참을 수 없을 정도로 강렬한 쾌감에 그는 조금 더 속도를 냈다. 사실 죽을힘을 다해 참고 있었지만 그녀의 안으로 들어가던 그 순간부터 위기였다.

"누나……!"

"하읏……!"

저와 같은 속도로 절정을 느끼는 여자의 몸이 느껴졌다. 그와 동시에 서칠던 허리 싯이 뚝 멈췄다. 절정에서 빠져나온 이준의 것이 그녀의 납작한 배 위로 왈칵 쏟아졌다.

정액과 함께 영혼까지 빠져나가는 느낌이 들었다. 이 감정을 도대체 뭐라고 표현해야 할지. 그녀를 생각하며 수십 번, 아니 수백 번, 수천 번도 더 혼자서 절정을 맛봤지만 그것과는 완전히 달랐다. 아니, 비교도 할 수 없었다. 벅찼다. 벅차고 또 벅찼다. 말로 표현할 수 없을 정도로.

그는 새하얀 침대 위에 널브러져 미약한 숨만 겨우 내쉬고 있는 유경의 모습을 짙은 시선으로 바라보다 협탁 위에 놓여 있는 티슈를 뽑아 제 흔적을 조심스럽게 닦아 냈다. 유경은 얌전히 그의 섬세한 손길을 받아들였다. 분명 힘을 쓴 건 그였는데, 저는 아래에 깔려 있기만 했는데, 이상하게도 손가락 하나 까딱할 힘이 없었다. 혼절하지 않은 게 다행이었다.

휴지를 바닥에 대충 던져낸 이준이 몸을 모로 돌려 천장을 보며 누워 있는 그녀를 조심스럽게 끌어안았다. 한쪽 팔은 베개와 목 사이의 틈으로 비집고 들어가고 다른 한쪽 팔은 가슴을 감쌌다. 그러곤 새하얀 목덜미에 제 얼굴을 파묻었다.

"누나."

열기가 채 가시지 않은 음성이 목덜미를 간질이자 탁한 숨이 터져 나온다. 아직 남아 있는 예민한 감각에 유경은 또다시 몸을 작게 떨었다.

"어땠어요?"

"……."

무엇을 묻는지 바로 알아들었다. 하지만 부끄러워서 차마 입을 열 수가 없었다. 유경은 못 들은 척 두 눈을 질끈 감았다.

"난 진짜 환장하게 좋았어요. 키스보다 5억 배는 더."

"……."

"누나도 싫었던 건 아니죠?"

집요한 물음이었다. 왠지 대답을 들을 때까지 거듭 물을 것 같았다.

"……좋았어, 나도."

부끄러움을 참고서 애써 목소리를 끄집어냈다. 기어들어 갈 듯한 작은 목소리였다. 그래도 용케 알아들었는지 이준이 활짝 웃으며 조금 더 힘주어 그녀의 몸을 꽈악 끌어안았다.

"사랑해요."

그가 그녀의 목덜미에 쪼옥, 입을 맞추었다.

"사랑해. 사랑해. 사랑해."

촉, 촉, 촉.

잘게 입 맞추며 쉼 없이 고백했다. 입술이 닿을 때마다 그의 뜨거운 진심이 피부로 스며들었다. 그것만으로도 부족했는지 그가 몸을 일으켜 그녀의 위로 올라섰다. 두 눈을 빤히 바라보며 말했다.

"진짜 많이 사랑해요."

이렇게 열렬한 고백을 듣는 건 처음이었다. 이럴 땐 뭐라고 반응을 해야 하는 건지 알 수가 없었다. 민망함에 그저 시선을 피했다.

"알겠으니까 이제 그만해. 목 아프겠다."

"왜요. 듣기 싫어요? 혹시 부담스러운 건가?"

"그런 게 아니라……."

"그럼 계속할래. 지금 말 안 하면 가슴이 터질 것 같단 말이야."

고집스럽게 말하며 그가 그녀의 양 뺨을 붙들어 자신을 바라보게 했다. 다시금 시선이 마주쳤다.

"그동안 이 말을 얼마나 하고 싶었는지 알아요? 조금만 더 늦었으면 진짜로 병났을지도 몰라."

"……."

"내가 어떤 심정으로 참았는지, 그게 얼마나 힘들었는지, 누나는 죽었다 깨어나도 모를 거예요."

서글프게 전해지는 그의 진심에 가슴 귀퉁이가 짜르르, 진동했다. 사랑한다는 말을 들었을 때보다도 훨씬 더 가슴이 떨려왔다. 미안한 마음도 들었다. 오랫동안 그의 마음을 몰라줘서. 본의 아니게 그를 힘들게 한 것 같아서. 그리고 고마웠다. 별 볼 일 없는 나를 이토록 사랑해 줘서.

"사랑해요."

이준이 다시 한번 고백했다. 진심을 가득 담은 그의 두 눈을 빤히 바라보던 유경의 눈동자가 크게 일렁였다. 그녀는 이내 손을 뻗어 그의 목을 감싸 안았다. 자연스럽게 그의 상체가 아래로 숙여졌다. 코끝이 부딪혔다. 갑작스러운 그녀의 도발에 놀란 듯 이준의 두 눈이 살짝 커진다. 유경은 고개를 들어 그의 입술 위로 제 입술을 조심스럽게 겹쳤다.

너에게 처음으로 먼저 다가간 순간.

내 진심이, 그 어떤 말보다도 더 정확하게 전달되기를…….

18. 피할 수 없다면 즐겨라

다음 날 아침. 체크아웃 시간은 넉넉했지만 두 사람은 아침 일찍 호텔을 나섰다. 어제와 같은 옷을 입고 회사에 출근할 수는 없는 노릇이라 집에 들러서 옷을 갈아입어야 했다.

아직 해가 완전히 뜨지 않은 하늘은 어둑했다. 창밖으로 보이는 하늘을 감상하던 유경은 고개를 살짝 틀어 운전석을 바라보았다. 언제 어느 때고 늘 반짝이던 이준의 얼굴이 오늘은 웬일인지 조금 푸석해 보였다. 물론, 그렇다고 해서 잘난 얼굴이 어디를 간 건 아니었지만 말이다.

그는 핸들을 잡은 손을 까딱이며 간간이 하품도 했다. 많이 피곤한 모양이었다. 하긴. 간밤에 그렇게나 힘을 뺐는데 피곤하지 않은 게 더 이상했다. 자신도 이렇게 피곤한데, 온 힘을 쏟아부은 이준은 더 피곤할 수밖에 없을 것이다.

지난밤, 뜨거운 사랑을 나눈 뒤 기진맥진해서 쓰러진 그녀와 달리 그는 쌩쌩했다. 그녀의 살결 위로 끊임없이 자잘한 키스를 퍼부어댔다. 체력이 존경스러울 정도였다.

처음엔 의식이 됐지만 시간이 지나자 무뎌졌다. 급기야는 키스세례가 자장가처럼 느껴지는 지경에까지 이르렀다. 세상에 없을 자장가를 들으며 그녀가 살풋 잠에 들었을 때였다. 쿡쿡. 이준이 옆구리를 찔러 왔다. 감은 눈을 떴다. 이준이 그녀를 내려다보고 있었다. 어둠 속에서도 그의 눈빛만큼은 맹렬히 빛났다.

'하고 싶어요.'

'……또?'

'한 번으로 만족할 수 있을 리가 없잖아요. 아직 부족해.'

그는 아주 당당했다. 손 하나 까딱할 힘이 없는 그녀를 집요하게 건드려 댔다. 회유와 강요를 번갈아 가며 해 댔다. 정신이 없었다. 결국 유경은 또 백기를 들어야만 했다.

두 번째였지만 그는 마치 이번이 처음인 것처럼 적극적이었다. 조금도 지친 기색이 없었다. 오히려 처음보다 더 활활 타올랐다. 게다가 학습능력이 얼마나 뛰어난지, 조금 어설픈 느낌이 나던 아까와는 달리 매우 자연스러웠다. 마치 몇 번이나 몸을 맞춰 온 것처럼 합이 맞았다.

덕분에 유경도 뒤늦게 불이 붙어서 훨씬 더 적극적으로 임할 수 있었다. 이보다 더 만족스러울 순 없겠다는 생각이 들 정도로 완벽했다. 물론, 이준은 그걸로도 만족하지 못했다는 듯 아쉬운 얼굴이었다. 체력이 좋을 거라고 생각하기는 했지만 정말이지 상상 그 이상이었다. 무서울 정도였다.

세 번은 절대 무리였던지라, 유경은 애써 못 본 척 얼른 그에게서 몸을 돌리고 잠을 청했다. 뒤에서 꼼지락거리는 이준의 손길이 느껴졌지만 끝까지 무시했다. 정말로 체력이 허공을 떠도는 먼지만큼도 남아 있질 않았다.

'누나. 자요?'

'……'

'진짜 자요?'

아무리 건드려도 반응이 없자 한참 만에야 그도 포기한 듯 조용해졌다. 곧이어 새근새근 규칙적인 숨소리도 들려왔다. 하지만 그때는 이미 자정이 훌쩍 넘은 시간이었다.

"하암……"

이준이 입을 쩍 벌리며 길게 하품을 쏟아 냈다. 길게 찢어진 눈꼬리에 투명한 눈물방울까지 맺혔다.

"운전 괜찮겠어? 많이 졸려 보이는데."

"많이는 아니고 조금이요."

"그러게. 더 자고 나오라니까."

"첫날밤을 보낸 뒤에 곧바로 호텔에 버려지고 싶진 않았어요. 누나 혼자 보내는 것도 싫고."

정말로 그의 사전에는 '부끄러움' 혹은 '민망함'이라는 단어가 존재하지 않는 걸까. 어쩜 이렇게 낯부끄러운 말을 표정 하나 안 변하고 덤덤하게 내뱉을 수 있는 건지. '첫날밤'이라는 단어에 민 망함을 느끼는 건, 이번에도 그녀뿐인 것 같았다. 유경은 괜스레 헛기침을 했다.

"내가 졸음운전 할까 봐 걱정되면 손이나 잡아 줘요."

그런 그녀의 반응이 재미있다는 듯 이준은 피식, 웃음을 흘리며 기어 위에 걸치고 있던 자신의 손을 까딱였다.

"그럼 긴장돼서 안 졸릴 것 같아."

"네가 긴장할 줄도 알아?"

"몰랐어요? 난 누나 앞에서는 늘 긴장하고 있는데?"

뻔뻔한 그의 말에 유경은 헛웃음을 흘렸다. 거짓말이 분명하다 고 생각했다. 어제만 해도 그랬다. 긴장해서 몸이 뻣뻣하게 굳은 그녀와 달리 그는 여유로워 보였다. 침대 위에서 하마터면 또다시 물어볼 뻔했다. 너 정말로 이 연애가 처음이 맞는 거냐고.

"안 잡아 줄 거예요? 그럼 내가 잡지 뭐."

이준은 망설임 없이 유경의 손을 덥석 잡았다.

이거 봐. 긴장은 무슨. 능글맞은 그의 자태에 유경은 콧방귀를 흥, 뀌었다. 하지만 굳이 손을 빼지는 않았다. 손등으로 천천히 스 미는 그의 온기가 좋았다.

"참. 나 오늘 제주도 가요."

문득 생각이 났다는 듯 이준이 말했다.

"오늘?"

"어제 말하려고 했는데, 타이밍을 완전히 놓쳤어요."

그래. 확실히 어제는 이런 대화를 할 분위기가 아니긴 했지. 또다시 떠오르는 어젯밤의 기억에 충분히 납득이 된다는 듯 속으로 고개를 끄덕인 유경은 이내 되물었다.

"제주도는 왜 가는데?"

"화보 촬영하러."

"가서 언제 와?"

"2박 3일 일정이에요. 일요일 오후 비행기로 올 거고."

"부럽다. 돈도 벌고 제주도도 가고……."

마음의 소리가 필터 없이 입 밖으로 흘러나왔다. 순간 이준이 한쪽 눈을 매섭게 치뜨며 그녀를 바라본다.

"할 말이 그거밖에 없어요?"

"응?"

"2박 3일 동안 못 본다는데, 누나는 전혀 아쉽지도 않느냐고."

아쉽지 않다고 하면 당장이라도 갓길에 차를 세울 기세였다. 최근 겪어본 바로 그는, 무엇을 상상하든 그 이상으로 행동하는 남자였다. 불상사가 생기기 전에 유경은 얼른 입꼬리를 위로 올리며 대답했다.

"아니, 나도 당연히 아쉽지."

"지금 그게 아쉬운 얼굴이야?"

급조한 대답이 영 마음에 들지 않았던 모양이다. 안 그래도 길쭉한 눈이 오히려 더 사납게 찢어졌다. 마치 면접이라도 보는 기분이었다. 면접관보다도 더 까다롭게 구는 그의 눈치를 보며 유경은 아주 조심스럽게 되물었다.

"……그럼 울까?"

"됐어요. 내가 누나한테 뭘 바라겠어."

이번에도 실패였다. 이준은 낮게 한숨을 내쉬었다. 어쩌다 내가 이렇게 애교라고는 쥐뿔만큼도 없는 여자를 좋아하게 됐을까, 하고 제 신세를 한탄하는 그의 속마음이 언뜻 들리는 것도 같았다.

'넌 다 좋은데, 너무 무뚝뚝해. 그래서 네가 날 정말로 좋아하기 는 하는 건지, 가끔 헷갈려.'

연애 초기 동건에게서 들은 말이었다. 그때 그는 더없이 진지한 얼굴로 말했었다. 네 성격 좀 고쳐 줄 수 없겠느냐고. 솔직히 그 말을 들었을 때 유경은 꽤나 충격적이었다. 태생부터 애교가 없는 타입이었다. 스스로도 상냥하지 못한 성격이라는 건 잘 알고 있었지만, 남자친구에게 그런 소리를 들을 정도로 심각한 줄은 몰랐었다.

그 뒤로 신경 써서 고쳐 보기 위해 이런저런 노력을 해 봤었다. 하지만 사람이 쉽게 변할 수 있을 리 없었다. 결국 이 부분에서는 동건이 포기해야만 했다.

그래서 바람을 피운 건가…….

새삼 드는 생각에 유경은 낮게 한숨을 내쉬었다. 갑자기 물먹은 솜처럼 기분이 축 처졌다. 앞으로도 여자친구의 애교는 포기해야할 이준에게 조금 미안한 마음까지 들었다.

"이준아, 있잖아."

괜스레 드는 미안한 마음을 떨치기 위해 먼저 말을 걸었다.

"나, 선물 기대해도 돼?"

경직되는 입꼬리를 애써 위로 올리며 최대한 장난스럽게 말했다. 아마 그 누구도 눈치채지 못했겠지만, 그녀 딴에는 그 나름의 애교를 부린 것이었다.

"뭐가 갖고 싶은데요?"

"응?"

"내가 멋대로 사 오는 것보단 누나가 필요한 거 사 오는 게 낫잖아. 서프라이즈를 좋아하긴 해도 선물만큼은 실용성을 따지자는 주의라서."

'선물 같은 소리 하네. 뭘 잘했다고?' 하고 콧방귀를 뀔 줄 알았는데 돌아오는 그의 반응은 너무도 진지했다. 예상과 너무도 다른 전개에 당황한 유경은 얼른 손사래를 쳤다.

"아니야. 그냥 한 말이야. 해외여행 가는 것도 아니고 제주도 가는 건데, 선물은 무슨."

"괜찮으니까 말해 봐요. 면세점 들를 시간 정도는 있으니까."

"아니, 정말로 그냥 한 말이라니까?"

"알았어요. 그럼 빈손으로 올게요."

선물을 바란 적은 없었는데 막상 '빈손'이라는 말을 들으니 갑자기 씁쓸해지는 건 왜일까. 그냥 감귤 초콜릿이라도 말할 걸 그랬나……. 유경이 스리슬쩍 뒤늦은 후회를 할 때였다.

"아무튼."

이준이 유경의 손을 잡은 손에 힘을 꽈악 주며 말했다.

"나 없는 동안 한눈팔지 마요."

"뭐?"

"아니, 내가 있든 없든 늘 주변 남자들을 경계하는 습관을 들여요. 남자는 나 빼곤 다 늑대라는 거 잊지 말고."

쌍팔년도에나 먹혔을 법한 잔소리에 유경은 헛웃음을 흘렸다.

"오버 좀 하지 마. 누가 들으면 2박 3일이 아니라 한 달은 떨어져 있는 줄 알겠다."

하지만 이준은 진심이라는 듯 여전히 진지한 얼굴로 말을 덧붙인다.

"농담하는 거 아니에요. 특히, 그 남자."

'그 남자'라는 호칭이 왠지 낯설지가 않았다. 누구를 말하는 건지 대충 짐작이 됐다. 유경이 눈살을 찌푸렸다.

"혹시 우리 팀장님 말하는 거야? 정말로 네가 생각하는 그런 거 아니라니까?"

"지금 '우리'라고 했어요?"

'우리'라는 단어에 강세를 주며 이준이 예리하게 눈을 치떴다. 저도 모르게 튀어나온 말이었는데, 안 그래도 불편하던 그의 심기를 거스른 모양이었다. 지금 중요한 건 '우리'라는 단어 따위가 아니라 그 뒤의 말이었건만, 아무래도 그에겐 전혀 들리지 않은 듯했다.

"지금 그게 중요해?"

기가 막혀서 되묻는데, 이준은 즉답했다.

"나한텐 중요해요."

정색하고 빤히 바라보는 그의 얼굴은 제법 매서웠다. 웃고 있을 때는 영락없는 대형견이었지만, 이렇게 정색을 할 때면 당장이라도 목덜미를 물어뜯을 기세인 한 마리의 맹수처럼 사나워 보인다.

"……남의 팀장님은 아니잖아."

유경은 저도 모르게 그의 시선을 피하며, 기어들어 가는 목소리로 소심하게 항변했다.

"그래도 듣기 싫어요. 내 앞에서 다른 남자 친근하게 부르지 마요."

지금 여기서 싫다고 말하면 정말로 목덜미가 물어뜯기지 않을까.

"……알았어. 조심할게."

그가 원하는 대답을 얌전히 뱉어 낸 유경은 반대쪽 손을 들어 은근슬쩍 제 목을 가렸다.

오늘도 여지없이 회사는 바빴다. 평소보다 잠이 부족해서 그런지 더욱더 피곤하고 힘이 들었다. 이대로 가다가는 꼼짝없이 야근을 하게 될 성싶었다. 하지만 오늘은 금요일. '불금'에 야근을 하는 것만큼이나 불쌍한 인생이 또 있을까. 그것만큼은 피하고 싶었기에 유경은 피곤한 와중에도 젖 먹던 힘까지 짜내며 일에 집중했다.

점심시간도 포기했다. 끼니를 빵과 우유로 대충 때우고 업무를 봤다. 결단코 칼퇴를 하고야 말겠다는 의욕에 활활 타올라 정신없이 서류를 넘길 때였다. 책상 위에 올려 둔 휴대폰이 드르륵, 짧게 진동을 했다.

흘끗 시선을 주었다. 발신인이 보였다. 이준이었다. 유경은 들고 있던 서류를 내려놓고 휴대폰을 집어 들었다.

[이제 비행기 타요.]

짧은 메시지와 함께 사진 한 장이 첨부되어 있었다. 공항을 배경으로 찍은 이준의 셀카였다. 그녀에게 보내기 위해 일부러 찍은 듯, 그는 웃는 얼굴로 손가락 하트까지 해 보이고 있었다.

유경은 사진을 빤히 바라보았다. 예쁘게 웃고 있는 이준에게는 미안한 말이었지만 그의 얼굴보다 뒤편으로 보이는 공항의 전경에 더 눈이 간다.

"진짜 부럽다……."

또다시 부럽다는 말이 절로 나왔다. 일 때문에 가는 거라는 걸 알고 있지만, 그래도 부러운 건 어쩔 수 없다. 공항을 간 게 언젠지 기억도 나질 않았다. 해외여행은 꿈도 꾸지 않는다. 그저 제주도에 갈 여유라도 생겼으면 좋겠다. 부러운 눈으로 한참 동안 사진을 바라보던 유경은 이내 문자를 보냈다.

[조심해서 다녀와.]

답장은 금방 돌아왔다.

[알겠어요. 그리고 누나도 조심해요. 남의 팀장님.]

끝까지 그 소리였다. 이건 뭐, 산불 조심하자는 표어도 아니고……. 보라는 과연 상상이나 할까. 모델 권이준이 세상 쿨해 보이는 외모와 다르게 은근히 뒤끝이 길다는 사실을. 졌다는 듯 고개를 절레절레 내저으며 휴대폰을 내려놓았을 때였다.

"서 대리님."

뒤쪽에서 들려오는 소리에 유경은 고개를 돌렸다. 그와 동시에 저도 모르게 어깨를 움찔했다. 호랑이도 제 말 하면 온다더니. 식사를 끝내고 이제 막 사무실로 들어온 선우가 이쪽으로 다가오고 있었다.

"네, 팀장님."

유경은 놀란 가슴을 가라앉히며 애써 웃어 보였다.

"벌써 식사 끝내고 오셨어요?"

"아뇨. 식당 안 가고 빵 먹었어요."

"그걸로 식사가 돼요?"

"그럼요. 충분해요."

유경은 간단하게 대답했다. 일단 지금 당장은 배가 불렀다. 밥을 먹었을 때보다는 금방 꺼지겠지만.

"잠깐, 시간 괜찮으세요? 드릴 말씀이 있는데."

"네, 말씀하세요."

그 순간이었다. 식사를 끝낸 직원들이 사무실로 속속들이 들어오기 시작했다.

"여기서는 좀 그렇고……."

선우는 그들의 눈치를 슬쩍 보는가 싶더니 이내 유경을 향해 나직하게 말했다.

"탕비실에서 뵙죠."

장소를 고지한 선우는 곧바로 등을 돌리더니 성큼성큼 멀어져 갔다. 평소와 다른 그의 행동에 유경은 고개를 갸웃했다. 그러나 이내 자리에서 일어나 뒤를 따랐다.

탕비실 안은 조용했다. 선우와 유경은 테이블에 서로를 마주 보고 앉았다. 도대체 무슨 말을 하려고 이렇게 은밀하게 부른 걸

까……. 유경은 선우의 눈치를 살폈다. 커피도 없이 마주 앉아 있
자니 왠지 조금 어색했다.

'내가 있든 없든 늘 주변 남자들을 경계하는 습관을 들여요. 남
자는 나 빼곤 다 늑대라는 거 잊지 말고.'
'농담하는 거 아니에요. 특히, 그 남자.'

갑자기 이준의 경고가 떠오르는 건 왤까. 하여튼, 그 녀석은 쓸
데없는 소릴 해 가지고. 그럴 리가 없다는 걸 아는데, 괜스레 의식
이 된다. 유경은 저도 모르게 마른침을 꼴깍 삼켰다.
"그 친구는 잘 지내죠?"
침묵을 깬 건 선우였다. 뜬금없는 질문에 유경은 고개를 갸웃
했다.
"그 친구요?"
"서 대리님 동생 친구요."
"아……."
유경은 순간 당황했다. 선우가 이준의 안부를 물을 줄이야. 상상
도 못 했다. 설마, 뭔가 눈치를 챈 건가……? 그의 표정을 읽기 위
해 빤히 바라보았다. 하지만 그의 표정은 평소와 다름이 없었다.
눈치를 챈 것 같지는 않았다.
"네, 잘 지내고 있어요."
잠깐 머뭇하던 유경은 이내 대답했다. 그러자 선우가 조심스럽
게 묻는다.
"혹시, 그 친구한테 뭐 들은 거 없어요?"

"네?"

"……역시, 못 들으셨나 보네요."

유경이 눈을 동그랗게 뜨자 선우가 작게 한숨을 내쉬며 말했다.

"서 대리님, 며칠 전에 올렸던 이번 신제품 광고 모델 보고서 기억하시죠?"

"그럼요, 당연히 기억하죠."

"그때 윤 주임님이 그 친구를 올렸더라고요."

"네, 저도 알고 있어요."

자연스럽게 대답하던 유경이 순간 멈칫, 하고 선우를 바라보았다.

"혹시……?"

설마, 하는 마음으로 물었는데 선우는 고개를 끄덕였다.

"네. 그 친구로 결정됐어요."

"아, 정말이요?"

유경은 놀란 얼굴로 되물었다. 이준이 이번 신제품 콘셉트에 딱 맞는다며 보라가 열변을 토했을 때 설마 했는데, 정말로 이렇게 될 줄이야. 이걸 잘됐다고 해야 할지. 아니라고 해야 할지. 조금 혼란스러웠다. 그런 그녀를 바라보던 선우가 용건은 아직 시작도 안 했다는 듯 심각한 얼굴로 말을 덧붙였다.

"그런데 문제는, 그 친구가 거절을 했다는 겁니다."

"……거절을 했다고요?"

"네. 제안하자마자 즉답했다고 하네요. 지면 광고면 모를까. TV 광고는 불가능하다고요."

이준이 방송 쪽으로 관심이 없다는 건, 이미 유명한 이야기인 듯

했다. 방송을 안 하는 게 아쉽다며 보라도 말했지만, 언젠가 유현도 비슷한 말을 한 적이 있었다. 방송을 거절하는 이준이 이해가 안 된다고. 만약 섭외 들어오는 족족 방송을 했으면 이미 톱모델이 아니라 톱스타가 됐을 텐데. 꼭 제 일처럼 아쉬워했었다.

그들의 말을 들으며 유경은 그냥 그런가 보다, 했다. 그의 성격이 워낙 직설적인 데다가 가식하고는 거리가 멀기 때문에 방송과 어울리지 않는 건 사실이었으니까 말이다. 하지만, 아무리 그래도 이런 기회까지 뺑 차 버릴 줄은 몰랐다. 톱 연예인들도 광고라면 찍고 싶어서 안달이었다. 오죽하면 광고주를 '주님'이라고 표현하겠는가.

"며칠이나 계속 설득했는데 끝까지 거절했다고 해요. 돈이나 다른 조건 때문은 아닌 것 같더라고요. 그래서 홍보팀에선 당황한 것 같고……."

그리 말하는 선우 역시 당황한 것 같았다. 말끝을 흐리며 그는 매우 곤란한 얼굴로 유경을 바라보았다.

"근데, 서 대리님도 알다시피 우리가 지금 시간이 없잖아요. 그 친구만큼 이미지에 딱 맞는 모델을 다시 찾는 건 더 힘들고요."

"그렇죠."

유경은 동의한다는 듯 고개를 끄덕였다. 그러자 선우가 그녀의 눈치를 보며 매우 조심스럽게 입을 열었다.

"……그래서 말인데. 서 대리님이 한번 설득해 주시면 어떨까요?"

"제가요……?"

"물론 공과 사를 구별해야 하는 건 알고 있습니다. 무례한 부탁이라는 것도 알고 있고요."

"……."

"그럼에도 불구하고, 실례를 무릅쓰고 팀장으로서 부탁드릴게요. 잘 아시겠지만…… 이번 제품의 사활이 걸린 문제이기도 하고, 또 우리 팀의 사활이 걸린 문제이기도 해서요."

고개까지 꾸벅 숙이며 정중하게 부탁하는 선우의 행동에 유경은 미간을 살짝 그러모았다. 그녀의 입장에서는 조금 곤란한 상황이었다. 아니, 매우 곤란했다.

이번 신제품은 그녀가 속한 기획팀이 아주 야심차게 기획해 온 제품이었다. 이 상품 하나를 위해 그녀 역시도 1년도 더 넘게 고생해 왔었다. 지금도 성공적인 마무리를 위해 매일같이 야근을 해가며 공들이고 있었다. 만약 이번 제품이 성과를 거둬들이지 못하게 되면, 그녀 역시도 책임을 피할 순 없을 것이다.

물론 이준을 모델로 쓰지 않는다고 해서 실패가 확정되는 건 아니었다. 하지만 지금은 상황이 상황인지라, 신제품 출시에 악영향을 끼치게 되리라는 건 부정할 수 없었다. 그렇다고 제 이득 때문에 이준을 설득한다는 건 아무래도 내키지 않았다. 비즈니스 관계도 아니고 연인 사이에 이런 일로 아쉬운 소리를 하기 싫은 것도 있지만, 저 때문에 이준까지 곤란하게 만드는 게 더 싫었다. 분명 이유가 있어서 거절을 한 걸 텐데 말이다.

그야말로 진퇴양난이었다. 쉽사리 대답을 할 수가 없었다. 이준의 얼굴과 팀원들의 얼굴이 동시에 떠올랐다. 머릿속이 복잡하고 한숨이 절로 나왔다.

"……."

"……."

그녀가 치열하게 고민하는 동안, 선우는 이해한다는 듯 재촉하지 않고 얌전히 기다려 주었다. 결국 한참 만에야 고민을 끝낸 유경은 겨우 입술을 달싹였다.

"……일단 말은 한번 꺼내 볼게요."

선우의 얼굴이 환해졌다. 유경은 자신 없는 얼굴로 얼른 덧붙였다.

"제가 설득을 할 수 있을지는 모르겠지만요……."

이게 과연 잘한 선택일지는 알 수 없었다.

예정에도 없이 무거운 짐을 떠맡게 됐지만, 다행히도 일하는 속도에는 딱히 지장을 주지 않았다. 점심시간까지 반납하고 열정을 불사른 그 결과 제시간에 퇴근을 할 수 있었다. 회사를 나온 유경은 버스정류장이 아닌 근처에 있는 일식당으로 향했다.

퇴근하기 한 시간 전쯤, 오랜만에 지민에게 연락이 왔다. 이런저런 대화를 하다가 저녁을 함께 먹기로 했다. 최근에 볼 때마다 계속 지민이 그녀가 있는 쪽으로 오고 있었다. 그래서 이번에는 제가 지민이 있는 곳으로 가려고 했었다. 하지만 지민은 본인이 움직이는 게 편하다며 한사코 사양했다. 어쩔 수 없이 그녀의 회사 근처에서 보기로 하고 통화를 끝냈다.

그 고집이 지민의 배려라는 것을 모르지 않았다. 그녀는 동건과 같은 회사를 다니고 있었으니까 말이다. 하지만 유경은 이젠 정말로 괜찮다고 생각했다. 동건과 얼굴을 마주치게 되더라도 코웃음을 치며 지나칠 수 있을 것 같았다.

오늘 보면 정말 괜찮다고 해 줘야지.

결심하며 가게 안으로 들어섰다. 퇴근 시간은 지민이 조금 더 빨랐지만 거리 때문에 유경이 조금 더 먼저 도착했다. 예약해 두었던 자리로 가서 앉았다. 미리 준비돼 있던 차를 홀짝이며 메뉴판을 정독했다. 지민이 나타난 건, 마지막 페이지를 이제 막 읽기 시작했을 때였다.

"일찍 왔네?"

"응. 생각보다 차가 안 막히더라."

지민은 재킷을 벗어 의자에 걸친 뒤 자리에 앉았다.

"주문했어?"

"아직."

"미리 시키지 그랬어."

"네가 여기까지 와 줬잖아. 그래서 메뉴 선택권만은 너에게 주고 싶었어."

메뉴판을 건네며 유경이 씨익 웃었다. 능청스러운 친구의 말에 지민은 피식, 웃으며 메뉴판을 받아 들었다. 초밥 2인분과 연어샐러드, 에이드 두 잔이 포함된 세트메뉴를 주문했다.

"맥주 안 시켜?"

주문을 받으러 온 종업원이 자리를 떠날 때까지 유경의 입에서 맥주 얘기가 나오지 않자 지민이 놀랍다는 듯 눈을 크게 떴다.

"오늘은 됐어."

"웬일이야?"

"그냥. 이젠 자제 좀 하려고."

"하긴. 최근에 술병으로 몇 번 고생하긴 했지. 잘 생각했어."

지민의 말에 고개를 끄덕였지만, 사실 진짜 이유는 따로 있었다. 이준과 했던 약속 때문이었다. 그는 자신과 함께 마실 땐 괜찮지만 밖에선 술을 자제해 달라고 했다. 걱정이 된다는 것이었다. 나는 정말로 술버릇 같은 거 없다고, 정말로 귀소본능 하나는 투철하다고 우겨 봤지만 소용없었다. 그는 단호한 얼굴로 '술 자제'를 외쳤을 뿐이었다. 진심으로 억울했다. 하지만 이미 두 번이나 못볼꼴을 보인 탓에 끝까지 고집을 부리지도 못했다.

"⋯⋯결혼식 갔었다며?"

음식을 기다리며 남은 차를 마저 비워 내고 있는데, 지민이 아주 조심스럽게 묻는다.

"네가 가라고 이준이한테 청첩장 준 거 아니었어?"

"뭐, 꼭 가라고 했다기보다는⋯⋯ 일종의 테스트였지."

"테스트?"

"그런 게 있어."

대답을 피하는 지민의 꿍꿍이가 영 수상쩍었지만, 딱히 궁금하지는 않았다. 어차피 별 쓸데없는 것일 테니까 말이다.

"근데 누구한테 들었어? 이준이랑 연락도 하고 지내?"

"아니, 내가 꽃돌이랑 연락을 왜 해. 네가 꽐라가 돼서 어쩔 수 없이 두 번 본 거지."

"나 몰래 청첩장까지 주고받으며 꿍꿍이를 다졌다길래, 친해진 줄 알았는데."

"야, 나는 그런 타입이랑 절대 못 친해져. 너무 잘생겼잖아. 완전 부담스러워."

생각만 해도 부담스럽다는 듯 지민이 으, 하며 어깨를 떨었다. 표현이 다소 과하기는 했지만 유경도 어느 정도는 동의하는 바였다. 매일 보는 데다가 이젠 무려 연인 사이까지 되었지만, 아직도 그의 얼굴은 좀처럼 적응이 되질 않고 있으니까 말이다.

"그럼?"

"……영은이한테 들었어."

영은이라면, 지민과 고등학교 때 친하게 지냈던 동창의 이름이었다. 유경과는 3년 동안 같은 반이 된 적이 없었지만, 지민과 친해서 가끔 같이 어울려 놀기도 했었다. 물론 세희도 함께였다.

"영은이 대구로 시집가고 연락 뜸해졌었잖아. 그래서인지 나랑 아예 연락 안 하고 지내는 줄 알았나 봐. 다른 애들은 초대 안 했으면서 영은이는 불렀다더라."

"……그렇구나."

"영은이는 전혀 모르고 갔대. 결혼식 가면 우리 다 같이 보게 될 줄 알고, 일부러 서프라이즈 해 주려고 말 안 했다는데……."

"되레 서프라이즈 당해서 당황했겠네."

유경은 찻잔을 내려놓으며 씁쓸하게 웃었다.

"자세한 얘긴 안 했어. 그래도 대충 눈치챈 것 같더라."

세희가 유경의 눈치를 보며 설명을 덧붙였다. 혹시라도 기분이 상했을까 봐 걱정스러운 모양이었다.

"어쩔 수 없지, 뭐."

유경은 일부러 싱긋 웃으며 대답했다.

"사실 꼭 숨겨야만 하는 엄청난 일도 아니잖아. 어차피 이런 일은 원래 소문이 더 빠르게 도는 법이기도 하고."

하지만 웃는 얼굴이 되레 지민을 더 걱정스럽게 만든 듯했다. 한층 더 심각해진 얼굴이 된 지민이 다시 한번 조심스럽게 물었다.

"······너 괜찮아?"

친구가 계속 눈치를 보는 게 못내 불편했다. 유경은 덤덤한 얼굴로 즉답했다.

"응, 괜찮아."

"······."

"진짜야. 결혼식 가서 하고 싶은 말 다 쏟아붓고 왔더니, 속이 완전히 시원해졌어."

완벽한 설명까지 덧붙였지만, 그래도 못 미더운지 지민은 그녀가 한 말의 진위를 알아내려는 듯 눈을 살짝 가늘게 뜨고 유경의 얼굴을 살폈다.

눈, 코, 입······.

마치 얼굴 품평이라도 하려는 듯 꼼꼼하게 살피던 지민은 이내 판단을 내렸는지 팔짱을 끼고는 고개를 끄덕인다.

"음, 정말로 괜찮아 보이네."

"그래. 정말로 괜찮다니까."

다시 한번 대답하자 그제야 지민은 어휴, 하고 안도의 한숨을 짤막하게 내쉬었다.

"이렇게 괜찮은 줄 알았으면 진작 연락해 볼걸 그랬네. 괜히 내가 연락하면 네가 더 심란해질까 봐 연락 못 했어."

"알아. 배려해 줘서 고마워."

그러는 사이 준비된 음식이 나왔다. 테이블 위에는 금방 한 상이 차려졌다. 두 사람은 무거운 대화를 뒤로하고 식사를 시작했다. 주방장이 일본인이라더니, 초밥이 정말로 맛있었다. 함께 곁들이는 연어샐러드도 신선하고 맛있었다. 다만, 먹으면 먹을수록 맥주가 없는 게 조금 아쉬웠다. 시원한 맥주 한 모금이면 입안에 맴도는 생선 비린내를 싹 없애 줄 텐데 말이다. 그냥 몰래 마셔 버릴까. 한 잔 정도면 괜찮지 않나. 제주도에 있는데 무슨 수로 알겠어. 못된 마음이 스멀스멀 올라오기 시작할 때였다.

"참!"

지민이 문득 생각났다는 듯 말했다.

"너 근데 왜 이준이라고 해?"

"이준이를 이준이라고 하지, 그럼 뭐라고 해?"

"지금까진 그 '이준이'를 네가 꼬박꼬박 성까지 붙여 가며 '권이준'이라고 불렀거든?"

"……내가 그랬어?"

"응, 그랬어. 완전 그랬어!"

건수를 잡았다는 듯 지민이 음흉하게 웃으며 묻는다.

"뭐야. 솔직히 털어놔."

"……."

"두 사람, 뭔가 있는 거 맞지?"

아무래도 더는 숨기기 힘들 것 같았다. 저 날카로운 촉과 엄청난 관찰력을 무슨 수로 피할 수 있겠는가. 애초에 지민에게는 다 털어놓을 생각이었다. 물론 이렇게 빨리, 취조받듯이 말할 생각은 아니었지만 말이다.

"혹시, 사귀는 거야?"

거듭되는 지민의 질문에 유경은 작게 고개를 끄덕였다. 그 순간이었다. 지민이 '꺅-!' 하고 돌고래 초음파 같은 비명을 내질렀다. 일순, 식사를 하던 사람들의 시선이 이쪽으로 확 쏠렸다. 뒤늦게 정신을 차린 지민은 사람들을 향해 '죄송합니다.' 하며 고개를 꾸벅꾸벅 숙였다.

"이게 그렇게 놀랄 일이야?"

"놀란 게 아니라, 기뻐서 그렇지. 기뻐서!"

지민은 정말로 기쁨으로 벅찬 듯한 얼굴이었다. 자칫하다가는 아예 눈물까지 흘릴 기세였다. 과도한 친구의 반응에 유경은 멋쩍은 듯 입맛을 쩝 다셨다.

"그 정도로 기뻐할 일도 아닌 것 같은데……."

"왜 아니야? 네가 지금 탄 차가 그냥 벤츠야? 초특급 울트라 왕고급 벤츠잖아! 지금 당장 골든 벨을 울려도 모지랄 판이구만."

수식어가 지나치게 화려하기는 했지만 딱히 틀린 말은 아니었다. 이준은 누가 봐도 나무랄 데 없는 남자친구였다. 외모, 조건, 심지어 마음의 깊이까지. 여러모로 자신에겐 과분한 상대였다. 그건, 누구보다도 그녀가 가장 잘 알고 있었다.

"……역시 그런 거겠지?"

"뭐야. 너 반응이 왜 그래?"

골든 벨을 울려도 모자랄 판국에 세상의 모든 짐을 짊어진 것처럼 축 처진 친구의 어깨가 영 이상했다. 지민이 눈을 날카롭게 뜨고 되물었다.

"혹시 꽃돌이랑 벌써 싸웠어?"

"아니. 그런 건 아니고……."

"그럼?"

"그냥, 조금 심란해서."

유경은 길게 한숨을 내쉬며 제 속에 있는 솔직한 감정을 입 밖으로 내뱉었다.

"솔직히 마음 가는 대로 행동하기는 했는데, 이래도 괜찮은 건지는 잘 모르겠어. 동건 씨랑 헤어진 지 얼마나 됐다고……."

아무에게도 말은 못 했지만 그 사실이 못내 마음에 걸렸다. 다른 사람들의 눈도 신경이 쓰이지만, 가장 신경이 쓰이는 건 이준이었다. 이 부분에 대해서 그는 전혀 신경 쓰지 않는 것 같았지만, 정말로 그런 건지 그 속까지는 알 수 없는 법이니까 말이다.

"얼씨구. 이 기집애가 호상에 겨워 요상에 똥 싸는 소릴 하네."

그녀의 이야기를 듣던 지민이 '허!' 하고 콧방귀를 크게 뀐다.

"그래서? 너는 지금 후회하는 거야? 괜히 꽃돌이 마음 받아 줬다고?"

"그런 건 절대 아니야."

유경은 단호하게 대답했다. 이것만큼은 확신할 수 있었다. 아직 그의 마음과 제 마음의 크기가 같다고는 말할 수 없지만, 그래도 자신 역시 그에게 진심이었다. '외로워서'가 아니었다. '아무나'가 아니었다. '권이준'이라서 마음이 동한 것이었다.

"그럼 대체 뭐가 문젠데?"

"……그러게. 나도 모르겠네. 뭐가 문제인지."

유경은 한숨처럼 낮게 중얼거렸다. 분명 제 마음이건만, 이런 감정이 드는 명확한 이유를 저조차도 알 수 없었다.

이준과 함께 하는 시간은 즐거웠다. 최악이었던 시간들이 까맣게 잊힐 정도로, 그와 함께 있으면 행복했다. 따뜻하게 저를 바라보는 눈길에 치유받는 느낌이 들기도 했다. 사랑받는 게 이런 거였구나. 피부로, 마음으로, 여실히 와 닿았다. 몸을 섞을 수 있을 정도로 확신도 들었다. 분명, 가슴 벅찬 나날들이 이어지고 있는 중이었다. 그런데 이상하게도, 왠지 모르게 계속 가슴 한편에는 알 수 없는 찝찝함이 남아 있었다.

"어휴. 이 답답아! 하여튼 넌 그게 문제야. 어떨 땐 되게 단순하면서, 가끔 쓸데없는 부분에서는 생각이 또 너무 많아."

혼자 땅굴을 파고 지하까지 들어가는 친구의 모습에 지민은 답답하다는 듯 혀를 쯧쯧, 찼다.

"뭐가 그렇게 복잡하고 어려워? 그냥 단순하게 생각하면 될 일인데."

"……."

"사랑이라는 게, 내가 원할 때 타이밍 딱 맞춰서 와 주는 게 아니잖아. 안 그래?"

지민은 흔들리는 유경의 두 눈을 똑바로 보며 단호한 음성으로 말해 주었다.

"사랑은, 한마디로 교통사고 같은 거라고. 근데 네가 그걸 무슨 수로 피할 건데? 운동신경도 더럽게 없으면서."

일이 이렇게 된 건 네 탓이 아니라고.

"네가 못 피한 건, 너무도 당연한 일이야."

네 잘못이 아니라고.

"피할 수 없으면 즐기라는 말 알지?"

"……."

"그러니까 너도 그냥 즐겨. 마음껏 사랑하고 마음껏 사랑 받아."

"……."

"그래도 돼."

친구의 마지막 말이 가슴에 쿡 박혔다. 가슴이 찡하고 울리더니, 이내 눈가마저 시큰해진다. 혹시라도 눈물이 떨어질까 봐 유경은 고개를 푹 숙였다.

그래도 된다고…….

어쩌면 나는 이 한마디가 듣고 싶었던 걸지도 모르겠다. 사랑에 한 번 실패했지만, 그래도 괜찮다고. 그럼에도 불구하고 다시 또 다른 사랑을 시작해도 된다고.

……그래도 되는 거라고.

예상했던 것보다 길어진 촬영은 늦은 저녁이 되어서야 끝이 났다.

"컷!"

모두가 기다리던 목소리가 널따란 백사장에 시원스레 울려 퍼졌다. 그와 동시에 마치 좀비처럼 칙칙했던 사람들의 얼굴에 혈색이 서서히 돌아오기 시작했다. 고된 촬영에 다들 지쳐 있었던 참이었다.

"모두들 수고하셨습니다!"

"수고하셨어요!"

저마다 인사를 건네느라 조용하던 촬영장이 소란스러워졌다.

"고생 많으셨습니다, 작가님!"

형욱은 사진작가를 향해 90도로 꾸벅 허리를 숙였다.

"고생으로 따지면 나보다 모델들이 더 했죠. 피사체가 워낙 좋아서 셔터 누를 때마다 즐거웠습니다. 나는."

"늘 저희 애들을 예뻐해 주셔서 감사합니다."

"예쁘니까 예뻐하지. 하하하."

"그래도 감사합니다! 그럼 뒤풀이 때 뵙겠습니다!"

껄껄, 웃는 작가의 얼굴을 본 후에야 형욱은 홀가분한 얼굴로 이준과 민아를 향해 다가갔다. 그들은 이제 막 스태프들에게서 받은 커다란 외투를 걸치고 있었다.

"괜찮아? 바닷바람이 꽤 차던데. 감기 걸리는 거 아니야?"

형욱이 걱정스러운 얼굴로 두 사람을 훑었다.

"난 괜찮아."

이준이 대답했다.

"나도."

민아가 덧붙였다.

"그래. 그렇담 다행인데 혹시라도 낌새가 이상하다 싶으면 바로 말해. 내일은 촬영이 더 빡셀 테니까 컨디션 조절이 제일 중요한 거 알지?"

형욱의 잔소리에 두 사람은 귀찮다는 얼굴로 고개를 끄덕였다.

"곧바로 뒤풀이가 있어. 둘 다 갈 거지?"

말이 끝나기 무섭게 이준이 말했다.

"난 빠질게."

"왜?"

"감기 기운이 있어."

"뭐? 아깐 괜찮다며?"

"갑자기 안 괜찮아졌어."

무심한 대꾸에 형욱이 눈썹을 찌푸렸다.

"제발 핑계를 대려면 좀 성의 있게라도 해 줘라. 응?"

"나 먼저 숙소로 갑니다."

"야, 잠깐만! 권이준!"

다급하게 불러 봤지만, 이준은 마치 그의 목소리가 들리지 않는 것처럼 형욱을 등지고 성큼성큼 걷기 시작했다.

"하, 저 자식은 진짜 뭘 믿고 저렇게 매일같이 싸가지가 없어."

긴 다리를 이용해 금세 멀어진 이준의 뒷모습을 보던 형욱은 혀를 쯧 찼다.

"이민아, 넌 대체 저런 놈 어디가 좋냐?"

"잘생겼잖아."

"싸가지가 저렇게 없는데?"

"사람이 어떻게 완벽할 수 있겠어?"

"됐다. 됐어. 누울 자리를 보고 다리를 뻗으랬다고. 내가 지금 누구 앞에서 권이준 험담을 하는 거야."

따박따박 돌아오는 민아의 대답에 형욱은 질린다는 듯 고개를 절레절레 내저었다.

"아무튼. 너는 뒤풀이 갈 거지?"

"아니. 이번엔 나도 빠질게."

"넌 또 왜?"

"나도 감기 기운."

민아는 한쪽 눈을 찡긋해 보인 후, 형욱이 더 붙잡을 새도 없이 이준이 사라진 방향으로 걸음을 옮기기 시작했다.

"야! 이민아! 너까지 이러기야?"

뒷모습에 대고 꽥 소리를 내질렀지만, 민아는 뒤도 돌아보지 않고 그저 여유롭게 손을 흔들어 보일 뿐이었다. 잠깐 잊고 있었다. 민아 역시 이준보다 더하면 더했지 덜하지 않은 성격의 소유자였다는 사실을.

"하, 이것들이 진짜……."

순식간에 두 사람에게서 버림을 받은 꼴이 되어 버린 형욱은 허망하다는 듯 멀어지는 민아의 뒷모습을 바라보다 뒤늦게 소리를 내질렀다.

"너희 정말 너무한 거 아니야? 환장할 바퀴벌레 한 쌍 같으니라고!"

스태프들마저 철수한 백사장에는 설움이 가득 담긴 형욱의 외침만이 공허하게 울려 퍼져 나갈 뿐이었다.

지민과 헤어지고 집으로 가는 길. 버스 뒷좌석에 앉은 유경은 유리창에 이마를 가져다 대었다. 유리가 머금고 있던 냉기가 전달되었다. 차갑다기보다는 시원하단 생각이 들었다. 입가가 절로 느슨해진다. 지민을 만나길 잘한 것 같았다. 양껏 먹은 음식들 때문에 몸은 무거워졌을 테지만, 마음은 한결 가벼워졌다.

"아, 맞다!"

느긋하게 창문에 머리를 기대고 있던 유경은 문득 떠오른 이준의 얼굴에 얼른 상체를 바로 했다. 지민과 식사를 하던 중 이준에게서 연락이 왔었다. 촬영이 끝났다고 했다. 하지만 그땐 지민과 함께 있는 중이라 통화를 길게 할 수가 없는 상황이었다. 분위기가 분위기였던지라 이준과 알콩달콩 통화를 하자니 영 눈치가 보였다.

결국 유경은 통화를 끝내려고 하자 섭섭한 티를 팍팍 내는 이준에게 집에 갈 때 연락을 해 주겠다고 달랜 후 급하게 전화를 끊을 수밖에 없었다.

"아직도 삐쳐 있으려나……."

마지막에 급하게 전화를 끊은 게 마음에 걸린다. 걱정하며 재킷 주머니에 넣어 두었던 휴대폰을 찾았다. 그 순간이었다. 갑자기 전화벨이 울리기 시작했다. 기가 막힌 타이밍이 아닐 수 없었다. 분명 이준일 것이라고 생각했다.

"하여튼. 늘 타이밍이 귀신같다니까."

작게 웃으며 휴대폰을 확인했다. 그런데 그녀의 예상과 달리 발신인은 전혀 의외의 인물이었다.

[엄마]

액정에 크게 뜬 이름을 보는 순간 느슨해져 있던 유경의 입가가 딱딱하게 굳었다. 저도 모르게 미간이 찌푸려졌다. 잔잔한 수면 같던 마음에 갑자기 무거운 바위 하나가 풍덩 던져진 듯했다. 심장이 철렁 내려앉는 느낌.

"하아……."

짙은 한숨이 절로 흐른다. 유경은 선뜻 전화를 받지 못하고 반짝이는 액정을 빤히 내려 보기만 했다. 아직 엄마에게는 동건과 헤어졌다는 사실을 말하지 못했다. 처음부터 이렇게 길게 숨기려고 한 건 아니었다. 그저 말하기가 어려워서 피했던 것이었다. 그런데 시간이 지날수록 점점 더 말하기가 어려워지고 있었다. 그렇다고 언제까지고 피할 수는 없는 법. 울리는 전화기를 붙들고 고민하던 유경은 한참 만에야 심호흡을 크게 한 번 한 후, 아주 조심스럽게 전화를 받았다.

"응, 엄마."

— 전화를 왜 이렇게 늦게 받아? 집 아니야?

"집에 가는 중이야."

— 이 시간에? 회사 일이 늦게 끝났어?

엄마의 목소리에 걱정이 듬뿍 묻어났다. 유경은 쓰게 웃으며 고개를 내저었다.

"아니. 지민이랑 저녁 먹었어."

— 그랬구나. 지민이는 잘 지내지?

"그럼. 잘 지내지."

— 세희도 잘 지내고?

순간 휴대폰을 쥔 유경의 손끝에 힘이 들어갔다.

엄마, 이제 세희라는 이름 그렇게 다정하게 부르지 마요. 그 나쁜 기집애가 나한테 무슨 짓을 했는지 알아?

속에서 울컥하고 뜨거운 감정이 치밀어 올랐다. 하지만 차마 입 밖으로 뱉어 낼 자신은 없었다. 마그마처럼 부글부글 끓는 속을 애써 삼키며, 그녀는 느릿하게 선의의 거짓말을 뱉어 냈다.

"으응. 세희도 잘 지내."

말을 하는 입이 썼다.

— 걔들은 뭐 좋은 소식 없니?

무슨 얘기가 하고 싶은지 바로 알아들었다. 유경은 단호하게 대답했다.

"없어요."

— 너희 셋은 어릴 때부터 징글징글하게 붙어 다니더니, 어쩜 커서도 하는 짓이 그렇게 똑같니.

"……."

— 에휴, 너희 중 누구라도 먼저 물꼬를 터야 하나, 둘 갈 텐데 말이야.

안타깝다는 듯 혀를 쯧, 차는 소리에 유경은 마른침을 꼴깍 삼켰다. 이다음은 분명 동건의 이야기가 나올 테였다.

"엄마. 나 할 말이 있는데……."

엄마의 입에서 말이 나오기 전에 유경이 선수를 쳤다.

"나 동건 씨랑 헤어졌어."

— ……둘이 싸웠어?

"아니. 싸운 게 아니라 헤어졌어. 완전히 끝났다구요."

유경은 다시 한번 아주 단호하게 말했다. 결코 쉬운 얘기가 아니었다. 그러니 한 번 말할 때 확실히 해야만 했다.

— …….

수화기 너머에선 아무런 대답도 없었다. 순간 덜컥 겁이 났다. 엄마가 혹시 기절이라도 한 건 아닐까 싶어서.

"엄마? 듣고 있는 거야?"

— 그래. 듣고 있다.

다행히도 기절한 건 아닌 모양이었다. 유경은 작게 안도의 한숨을 내쉬었다.

"그런데 왜 아무 말도 안 해?"

– 내가 무슨 할 말이 있겠어?

"······왜 헤어졌는지, 안 물어봐?"

– 궁금해야 묻지.

돌아오는 엄마의 목소리가 덤덤하기 짝이 없다. 유경은 조금 당황했다.

"안 놀랐어······?"

– 놀랄 게 뭐가 있어? 너희가 결혼했다가 이혼한 것도 아니고. 남녀가 만나다가 안 맞다 싶으면 헤어지기도 하고 그러는 거지.

······뭘까. 이 쿨하다 못해 얼어붙을 정도로 무심한 반응은. 오히려 지금 당황스러운 것은 엄마가 아닌 그녀인 듯했다.

정말로 우리 엄마 맞아?

유경은 휴대폰을 귀에서 떼고는 액정을 다시금 확인했다. 찍혀 있는 번호는 엄마의 전화번호가 맞았다. 사실은 줄곧 엄마에게 이 사실을 어떻게 설명해야 할지 많이 고민했었다. 있는 그대로 말을 할 수는 없었기에 다른 변명들을 열심히 찾았었다. 성격 차이라는 변명이 제일 무난할 것 같았지만, 이제 와서 성격 차이라고 얘기한들 엄마가 믿을까 고민도 했었다. 그런데 그렇게 고민했던 시간들이 무색해질 만큼 엄마의 반응은 너무도 담담할 뿐이었다. 전혀 예상하지 못했던 반응에 유경은 할 말을 잃고 말았다.

"······엄마."

다시금 휴대폰을 귀에 가져댄 유경이 조심스럽게 운을 뗐을 때였다. 엄마가 재빠르게 말했다.

－ 얘, 너희 아버지 오셨나 보다. 다음에 또 전화하마. 끊자.

뚝.

전화가 끊겼다. 그 어느 때보다 깔끔한 마무리였다.

"대체 뭐야……."

유경은 통화가 끊어진 휴대폰 액정을 내려다보며 멍하게 중얼거렸다. 마치 한 차례의 커다란 태풍이 자신을 휘젓고 간 듯한 기분이었다.

탁.

욕실 문이 열리고 뿌연 김이 흩어졌다. 그 사이로 샤워가운 차림의 이준이 느릿하게 걸어 나왔다. 목에 걸친 흰 수건으로 젖은 머리를 탁탁, 가볍게 털며 소파에 털썩 앉았다. 곧바로 테이블 위에 놓여 있던 휴대폰을 확인했다. 혹시나 했는데 역시나. 부재중 연락은 없었다.

이준은 시간을 확인했다. 현재 시각은 10시. 그녀와 마지막으로 통화를 했던 건 9시. 그때 분명 그녀는 식사가 거의 끝나간다고 했다. 술 안 먹었으니 걱정 말라고. 밥만 먹고 헤어질 거라고. 곧 연락을 주겠다고 했었다. 그런데 그로부터 벌써 한 시간이 지난 지금까지 연락이 없는 것이었다. 깨끗한 휴대폰을 내려다보는 이준의 미간이 절로 찌푸려진다.

"아직도 밥을 먹고 있을 리는 없고……."

예상되는 상황은 두 가지였다. 밥만 먹겠다더니 분위기를 타고 2차까지 이어졌거나, 아니면 제게 연락을 하겠다던 약속을 까맣게 잊은 걸 테다. 뭐가 됐든 딱히 유쾌한 상황은 아니었다.

"너무하네, 진짜. 누구는 연락 기다리다가 목이 빠질 것 같은데."

이준은 낮게 중얼거리며 유경의 연락처가 떠 있는 액정을 물끄러미 바라보았다. 전화를 할까, 말까, 고민에 잠겼다. 전화를 하려니 너무 집착한다고, 저를 귀찮은 존재로 생각할까 봐 걱정이 됐다. 하지만 그렇다고 이대로 계속 그녀의 연락을 기다리는 것도 내키지 않았다. 조금만 더 시간이 지났다가는 정말로 목이 빠져 버릴지도 모르는 일이었다.

5분 정도 치열하게 고민한 끝에, 이준은 결국 자신의 목을 소중히 하고자 결심했다. 그렇게 통화버튼을 누르려고 했을 때였다.

똑똑—

손끝이 버튼에 닿기 바로 직전, 노크 소리가 들려왔다.

"누구지?"

멈칫한 이준은 고개를 갸웃했다. 찾아올 사람은 딱히 없었다. 그렇다고 룸서비스를 시킨 것도 아니었다. 그러는 사이 똑똑, 다시 한번 노크 소리가 들려왔다. 잘못 찾아온 건 아닌 모양이었다. 이준은 휴대폰을 내려놓고 문으로 향했다.

"누구세요."

"나야."

불친절한 자기소개였지만 이준은 금방 상대방을 알아챌 수 있었다. 특유의 하이톤. 민아였다.

"무슨 일이야?"

"할 말 있어서 왔어. 문 좀 열어 줘."

전화로 해도 충분할 텐데, 싶은 마음이 들었지만 그렇다고 문전박대를 할 수는 없는 노릇이었다. 그는 떨떠름한 표정으로 문을 열었다.

반쯤 열린 문틈으로 민아가 보였다. 몸에 딱 달라붙는 검은 원피스와 검은 하이힐, 그리고 촬영 메이크업만큼이나 짙은 눈 화장까지. 그녀는 지금 그의 방이 아니라 당장이라도 클럽에 가야 할 듯한 차림새였다.

"뒤풀이 안 갔어?"

"응. 별로 재미없을 것 같아서."

민아는 웨이브 진 긴 머리카락을 한쪽으로 쓸어 넘기며 싱긋 웃었다. 새빨간 립스틱이 발린 입술 끝이 유려하게 휘어졌다. 남자라면 열에 아홉은 쓰러진다는 살인미소였다. 물론 그는 아홉이 아닌 남은 하나에 속했지만 말이다.

"할 말이 뭔데?"

눈 하나 깜빡 않고 무덤덤한 이준의 반응에, 민아는 재빠르게 통하지 않을 억지 미소를 싹 지우고서 말했다.

"여기서 할 얘긴 아니야."

"뭐?"

"잠깐 들어가도 되지?"

허락을 구하는 듯한 대사와는 달리 민아는 이미 방 안으로 들어서고 있었다. 그의 앞을 훅 스쳐 지나가는 그녀에게서 짙은 향이 풍겼다. 순간 미간이 절로 찌푸려질 정도로 독한 향이었다. 방

안으로 들어선 민아는 자연스럽게 소파에 앉았다. 그러곤 아직도 문 앞에 서 있는 이준을 향해 묻는다.

"계속 서 있을 거야?"

제 방처럼 자연스러운 민아의 행동에 기가 막혔다. 하지만 화를 내지는 못했다. 민아의 모습에서 자신의 모습이 겹쳐 보였기 때문이다. 심지어는 유경의 집에서 제가 했던 행동이 더하면 더했지 덜하지는 않았던 것 같기도 했다.

혹시 그녀도 제 행동에 이렇게 기가 막혔을까……. 속으로 뒤늦은 자기반성을 하며 이준은 민아의 맞은편 자리에 앉았다.

"할 말이 뭔데?"

"뭐가 그렇게 급해?"

"피곤해. 용건만 간단히 하고 나가 줬으면 좋겠는데."

"용건만 간단히 할 생각이면 전화로 했겠지."

"그럼 전화로 할래?"

"……재미없는 농담 그만하고, 차나 한 잔 줘."

"차를 마시고 싶으면 커피숍을 갔어야지."

시종일관 귀찮아 죽겠다는 어투였다. 커피는커녕 물도 한 잔 못 얻어먹을 듯한 냉랭한 분위기에 민아는 아랫입술을 살짝 깨물었다. 이미 잘 알고 있었다. 재미없는 농담 따위가 아니라는 것쯤은. 아무리 그의 앞에선 철판을 깔고 행동하는 민아였지만, 이렇게까지 대놓고 말하는데 계속 못 알아들은 척할 수는 없는 노릇이었다. 결국 민아는 솔직하게 실토했다.

"심심해서 왔어."

"뭐?"

애초부터 용건 따위는 없었다는 그녀의 고백에 이준의 눈빛이 차갑게 식었다. 오한이 느껴질 정도로 서늘한 눈빛이었다. 민아는 떨림을 떨치려 주먹을 꽈악 그러쥐며 말했다.

"그냥……."

"……."

"호텔 방에 혼자 있으려니까 심심해서 왔어."

말투는 당당했지만 목소리만큼은 제 잘못을 안다는 듯 기어들어 가고 있었다. 눈도 제대로 못 맞추고 시선을 내리깔았다. 그런 민아를 빤히 바라보던 이준은 이내 짙은 한숨을 내쉬며 말했다.

"이민아."

낮은 목소리에 민아가 내리깔았던 시선을 조심스럽게 들어 올렸다. 두 사람의 시선이 마주쳤다.

"미안하다."

툭, 무심하게 내뱉어진 그의 사과에 민아의 눈이 살짝 가늘어졌다. 뜬금없는 사과였지만, 그게 무엇을 뜻하는지는 알 수 있을 것 같았다.

……듣고 싶지 않았던 말이었다.

"뜬금없이 뭐가?"

모르는 척 애써 덤덤하게 되물었다. 하지만 그런다고 그가 그냥 넘어가 줄 리가 없었다. 이준은 여전히 단호한 음성으로 말했다.

"네 마음, 나 못 받아 줘."

너무도 명확한 설명이었다. 할 말이 없어진 민아는 입을 꾹 다물었다. 오늘은 '모르는 척'이 통하지 않는 날인 모양이었다.

"지금 얘기 안 하면 네가 더 힘들어질 것 같아서. 오늘은 꼭 말해야겠다는 생각이 드네.”

아니라고. 나는 지금 그 얘기를 들으면 너무도 힘들어질 것 같다고. 여태 그랬던 것처럼 그냥 모르는 척 넘어가 주면 안 되는 거냐고. 애원하고 싶었지만, 그녀를 향한 이준의 고백은 계속되었다.

“그냥 무시하면, 네가 금방 마음을 접을 거라고 생각했어.”

하긴. 언제는 제 마음을 조금이라도 생각해 줬던 남자였던가. 민아는 속으로 자조하며 그저 멍한 시선으로 이어지는 이준의 말을 듣고만 있었다.

“그런데 아무래도 내가 잘못 생각했던 것 같다.”

“…….”

“그동안 희망고문처럼 느껴졌다면 내가 사과할게. 그 부분에 대해서는 정말로 미안해.”

깔끔한 사과였다. 다른 때와 달리 이번 사과에는 진심도 담겨 있었다. 그래서 더 가슴이 무너졌다. 지금껏 그에게서 수많은 거절을 당해 왔지만, 이번엔 정말인 것 같아서…….

목이 타고 입안이 바짝 말랐다. 마른침을 삼켰다. 비릿한 맛이 입안에 퍼져 나갔다. 깨물고 있던 입술이 찢어진 모양이었다. 저도 모르게 힘이 들어갔나 보다.

민아는 떨리는 시선으로 이준을 바라보았다. 그는 더 할 말이 없다는 듯한 얼굴이었다. 얼핏 후련한 것처럼 보이기도 했다. 자존심이 왈칵 상했다. 그의 앞에선 이미 너무도 짓밟혀서 더 이상 세울 자존심이 없다고 생각했는데, 남아 있었던 모양이었다.

“……이건 좀 치사하지 않니?”

한참 만에 힘겹게 입술을 달싹였다. 너무도 비참한 상황이었지만, 그래도 마지막 남은 자존심만큼은 어떻게든 지키고 싶었다. 물론 이제는 그의 앞에서 지킬 자존심도 얼마 남지 않았지만 말이다.

"고백도 하기 전에 차는 법이 어디 있어?"

아무렇지 않은 척, 쿨한 척, 억지웃음을 지으며 최대한 가벼운 투로 물었다. 그러나 입가가 바르르 떨리는 것까지는 막을 수 없었다. 여전히 무심한 눈길로 그런 그녀를 바라보던 이준이 대답했다.

"더 이상의 희망고문은 하고 싶지 않아."

여전히 단호한 목소리였다.

"넌 나한테 재규만큼 편하고 좋은 친구야."

그래도 미안하기는 한지 달래는 말이 뒤에 붙었다. '좋은 친구'라니. 안 하느니만 못한 소리였다. 차라리 아무 말도 하지 말지. 그런 말 따위 들으려고 지금까지 네 곁을 맴돈 게 아니었는데……

저를 향한 그의 마지막 배려가 고작 '좋은 친구'라는 게 너무도 서글퍼진다. 민아는 쓴웃음을 흘렸다.

"권이준, 이거 하나만 물어보자."

"……."

"네 눈에는 내가 그렇게 매력이 없니? 도저히 여자로는 안 느껴져?"

"네가 아니라 누구라도 똑같았을 거야."

"그럼 너 정말 소문대로 게이야? 남자 좋아해?"

따져 묻는 민아의 질문에 이준은 낮게 한숨을 내쉬었다. 모델 권이준 게이설. 여자에게 워낙 눈길을 주지 않는 그의 뒤를 꼬리표처럼 지겹게 따라다니는 소문이었다. 한두 번 겪는 오해가 아니었다. 민아 역시 진심으로 궁금해서 묻는 것 같지는 않았다.

"아주 오랫동안 마음에 품은 여자가 있어. 이미 그 여자로 가득 차서, 다른 여자는 도저히 눈에 안 들어와."

처음으로 이준은 솔직하게 제 마음을 털어놓았다. 다른 사람은 몰라도 민아에겐 꼭 얘기해야 할 것 같았다.

"하, 기가 막혀. 차이는 상대 앞에서 사랑고백 하는 거야, 지금?"

"미안. 솔직하게 말해야 할 것 같아서."

"미안하다는 말 좀 그만해. 듣기 싫으니까."

인상을 찌푸리며 앙칼지게 대꾸한 민아가 문득 떠오른 생각에 되물었다.

"그때, 그 여자야? 촬영장에 같이 왔던?"

"……."

이준은 침묵했지만 대답이나 마찬가지였다. 사실 대충 예상은 하고 있었다. 그날, 그 여자를 바라보는 그의 눈빛이 남달랐으니까 말이다. 적지 않은 시간 그를 지켜봐 왔지만 자신은 단 한 번도 보지 못한 눈빛이었다. 꿀이 떨어진다는 표현이 떠오를 정도로 달콤했다. 평소의 무감한 눈과는 너무도 반대되는 눈빛. 알아차리지 못하는 게 더 이상했다.

"너 진짜 보는 눈 없다. 그 여자보다는 내가 훨씬 나은 것 같은데."

흥, 콧방귀를 뀌며 자리에서 일어났다. 그러곤 여전히 저를 미안하다는 얼굴로 바라보고 있는 이준의 두 눈을 똑바로 바라보며,

할 수 있는 한 가장 도도한 표정을 지어 보였다.

"됐어. 너같이 보는 눈 없는 남자는 내 쪽에서 먼저 사양이야."

시원하게 쏘아붙인 뒤, 민아는 그대로 그를 등지고 돌아섰다.

쾅!

신경질적으로 방문을 닫고 나온 민아는 곧바로 엘리베이터에 올라탔다. 자신이 머물고 있는 방의 층수를 꾹 눌렀다. 그와 동시에 주륵, 뺨을 타고 참았던 눈물이 흘러내린다.

조금 전 이준에게는 그저 심심해서 찾아간 거라고 둘러대기는 했지만, 사실 오늘은 아예 작정을 하고 그를 찾아간 것이었다. 확실하게 깨져 보기 전에는 도저히 포기를 못 할 것 같아서. 이렇게 될 줄 알면서도 들이댄 것이었다. 막상 그의 앞에 서니 입술이 안 떨어져서 또 도망치려고 했지만 말이다.

"울긴 왜 울어? 어차피 이렇게 될 거 알고 있었으면서."

엘리베이터의 거울 너머로 보이는 처량한 여자를 향해 민아는 타박하듯 말했다. 하지만 눈물은 쉽사리 멈추질 않았다. 그래, 예상은 했었다. 하지만 그럼에도 불구하고 역시나 서러운 건 어쩔 수가 없다.

이준을 처음 만난 건 스무 살이었다. 회사의 신인모델 환영회에서 재규와 같은 테이블에 있는 그를 처음 봤다. 보자마자 첫눈에 반했었다. 솔직히 말하자면 잘난 그 외모에 끌린 것이었다. 백마 탄 왕자님이 나타난 줄 알았다.

그녀처럼 그에게 관심을 보이는 여자들은 여럿 있었다. 하지만 그들은 이준을 몇 번 겪은 후 금방 마음을 접었다. 타인에게 관심 없고 무뚝뚝하다 못해 까칠하기까지 한 그의 성격 탓이었다. 하지만 유일하게 민아만 달랐다. 그의 성격까지 좋았다. 오히려 그래서 더 탐이 났다. 다른 여자들에게까지 모두 친절한 남자보다는 훨씬 매력적이었으니까.

혹시 선배라서 어려워할까 봐 편하게 친구로 다가갔다. 쉽게 들이댔다간 바로 차일 게 뻔해 보여서 친구부터 시작하기로 한 것이었다. 그녀 나름의 필승전략이었다. 하지만 시간이 지나도 진전은 전혀 없었다. 아무리 옆에서 알짱거려도 이준은 단 한 번도 눈길을 준 적이 없었다. 참다 참다 더 이상은 못 참겠다 싶어서 작정하고 티를 냈지만, 그 결과는 여전한 무시였다.

초반엔 무참히 짓밟히는 자존심 때문에 분해서 남몰래 운 적도 있었다. 그럼에도 결국 쉽게 포기하지 못하고 지금까지 질질 끌기는 했지만 말이다.

"웃겨. 자기가 언제 희망고문을 했다고 그래?"

희망은커녕 희망고문이라도 좀 해 줬으면 하고 바라는 내 앞에서 매번 잔인하게 굴었으면 서…….

민아는 흥, 콧방귀를 뀌고는 양손을 들어 얼굴을 적신 눈물을 씩씩하게 닦아 냈다. 눈물의 흔적을 지웠을 때쯤 엘리베이터 문이 열렸다. 언제 그랬냐는 듯 도도한 표정으로 돌아와 또각또각 걸음을 옮겼다. 시뻘게진 눈시울을 제외하면 누구도 그녀가 조금 전 서럽게 닭똥 같은 눈물을 흘렸다는 사실을 알지 못할 정도로 완벽한 표정연기였다.

런웨이를 걷듯 긴 복도를 지나쳐 방으로 들어왔다. 신발도 벗지 않고 그대로 침대에 풀썩 쓰러졌다. 한참 동안 멍하니 천장만 바라보았다. 문득 천장 위로 얼굴 하나가 떠오른다. 재규의 얼굴이었다.

곧바로 상체를 일으켜 휴대폰을 찾았다. 망설임 없이 숫자 열한 자리를 꾹꾹 눌러 전화를 걸었다. 역시 이럴 때 생각나는 건 오랜 친구밖에 없다고 생각하며.

달칵.

상대가 전화를 받자마자 불퉁 말했다.

"야."

– 왜.

"나 차였어."

– 그래서 어쩌…… 뭐어? 뭘 했다고?

수화기 너머가 아니라 마치 바로 옆에서 소리치듯 커다란 목소리에 놀란 민아가 얼른 휴대폰을 귀에서 멀리 떨어뜨렸다. 제가 예상한 것보다 훨씬 더 격한 반응이었다.

……이게 그렇게 놀랄 일은 아니지 않나? 어차피 예정됐던 수순인데.

잠깐 생각하던 민아는 이내 휴대폰에 대고 고래고래 소리를 내질렀다. 마치 조금 전의 복수라도 하듯이 아주 커다랗게.

"차였어! 차였다고! 축구공처럼 아주 뻐엉– 차였다고! 이제 됐냐!"

– …….

"후우. 소리 지르고 나니까 속이 좀 시원하네."

－ ……괜찮으냐?

"괜찮겠냐?"

－ ……미안.

"뭐야. 너답지 않게 웬 사과? 안 웃어? 안 놀려?"

－ 야, 이민아! 넌 대체 평소에 나를 어떻게 본 거야? 내가 무슨 쓰레기인 줄 알아?

진심으로 억울하다는 듯 발끈하는 재규의 반응에 민아는 씨익, 한쪽 입꼬리를 말아 올리며 짐짓 사악하게 웃었다.

"됐고. 나 일요일에 서울 가니까 대기 타고 있어라. 술 진탕 마셔야겠으니까. 알겠어?"

통보하듯 말하고 전화를 끊었다. 대답은 필요 없었다. 어차피 답은 정해져 있었으니까 말이다.

"역시 이럴 땐 만만한 최재규가 최고라니까."

한바탕 쏟아 내고 나니 정말로 속이 시원해졌다. 한결 홀가분해진 표정의 민아는 휴대폰을 대충 던져놓은 뒤 다시금 침대에 풀썩 드러누웠다. 아주 잠깐 동안 천장을 빤히 바라보다 이내 두 눈을 질끈 감았다.

드디어 오랜 짝사랑이 끝났다. 하지만…… 마냥 슬프지만은 않았다.

19. 입장 정리

토요일.

유경은 느직이 눈을 떴다. 온몸이 뻐근했다. 기지개를 켜는데도 신음 소리가 절로 나올 정도였다. 졸린 눈을 비비며 비척비척 방을 나섰다. 주방으로 가서 냉수를 한 컵 들이켠 뒤 곧바로 거실 소파로 향했다. 철푸덕 쓰러지듯 누웠다. 냉수 덕분에 잠깐 정신이 들었나 했는데 다시금 눈꺼풀이 내려온다. 다시 잠들 수 있을 것 같았다. 최근 엄청난 업무량으로 회사에서 내도록 혹사를 당하는 탓에 주말엔 거의 시체처럼 지내고 있는 중이었다.

"오늘은 깨울 사람도 없으니까 좀 더 자 볼까……."

지난 주말에는 잠을 양껏 자지 못했다. 평일에 시간을 낼 수 없었던 대신 이준과 주말에 몰아서 데이트를 해야 했기 때문이었다. 이준이 들으면 분명 섭섭해하겠지만, 지금 이 순간만큼은 혼자여서 참 좋다는 생각이 든다.

그렇게 나른함을 이기지 못하고 다시금 꿈나라를 향하려 할 때였다.

딩동. 딩동─.

초인종 소리가 들려왔다. 유경은 감은 눈을 번쩍 떴다. 정말이지 말도 안 되는 일이지만, 이준일지도 모르겠다는 생각이 가장 먼저 들었다. 멀지 않은 과거에 한 번 겪었던 일이었다.

"에이, 설마. 또 그러겠어."

아닐 거라고 생각하면서도 워낙에 서프라이즈를 좋아하는 녀석이라 걱정이 됐다. 황급히 인터폰을 확인했다. 그런데 화면에는 이준보다 더 놀라운 인물의 모습이 보이고 있었다.

"……엄마?"

잘못 본 건가. 다시 눈을 감았다 떴다. 하지만 화면에 비치는 얼굴은 그대로였다. 엄마가 맞았다.

"아니. 내 주변 사람들은 왜 이렇게 다들 서프라이즈를 좋아하는 건데!"

허상이 아니라 현실이라는 것을 깨닫자마자 거짓말처럼 잠이 확 달아났다. 유경은 눈을 크게 뜨고 재빠르게 주위를 살폈다. 그 짧은 순간에도 이준의 흔적을 엄마에게는 절대로 들켜서는 안 된다는 생각이 가장 먼저 들었다. 다행히도 워낙 정리하고 치우는 걸 좋아하는 남자라서 그런지 눈에 띄는 건 딱히 없었다. 유현의 방만 조심하면 될 것 같았다. 안심을 한 후에야 현관으로 달려갔다. 조심스럽게 문을 열자 엄마보다 엄마의 목소리가 먼저 불쑥 들려왔다.

"왜 이렇게 문을 늦게 열어?"

오랜만에 만난 첫인사가 타박이었다. 참으로 우리 엄마다운 인사라고 생각하며 유경은 머리를 긁적였다.

"이제 일어났어."

"지금 일어났다고? 시간이 몇 신데."

부스스한 유경의 몰골을 모여 엄마는 혀를 쯧, 찼다. 게을러서 그런 게 아니라 최근 업무가 많아서 잠이 부족한 탓이라고 변명하고 싶었지만 말해 봐야 믿어 주지 않을 게 뻔했기에 유경은 말을 돌렸다.

"근데 갑자기 여긴 웬일이야? 어제 통화할 땐 아무 말도 없었잖아."

"오늘 아침에 갑자기 오고 싶어졌어."

"……아니, 대체 그게 무슨 황당한 말이야."

"왜 황당하니? 내가 갑자기 내 집에 오고 싶어서 왔다는데. 뭐가 잘못됐어?"

엄마의 '내 집' 공격에 유경은 말문이 턱 막혔다. 엄마의 말대로 이 집은 부모님의 명의였다. 엄밀히 따지자면 그녀는 서른하나 먹도록 독립도 않고 부모님의 집에 얹혀살고 있는 셈이었다. 엄마는 꿀 먹은 벙어리가 된 딸을 지나쳐 자연스럽게 집 안으로 들어섰다. 들고 온 가방을 거실 한편에 대충 내려놓은 후 매의 눈으로 집 안을 훑기 시작했다.

그런 엄마의 옆에서 유경 역시 덩달아 다시 한번 집 안을 훑었다. 혹시라도 제가 못 본 걸 엄마가 발견하기라도 할까봐 조마조마했다.

"집이 왜 이렇게 깔끔해? 돼지우리일 줄 알았더니."

다행히도 뭔가 발견하진 못한 모양이었다. 속으로 안도의 한숨을 내쉬며 유경은 변명을 둘러댔다.

"어제 대청소 했어. 심심해서."

"네가, 심심해서 대청소를 했다고?"

급조된 변명이 너무 어설펐던 모양이다. 엄마가 믿을 수 없다는 듯 의심의 눈초리를 보냈다. 뜨끔하기는 했지만 그래도 솔직하게 말을 할 순 없는 법. 유경은 끝까지 뻔뻔한 얼굴로 엄마의 시선을 받아 냈다.

"세상에. 오래 살고 볼 일이라더니. 우리 딸이 뒤늦게 철이 들었나 보네."

다행히도 엄마는 설마 우렁신랑이 그녀의 집에 상주하며 집 청소를 해 주고 있으리라는 상상은 눈곱만큼도 하지 못하는 듯했다. 그저 내 딸이 드디어 철이 들었나 보다, 하고 진심으로 기뻐하는 엄마를 보며 유경은 속으로 사과의 말씀을 드렸다. 아직 철들지 못한 딸이라 죄송하다고.

"이제 일어났으면 밥도 안 먹었겠네?"

"응, 아직."

"그럼 밥부터 먹자. 반찬 좀 챙겨 왔어."

엄마가 내려놓았던 가방을 다시금 집어 들었다.

"이리 줘. 내가 들게."

엄마의 손에서 가방을 뺏어 들었다. 가방의 크기를 보고 대충 짐작은 했지만, 막상 들어 보니 순간적으로 팔이 후들거릴 만큼 많이 무거웠다.

"뭐가 이렇게 무거워? 이걸 들고 서울까지 온 거야?"

"그게 뭐가 무겁다고. 약한 척하지 마, 이 기집애야."

엄마는 콧방귀를 한 번 뀌고는 먼저 주방으로 들어갔다. 그런 엄마의 뒷모습을 보며 유경은 입맛을 쩝 다셨다. 반찬 같은 거 필요 없다고. 나이도 있는데 이제 무리 좀 하지 마시라고. 이번엔 그녀가 잔소리를 할 차례였는데 타이밍을 놓쳐 버린 듯했다.

아쉬움을 뒤로한 채 낑낑거리며 가방을 주방으로 옮겼다. 엄마가 가방 안에 있는 것들을 꺼내기 시작했다. 크고 작은 반찬통이 쉴 새 없이 나왔다. 마치 도라에몽의 주머니 같았다.

"뭘 이렇게 많이 가져왔어. 다 먹지도 못할 텐데."

"이걸 왜 다 못 먹어? 하루에 한 끼라도 집에서 챙겨 먹으면 금방 다 먹지. 너 요새도 맨날 밖에서 사 먹거나 배달시켜 먹거나, 라면 먹고 그러지? 아직은 젊어서 모르는데 더 나이 들어 봐. 큰일 난다, 정말. 한 끼를 먹더라도 영양가 있는 걸 먹어야지."

그냥 가만히 있을 걸, 괜한 말을 해서 엄마의 잔소리 스위치를 눌러 버린 듯했다. 그렇다고 최근 엄마랑 같이 살 때보다 더 맛있고 영양가 좋은 집밥을 꼬박꼬박 챙겨 먹고 있다는 말은 할 수가 없는 법. 유경은 그저 무념무상의 표정으로 쏟아지는 잔소리를 한 귀로 듣고 한 귀로 흘릴 뿐이었다. 식탁 위엔 금방 한 상이 차려졌다. 모두 엄마가 가져온 반찬들이었다.

아주 솔직히 말하자면 이준이 해 준 음식보다는 맛이 덜했다. 하지만 오랜만에 먹는 엄마의 손맛은 감동 그 자체였다. 아침이라 입맛이 있는 건 아니었지만, 유경은 숟가락 가득 밥을 크게 퍼서 입으로 날랐다.

✳

말은 안 했지만, 엄마는 어제 통화 때문에 걱정이 돼서 온 것 같았다. 밥을 먹는 내도록 슬쩍슬쩍, 제 얼굴을 살피는 게 느껴졌다. 그래서 괜찮은 척 일부러 더 많이 웃어야만 했다.

식사를 끝내고 엄마를 먼저 거실로 내보낸 후 커피를 탔다. 며칠 전 이준이 사 왔던 쿠키도 예쁜 접시에 소담하게 담았다. 간단하게 차린 다과상을 들고 거실로 나갔다. 엄마는 거실 테이블 앞에 떡하니 자리를 잡고 있었다. 테이블 위에 쟁반을 내리려는데, 아까까지만 해도 없던 낯선 물체가 보인다. 샛노란 서류봉투였다.

"이거 엄마가 가져왔어?"

"그래."

"뭔데?"

"네가 직접 확인해 봐."

덤덤하게 대꾸하는 엄마의 표정이 영 수상쩍었다. 쟁반을 내려놓고 봉투를 집어 들었다.

"이상한 거 아니지?"

"이상한 걸 내가 딸 집에 왜 가져와? 내가 그렇게 할 짓 없는 사람으로 보이니?"

엄마의 반응만으로는 도저히 감이 안 왔다. 결국 유경은 조심스럽게 봉투를 펼쳐 보았다. 봉투 안에는 처음 보는 남자의 얼굴이 찍힌 사진 몇 장이 들어 있었다. 꺼내서 확인해 보니 다 다른 얼굴들이었다.

"거기 안경 쓴 남자 보이지? 그 사람은 S전자 과장이래. 서른일곱인데 능력 좋지? 대학도 S대학 나왔다고 하더라."

전혀 예상하지 못했던 내용물에 황당해하는 유경을 향해 엄마는 제대로 된 설명도 없이 본인이 할 말만 이어 갔다.

"거기 흰 옷 입은 남자는 한의사래. 서울은 아니고 경기권인데 돈 잘 번다더라. 나이는 서른다섯이랬나? 정확하게 기억은 안 나는데 너랑 차이가 많이 나진 않았던 것 같아. 그리고 검은 옷 입은 남자는 세무사라는데……."

"스탑!"

가만히 있다가는 엄마의 설명이 끝도 없을 것 같아 유경은 손을 앞으로 척 뻗으며 말을 끊었다.

"이게 다 뭐야?"

"보면 몰라? 남자들이잖아."

"지금 누가 그걸 몰라서 물어?"

유경이 정색하자 그제야 엄마는 솔직하게 털어놓았다.

"우리 딸 남자친구랑 헤어지고 솔로 됐다고 하니까 영숙이 엄마가 주더라."

'영숙이 엄마'라면 엄마가 지금 살고 있는 동네에서는 꽤 유명한 중매쟁이었다. 동네 처자들 대부분이 그 아주머니의 중매 덕분에 시집을 갔다는 말을 엄마에게 들어 본 적이 있었다. 그러니까, 이 남자들이 모두 중매 대상이라는 얘긴데…….

유경은 기가 막혀서 헛웃음을 흘렸다.

"내가 분명 엄마한테 헤어졌단 얘기를 꺼낸 게 바로 어젠데, 이렇게 바로 중매 얘기가 나왔다고?"

"내가 여태 말은 안 했는데, 사실은 영숙이 엄마가 진작부터 너 중매 서고 싶다고 탐을 냈어. 솔직히 네가 나이가 조금 있어서 그렇지……. 그 외에는 키도 크지, 얼굴도 예쁘지, 몸매도 늘씬하지, 대학도 잘 나왔지, 지금은 남들 다 가고 싶어 하는 대기업도 다니고 있고."

"……."

"네가 어디에 내놔도 빠지는 인물인 줄 알아? 이건 정말로 내 딸이라서 하는 얘기가 아니라 객관적으로 봐도 그래."

"……엄마."

그녀가 뭐라고 말을 하기도 전에 엄마가 말을 가로챘다.

"난 솔직히 박동건, 별로 마음에 안 들었어."

"……."

"네 남자친구니까 그냥 그러려니 했지. 그쪽 집안이 잘살기를 하니. 직장이 특별히 좋기를 하니. 암만 봐도 네 상대로는 아깝다 싶었는데, 헤어졌다니 잘됐다 싶더라."

엄마는 홀가분해 죽겠다는 얼굴로 미소까지 지어 보였지만, 유경은 차마 따라 웃을 수가 없었다. 웃기는커녕 오히려 목구멍까지 울음이 왈칵 차올라, 눈물을 삼키려 애써야만 했다.

엄마는 저보다도 더 동건을 마음에 들어 했었다. 전화를 할 때마다 그의 안부를 물었고, 반찬을 보낼 때마다 그가 좋아하는 것들을 가득 넣어 보냈다. 사위사랑은 장모라며, 마치 벌써 한 가족이라도 된 것처럼 엄마는 그를 아꼈었다. 그런데 이제 와서 마음에 안 들었다고 한다. 헤어지길 잘했다고 한다. 어떤 마음으로 엄마가 이런 말을 하는 건지. 이 말을 하기까지 엄마는 또 얼마나 속상해했을지. 너무도 잘 알 것 같아서, 눈에 훤히 보여서, 자꾸만 가슴이 미어져 온다.

"하나만 고르기 어려우면 다 만나 봐."

아무 말도 못 하고 고개만 푹 숙이고 있는 유경의 머리통을 바라보며 엄마가 말을 덧붙였다.

"여기 있는 남자들 다 만나도 별로면 말해. 너한테 갖다 붙일 남자들은 아주 줄을 섰으니까."

엄마의 호언장담에 유경은 주먹을 살짝 그러쥐었다. 뭐라고 말을 해야 할까. 지금 이 상황에서 내가 이런 말을 해도 되는 걸까. 속으로 한참을 망설이다 이내 조심스럽게 입술을 달싹였다.

"……엄마."

"말해."

"나…… 선 같은 거 볼 생각 없어."

눈도 못 마주치고 거절의 말을 뱉으면서도 엄마의 반응이 걱정됐다. 하지만 돌아오는 대답은 어제 동건과 헤어졌다는 말을 전했을 때와 마찬가지로, 이번에도 담담하기만 했다.

"그래. 보기 싫으면 보지 마. 굳이 안 봐도 돼."

"……."

"요즘은 세상이 변해서 꼭 결혼이라는 걸 해야 할 필요도 없지, 뭐. 능력만 있으면 혼자 살아도 괜찮을 것 같더라."

바로 얼마 전까지만 해도 결혼은 언제 하느냐고 재촉하던 엄마는 어딜 간 걸까. 그때도 참 지겨웠지만, 이렇게 손바닥 뒤집듯 말을 바꾸는 엄마를 보는 건 더 별로인 것 같았다. 눈가가 뜨거워지는 게 느껴졌다. 눈물이 차올라서 아랫입술을 아프게 깨물었다.

그때였다. 엄마가 자리에서 슥, 일어났다. 유경은 숙이고 있던 고개를 들어올렸다. 엄마가 가방을 챙기고 있는 게 보였다.

"……벌써 가려고?"

"가야지. 내 집도 아니고 딸 집에 오래 있어서 뭐해."

"아깐 엄마 집이라더니."

"내가 그랬나?"

엄마는 머쓱하게 웃었다.

"……온 지 얼마 됐다고 벌써 가. 좀 더 있다가 가. 같이 저녁도 먹자. 동네에 엄마가 좋아하는 해물탕집 생겼어."

"해물탕이 조금 아쉽기는 한데, 그래도 가야 해. 네 아빠 혼자 두고 와서 영 걱정이 돼."

"아빠가 어린앤가, 뭐."

"몰랐니? 남자는 나이 먹으면 다 애야."

엄마는 고집을 굽히지 않았다. 떠날 채비를 끝마치자마자 말릴 새도 없이 성큼성큼 현관으로 걸음을 옮겼다. 유경은 얼른 일어나서 엄마의 뒤를 따랐다. 엄마는 뒤도 돌아보지 않고 신발에 발을 욱여넣었다. 뭐가 그렇게 급한 건지. 뒤에서 보면 꼭 도망이라도 가는 행색이었다. 그런 엄마의 굽은 등을 물끄러미 바라보던 유경은, 이내 다가서서 엄마를 와락 끌어안았다.

"……엄마."

놀란 듯 엄마의 등이 움찔한다.

"어머, 얘가 갑자기 왜 이래?"

목이 꽉 잠겨서 말이 쉽게 나오지 않았다. 겨우겨우 힘들게 목소리를 쥐어짜내 한마디를 뱉어 냈다.

"……미안해."

겨우 뱉은 사과의 말과 함께 유경은 엄마의 어깨에 얼굴을 묻었다. 엄마의 냄새가 코를 흠뻑 적셨다. 한동안 잊고 지냈던, 익숙하고 따뜻한 냄새였다. 결국 참았던 눈물이 왈칵 쏟아졌다. 울면 더 비참해질 것 같아서 혼자일 때도 꾹 참았던 눈물이었다.

"……흐윽, 흑, 흐윽."

한번 울음이 터져 나오니 도저히 주체가 안 됐다. 둑이 무너진 것처럼 입 밖으로 그간 쌓인 울음이 쏟아져 내렸다. 뜨거운 눈물은 엄마의 한쪽 어깨를 빠르게 적셔 갔다. 엄마는 아무 말도 않고, 그저 흐느끼는 유경의 어깨를 토닥여 주었다.

토닥, 토닥.

느릿한 손길에서 엄마의 진심이 전해졌다.

"괜찮아, 우리 딸. 다 괜찮아."

✻

호텔 방 바닥에 캐리어를 펼쳐 놓고 짐을 챙기는 이준의 손놀림이 분주했다. 평소 결벽증까지는 아니라도 정리정돈을 단 한 번도 소홀히 한 적 없던 그였지만 오늘만큼은 달랐다. 각을 잡고 차곡차곡 넣기는커녕 손에 잡히는 대로 대충 던져 넣기 바빴다. 캐리어는 순식간에 빵빵해졌다. 평소 같았으면 놓고 가는 짐이 있는지 한 번 더 확인을 했을 테지만, 이번에는 그것마저 패스였다. 다른 의미로, 정말이지 권이준 인생에 길이 남을 특별한 날이 아닐 수 없었다.

"별짓을 다해 보네, 진짜."

짤막하게 한숨을 내쉰 이준은 캐리어의 지퍼를 채운 뒤 휴대폰을 확인했다. 여전히 휴대폰은 잠잠하기만 했다. 휴대폰을 바라보는 이준의 눈빛이 짙어졌다. 벌써 몇 시간째 유경에게선 연락이 없었다. 아니, 이쪽에서 연락을 해도 묵묵부답이었다. 완전히 연락두절인 것이다. 처음에는 그저 바쁜 일이 있어서 연락이 늦나 보다, 생각했었다. 그런데 문자의 답장은커녕 전화마저도 받지 않고 있었다. 정확하게 다섯 번째로 통화가 불발되던 그 순간부터 이준은 더는 가볍게 생각할 수가 없어졌다. 그래 봐야 고작 반나절도 채 안 되는 시간이기는 했다. 게다가 어린아이도 아니고 다 큰 성인이었고. 하지만 그럼에도 불구하고 걱정이 되는 건 어쩔 수 없었다.

"별일 아니어라, 제발……."

휴대폰을 빤히 내려다보며 기도하듯 낮게 중얼거렸을 때였다. 달칵, 호텔방 문이 열리는 소리가 들렸다. 굳이 누구인지 확인하지 않아도 알 수 있었다. 이 방의 룸 키를 가지고 있는 건 그와 형욱뿐이었다.

"짐 다 챙겼어?"

"응."

캐리어를 쥐고 자리에서 일어선 이준이 형욱을 향해 물었다.

"비행기는?"

"한 시간 반 뒤 출발."

"아깐 그 시간은 절대 무리라더니, 용케 구했네?"

"말도 마. 진짜 아슬아슬했다. 나니까 구한 거야, 나니까. 알지?"

자신의 수고를 알아 달라는 듯 형욱이 과장되게 얼굴을 찌푸린다. 그런 형욱의 모습을 물끄러미 바라보던 이준은 이내 툭 내뱉듯 말했다.

"고마워, 형."

"……뭐라고?"

형욱이 두 눈을 동그랗게 뜨고 이준을 바라보았다. 마치 뒤통수라도 한 대 세게 얻어맞은 듯한 표정이었다.

"다시 한번만 더 말해 줄래? 아무래도 내 청각에 문제가 생긴 것 같아서 말이야."

"그럼 그런 걸로 쳐."

"아니. 그냥 딱 한 번만 더 말해 달라니까?"

애원하듯 말했다. 하지만 이준이 그의 부탁을 쉽게 들어줄 리가 없었다. 끝내 돌아오는 대답이 없자, 형욱은 기대도 안 했다는 듯 '쳇. 그놈 참 비싸게 구네.' 하고 궁얼거렸다.

"근데 갑자기 서울은 왜 가겠다는 거야? 무슨 일 생겼어?"

"그냥. 일이 좀 생겼어."

"무슨 일인데?"

"있어, 그런 게."

이준은 대답을 피했다. 형욱도 굳이 더 묻지는 않았다. 어차피 더 물어봐야 대답을 못 들을 게 뻔했기 때문이었다. 대신 눈을 가늘게 뜨고 이준을 살폈다. 요즘 그의 행태가 영 수상쩍었다. 몇 년째 단 한 번도 제 감정을 비치는 법이 없던 이준이 최근에는 얼굴에 감정을 제법 드러내고 있었다.

짜증이 서린 얼굴까지는 그럴 수 있다고 생각했다. 하지만 휴대폰을 보며 웃는 이준의 얼굴을 보는 순간 본능적으로 느꼈다. 이건 결코 보통 일이 아닐 거라고. 그렇게 가슴속에 의심을 품은 채로 형욱은 며칠째 남몰래 이준을 밀착감시하고 있는 중이었다. 그런데 이준이 오늘 그 이상함의 정점을 찍고야 말았다.

갑자기 휴식 시간까지 반납하고 사진작가와 상의해 촬영 스케줄을 모두 조정하더니, 자신에게는 오늘 밤 서울로 갈 수 있게 비행기 표를 구해 달라는 부탁까지 하는 게 아닌가.

시건방진 녀석이었지만 일할 때만큼은 FM을 고수하는 타입이었다. 물론, 이번에도 스케줄을 조절했을 뿐 제가 할 몫은 깔끔하다 못해 완벽하게 끝내긴 했다. 그래도 권이준답지 않은 행동임은 분명했다.

대체 뭘까. 분명 여자 문제는 아닐 텐데…….

제가 긁고 있는 다리가 남의 다리라는 건 꿈도 꾸지 못하고 벅벅 긁고 있을 때였다. 형욱이 쓸데없는 생각을 하고 있다는 걸 눈치챈 이준이 그를 향해 말했다.

"이상한 생각 그만 하고, 택시나 얼른 불러 줘."

"택시는 무슨. 렌터카 있는데, 뭐."

형욱이 챙겨 온 차 키를 손가락에 끼우고는 빙글 돌려 보였다.

"형이 운전하게?"

"왜, 너무 영광이야?"

"됐으니까 쉬어. 그냥 택시 타고 가면 돼. 공항까지 별로 멀지도 않은데."

"어허. 말이 많다. 그냥 넌 감사합니다, 하고 따라오기나 해. 너혼자 택시 태워 보냈다가 혹시 사고라도 나면, 회사에서 내 입장이 매우 곤란해져서 그래."

툭툭 내뱉는 말투와는 달리 이준을 향한 형욱의 눈빛에는 제 식구를 향한 애정이 가득했다.

"근데 너, 그러고 비행기 탈 거야?"

형욱이 이준의 행색을 한 번 쓰윽 훑었다. 마지막 촬영 때 입었던 가죽 옷과 짙은 스모키 메이크업 그대로였다.

"응. 시간 없어."

"옷이라도 갈아입지 그래?"

"괜찮아. 안 불편해."

"과연 보는 사람도 그럴까?"

"상관없잖아. 내가 무슨 범죄를 저지르는 것도 아니고."

이준은 완강했다. 그의 고집에 형욱은 입가에 살짝 어려 있던 장난기를 지우고 진심으로 걱정 섞인 목소리를 내뱉었다.

"이러고 가면 백 퍼센트 사진 찍힐 것 같은데. 정말로 괜찮겠어?"

"어, 괜찮아. 그러니까 얼른 나가자, 제발. 비행기 놓치면 나 형멱살을 잡게 될지도 모르겠거든."

"알았다, 알았어. 얼른 가자."

형욱이 졌다는 듯 이준의 캐리어를 받아 들었다. 가방을 넘겨주기가 무섭게 이준은 곧장 문으로 직진했다. 1년 365일, 늘 얄밉도록 여유가 넘치던 그의 모습은 오간 데 없었다. 그런 이준의 뒷모습을 바라보며 형욱은 입을 쩍 벌렸다.

"쟤, 정말로 권이준 맞아?"

제 눈으로 보고 있음에도 불구하고, 쉽게 믿어지지 않는 광경이었다.

✳

감은 눈을 떴다. 방 안이 어둑했다.

……커튼을 친 기억은 없는데? 놀란 유경은 벽에 붙어 있는 시계를 확인했다. 분명 마지막으로 본 시간은 오후 1시였는데, 벌써 11시가 넘어가고 있었다. 그냥 잠깐 누워 있으려고 했던 건데 저도 모르게 잠들었나 보다.

"아, 눈 아파……."

낮게 중얼거리며 두 눈을 꾸욱 감았다. 두 눈이 모두 뻑뻑하다 못해 아플 지경이었다. 하긴. 제가 생각해 봐도 과하긴 과했던 것 같다.

낮에 엄마를 보낸 뒤에도 한참 동안 울었다. 그동안 참았던 게 한 번에 터져 나오는 듯 눈물이 좀처럼 멈추지를 않았다. 급기야는 탈수 증세까지 겪었다. 온몸에 힘이 없어서 기어가다시피 주방에 가 겨우 물을 마셨다. 그런데 우습게도 수분이 보충되자 기다렸다는 듯이 또다시 눈물이 쏟아졌다. 그렇게 몇 번이나 반복했는지 모르겠다. 결국엔 울다 지쳐 잠들어 버렸다.

"그래도 푹 자긴 했네. 꿈도 안 꾸고."

실컷 운 탓인지. 아니면 부족했던 잠을 푹 자서인 건지. 아침에 일어났을 때와는 달리 컨디션이 꽤 괜찮았다. 아무래도 하루 종일 쏟아 낸 눈물에 묵은 감정의 찌꺼기들도 함께 떠내려간 듯했다. 느릿하게 상체를 일으켰다. 허리가 굳은 것처럼 뻐근했다. 너무 오래 누워 있었던 모양이었다.

가볍게 허리 스트레칭을 한 뒤 머리맡에 두었던 휴대폰을 확인했다. 부재중 연락이 다섯 통이나 찍혀 있었다. 발신인은 모두 이준이었다. 어찌나 깊게 잠들었으면, 무음이나 진동도 아니고 벨소리 그대로였는데 전혀 몰랐다. 문자도 몇 통 와 있었다. 집에 잘 도착했다는 엄마의 메시지를 제외하면 모두 이준의 연락이었다. 왜 연락이 안 되느냐고, 걱정하는 내용이었다. 예고도 없이 무려 열 시간 동안의 연락두절이었다. 연인의 입장에서는 걱정을 하지 않을 수가 없는 상황이었다.

"이 정도면 사고네, 완전."

본의 아니게 대형 사고를 친 느낌이었다. 유경은 얼른 이준의 번호로 전화를 걸었다.

뚜르르, 뚜르르.

여전히 재미없는 신호음이 길게 이어졌다. 그리고 마침내 전화를 받을 수 없다는 기계음이 흘러나왔다. 혹시나 하는 마음에 다시 한번 더 전화를 걸어 봤지만 이번에도 결과는 마찬가지였다.

"평소 패턴을 생각하면 벌써 잠들었을 리는 없는데. 촬영하고 있는 건가⋯⋯?"

사실 동건과 연애를 했을 땐, 이런 일이 생기면 '혹시라도 화가 나서 제 전화를 무시하는 건가?' 하는 염려가 들곤 했었다. 실제로도 그랬고. 그런데 신기하게도 이번에는 그런 부정적인 생각은 눈곱만큼도 들지 않았다. 그저 아직도 걱정하고 있을 그를 1분 1초라도 빠르게 안심시키고 싶다는 생각뿐이었다.

검게 변한 휴대폰 액정을 바라보며 유경은 낮게 중얼거렸다.

"……이렇게 다를 수가 있나."

이준처럼 이번이 첫 연애는 아니었지만, 그래 봐야 그녀 역시 두 번째 연애였다. 가끔은 오히려 자신보다 모태솔로로 평생을 지내 왔다던 그가 더 능숙하다는 생각이 들 정도로, 남녀관계에 대해서는 서툰 편이었다. 게다가 아직 한 달도 채 되지 않은, 연애 극 초기였고.

이런 상황에서 섣부르게 판단을 하면 안 된다는 건, 한 번 배신을 당해 본 그녀가 더욱더 잘 알고 있었다. 하지만 그럼에도 불구하고 이것 하나만큼은 확신할 수 있을 것 같았다. 이준과 하는 연애는 분명히 다를 거라고. 헛된 기대가 아니라, 분명 그럴 거라고.

[나, 잠들어서 이제 일어났어. 걱정 많이 했지? 미안해.]

간단한 상황 설명과 사과를 담은 메시지를 한 통 보낸 후 방을 벗어났다. 물론, 그에게서 언제 연락이 올지 모르기에 한 손에는 휴대폰을 소중하게 꽉 쥔 채였다.

곧장 주방으로 향했다. 냉수를 마시기 위해 냉장고를 열었다. 냉장고 안엔 엄마가 가져온 반찬들이 그득했다. 음식들을 보자 허기가 느껴졌다. 엄마가 왔을 때 아침 겸 점심을 먹은 게 오늘 식사의 전부였으니 배가 고픈 게 당연했다. 하지만 딱히 음식을 먹고 싶다는 생각은 들지 않았다. 왠지 갑자기 모든 게 귀찮아지고 무기력해졌다. 그냥 물만 한 잔 마시고 거실로 나왔다. 불도 켜지 않고 소파에 앉았다. 주방에서 흘러나오는 불빛에 비치는 집 안을 눈으로 천천히 훑었다. 어둠이 내려앉은 집 안이 평소보다 훨씬 더 크게 느껴진다.

"이 느낌, 왠지 익숙한데……."

왠지 모르게 느껴지는 기시감의 정체는 금방 알아차릴 수 있었다. 어느 날 문득 이준이 저를 포기하겠다는 선포와 함께 집을 나갔던 그때, 텅 빈 집을 보며 느꼈던 허전함과 비슷했다.

문득 이준의 얼굴이 눈앞에 두둥실 떠올랐다. 저보다도 더 이 집과 잘 어울리던 그를 떠올리자 문득 보고 싶다는 생각이 든다. 제가 생각하고도 스스로 놀랐다. 설마, 내일이면 돌아올 남자가 이렇게까지 보고 싶어질 줄이야. 고작 2박 3일 일정으로 떠나면서 한눈팔지 말라며 강하게 경고했던 이준을 보고 오버한다고 혀를 찼었는데. 이제 보니 자신도 별반 다를 게 없어 보인다.

"나도 참 웃기네, 진짜. 아침까지만 해도 혼자라서 편하다고 생각해 놓고서."

유경은 헛웃음을 흘렸다. 본인이 봤을 때도 제 변덕이 황당할 정도였다.

그때였다. 띡띡띡, 도어록 버튼을 누르는 소리가 어둠을 가르고 들려온다.

순간 유경의 눈이 동그랗게 커졌다. 이번에도 역시 기시감이 느껴졌다. 아니, 이건 기시감이 아니라 분명 언젠가 겪은 적 있는 상황과 똑같았다.

"설마……."

유경은 놀란 눈으로 현관 쪽을 바라보았다. 도어록이 풀리는 소리에 이어서 현관문이 열리는 소리가 들리더니, 이내 설마 했던 남자의 모습이 보였다.

"너 뭐야? 어떻게 왔어?"

유경은 귀신이라도 본 듯한 얼굴로 자리에서 벌떡 일어났다. 도어록 비밀번호를 자연스럽게 푸는 소리에 이준이지 않을까, 하고 예상은 했지만 그래도 역시나 놀라운 건 어쩔 수 없다.

"비행기 타고 왔죠. 설마 헤엄쳐서 왔을까 봐."

사라진 겨울이 다시 온 듯 썰렁한 농담이었다. 하지만 야유를 할 정신이 없었다. 그녀는 잡지에서 이제 막 튀어나온 듯 화려한 차림새를 한 이준을 훑으며 질문을 던졌다.

"내일 오후 비행기로 온다고 하지 않았어?"

"반나절 전까지만 해도 그럴 예정이었죠."

어느덧 바로 앞까지 다가온 이준이 커다란 손으로 그녀의 작은 머리통을 가볍게 누르며 말을 덧붙였다.

"어디 사는 누구 씨가 걱정만 안 끼쳤다면."

그에게 걱정과 민폐를 동시에 끼친 바로 그 '누구 씨'는 놀라서 되물었다.

"설마, 나 때문에 일찍 왔다는 얘기야? 옆 동네도 아니고 제주도에서?"

"제주도가 아니라 지구 반대편이었어도 당장 왔을 거예요."

유경은 입을 쩍 벌렸다. 그의 말이 허세나 농담이 아니라는 걸 너무도 잘 알고 있었기 때문이었다.

"정말로 나 때문에 온 거라고?"

유경은 경악이 서린 얼굴로 다시 한번 되물었다.

"그렇다니까요."

이준은 대수롭지 않다는 듯 대꾸했다. 마치 강남에 있다가 강북으로 온 듯한 말투였다. 그의 반응에 유경은 또다시 기가 막혔다.

"아니…… 이게 말이 돼?"

"뭐가요?"

"아무리 너라도, 이건 좀 과하다는 생각 안 들어? 하루도 아니고 반나절 연락 안 된 것뿐인데?"

"그래서 지금 누나가 잘했다는 거예요?"

이준이 한쪽 눈썹을 씰룩였다. 짙은 메이크업을 해서 그런지 길게 찢어진 눈매가 평소보다 훨씬 더 날카로워 보였다. 그제야 유경은 자신이 이런 말을 할 입장이 아님을 뒤늦게 깨닫고는 작게 대꾸했다.

"아니. 그렇다고 내가 잘했다는 건 절대로 아닌데……."

지은 죄를 알고 말끝을 흐리자, 그녀를 바라보는 이준의 눈빛이 새삼 짙어졌다. 그는 낮게 한숨을 내쉬더니 이내 붉은 입술을 느릿하게 달싹였다.

"누난 그 시간 동안 꿈나라에서 즐거웠는지 모르겠는데, 나는……."

"……."

"그 시간이 지옥 같았어요."

농담이라고는 눈곱만큼도 섞여 있지 않은, 진지한 목소리였다. 뒤늦게 다시 고개를 쳐드는 미안한 마음에 유경은 아랫입술을 질끈 깨물었다. 이준은 그런 유경을 보며 말을 이어 갔다.

"혹시 사고라도 난 걸까 봐. 내가 얼마나 마음을 졸였는지 알아요? 밤새 잘 자고 일어났다는 사람이 갑자기 말도 없이 다시 잠들 었을 거라고, 내가 설마 상상이라도 할 수 있었겠냐고."

　말을 하다 보니 다시금 괘씸해진 모양이었다. 그녀의 머리통을 누르는 힘이 조금 더 강해졌다. 자라목처럼 목이 쑥 들어갔다. 조금 뻐근하기까지 했다. 하지만 유경은 그에게 치워 달라는 말은 차마 할 수가 없었다. 그는 제가 생각했던 것보다 훨씬 더 많은 걱정을 했던 모양이니까 말이다.

　"……미안. 난 정말로 네가 이렇게까지 걱정할 줄은 몰랐어."

　뒤늦게 진심으로 사과했다. 그러자 굳어 있던 그의 표정이 언제 그랬냐는 듯 사르르 풀린다. 그는 입가를 부드럽게 늘이며 말했다.

　"이제 알겠어요? 내가 누나를 얼마나 사랑하고 있는지?"

　"……."

　순간 유경은 당황해서 눈을 동그랗게 뜨고 이준을 바라보았다. 애는 어쩜 이런 상황에서도 사랑 고백을 할 수가 있는 걸까. 이 아이의 머릿속엔 대체 무슨 생각이 들어 있는지. 가능하다면 한 번쯤 열어서 확인해 보고 싶은 심정이었다. 그런 유경을 바라보던 이준은 그녀가 무슨 생각을 하는지 알겠다는 듯한 얼굴로 씨익, 입꼬리를 말아 올렸다. 그러곤 가볍게 그녀의 머리를 비벼 머리카락을 살짝 흐트러뜨리며 말했다.

　"그래도 별일 아니라서 정말 다행이에요."

　"……그러게. 별일이 아니어도 너무 별일이 아니었지."

　유경은 자조적으로 중얼거렸다.

　열 시간 동안 연락두절이 된 여자친구가 걱정이 돼서, 바다 건 너에서 일하고 있던 남자친구가 비행기를 타고 곧바로 날아왔다. 그런데 그 이유가 고작 잠들어서였다니. 스스로가 생각해도 민망할 정도였다.

"근데 정말로 아무 일 없었어요?"

"응?"

"마지막으로 통화할 때. 왠지 목소리가 안 좋았던 것 같아서."

한바탕 울고 난 직후였다. 혹시라도 제 상태를 들킬까 봐 목을 몇 번이나 가다듬고 전화를 받았었다. 꽤 태연하게 대꾸했다고 생각했는데, 아무래도 티가 났던 모양이다.

"좀 피곤해서 그랬나 봐."

시선을 피하며 대꾸한 유경은 눈치 빠른 이준이 캐물을까 봐 얼른 화제를 돌렸다.

"근데 너 일은 다 끝내고 온 거야?"

"누난 내가 그렇게 무책임한 놈으로 보여요?"

"그게 아니라, 혹시 나 때문에 네 일에 지장 생겼을까 봐 걱정돼서 묻는 거지."

"걱정 마요. 맡은 일은 제대로 하고 왔으니까. 오히려 평소보다 훨씬 더 단기간에 집중해서 일 끝낸 덕분에 칭찬까지 받았어요."

제 할 일 다 하고 왔다는데, 무슨 할 말이 있겠는가. 심지어 일 잘했다고 칭찬까지 받았다는데. 할 말이 없어진 유경은 어색하게 웃으며 말했다.

"그럼 내가 잘한 건가?"

"……"

"……농담이었는데, 재미없었지. 미안."

빠르게 사과했지만 수습은 어려워 보였다. 한순간의 잘못된 선택으로 분위기가 오히려 더 다운되어 버린 듯했다. 그냥 입 다물고 있을걸. 가만히 있으면 중간은 간다고 했는데…….

민망해진 유경은 또다시 다른 화제를 찾아야만 했다.

"커피 마실래?"

"이 시간에요?"

"……아, 그렇지. 커피 마시기엔 시간이 너무 늦었지. 그럼, 주스 줄까? 아님 물?"

주스에 이어서 물까지 찾는 노력이 가상하게 보인 모양이었다. 이준이 그냥 넘어가 주겠다는 듯 피식, 작게 웃으며 대답했다.

"물보단 주스가 낫겠네요."

그의 대답이 떨어지기가 무섭게 유경은 얼른 자리에서 일어났다. 그러곤 도망치듯 주방으로 향했다. 냉장고 문을 열고 살짝 달아오른 얼굴을 식혔다. 열감이 사라진 후에야 주스를 꺼내 들었다. 식탁 위에 주스를 내려놓고 찬장을 열었다. 가장 먼저 그녀의 눈에 띈 건, 같은 문양에 색만 다른 머그잔 두 개였다. 자연스럽게 집어 들려다 말고 멈칫했다.

"이건 좀 그런가……?"

예전엔 잘만 사용했던 잔이었는데 왠지 커플 아이템으로 보일까 봐 망설여졌다. 하지만 곧 망설일 필요가 없는 문제라는 것을 깨달았다. 두 사람은 이미 몸까지 섞은, 진짜 커플이었으니까 말이다.

"으휴. 까먹을 걸 까먹어라, 서유경아."

스스로도 기가 막혀 제 머리를 콩, 주먹으로 가볍게 찍은 뒤 머그잔을 꺼냈다. 식탁에 올려놓고 주스를 따랐다. 쪼르르, 머그잔 안으로 노란 빛깔의 오렌지주스가 흘러들어가는 그 순간이었다. 문득 유경의 뇌리에 뭔가가 스쳐 지나간다.

"……!"

별안간, 주스 병을 기울이던 손이 허공에서 뚝 멈췄다. 잊고 있던 노란 봉투의 존재가 떠오른 것이었다. 정신이 없어서 미처 치우지 못한 그것은 거실 테이블 위에 그대로 놓여 있는 상황이었다. 이준이 이렇게 일찍 올 줄 모르고 내일 치우면 되겠거니, 생각했었는데 말이다.

"설마, 멋대로 열어 보지는 않았겠지……?"

그리 생각하면서도 마음이 급해진다. 얼른 나머지 잔에도 주스를 따른 후 쟁반을 받치지도 않고 머그잔 두 개를 덜렁 들고서 주방을 나섰다. 그러나 안타깝게도 불길한 예감은 언제나 높은 확률로 적중하는 법. 그녀가 거실에 도착했을 땐, 이준은 이미 노란 봉투를 발견한 후였다. 그의 시선이 노란 봉투에 닿아 있었다. 그래도 그나마 다행인 건, 아직 이준이 내용물을 보지는 못했다는 것이었다. 너무도 당황했지만 유경은 애써 표정 관리를 하며 그의 옆으로 다가섰다. 인기척에 이준은 봉투에서 시선을 떼고 유경을 바라보았다.

다행이었다. 속으로 안도하며 유경은 자연스럽게 머그잔 하나를 이준에게 건넸다.

"자, 마셔."

"고마워요."

하지만 안도의 한숨을 내쉬는 건 잠시였다. 머그잔을 받아 든 이준의 시선이 다시금 노란 봉투를 향했다.

"근데 이건 뭐예요?"

"으응? 뭐가?"

"이 노란 봉투요."

시침을 뗐지만, 이준의 잘 뻗은 검지는 정확하게 노란 봉투를 가리켰다. 겉에 아무런 표시도 되어 있지 않은 채 테이블 위에 덜렁 놓여 있는 노란 봉투는, 누가 봐도 수상하기 그지없어 보이는 모양새였다.

"아, 그거……? 별거 아니야."

유경은 대충 대답하며 노란 봉투를 향해 손을 죽 뻗었다. 하지만 눈치 빠른 이준이 이것을 놓칠 리 없었다. 그녀의 손이 닿기도 전에 먼저 닿은 그의 손이 덥석, 봉투를 집어 들었다.

"별거 아닌 게 아닌 것 같은데?"

"진짜 별거 아닌데……."

"그럼 내가 봐도 되겠네요?"

마치 허락을 구하는 것 같은 질문이었지만 이미 답은 정해져 있었다. 후우. 유경은 낮게 한숨을 내쉬었다. 체념한 듯한 그녀의 반응에 이준은 망설임 없이 봉투를 활짝 열었다. 서류가 아닌 사진의 등장에 이준의 눈이 살짝 커졌다. 그는 봉투를 거꾸로 들고서 테이블 위에 내용물을 쏟아 냈다.

"이게 다 뭐예요?"

낯선 남자들의 사진에 얼굴이 딱딱하게 굳은 이준이 유경을 바라보았다. 당장 제대로 해명을 하지 않으면 큰일이 날 것 같은 분위기였다.

252

"오늘 아침에 엄마가 왔는데, 주고 간 거야."

유경은 조심스럽게 얘기를 꺼냈다. 그런데 제대로 된 설명을 채 하기도 전에 이준이 묻는다.

"혹시 선보라고 하셨어요?"

정말로 이 녀석은 눈치가 빨라도 너무 빠른 것 같았다. 하지만 지금만큼은 그 점이 반가웠다. 제 입으로 '선'이라는 얘기를 꺼내 기가 조금 불편했는데 말이다.

"……응. 헤어진 거 이번에 말씀드렸거든."

"나랑 사귀는 건 말씀 안 드렸구나."

그리 말하는 이준의 표정이 씁쓸해 보였다. 순간 유경은 조금 당황했다. 이 부분에서 그가 섭섭해할 수도 있을 거란 생각은 미 처 못 했던 것이다.

"혹시 몰라서 하는 말인데, 오해는 하지 마."

유경은 재빠르게 변명을 덧붙였다.

"상대가 너라서 말을 안 한 게 아니라, 헤어졌다는 말과 다른 누 굴 만난다는 말을 한꺼번에 할 수가 없어서 말 못 한 것뿐이니까."

"알아요. 이해해요."

하지만 이해한다는 말과는 달리 그의 표정은 여전히 씁쓸해 보 였다. 덩달아 그녀의 마음도 씁쓸해진다. 유경은 그의 눈치를 보 며 사과의 말을 내뱉었다.

"미안……."

"됐어요. 누나가 사과할 일 아니야."

덤덤하게 대꾸한 이준은 다시금 테이블 위에 펼쳐진 사진을 바 라보았다. 한 장, 한 장, 마치 스캔이라도 하듯 꼼꼼하게 살폈다.

그러다 그녀를 향해 툭 내뱉듯 묻는다.

"선, 볼 거예요?"

"뭐? 선을 왜 봐. 안 봐."

"거짓말."

거짓말이라니. 황당해서 유경은 헛웃음을 흘리며 되물었다.

"내가 뭐하러 너한테 거짓말을 해?"

"내가 진실을 알게 되면 곤란하니까?"

"웃기지 마. 네가 알아서 곤란하게 될 진실 따위 없거든? 그리고 네가 있는데 어떻게 선을 봐?"

"글쎄요. 나 몰래 볼 수도 있는 거 아닌가."

"뭐?"

'거짓말'에 이어서 이번엔 '몰래'란다. 황당하다 못해 억울해지기까지 했다. 이젠 헛웃음도 나오지 않았다. 히지만 이준은 여전히 의심의 눈길을 거두지 않은 채로 말했다.

"어머니께서 보라고 했다면서요."

"그랬지. 그래서 나는 안 보겠다고 말했고."

망설임 없이 나오는 대답에 이준의 표정이 아주 조금 누그러지는 듯했다.

"어머니는 뭐라고 하셨는데요?"

"보기 싫으면 보지 말라고 하시던데?"

"정말이에요?"

의심이 끝이 없다. 유경은 인상을 찌푸리며 다시 한번 단호하게 대답했다.

"그래. 정말이야."

254

그럼에도 부족할까 싶어 타당한 근거까지 덧붙였다.

"자랑은 아니지만, 내가 원래 엄마 말 고분고분 듣는 착한 딸 캐릭터는 아니잖아?"

"그건 그렇지만."

"……."

드디어 제 결백을 믿어 준 건데도, 그리 개운하지만은 않은 건 왤까…….

이제야 납득이 된다는 듯 고개를 살짝 끄덕이는 이준을 보고 있자니 왠지 입맛이 쓰다. 유경은 입안에 감도는 쓴맛을 삼켜 내며 말했다.

"이제 됐니?"

"글쎄요. 한 50퍼센트 정도?"

"뭐?! 왜 50밖에 안 돼? 나머지 50은 어디로 가고?"

유경은 따져 물었다. 진심으로 저를 의심하는 게 아니라는 건 알고 있었지만, 그래도 그의 반응에 못내 억울했다. 제 입으로 불효녀 커밍아웃까지 했건만!

"남은 50은 약값이에요."

"약값이라고?"

"병을 줬으면, 당연히 약도 줘야 하는 거 아닌가?"

"그게 무슨……."

"뭘 모르는 척하고 그래요. 나한테 약이라면 뻔하잖아."

설마, 했는데 역시나. 이준은 입술을 살짝 내밀었다. 누가 뽀뽀 귀신 아니랄까 봐 이 와중에도 뽀뽀타령이라니. 근엄한 척하고 있는 표정과는 전혀 어울리지 않는 애교 섞인 행동에 유경은 못 말리겠다는 듯 고개를 절레절레 내저었다.

"뭐해요? 나 안 달래 줄 거예요?"

그녀가 반응이 없자 이준이 재촉했다.

'달랜다'는 말이 지금 이 상황에 과연 어울리는 말인 걸까…….

유경은 뻔뻔하게 입술을 내밀고 있는 이준의 얼굴과 테이블 위에 펼쳐져 있는 남자들의 사진을 번갈아 봤다. 그러다 이내 낮게 한숨을 내쉬고는 그의 옆으로 바짝 몸을 당겼다.

이준은 마치 다음 행동을 기대한다는 듯 눈꺼풀을 내리깔았다. 기대에 부응하기 위해 유경은 자신의 입술을 그의 도톰한 입술 위에 살짝 겹쳤다.

1. 2. 3.

딱 3초까지 세고 입술을 뗐다. 그러자 이준이 감았던 눈을 번쩍 뜬다.

"설마 이게 끝이에요?"

"뭐가 더 필요해?"

사랑하면 닮는다고 했던가. 뻔뻔하게 구는 이준을 따라 유경도 뻔뻔하게 받아쳤다. 그러자 이준이 눈살을 찌푸린다.

"누난 양심도 없어요?"

"여기서 갑자기 양심이 왜 나오는데?"

"지금 누나가 완전 도둑심보니까 그렇죠. 이 상황이 고작 뽀뽀로 해결될 문제라고 생각해요?"

"어쭈. 권이준, 이번에 건수 하나 잡았다 이거지?"

유경이 눈을 치떴다. 하지만 이준은 겁먹기는커녕 못 본 척 다시금 눈을 감을 뿐이었다.

"얼른 다시 해 줘요."

"……."

"장난치지 말고 이번엔 제대로."

……그래. 내가 널 어떻게 이기겠어.

어차피 버텨 봐야 시간만 낭비할 뿐, 결국엔 그가 원하는 대로 이루어지리라는 걸 누구보다 잘 알고 있었다. 지난 경험들로 인해 일찌감치 체념한 유경은 다시금 입술을 가져갔다. 입술이 닿았다. 그와 동시에 이준이 입을 벌려 그녀의 입술을 삼켰다. 이번엔 '장난'칠 타이밍 따위 주지 않겠다는 듯 재빠른 행동이었다. 시작은 그녀가 먼저였지만, 결국 늘 그랬던 것처럼 그의 리드에 맞춰 농밀한 키스가 이어졌다. 곧게 세워져 있던 등은 어느덧 소파에 안착해 있었다. 자연스럽게 아래로 향한 이준의 손이 잠옷 원피스 안으로 훅 들어왔다. 무릎 위쪽을 덮고 있던 옷자락이 납작한 배까지 끌어 올려졌다.

거침없이 위로 올라온 그의 손이 등을 어루만지는가 싶더니 이내 탁, 하는 소리가 들려왔다. 가슴께가 허전해짐을 느끼는 것도 잠시. 순식간에 그의 커다란 손이 브래지어를 대신하듯 살결을 부드럽게 감쌌다. 손바닥과 마찰한 돌기에 바짝 힘이 들어가는 게 느껴진다.

감았던 눈을 번쩍 떴다. 마주한 이준의 눈빛이 위험하게 빛나는 게 보인다. 낯설지 않은 눈빛이었다.

이건 분명…….

"설마 여기서 할 생각이야?"

유경이 입술을 떼며 그의 가슴팍을 강하게 밀어냈다.

"안 돼요?"

그녀의 목덜미에 입술을 내린 이준이 마치 조르듯 잘근잘근, 아주 정성스럽게 여린 살을 씹어 댔다. 하지만 이번엔 그냥 넘어갈 수가 없었다. 거실 소파 위에서라니. 왠지 너무도 민망했다.

"응. 안 돼."

유경은 단호하게 대답했다. 그럼에도 이준은 쉽게 포기하지 않았다. 여전히 그녀의 뽀얀 살결 위에 붉은 열꽃을 새기며 되물었다.

"왜 안 되는데?"

"……침대도 아니고. 불편하잖아."

유경의 대답에 이준이 목덜미에 파묻고 있던 얼굴을 번쩍 들어 올렸다.

"침대면 된다는 거네?"

"……어?"

"그럼 지금 당장 방으로 가요."

이준은 마치 기다렸다는 듯 유경을 일으켜 세웠다. 그러곤 손목을 틱, 붙잡고는 그녀의 방을 향해 성큼성큼 걸음을 옮기기 시작했다. 방문이 닫히기가 무섭게 유경은 침대에 눕혀졌다. 그 위로 올라타듯 다가온 이준이 조그마한 입술을 단번에 삼키며 혀를 밀어 넣었다. 젖은 숨이 그녀의 입안에서 열기를 토해냈다. 자연스럽게 얽혀 들어가는 혀처럼 그의 손이 그녀의 아래를 얽었다. 얇은 면 위를 뭉근하게 매만지다 팬티를 젖혀 갈라진 틈을 쓸어 올린다.

읏.

목구멍을 비집고 흘러나온 미약한 신음을 삼켜낸 그가 맞붙은 입술을 살짝 떼어냈다. 점막이 떨어지며 생긴 젖은 마찰음이 귓가를 자극했다. 숨결이 느껴질 정도로 가까운 거리에서 서로를 바라보는 두 사람.

　제 온도와 같은 열기를 머금고 있는 그녀의 두 눈을 빤히 내려다보던 이준의 입술 끝이 슬며시 말려 올라간다.

"벌써 젖었네요. 아직 시작도 안 했는데."

"……야! 권이준!"

　노골적인 그의 멘트에 당황한 그녀가 소리를 내질렀다. 부끄럽다 못해 미약한 수치심마저 일었다. 얼굴이 터질 것만 같다.

"부끄러워할 거 없어요."

　불타는 고구마처럼 얼굴이 시뻘게진 유경과 달리 이준은 여전히 한껏 여유로운 얼굴로 말했다.

"인간은 원래 본능에 충실한 동물이니까. 나도 벌써 이렇게 됐고."

　그가 자신의 바지 앞섶을 가리켰다. 본인의 말대로 지퍼 부분이 터질 듯이 부풀어 올라 있는 게 보인다.

"안 민망하니……?"

"전혀요. 누나를 열렬하게 사랑하고 있다는 증거인데, 왜."

　뭐든지 처음이 어려운 거라더니. 첫 밤을 함께 보낸 이후 그는 더 이상 자신의 본능을 티끌만큼도 참을 생각이 없어 보였다.

"난 정말로 네가 이렇게 뻔뻔한 앤 줄 몰랐어."

"뻔뻔한 게 아니라 당당한 거예요. 딱히 부끄러울 만한 사이즈도 아니고."

사이즈……?

그의 당당함을 단번에 이해 못 한 유경이 고개를 갸웃할 때였다. 이준이 자신의 옷을 벗기 시작했다.

니트를 훌러덩 벗어내자 보기 좋게 잘 다듬어진 그의 탄탄한 상체가 드러났다. 이어서 바지와 드로즈를 한꺼번에 벗어냈을 때, 비로소 유경은 조금 전 그가 했던 말의 의미를 깨달을 수 있었다. 겨우 원래의 색을 되찾아가던 그녀의 얼굴이 다시금 시뻘겋게 달아올랐다.

"씻을 여유 없어요."

실오라기 하나 걸치지 않은 이준이 그녀의 위로 가볍게 몸을 겹쳐오며 속삭이듯 말했다.

"이해해 줄 수 있죠?"

고개를 빳빳이 들고 서 있는 그의 아래는, 말 그대로 정말로 조금의 여유도 없어 보였다. 그의 분홍빛 선단은 흘러나온 쿠퍼액으로 번들거렸고, 기둥은 불끈거리다 못해 핏줄까지 적나라하게 드러나 있는 것이 그녀의 눈에도 매우 아슬아슬해 보였다. 마치 당장이라도 해결하지 않으면 곧 터져버릴 시한폭탄처럼.

유경은 두 눈을 질끈 감았다. 길고 긴 밤의 시작이었다.

20. 조금 이상한 프러포즈

아무래도 이준은 음란마귀에 쓰인 게 분명한 것 같았다. 한 번으로는 좀처럼 만족을 하지 못하는 듯했다. 게다가 마치 닳지 않는 건전지처럼 지치지 않는 체력까지. 상대적으로 체력이 약한 유경의 입장에서는 공포, 그 자체였다.

절정을 느낀 그녀의 몸은 축 늘어졌다. 겨우 씻고 나와 침대에 누웠다. 그런데 체력을 회복하기도 전에 뒤늦게 씻고 나온 이준에게 또다시 잡아먹혀야만 했다. 그는 하룻밤에 두 번이 당연하다고 생각하는 것 같았다. 마치 처음은 애피타이저였고, 그러니 이제 메인을 즐겨야 하는 게 당연하다는 듯이 말이다.

애피타이저와 메인 메뉴. 딱 두 가지뿐이었지만, 즐기는 시간은 여느 코스요리 못지않게 길었다. 특히나 메인일 때엔 생전 듣도 보도 못한 다양한 자세를 취해야만 했다. 옆으로 눕고, 엎어지고, 앉혀지고. 그의 리드에 따라 움직이면서 그녀는 자신이 지금 체조를 하는 건지, 사랑을 나누는 건지 헷갈릴 정도였다. 시간이 길어질 수밖에 없었다. 결국 그가 만족했다는 듯 그녀를 놓아주었을 때엔, 이미 새벽 2시를 넘어가고 있었다.

하, 진짜 죽겠다…….

유경은 시체처럼 늘어진 채 천장을 보며 눈을 껌벅였다. 이번엔 씻으러 갈 힘도 없었다. 그런 유경의 마음을 읽은 듯 이준이 물티슈로 꼼꼼하게 그녀의 몸 구석구석을 닦아 주었다. 조금 부끄러웠지만 철판을 깔고서 그냥 받아들였다. 민망함보디는 무력감이 더 강했다.

섬세한 손길 덕분에 샤워를 한 듯 개운했다. 그러자 짙은 피로감이 파도처럼 밀려들었다. 푹 자고 일어난 지 얼마 되지 않았음에도 불구하고 졸음이 쏟아지기 시작한다. 스르륵, 저도 모르게 눈이 감겼다. 그러다 문득 옆에서 느껴지는 인기척에 눈꺼풀을 들어 올렸다. 고개를 살짝 돌려 옆을 바라보았다. 물티슈로 자신의 몸까지 닦은 이준이 다시금 침대 위로 올라오고 있었다. 그는 그녀의 옆에 얌전히 자리를 잡고 누웠다.

"나 이제 잘 거야."

혹시라도 그의 입에서 '한 번 더'라는 말이 나오기라도 할까 봐 겁먹은 유경은 선수를 쳤다.

"그렇게 자 놓고 또 잠이 와요?"

"이게 다 누구 때문인데?"

"그게 내 탓이라고요?"

"그럼 아니라고?"

"내가 봤을 땐 누나가 너무 체력이 약한 것 같은데? 보약이라도 한 재 지어 먹어야 하는 거 아니에요?"

보약을 추천하는 이준의 목소리에는 걱정이 한가득 담겨 있었다. 하지만 딱히 감동적이진 않았다. 어쩐지 그녀의 건강보다는 본인을 걱정하는 것처럼 느껴져서 유경은 콧방귀를 뀌었다.

"됐거든? 누구 좋으라고."

"······누나도 좋았으면서."

작게 꿍얼거리는 이준의 목소리가 들렸지만 유경은 모르는 척 무시했다.

"그보다도, 나 잘 거라니까?"

"자요. 누가 자지 말래?"

"그 말이 아니라, 이제 그만 네 방으로 가라는 거잖아."

유경이 그의 어깨를 슬쩍 밀었다. 하지만 이준은 꼼짝도 않았다.

"안 가요. 앞으론 여기서 잘 거야."

"갑자기 왜?"

"이젠 각방을 쓸 이유가 사라졌으니까요."

그러고 보니 유현의 방에서 잤던 것이 키스를 참았던 것과 일 맥상통했다. 그러니 그의 말대로 더 이상은 그럴 이유가 없는 것이었다. 지극히 논리적인 말이었다. 반박할 말이 딱히 떠오르지 않는다.

그래도 잠은 편하게 자고 싶은데……. 막무가내로 쫓아내 봐야 이준은 꿈쩍도 하지 않을 게 분명했다. 무슨 좋은 수가 없을까. 유경은 잠깐 눈을 굴리다가 다시 한번 확인하듯 되물었다.

"정말로 여기서 잘 거야?"

"내가 언제는 빈말하는 거 봤어요?"

"……아니. 못 본 것 같아."

"잘 봤네요."

이준은 확고해 보였다. 하지만 유경도 이번에는 쉽게 포기하지 않았다.

"근데 둘이서 자기에는 침대가 너무 좁지 않아?"

"은근히 까다롭네, 이 여자."

이준이 귀찮다는 듯 낮게 중얼거리더니, 이내 유경의 쪽으로 휙 돌아누웠다. 그러곤 한 팔을 그녀의 베개 아래로 쑥 집어넣고, 다른 한 팔로는 그녀의 몸을 끌어안았다.

완벽한 포박이었다. 힘에 이끌려 유경의 얼굴이 저절로 이준의 단단한 가슴팍에 닿았다. 얼굴뿐만 아니었다. 실오라기 하나 걸치지 않은 두 사람의 몸이 겹쳐지면서 맨살과 맨살이 지그시 맞붙었다. 부드러운 가슴은 탄탄한 그의 살결에 뭉근하게 눌렸고, 다리는 완전히 겹쳐졌다.

이런 상황을 기대했던 건 결코 아니었는데……. 제 예상과는 전혀 다른 결과에 유경은 눈을 깜빡였다. 왼쪽 뺨에 탄탄한 그의 가슴 근육의 촉감이 고스란히 전해졌다. 콩콩콩. 빠르게 뛰는 심장 소리도 느껴졌다.

"이젠 안 좁죠?"

꽈악 끌어안은 그가 기세등등하게 말했다. 유경은 뒤늦게 괜한 말을 한 제 자신을 탓하며 소심하게 대꾸했다.

"대신 숨이 막히는데……."

"괜찮아요."

"아니, 내가 안 괜찮은데……."

"안 죽어요."

머리 위에서 흐트러지는 그의 음성은 지나치게 단호했다. 놓아줄 생각이 눈곱만큼도 없어 보였다.

"……그래. 죽지만 않으면 됐지, 뭐."

해탈한 듯 작게 중얼거린 유경은 얌전히 이준의 품에 안겼다. 이준은 그런 그녀의 등을 토닥토닥, 어루만져 주었다. 그의 심장 소리를 자장가 삼아 잠을 청하려 할 때였다. 문득 선우가 했던 부탁이 떠올랐다.

"참, 이준아. 너 우리 회사 제품 광고 모델 제의 받았었어?"

"석류 음료요?"

"응, 그거."

"받았었어요. 바로 거절했지만."

여기까진 이미 알고 있는 내용이었다. 유경은 조금 더 심도 있는 질문을 던졌다.

"왜 거절한 거야? 조건도 나쁘지 않았다고 들었는데. 너한텐 엄청 좋은 기회 아니야?"

"그냥요."

"그냥?"

"TV에 나오는 게 싫어서."

"그게 전부야?"

"싫은 데 다른 이유가 더 필요해요?"

틀린 말은 아니었다. 싫은 것보다 더 큰 이유가 어디 있겠는가. 하지만 조금 허무한 건 어쩔 수 없었다. 남들은 하고 싶어도 못 하는 자리를 발로 뻥 찬 그 이유가 조금은 더 대단하지 않을까, 하고 은근히 기대도 했었는데 말이다.

"근데 갑자기 그건 왜요?"

"아니, 그냥 갑자기 생각이 나서……."

말끝을 흐렸다. 선우와 팀원들에겐 미안하지만 '싫다'라고 단호하게 말하는 이준을 설득할 엄두가 나지 않았다.

권이준의 고집이 얼마나 센지 알게 되면, 그들도 저를 이해해 주지 않을까……. 그렇게 마음을 비워 냈을 때였다. 이준이 그녀를 품에서 살짝 떼어 내며 시선을 맞추고서 묻는다.

"혹시 누나랑 관계된 일이었어요?"

그냥 아니라고 할까, 하다가 이내 작게 고개를 끄덕였다. 어차피 그는 얄팍한 거짓말 따위 통하지 않을 상대였다.

"응. 사실은, 우리 팀에서 준비하는 거였어. 이번 신제품 기획도, 광고 모델 제안도."

"나 때문에 누나가 곤란해진 거예요?"

"아니, 그런 건 아닌데……."

고개를 저었다. 하지만 눈치 빠른 이준이 속아 넘어갈 리 없었다. 그는 잠깐 뭔가를 생각하는 듯 눈을 짙게 내리깔았다. 그러다 이내 대답한다.

"알겠어요."

"응?"

"하겠다고요. 광고 모델."

뭐가 이렇게 간단해? 유경의 두 눈이 둥그렇게 커졌다.

"갑자기?"

"내가 안 하면 누나가 곤란하잖아."

"아니. 그렇다고 나 때문에 그럴 필요까진……."

"할 거야. 누나를 위해서."

그녀를 바라보는 이준의 눈빛이 고집스럽게 빛났다. 마음을 굳힌 모양이었다. 왠지 부담스러워졌다. 이러려던 건 정말로 아니었는데…….

"표정이 왜 그래요? 누나한테 좋은 일 아니에요?"

"좋은 일은 맞는데……. 내가 괜히 하기 싫은 거 하라고 떠민 것 같아서 미안하기도 하고, 은근히 부담도 되네."

"내가 더 부담되는 얘기해 줄까요?"

"지금 이것보다 더 부담되는 얘기라고?"

"아마 지금보다 두 배쯤 더 부담되지 않을까 싶은데."

두 배라니. 얘기를 듣기도 전에 겁부터 덜컥 난다. 본능적으로 듣지 않는 게 제 신상에 좋으리라는 게 느껴졌다. 그러나 인간은 늘 실수를 반복하는 동물 아니던가. 안 된다고 생각하면서도 짙은 호기심이 눈치도 없이 스멀스멀 기어 올라왔다.

"……무슨 얘긴데?"

결국 호기심을 이기지 못하고 물었다. 이준은 그럴 줄 알았다는 듯 씨익, 입꼬리를 말아 올려 보인다.

"사실은, 나 데뷔하기 바로 전까지도 모델 되고 싶은 마음은 전혀 없었어요.”

“그럼 뭐가 되고 싶었는데?”

“딱히 뭐가 되고 싶다기보다는 그냥 돈 많이 버는 직업 갖고 싶었어요. ‘사’ 자 들어가는 게 돈 많이 번다고 해서 의사, 판사, 변호사, 뭐 그런 쪽으로 생각했어요.”

이준의 입에서 나오는 대단한 직업들이 허무맹랑하게만은 느껴지지 않는 건, 그의 어린 시절을 그녀도 잘 알고 있기 때문이었다.

최근엔 완전히 잊고 있었지만, 어릴 때부터 이준은 공부를 꽤 잘했었다. 초등학교, 중학교는 물론이고 고등학교 땐 모의고사를 볼 때면 전교가 아니라 전국 상위권에도 매번 들었다고 했었다.

그 때문에 부모님이 이준과 비교하며 유현에게 꽤 스트레스를 줬던 기억도 난다. 물론 네 살 터울로 공부 스트레스에서 벗어난 지신도 한몫 거들었지만 말이다. 어쨌든, 그뿐만 아니라 이제와서 생각해 보니 그의 성격도 모델보다는 ‘사’ 자 직업 쪽에 더 잘 어울리는 것 같기도 했다.

“그런데 왜 갑자기 모델을 한 거야?”

기억을 떠올린 유경은 의아하다는 듯 질문했다.

“돈을 빨리 벌 수 있어서요. 내가 생각한 직업들은 대학도 졸업해야 하고, 그 후에도 좀 더 공부를 해야 하고. 돈 벌기까지 너무 오래 걸릴 것 같아서 포기했어요.”

“정말로 돈 빨리 벌려고 포기한 거라고? 공부한 게 아깝지도 않았어?”

“공부한 건 별로 안 아까웠어요. 뭐 딱히 잘하려고 노력한 건 아니어서.”

"너 지금 한 말, 좀 많이 재수 없는 거 알지?"

"그래도 어쩔 수 없어요. 그게 사실이니까."

"······헐, 완전 재수 없어."

유경은 눈살을 찌푸리며 속마음을 가감 없이 뱉어 냈다. 하지만 그런 비난 따위 전혀 개의치 않는다는 듯 이준은 제 할 말을 이어 갔다.

"아무튼, 정확하게 말하자면 돈이 아니라 누나 때문에 포기한 거예요."

"뭐? 나 때문이라고?"

생뚱맞게 불똥이 왜 나한테 튀는데? 유경이 눈을 동그랗게 뜨고 되묻자, 이준이 차분한 목소리로 대답한다.

"내가 스무 살 때 누나 직장인이었잖아요. 그래서 마음이 급했어요. 누나한테 남자로 보이고 싶은데, 제 앞가림도 못하는 학생이면 절대 불가능할 것 같아서. 누나보다 늦게 태어난 건 어쩔 수 없으니까, 다른 부분에서만큼은 뒤지고 싶지 않았어요."

다른 사람이 말했으면 '소설 쓰고 있네.' 하고 분명히 비웃었을 것이다. 하지만 상대는 권이준이었다. 충분히 가능성이 있었다. 아니, 이건 순도 백 퍼센트 팩트가 분명했다.

"······그래서 내 재산을 앞서 나간 거야?"

뭐라고 말을 해야 할지 모르겠어서, 유경은 괜히 장난스럽게 말했다. 이준 역시 '너무 앞질러 버렸나.' 하면서 장난스럽게 웃어 보였다.

"어때요. 부담 좀 늘었어요?"

"응. 완전."

"그러니까 누나가 책임져요. 내 인생."

그가 잘 뻗은 검지로 그녀의 뺨을 콕 찍었다. 마치 '넌 내 거야, 찜!'이라는 듯. 갑작스럽게 '찜'당한 유경의 눈빛이 살짝 흔들린다.

"……책임?"

"왜 그렇게 놀라요? 연애만 하고 버리려고 했어요? 우리 관계, 엔조이라고 생각했어요? 나 심심풀이 땅콩으로 생각한 건가?"

다다, 저를 향해 쏟아지는 맹렬한 비난에 당황한 유경은 입을 쩍 벌렸다.

"아니, 대체 무슨 그런 소릴……."

변명할 틈도 주지 않고 이준이 새삼 진지한 얼굴로 말했다.

"난 누나한테 내 인생 걸었어. 연애만 하고 끝낼 생각 없어요. 지금까지 그랬던 것처럼 앞으로도 내 인생에 여자는 시유경뿐이야."

"……."

"평생 안 놔줄 거야."

자신의 결심을 표현하기라도 하려는 듯 이준은 그녀의 몸을 조금 전보다 더 세게 꽈악 끌어안았다. 덕분에 두 사람 사이에는 조금의 빈 공간도 남지 않았다. 마치 한 몸처럼 딱 붙었다.

진심으로 숨쉬기가 힘들어졌지만, 뿌리칠 순 없었다. 그의 심장이 조금 전보다 훨씬 더 빠르고 크게 뛰고 있는 게 느껴졌기 때문이었다.

"지금부터 마음의 준비 하고 있어요."

그는 숨 쉴 공간을 확보하기 위해 꼼지락거리는 그녀의 정수리에 턱을 괬다. 그러곤 세상에서 가장 단호한 음성을 뱉어 냈다.

"때가 되면 내가 데려올 거니까."

로맨틱하면서도 한편으로는 두렵게 느껴지기까지 하는…….

한마디로, 딱 '권이준'스러운 프러포즈였다.

주말은 어째서 이틀밖에 되지 않는 걸까.

순식간에 사라져 버린 주말 뒤에 어김없이 나타난 월요일 아침. 출근을 한 지 고작 두 시간밖에 지나지 않았건만 유경은 벌써부터 지쳐 있었다.

그녀는 탁상시계를 수시로 확인했다. 오늘따라 시간이 안 가도 너무 안 갔다. 체감상으로는 주말 이틀보다도 월요일 오전의 두 시간이 훨씬 더 긴 것 같았다.

"대리님. 주말에 무슨 일 있으셨어요?"

월요일 아침부터 병든 닭처럼 비실거리는 유경을 걱정스럽게 바라보던 보라가 물었다. 일이 있기는 했다. 그것도 무지막지한 일이. 사람의 탈을 쓴 짐승에게 하루 온종일 시도 때도 없이 혹사를 당했으니까 말이다. 늦게 배운 도둑질이 무서운 거라더니. 뒤늦게 성에 눈 뜬 이준은 정말이지 폭주하는 기관차 같았다. 체력도 어찌나 좋은지. 그에게 보조를 맞추려면 보약이라도 한 재 지어 먹어야 하는 게 아닐까, 진심으로 고민이 될 정도였다.

하지만 보라의 앞에서 이런 이야기들을 솔직하게 말할 수는 없는 법. 그녀는 잔뜩 지친 얼굴로 고개만 절레절레 내저을 뿐이었다.

"아니. 아무 일 없었어."

"그럼 어디 아프신 거예요?"

"삭신이 좀 쑤시네."

"몸살 온 것 같은데. 약 드셔야 하는 거 아니에요?"

"그 정도로 심하진 않아. 걱정해 줘서 고마워."

그리고 미안해……

유경은 뒷말을 삼키며 컴퓨터 모니터로 시선을 옮겼다. 그때였
다. 뒤쪽으로 그림자가 지는가 싶더니 이내 누군가 어깨를 톡 건
드린다.

"서 대리님."

선우의 목소리였다. 유경은 모니터를 향해 있던 고개를 돌려 그
를 바라보았다.

"네, 팀장님."

"드릴 말씀이 있어서요. 잠깐 시간 괜찮으세요?"

조심스러운 표정을 보니 또 개인적인 용건인 것 같았다. 유경이
선수를 치며 물었다.

"탕비실로 갈까요?"

선우는 속마음을 들켰다는 듯 가볍게 웃으며 고개를 끄덕였다.

탕비실에서 두 사람은 마주 보고 앉았다. 이번에는 향긋한 커피
도 함께였다. 그래서인지 전과 달리 불편하다는 생각은 전혀 들
지 않았다.

"몸살 걸리셨어요?"

선우가 걱정스럽게 바라보며 질문했다. 보라와의 얘기를 들은 모양이었다. 유경은 괜스레 민망해져서 손사래를 쳤다.

"아니에요. 멀쩡해요."

"혹시라도 많이 안 좋은 거면, 괜히 끙끙 앓지 말고 병원 다녀와요. 부장님껜 제가 전달할게요."

"아니요! 전 정말 괜찮습니다."

정색하며 대꾸한 유경은 얼른 화제를 돌렸다.

"그런데, 무슨 일로 부르셨어요?"

"감사하다는 말씀 드리려고요."

"감사요?"

"혹시 모르셨어요? 오늘 아침에 권이준 씨 측에서 광고 모델 계약 건 받아들이겠다고 연락이 왔다고 하던데."

"아뇨. 알고는 있었는데……."

그렇다고 이렇게까지 빨리 진행이 될 줄은, 미처 몰랐습니다. 유경은 속으로 이준의 엄청난 행동력에 새삼스럽게 감탄했다. 세상에서 권이준보다 더 행동력 빠른 사람이 또 있을까. 지금 만약 그가 눈앞에 있다면 진심으로 기립박수라도 쳐 주고 싶은 심정이었다.

"계약은 오늘 점심 때 하기로 했어요."

"잘됐네요. 쇠뿔도 단김에 빼랬다고. 빠를수록 좋죠."

"이게 다 서 대리님 덕분입니다. 많이 부담스러우셨을 텐데, 정말 죄송하고 또 감사합니다."

선우는 머리를 90도로 꾸벅 숙였다.

"아니에요. 제 일이기도 한걸요."

너무도 깍듯한 인사에 유경 역시 덩달아 고개를 꾸벅 숙여 보였다.

"계약은 홍보팀 강 부장님과 제가 맡기로 했고, 패션쇼 준비 때문에 바쁘다고 해서 저희가 그쪽으로 찾아가기로 했는데. 혹시 서 대리님도 몸 괜찮으시면 같이 가시겠어요?"

"네? 제가요?"

"사실 원래는 제가 아니라 서 대리님이 가는 게 맞는 거죠. 이번 계약에서 결정적인 역할을 한 건 서 대리님이니까요."

선우의 말대로 큰 공을 세운 건 그녀였지만 티를 낼 수 있는 상황은 아니었다. 아니, 티끌만큼이라도 티를 내서는 안 될 상황이었다. 게다가 공적으로 이준과 마주치게 된다면 더없이 불편할 게 뻔했다.

그리고 사실 가장 큰 문제는, 애초에 '공'이라고 하기엔 자신이 한 일이 너무 없다는 것이었다. 그저 잠들기 전에 입을 한 번 떼었을 뿐이었다. 심지어는 부탁의 말도 꺼내지 않았었다. 말 그대로 소가 뒷걸음질 치다가 쥐를 잡게 된 격이었다. 그럼에도 불구하고 다행히 결과적으로 잘되기는 했지만 말이다.

"제안은 정말로 감사하지만, 사양하겠습니다."

정중하게 거절하며 그럴 듯한 변명도 덧붙였다.

"지금 제 몸 상태가 병원 갈 정도는 아니지만 썩 괜찮은 것도 아니라서요……."

"그럼 어쩔 수 없죠."

다행히도 선우는 더 강요하지 않고 물러나 주었다. 두 사람은 커피를 대충 비워 내고 자리에서 일어났다. 남은 커피를 개수대에 쏟아 낸 뒤 종이컵을 쓰레기통에 집어넣으려 하는 순간이었다.

"서 대리님."

문득 선우가 그녀를 불렀다. 유경은 고개를 돌려 선우를 바라보았다.

"네. 팀장님."

"저기……."

뭔가를 말하려는 듯 뜸을 들이던 선우는 이내 고개를 내저었다.

"……아니, 아무것도 아닙니다."

"뭔가 할 말이 있으셨던 거 아니에요?"

유경의 질문에 머쓱해졌는지 선우는 작게 웃었다.

"생각해 보니까 지금 꼭 해야 할 얘기는 아닌 것 같아서요."

"그렇게 말씀하시니까 더 궁금하네요."

"다음에 얘기할게요. 다음에요."

이럴수록 더 궁금해진다는 걸, 그는 진정으로 모른단 말인가. 또 몹쓸 호기심이 쑥쑥 자라나고 있었다. 하지만 말하기 싫다는 사람을 붙들고 억지로 강요를 할 수는 없는 법이었다. 게다가 상대는 부하 직원도 아니고, 상사인 팀장이었다.

"네. 그러세요, 그럼."

유경은 호기심을 억누르며 애써 고개를 끄덕였다.

팀장인 선우의 재량으로 유경은 오늘도 퇴근 시간에 맞춰 칼퇴근을 할 수 있었다. 그녀가 세운 '공'도 '공'이지만, 그것보다는 낮에 몸이 안 좋다고 했던 말 때문에 신경이 쓰이는 듯했다. 부하 직원이 아프든 말든 눈곱만큼도 관심 없는 부장과는 달라도 너무 다른 상사가 아닐 수 없었다.

천사 같은 상사를 속인다는 게 조금 양심이 찔리기는 했다. 하지만 몸살이 난 것처럼 온 삭신이 쑤시는 건 정말이었으므로 유경은 얼굴에 철판을 깔고 퇴근을 했다.

퇴근길 버스에 올라타서 이준에게 문자를 보냈다.

[나 오늘 칼퇴!]

어느덧 보고 문자를 보내는 것도 아주 익숙해졌다. 퇴근뿐만이 아니었다. 사소한 것 하나까지도 공유하고 싶다는 이준을 위해 최근에는 구내식당 점심 메뉴까지 시시콜콜 보고하고 있었다. 보통은 곧바로 답장이 오는데 오늘은 조금 늦었다. 버스에서 내릴 때쯤 메시지가 왔다. 한 시간 정도 더 걸릴 것 같다는 연락이었다.

알겠다고 대답한 뒤 유경은 곧장 동네의 대형 마트로 향했다. 한 시간이라는 여유가 생겼으니 오늘 저녁은 제가 차려 볼 생각이었다.

카트를 끌며 메뉴를 고심했다. 가장 만만한 건 카레라이스였지만 이미 한 번 써먹은 후였다. 자주 하는 것도 아니고 겨우 두 번째인데, 그 두 번을 모두 카레라이스로 때울 수는 없는 노릇이었다. 다른 메뉴를 골라야만 했다.

카트를 구석에 세워 놓고 휴대폰을 켰다. '간단하게 할 수 있는 저녁'이라는 키워드를 넣고 검색을 했다. 주르륵, 많은 추천 메뉴들이 떴다. 하지만 그녀의 눈에는 전혀 '간단하게' 보이지 않는 것들뿐이었다.

"나 요리에 정말 재능이 없구나……."

새삼스럽게 자기반성을 하는데, 문득 그녀의 시야에 옆의 진열대에 놓인 상품이 보였다. 뜯어서 데우기만 하면 완성되는 간편 조리식품들이 주르륵 놓여 있었다. 하늘에 맹세코 의도적으로 이곳에 카트를 세운 건 아니었다. 그런데 하필이면 제 눈에 들어오는 게 간편 식품이라니.

"……이 정도면 운명 아닌가?"

유경은 그럴듯한 자기합리화를 하며 메뉴 두어 개를 집어 카트에 담았다. 물론 평소엔 운명론을 딱히 믿는 편은 아니었지만 말이다. 간단하게 장을 보고 집으로 왔다. 옷을 갈아입고 곧장 부엌으로 향했다. 식탁 위에 사 온 재료들을 하나둘 꺼내 놓았다.

얼마 꺼내지도 않았는데 봉지는 금방 비었다. 간편 조리식품인 부대찌개와 된장찌개, 그리고 대형 마트까지 갔는데 덜렁 저것만 사 오기 민망해서 구색을 맞추기 위해 대충 사 온 대파와 양파가 전부였다. 장을 봐 왔다고 하기에도 민망할 지경이었다.

"이럴 거면 그냥 편의점을 갈 걸 그랬네."

생각했던 것보다 훨씬 더 조촐한 재료들을 보며 피식, 헛웃음을 흘렸다.

"그래도…… 라면보단 낫겠지."

또다시 자기합리화를 시전하며 유경은 부대찌개를 집어 들었다. 팔까지 걷어붙이고는 간편 조리식품 제조에 돌입했다. 명칭대로 정말이지 간편했다. 봉지를 뜯어 그대로 냄비에 부은 다음 팔팔 끓이기만 하면 됐다. 어떻게 보면 라면보다도 더 쉬운 것 같았다.

심지어 내용물도 꽤나 알찼다. 종류가 다른 햄과 소시지가 듬뿍 들어 있었다. 마지막으로 어슷썰기한 대파를 집어넣자 꽤나 그럴 듯한 비주얼의 찌개가 완성되었다.

"생각보다 너무 빨리 끝났는데?"

3분 요리도 아니고. 예상보다 너무도 빠르게 완성된 음식에 당황한 유경이 황급히 가스 불을 껐을 때였다. 타이밍 좋게 현관문 열리는 소리가 들려왔다.

"헉!"

꼭 죄라도 짓고 있던 것처럼 깜짝 놀란 유경은 재빠르게 봉지부터 치웠다. 제가 한 음식이라고 속일 생각은 없었지만 저도 모르게 본능적으로 몸이 움직였다. 물론, 속인다고 속아 주지도 않을 테지만 말이다.

"저녁 했어요?"

냄새를 맡은 듯 곧장 주방으로 온 이준이 유경을 보고 눈을 둥 그렇게 떴다. 의외라는 듯.

"메뉴가 뭐예요?"

"부대찌개."

"부대찌개를 했다고요? 쉬운 요리가 아닌데?"

조금 전보다 이준의 눈이 더 커졌다. 전혀 몰랐는데 부대찌개의 난이도가 꽤 높았던 모양이다. 그냥 된장찌개를 고를 걸 그랬나, 작게 후회하며 유경은 이실직고했다.

"마트 갔더니, 조리된 거 팔더라."

"아……."

그는 그럴 줄 알았다는 듯 고개를 작게 끄덕였다.

"그래도 파는 내가 직접 썰어 넣었어."

뱉어 놓고도 후회했다. 안 하니만 못한 소리였다. 이준이 피식, 작게 웃으며 그녀의 머리를 가볍게 헝클어뜨렸다.

"잘했어요."

칭찬을 받았는데 전혀 기쁘지가 않았다. 엎드려 절 받는 기분이었다. 언뜻 비웃는 것 같기도 했고. 살짝 기분이 상한 유경은 제 머리통 위에 놓인 이준의 커다란 손을 툭 쳐내며 불퉁스레 말했다.

"옷이나 얼른 갈아입고 와. 밥 먹게."

"알았어요. 금방 올게요."

쫓아내듯 보내놓고, 주방을 나서는 이준의 뒷모습을 바라보며 유경은 속으로 진지하게 다짐했다. 앞으론 절대 요리만큼은 하지 말아야겠다고.

이준을 기다리며 밥을 푸고, 냉장고를 열어 엄마가 챙겨 온 반찬을 꺼냈다. 마지막으로 식탁 가운데에 냄비를 내려놓자 편한 차림을 한 이준이 주방으로 들어섰다.

"맛있겠네요. 잘 먹을게요."

"……그래. 내가 한 건 전혀 없지만, 그래도 맛있게 먹어."

어색한 인사와 함께 식사를 시작했다. 부대찌개는 그럴듯하게 보이는 것만큼 맛도 꽤 괜찮았다. 이준이 직접 한 음식보다야 훨씬 못했지만 그래도 밖에서 파는 것 못지않았다.

"참. 오늘 바로 계약했다며?"

슬그머니 던진 말에 이준은 당연하다는 듯 대꾸했다.

"한다고 했잖아요."

"그래도 설마 이렇게까지 빨리 결정될 줄은 몰랐지."

"근데 왜 안 왔어요?"

"응? 뭐가?"

"계약하러. 난 당연히 누나가 올 줄 알았는데."

기대를 했던 모양이다. 실망한 기색이 역력한 이준의 얼굴에 괜스레 미안한 마음이 든 유경은 변명하듯 말했다.

"내가 가면 너 불편할까 봐 일부러 안 갔어."

"그 남자 얼굴 보는 게 훨씬 더 불편할 거란 생각은 안 들었나 보죠."

불퉁스레 대꾸하는 그의 말에 뒤늦게 유경은 아차, 싶었다. 이준이 유독 선우를 경계하고 있다는 사실을 완전히 잊고 있었다. 물론, 그녀의 입장에서는 쓸데없는 경계였지만 그래도 거기까지 신경 쓰지 못한 건 자신의 불찰이기는 했다.

"불편했어……?"

"조금요. 그냥 뭐, 지금이라도 계약 못 하겠다고 할까, 하는 마음이 잠깐 든 정도?"

많이 불편했나 보구나……. 계약 철회까지 생각했다는 무시무시한 발언에 유경은 얼른 사과의 말을 내뱉었다.

"미안. 거기까진 미처 생각을 못 했어. 팀장님이랑 그냥 같이 갈 걸 그랬네."

"같이라고요?"

"팀장님이 이번 프로젝트 책임자셔."

전혀 몰랐던 모양이다. 그는 눈살을 찌푸리며 대답했다.

"됐어요. 누나랑 그 남자랑 같이 왔으면, 나 진짜로 계약 안 했을지도 몰라."

그럼 나더러 대체 어쩌라고……. 그의 들끓는 변덕에 유경이 곤란하다는 듯 낮게 한숨을 내쉬자, 이준이 단호하게 말한다.

"CF 촬영 땐 누나가 와요. 그 남자 보내지 말고."

이번에도 곤란하기는 마찬가지였다.

"아까 말했잖아. 팀장님이 책임자라고."

"그러니까, 그 남자는 촬영장에 꼭 와야 한다는 거죠?"

"응."

유경이 고개를 끄덕이자 이준은 고민이 되는 듯 눈을 내리깔았다. 그러다 이내 결론을 지었는지 후, 하고 짧게 한숨을 쉬며 말한다.

"알겠어요. 그건 어쩔 수 없는 부분이니까 내가 양보할게요."

그의 입장에서는 엄청난 양보였다.

"그래도 촬영장엔 꼭 와요. 둘이 나란히 오지는 말고, 최대한 멀리 떨어져서."

"……알았어. 갈 수 있으면 갈게."

"무슨 대답이 이렇게 애매해요?"

"확답은 못 해. 그건 내가 결정할 수 있는 부분이 아니라서……."

말이 채 끝나기도 전에 이준이 그녀의 말허리를 뚝 끊으며 되묻는다.

"너무한 거 아니에요?"

"뭐?"

"아무리 화장실 들어갈 때랑 나올 때가 다르다고 하지만. 그래도 내가 누구 때문에 계약한 건데?"

화장실이라니……. 이준의 타박에 억울해진 유경은 항변하듯 말했다.

"예시가 너무 잘못된 거 아니야? 이 문제가 내 잘못은 아니잖아."

"누나 잘못이 아예 없는 건 아니죠. 처음부터 누나 얼굴은커녕 그 남자 얼굴만 계속 봐야 하는 줄 알았으면, 난 분명히 더 고민해 봤을 테니까."

……아니. 입은 삐뚤어졌어도 말은 바로 하랬다고. 내가 막 바짓가랑이를 붙들며 부탁한 건 아니지 않니? 응?

누나를 위해 결정했다며, 쿨하게 말을 뱉을 땐 언제고 이제 와서 이렇게 뒤끝을 보이는 건 또 뭐란 말인가. 왠지 억울해졌지만 그렇다고 대놓고 말을 할 순 없는 노릇이었다. 결과적으로 제게 도움을 준 건 맞았으니까 말이다. 딱히 뭐라고 하지 못하고 유경이 시선만 굴리고 있자, 이준이 후, 하고 짤막하게 한숨을 내쉬며 중얼거린다.

"내가 뭘 포기했는지 알면, 그렇게 쉽게 안 된다고는 못 할 텐데."

혼잣말처럼 말했지만, 저 들으라고 하는 소리가 분명했다. 순간 그의 뻔한 수작이 얄밉게 느껴져서 무시할까 싶은 마음이 든다. 그러나 그녀는 안타깝게도 호기심이 강한 편이었다. 호기심이 자존심을 이겨버렸다. 결국 유경은 못이기는 척 은근슬쩍 물었다.

"뭘 포기했는데?"

"궁금해요?"

"그러니까 물었지."

유경이 불퉁 대답하자 이준이 피식, 낮게 웃고는 대답한다.

"음……. 굳이 말하자면 자유라고나 할까?"

느릿하게 흘러나온 이준의 말에 유경은 고개를 갸웃했다.

"자유라고?"

바로 이해가 가지는 않았다. 공중파를 타면 아무래도 얼굴이 알려질 테니까, 앞으로는 자유롭게 다니지 못하게 된다는 뜻인 건가? 유경이 속으로 그 뜻을 가늠해볼 때였다.

"아무튼."

이준이 턱을 괴며 그녀의 두 눈을 똑바로 바라보며 되묻는다.

"끝까지 안 된다고 할 거예요?"

원하는 대답이 나올 때까지 물을 기세였다. 결국 유경은 지친 얼굴로 이미 처음부터 정해져 있던 답을 내놓아야만 했다.

"……알겠어. 꼭 갈 수 있도록 노력해볼게."

이젠 선우를 상대로 그렇게까지 경계를 할 필요가 없지 않느냐고 되묻기도 귀찮을 정도였다.

"부단히 노력해 줘요."

마지막까지 잊지 않고 당부의 말까지 내뱉은 후에야 그는 기분이 조금 풀린 듯한 눈치였다. 그런 이준을 바라보며 유경은 속으로 낮게 한숨을 내쉬었다.

무슨 질투를 이다지도 살벌하고 집요하게 하는 건지……. 도대체가 이렇게 들끓는 마음을 여태껏 어떻게 참았던 건지가 의문이었다. 물론 자신이 눈치가 별로 없는 편이기는 하지만, 그래도 이정도면 눈치를 채지 않으려야 그럴 수가 없을 것 같은데 말이다.

　제 마음을 숨겼던 이준이 대단한 건지, 눈치를 못 챘던 제가 대단한 건지. 이쯤 되니 진지하게 헷갈릴 지경이다.

　"참, 누나."

　식사를 끝내고 거실 소파에서 TV를 보던 중, 문득 뭔가가 떠올랐다는 듯 이준이 운을 뗐다. 유경은 '응?' 하며 TV에 고정했던 시선을 틀어 옆을 보았다.

　"'Give & Take', 알죠?"

　마치 맡겨 뒀던 물건을 찾듯 당연하다는 어투였다. 하지만 이미 예상했던 바라 당황스럽지는 않았다. 여우 같은 이준이 자신에게 찾아온 기회를 놓칠 리가 없다는 건, 이미 겪어 본 바 너무도 잘 알고 있었다. 그게 얼마나 사소하든 간에.

　"그 소리 왜 안 하나 했네."

　유경은 피식, 작게 웃으며 되물었다.

　"이번엔 뭔데?"

　"이번 주말에 패션쇼 있어요. 그거 보러 와 줘요."

　"그게 부탁이야?"

　생각했던 것보다 너무 소소해서 유경은 고개를 갸웃했다. 그러자 이준은 결코 소소한 부탁이 아님을 강조하기라도 하려는 듯 진지한 얼굴로 말했다.

"꼭 와야 해요. 화보 촬영 때보다 훨씬 더 멋있을 거니까."

자신만만한 말투였다. 그런데 이런 자뻑 증세도 밉게 보이기는커녕 귀엽게 보이는 걸 보니, 아무래도 저도 모르는 새에 콩깍지가 아주 제대로 쓰였나 보다.

정말로 꼬리 아홉 달린 구미호에 홀린 건 아닐까…… 유경은 요물 같은 이준을 빤히 바라보다가 이내 대답했다.

"근데 그런 자리에 내가 가도 돼?"

"그런 자리가 어떤 자린데?"

"패션쇼잖아. 나는 패션 업계랑 전혀 상관이 없고."

"누나가 왜 상관이 없어요? 누나 남자친구가 그 무대의 메인 모델인데."

이준이 다시 한번 어깨를 으쓱하며 말했다. '누나 남자친구가 이 정도예요.' 하고 자랑하는 듯했다. 하지만 그럼에도 마음 한편으론 걱정이 드는 건 어쩔 수 없다.

"오기 싫어요?"

그런 유경의 표정을 읽은 이준이 물었다.

"……아니, 싫다는 게 아니라."

유경은 고개를 살짝 내저었다.

"조금 걱정이 돼서."

"걱정? 어떤 부분이?"

이준은 감도 잡지 못한 얼굴이었다. 왠지 말하기가 민망해서 유경은 느릿하게 대꾸했다.

"나, 그런 데는 한 번도 안 가 봐서……."

지금껏 살아오면서 패션쇼라는 건 그녀에겐 먼 나라 얘기였다.

TV의 연예 프로그램에서 몇 번 본 게 전부였다. 연예인들이나 유명한 셀럽들이 바글거리는 걸 보고, '우와' 감탄하곤 했었다. 그런데 그 자리에 제가 초대를 받게 되는 날이 올 줄이야. 남자친구가 모델이라는 게 새삼 실감이 난다.

"걱정할 거 없어요."

이준이 유경의 손을 덥석 붙잡으며 말했다.

"거기선 디자이너 다음으로 누나 남자친구가 짱이니까."

유경은 저도 모르게 풋, 웃음을 흘렸다. 진지한 얼굴과 허세가 득한 말이 언밸런스하게 느껴졌기 때문이다. 귀여운 허세였다. 그래도 제 손 위에 겹쳐진 커다란 손이 꽤나 듬직하게 느껴지기는 했다.

21. 두 남자

약속했던 주말. 유경은 패션쇼가 열리는 건물 근처의 버스 정류장에 서 있었다.

결국 유경은 이준의 부탁을 거절하지 못했다. 사실 한번쯤 패션쇼라는 곳에 가 보고 싶기도 했다. 화보 촬영 때보다 훨씬 더 멋있을 거라는 이준의 모습이 궁금하기도 했고. 버스에서 내린 지는 한참 됐지만 벤치에 앉아서 차도를 바라보았다.

이제 막 눈에 익은 번호의 버스가 정류장으로 들어섰다. 버스가 멈추고 뒷문이 열렸다. 우르르 쏟아지듯 내리는 사람들 중에 익숙한 얼굴이 보였다. 지민이었다.

"지민아!"

오늘따라 유독 반갑게 느껴지는 얼굴이었다. 벌떡 자리에서 일어나 얼른 지민에게로 달려갔다.

"오래 기다렸어?"

"오래는 아니고. 한 20분 정도?"

"미안. 차가 밀리더라."

"괜찮아. 내가 일찍 온 건데, 뭐. 아직 시작하려면 시간 많이 남았어."

길을 아는 유경이 먼저 앞장을 섰다.

"나 촌스럽게 너무 긴장되는 거 있지."

그녀를 따라 걸음을 옮기던 지민이 제 가슴 위에 살포시 손을 올리며 말했다. 긴장했다는 본인의 말대로 지민은 꽤나 상기된 표정이었다.

"나도 마찬가지야."

유경은 웃으며 대답했다.

"하긴. 너도 이런 데 처음이지?"

"응. 그래서 엄청 하고 있어, 긴장."

저 혼자만 긴장한 건 아니라는 사실에 안도한 듯 지민의 표정이 풀렸다.

"근데, 정말 나까지 가도 되는 거야?"

"이준이가 너랑 꼭 같이 오라고 했어."

"그냥 한 말 아니고?"

"아니야. 우리 둘 다 처음이라고 하니까, 그럼 제대로 보라고 무대 바로 앞자리 잡아 준다고까지 했는데?"

"헐!"

지민이 걸음을 뚝 멈췄다. 그러곤 경악 어린 눈으로 유경을 바라본다.

"야, 그건 좀 심하게 오번데?"

"걱정 마, 안 그래도 부담스럽다고 거절했으니까."

그제야 지민은 안도의 한숨을 작게 내쉬었다.

"잘했어. 앞자리라고 했으면 나 지금 집으로 돌아갈 뻔했다."

그 말에는 농담과 진담이 딱 반반씩 섞여 있었다. 그 마음에 동감한다는 듯 유경도 작게 고개를 끄덕였다.

"참. 끝나고 이준이가 맛있는 거 사 주겠다고 하더라."

"정말?"

"응. 그러니까 메뉴 생각해 놔. 너 먹고 싶은 걸로 먹게."

"나 원래 동생들한텐 안 얻어먹는 거 알지?"

"그래서 안 얻어먹게?"

유경의 질문에 지민은 망설임 없이 냉큼 대답했다.

"아니. 사 주겠다는데 당연히 먹어야지."

그러곤 변명하듯 얼른 말을 잇는다.

"왠지 네 남자친구한텐 얻어먹어도 될 거 같아."

"그건 무슨 의민데?"

"이상하게 어리다는 느낌이 별로 안 들어. 너도 그렇지 않아?"

"글쎄……."

유경은 고개를 살짝 갸웃했다. 딱히 동의가 되지 않았다. 평생 동생으로 생각했던 상대였기에, '어리다'는 건 이준에 대한 고정값이었다. 물론, 침대 위에서는 전혀 다른 모습이지만 말이다.

순간적으로 저도 모르게 침대 위에서 자신을 내려다보는 이준의 날카로운 턱선을 떠올린 유경은 슬그머니 달아오르는 뺨을 가렸다.

"근데 이준이가 나이 들어 보이는 얼굴은 아니지 않나?"

혹시라도 눈치 빠른 지민이 자신이 이상한 생각을 한 걸 눈치채기라도 할까 봐 빠르게 말을 돌렸다.

"그러고 보니 그러네. 얼굴은 딱 제 나이로 보이긴 하는데."

"그렇지?"

"진짜 이상하네. 왜 이런 느낌이 드는 거지……."

스스로도 의문이라는 듯 곰곰이 생각하던 지민이 별안간 '아!' 하고 손뼉을 짝 치며 말했다.

"이제 알겠다!"

"뭔데?"

"잘생기면 다 오빠라잖아. 그래서 그런 거 아닐까?"

그리 말하는 지민의 표정은 진지해 보인다. 유경은 헛웃음을 흘렸다.

"못 살아, 진짜."

"아무튼 네 남자친구 덕분에 내가 이런 경험도 다 해 보네. 고맙다고 전해 줘. 방금 전에 한 얘기는 꼭 비밀로 해 주고."

"칭찬인데, 왜."

"부끄럽잖아. 얼굴 밝히는 것 같아서."

"아니라고 할 순 없지 않나?"

그렇게 두 사람이 쿡쿡, 웃으며 목적지에 다다랐을 때였다. 커다란 건물 앞에서 문득 네 발이 동시에 뚝 멈춰졌다.

"······이게 다 뭐야?"

멈춰선 지민이 눈을 느리게 깜빡이며 되물었다.

"······글쎄. 나도 이런 얘긴 못 들었는데······."

유경 역시 눈을 깜빡이며 중얼거렸다.

"······."

"······."

말문이 막힌 두 사람은 입을 쩍 벌리고 눈앞에 보이는 광경을 바라보았다. 건물로 들어가려면 높은 계단을 올라야 하는데 그 길을 따라 긴 레드카펫이 깔려 있었다. 그 끝에 엄청나게 화려한 포토존이 마련돼 있는 것도 보였다. 그리고 그 앞에는 수많은 기자들이 커다란 카메라를 들고 자리 잡고 있었다. TV에서나 볼법한 광경이었다.

"정말로 우리가 가도 되는 자리 맞아?"

당황한 지민이 걱정된다는 듯 다시 한번 확인했다. 하지만 데리고 온 유경 역시 당황스럽기는 마찬가지였다. 이번에는 아까와 달리 '당연하지'라는 말이 차마 나오질 않았다. 그때였다. 어디선가 나타난 커다란 밴 한 대가 입구에 멈춰 섰다. 차 문이 열리기도 전에 차를 향해 기자들의 플래시 세례가 터졌다. 번쩍번쩍, 꼭 마른 하늘에 번개가 치는 듯 눈이 부셨다.

잠깐의 틈을 두고 차 문이 열리더니, 화려한 차림의 영화배우가 내렸다. 연예계 쪽에는 관심이 별로 없는 유경도 잘 알 정도로 유명한 여자배우였다. 그녀는 아주 자연스럽게 레드카펫을 밟으며 걷더니 포토존으로 향했다. 포토존에 멈춰 서서 자연스럽게 손을 흔들어주자 또다시 플래시 세례가 터진다.

"야, 서유경!"

역시나 배우를 알아본 지민이 다급하게 외쳤다.

"얼른 네 남자친구한테 전화해서 물어봐. 뭔가 잘못된 거 같다고."

"지금 전화 못 받을 거야. 아까부터 준비하느라 정신없던데."

"그럼 어떡해? 우리가 저길 어떻게 가?"

"……뒷문이 따로 있는 건가."

멍하니 중얼거리는 그 순간이었다. 뒤에서 불쑥 까랑까랑한 목소리 하나가 들려왔다.

"언니!"

왠지 익숙하게 느껴지는 목소리에 두 사람은 동시에 소리가 들리는 쪽으로 고개를 획 돌렸다. 예상했던 대로 지민의 동생인 지영이 이쪽으로 오고 있었다.

"어? 유경 언니도 있었네. 오랜만!"

지영이 유경을 발견하곤 반갑다는 듯 손을 휘휘 흔들었다. 유경도 어색한 얼굴로 손을 흔들어 주었다.

"정지영! 네가 여긴 어쩐 일이야?"

생각지도 못했던 의외의 장소에서 가족을 마주한 지민이 눈을 둥그렇게 뜨고 물었다.

"어쩐 일이긴. 패션쇼 구경 왔지."

"패션쇼……?"

"그래. 패션쇼."

지영은 정확하게 그들의 목적지를 콕, 가리켰다.

"고3이 무슨 패션쇼야?"

"고3은 사람도 아니야? 그리고 이번 쇼 메인이 권이준이잖아. 내가 어떻게 빠질 수가 있겠어?"

"그래서 막무가내로 왔다고?"

"누가 막무가내로 왔대? 엄연히 초대권 들고 친구랑 같이 보러 온 거거든?"

지영의 옆에는 또래로 보이는 여자아이가 서 있었다. 조막만 한 얼굴과 커다란 눈, 오뚝한 코. 아이돌인가 싶을 정도로 눈에 띄는 미모였다. 시선이 쏠리자 지영의 친구는 두 사람을 향해 꾸벅 고개를 숙이며 인사를 건넸다. 유경과 지민도 덩달아 고개를 살짝 숙였다. 숙였던 고개를 들어 올리는데, 문득 지영의 친구와 시선이 딱 마주쳤다. 그저 찰나에 마주친 거겠지 싶었는데, 생각했던 것과 달리 그 빤한 시선은 꽤 오랫동안 유경에게 머물렀다.

……내 얼굴에 뭐가 묻었나?

오늘따라 수시로 거울을 들여다봤기에 그럴 리가 없다는 걸 알면서도, 유경은 괜스레 제 얼굴을 더듬거렸다. 그제야 그녀를 향해 있던 빤한 시선이 거둬졌다.

뭐지. 기분 탓인가…….

왠지 모르게 드는 찝찝한 느낌이 들기는 했지만, 그렇다고 열아홉을 상대로 유치하게 '너 지금 나 쳐다본 거 아니었니?' 하고 물을 수는 없는 노릇이었다. 그래. 내가 잘못 본 거겠지. 유경은 그렇게 생각하기로 했다.

"그러는 언니야말로 여기서 뭐 해?"

"우리도…… 패션쇼…….."

"패션쇼? 언니가?"

지영이 어이가 없다는 듯 되물었다. 평소에 이런 쪽으로는 관심도 두지 않았던 두 여자였다. 이상하게 보이는 게 당연했다.

"아, 그게……."

당황한 듯 지민이 말을 버벅거렸다.

"우연히, 초대권이 생겨서……."

"우연히라고?"

"으응, 우연히."

"헐! 이 초대권 얻기 엄청 힘든 건데!"

"……."

"대체 어떻게 구했어? 어떤 식으로 우연히?"

호기심이 가득한 지영의 눈이 반짝였다. 반대로 지민의 얼굴엔 난감한 기색이 확 끼쳤다.

"……질문이 뭐가 그래? 우연이 그냥 우연이지. 어떤 식은 뭘 어떤 식이야."

지민은 유경의 눈치를 보며 두루뭉술하게 대답했다. 속이는 것 같아 미안하기는 했지만, 그렇다고 이준의 열성 팬인 지영에게 초대권을 얻은 경로를 솔직하게 설명할 순 없는 노릇이었다.

"그러는 너야말로 어떻게 구했어? 구하기 어려운 건 마찬가지일 텐데."

나이스, 정지민! 물 흐르듯이 자연스러운 지민의 말 돌리기 스킬에 유경은 속으로 박수를 쳤다.

"내 친구가 능력자거든."

다행히도 지영은 매사에 의심이 넘치는 제 언니와는 달리 단순한 성격이었다. 지민에게 홀라당 넘어가 자랑스럽다는 듯 자신의 친구를 가리켰다.

"능력자라고?"

"음……. 뭐, 그냥. 그런 게 있어."

자세한 대답을 해 주기 곤란한 건 저쪽도 마찬가지인 모양이었다. 지영도 어물쩍 말을 넘겼다. 이어지지 않고 겉도는 대화에 분위기가 살짝 어색해졌을 무렵이었다. 지영이 반가운 제안을 했다.

"아무튼! 기왕 이렇게 만난 거, 우리 넷이 같이 보면 되겠다! 언니들도 괜찮지?"

반가운 지영의 제안에 지민과 유경의 얼굴이 동시에 환해졌다.

"그래. 그러자."

개구멍이라도 찾아야 하나 했는데, 천만 다행이었다.

"우와! 진짜 장난 아니다."

패션쇼장으로 들어선 지영이 들뜬 눈으로 주위를 둘러보며 말했다.

"연예인들도 엄청 많이 왔다. 그치?"

"그러게, 나도 다 아는 얼굴들이야."

지민도 동의한다는 듯 고개를 끄덕였다. 연예인들 때문인지, 번쩍번쩍 카메라 플래시가 터지던 바깥보다도 오히려 안쪽이 훨씬 더 눈부신 느낌이었다.

"역시 김루아 패션쇼라 다르긴 다르네."

"김루아가 누군데?"

불쑥 뱉어진 지민의 질문에 지영이 고개를 휙 돌려 그녀를 바라보았다.

"헐!"

탄식하는 지영의 얼굴엔 경악이 그득했다.

"언니. 정말로 김루아가 누군지 몰라?"

"누군데?"

"이번 패션쇼 디자이너 이름이잖아!"

"……아, 그래?"

"뭐야. 누구 패션쇼인지도 모르고 왔다는 거야?"

되묻는 지영의 눈에 의심이 그득했다. 어떻게 그런 기본적인 정보를 모를 수가 있어? 황당해하는 것 같았다.

"그기야, 모를 수도 있는 거지……. 안 그래?"

뜨끔한 지민은 얼버무리며 유경을 바라보았다. 도움 요청이었다. 유경은 얼른 받아치며 대꾸했다.

"그래. 모를 수도 있지."

"유경 언니도 몰랐던 건 아니지?"

"……그러엄, 아니지. 나는 알고 있었어. 김루아 패션쇼잖아. 김. 루. 아."

유경은 강조하듯 디자이너의 이름 석 자를 다시 한번 또박또박 뱉어 냈다. 하지만 그런 그녀의 등 뒤로 식은땀이 삐질 흐르고 있었다. 사실은 그녀도 '김루아'가 누구인지 전혀 모르고 있었다. 이준이 메인 모델로 나온다는 것 외에는 관심 밖이었으니까 말이다.

"왠지 둘 다 묘하게 이상한데……?"

지영이 눈을 가늘게 뜨고 바라본다. 역시나. 누가 한 핏줄 아니랄까 봐, 그녀의 속에도 의심 DNA가 어느 정도 있기는 한 모양이었다.

"이상하긴 뭐가 이상해."

불퉁 내뱉은 지민이 자리에서 벌떡 일어나더니 유경의 옆구리를 쿡 찌른다.

"유경아, 우리 화장실 좀 다녀오자."

"응? 그럴까?"

유경도 기다렸다는 듯 얼른 자리에서 벌떡 일어났다. 두 여자는 도망이라도 치듯 재빠르게 자리를 빠져나갔다. 그런 둘의 뒷모습을 바라보며 지영은 작게 꿍얼거렸다.

"뭐야, 진짜……."

너무도 이상하긴 한데, 도대체 어느 부분이 이상한 건지 콕 집어 말을 할 수가 없어서 더 답답했다. 사실 패션쇼장에서 두 사람을 마주친 것부터가 말이 안 되는 일이기도 했고. 찝찝한 마음에 끝까지 두 여자의 뒷모습을 눈으로 좇던 지영은 그들의 모습이 완전히 시야에서 사라졌을 때서야 제 옆에 앉아 있는 친구, 나은에게로 고개를 돌렸다.

"근데 너는 왜 그래?"

"응?"

"아까부터 표정이 굳은 것 같아서."

"내가?"

지영의 지적에 나은은 그제야 자신의 표정이 굳어 있었다는 것을 깨달은 것처럼 얼굴 근육을 움직였다.

"혹시 언니들이랑 같이 보는 거, 불편해? 내가 너무 멋대로 행동했나?"

지영이 걱정스러운 표정으로 물었다.

"아니야, 그런 거."

"정말이야?"

"응, 정말로."

"그렇담 다행이고."

안도의 한숨을 내쉬는 지영을 물끄러미 바라보던 나은이 이내 조심스럽게 운을 뗐다.

"……저기, 너희 언니 친구분 말이야."

"유경 언니?"

"이름이 유경이야?"

"응. 서유경."

"……"

"엄청 예쁘지? 키도 크고, 완전 늘씬하고. 우리 언니에 비하면 성격도 엄청 좋아. 심지어 회사도 좋은데 다닌다? 내 롤모델이야."

신나서 자랑하는 지영의 말이 나은의 귀에는 들리지 않았다.

서유경이라…….

나은은 속으로 이름 석 자를 곱씹어 보았다. 얼굴과 이름, 모두 왠지 낯설지가 않았다.

패션쇼가 끝나고 유경은 지하 주차장으로 향했다. 엘리베이터에서 내리며 차 키를 집어 들었다. 조금 전 차에 먼저 가서 기다리라며 이준에게서 받은 차키였다.

버튼을 누르려는데 문득 그녀의 시야에 주차장 한편에 주차 되어 있는 차 한 대가 눈에 띈다. 이제는 이 많은 차들 중에서도 한눈에 알아볼 만큼 익숙해진, 이준의 차였다. 그럴 리가 없겠지만왠지 주인을 닮아 차도 유독 번쩍이는 것 같은 느낌이었다.

자연스럽게 조수석에 올라탄 유경은 등받이에 등을 기댔다. 아직도 조금 전까지 느껴졌던 패션쇼장의 열기에 심장이 두근두근거렸다. 유경은 뛰는 가슴 위에 손을 살포시 얹으며 낮게 중얼거렸다.

"아직도 떨리네……."

아무것도 모르는 제 눈에도 패션쇼는 화려하고 아름다웠다. 꼭현실과는 동떨어진 꿈을 꾼 것 같았다. 처음엔 관람을 하기 위해자리를 한 연예인들에게로 시선이 쏠렸었다. 그런데 쇼가 시작되는 그 순간부터 완전히 달라졌다. 기다란 런웨이 위를 성큼성큼걷는 모델들의 포스가 어찌나 대단한지, 연예인들은 눈에 들어오지도 않았다.

특히나 그중에서도 가장 눈에 띄는 건, 역시 메인 모델인 이준이었다. 제 남자친구라서 그런 게 아니라 객관적으로 그랬다. 그의 등장과 동시에 장내가 술렁이는 게 느껴졌을 정도였으니까 말이다. 마지막을 장식할 때엔 '꺄아─' 하는 노골적인 함성까지 들렸다.

'거기선 디자이너 다음으로 누나 남자친구가 짱이니까.'

그가 자신 있게 그리 말할 때, 유경은 허세를 떤다고 생각하며 헛웃음을 흘렸었다. 그런데 직접 보니 인정하지 않을 수가 없었다. 허세 따위가 아니었다고.

"진짜 대단한 남자랑 만나고 있었네, 나."

새삼스럽게 잊고 있던 사실을 상기하며 저도 모르게 뿌듯한 미소를 짓고 있을 때였다. 차 앞 유리 너머로 이준의 모습이 보였다. 메이크업을 지우고 온 듯 맨얼굴이었다.

무대 위에서 보였던 화려한 눈 화장은 오간 데 없고, 입고 있는 옷도 디자이너의 작품이 아닌 그저 평범한 외출복이었지만, 그럼에도 불구하고 그는 여전히 반짝반짝 빛나는 느낌이었다. 꼭 지금 걷고 있는 주차장 바닥이 런웨이라도 되는 듯이 말이다.

유경을 발견한 이준이 먼저 씨익, 웃으며 손을 흔들었다. 유경도 웃으며 손을 흔들어 주었다.

"많이 기다렸죠?"

운전석에 올라타며 이준이 말했다.

"메이크업 지우느라 조금 늦었어요."

"괜찮아, 많이 안 기다렸어. 이것저것 구경하느라 늦게 나왔거든."

"그럼 다행이고요. 근데 지민 누나는?"

이준이 휑한 뒷좌석을 보며 고개를 갸웃했다.

"아, 지민이는 동생이랑 같이 밥 먹고 들어가겠다고 먼저 갔어."

"동생이요?"

"응. 지민이 막냇동생인데, 우연히 여기서 만났거든. 친구랑 같이 패션쇼 보러 왔다더라."

"그럼 동생도 같이 데려오지 그랬어요."

“그건 불가능해. 그때 네 사인 달라고 졸랐던 게 걔거든.”

“그럼 더 좋은 거 아닌가? 내 팬이라면서.”

“그러니까 더 안 되지. 네 팬인데 나랑 네 관계를 알아 봐. 얼마나 소란스러워지겠어.”

“그런가……”

낮게 대꾸한 이준이 이내 미간을 살짝 좁힌다.

“대체 누나 주변엔 내 팬이 왜 이렇게 많은 거예요? 가만 보니까 나 때문이 아니라 누나 때문에 비밀연애를 하는 거 같아.”

성격상 비밀연애 따위에 전혀 흥미 없는 이준은 못마땅하다는 듯 투덜거렸다. 유경은 할 말이 없었다. 이 연애가 공개되고 나면 오히려 이준보다도 자신이 더 곤란해지는 입장이었으니까 말이다.

“네 인기가 많은 탓이지, 뭐.”

유경은 달래듯 말했다.

“아, CF 괜히 찍겠다고 한 거 같아.”

“갑자기 또 왜?”

“CF 찍고 나면 지금보다 더 유명해질 거 아니야. 그럼 누나 주변에 내 팬이 더 많이 생길 거고. 결국엔 지금보다 더 비밀스럽게 연애를 해야 할 수도 있는 거잖아.”

거들먹거리는 게 아니라 진심으로 걱정하는 듯한 말투와 표정이었다. CF를 찍고 난 후 자신이 스타가 될 거라고, 철석같이 믿고 있는 듯했다.

자신만만하다 못해 과도하게까지 느껴지는 자기애에 살짝 재수 없다는 생각이 들기는 했지만, 그렇다고 근거가 전혀 없는 자신감은 아니기에 유경은 이번에도 할 말이 없었다. 그저 이준이 CF에 대해 더 부정적인 말을 하기 전에 화제를 돌릴 뿐이었다.

"근데 패션쇼는 뒤풀이 같은 거 없어?"

"있는데, 그냥 빠졌어요."

덤덤한 말에 유경이 눈을 둥그렇게 떴다.

"뒤풀이라는 거, 회사의 회식이랑 마찬가지 개념 아니야?"

"회사를 안 다녀 봐서 확실하게는 모르겠지만, 아마 비슷할 거예요."

"그런데 막 빠져도 돼?"

"막 빠진 건 아니고, 안 간다고 말은 했어요."

"그게 그거지. 심지어 네가 메인 모델이잖아."

"평소에 그런데 참가를 워낙 안 해서 이젠 다들 그런가 보다 해요."

……하긴. 네 고집을 누가 이기겠니.

유경은 눈앞에 대충 그려지는 상황에 입맛을 쩝 다셨다.

"예상은 했지만, 내가 생각했던 것보다도 훨씬 더 사회생활을 쉽게 하는구나, 넌."

쿨내가 진동하는 이준의 사회생활이 못내 부러웠다. 그녀의 입장에서는 회사의 회식을 멋대로 빠지는 건, 하늘이 두 쪽이 난다고 해도 절대 불가능한 일이었으니까 말이다.

"그보다, 오늘 나 어땠어요?"

기대에 찬 이준의 눈이 반짝였다. 조금 전까지 무대 위를 휘어잡던 카리스마는 어딜 가고 칭찬에 굶주린 대형견 한 마리가 주인을 향해 꼬리를 세차게 흔들고 있었다.

"최고였어."

그 모습에 유경이 살풋 웃으며 엄지를 척 치켜들었다.

"네 말대로 화보 촬영 때보다 훨씬 멋있더라. 모델은 역시 무대 위에서가 제일 빛나는 건가 봐."

평소와 달리 칭찬을 후하게 퍼부었다. 기쁜 듯 이준의 입가가 씰룩인다. 그런 이준을 바라보다 문득 떠오르는 생각에 유경이 말했다.

"나도 꽃다발 사 올 걸 그랬나 봐."

"꽃다발은 왜요?"

"아까 보니까 다들 디자이너랑 모델들한테 꽃다발 건네더라."

쇼가 끝나고 당연하다는 듯 꽃다발을 주고받는 광경을 보며 유경은 그제야 아차, 싶었다. 처음 와 보는 곳이라 너무 긴장한 탓에 이준에게 축하를 해 줘야 하는 자리라는 것을 완전히 잊고 있었던 것이다.

"빈손으로 와서 미안해. 이런 데 처음 와 봐서 분위기를 몰랐네."

"미안할 필요 없어요. 누나가 와 준 것만으로도 나한테는 충분히 큰 선물이니까."

"그래도……"

"정말로 괜찮다니까요. 어차피 내 눈엔 꽃보다 누나가 더 예쁜데, 뭐."

무심하게 툭 뱉어진 말에 유경의 어깨가 흠칫했다. 꽃보다 예쁘다니. 시에서나 등장할 법한 문구에 등 뒤로 소름이 쭉 돋아났다. 그의 입에서 이런 말이 나오는 게 이번이 처음은 아니었다. 아니,

굉장히 자주 있는 일이었다. 하지만 이럴 때마다 소름이 끼치는 건 어쩔 수 없다. 이 자리에 지민이 없는 게 천만다행이라고 생각하며, 그녀는 이준을 흘겨보았다.

"제발 좀. 그런 말 좀 그만할 수 없어?"

"또 그 소리예요?"

이준이 지겹다는 듯 눈살을 살짝 찌푸렸다. 그러고 보니 이 주제에 대해 자주 얘기를 했던 것 같기는 했다. 하지만 그 말은 곧 이준이 오글거리는 멘트를 남발했다는 뜻이기도 했다.

"아니면 횟수라도 좀 줄이든가."

"왜요? 나쁜 말도 아닌데."

지금까지 몇 번이나 말을 했는지 모르겠다. 이젠 입이 다 아플 정도건만, 이준은 마치 처음 듣는 것처럼 전혀 이유를 모르겠다는 듯 되묻는다.

"이거 봐. 내 손발 오그라든 거!"

유경이 판사의 앞에서 증거물을 제출하듯 굽어진 손을 그의 눈앞까지 들이밀었다.

"이 정도면 나한테 나쁜 말일 수도 있을 거란 생각은 안 들어? 응?"

설득이 아니라 호소에 가까웠다. 이번에야말로 확실히 하고 싶었다. 하지만 이준은 늘 그래 왔던 것처럼 이번에도 눈 하나 깜빡하지 않았다. 그저 덤덤한 얼굴로 안으로 말려든 그녀의 손가락을 하나하나 펴 줄 뿐이었다.

"이제 슬슬 적응할 때도 되지 않았어요?"

이준은 완전히 펼쳐진 그녀의 손가락 사이로 손깍지를 단단하게 채우며 말했다.

"하루 이틀도 아닌데."

만약 다른 사람이었으면 벌써 적응을 했을지도 모르겠다. 그의 말대로 나쁜 말이 아니라 오히려 칭찬이었으니까 말이다.

지민 역시도 유경이 이 부분이 고민스럽다고 슬쩍 얘기를 꺼냈더니, 호강에 겨워 요강에 똥 싸는 소리를 한다며 혀를 쯧 찼었다. 그런데 이상하게도 유경은 이 부분만큼은 도무지 적응이 어려웠다. 태생적으로 애교도 없고 오글거리는 것 자체를 싫어하는 성격이었다. 역시나 본성은 쉽게 변하지 않는 법인 모양이었다.

"네가 줄일 생각은 전혀 없는 거야?"

부탁하듯 말했지만 이준은 더 생각할 것도 없다는 듯, 손을 꽈악 그러쥐며 단호하게 대답한다.

"불가능해요. 생각하고 하는 말이 아니라 그냥 본능적으로 튀어나오는 말이니까."

도대체 본능이 어떻게 생겨 먹으면 이런 오글거리는 말이 시도 때도 없이 툭툭 튀어나오는 걸까. 유경이 기가 막힌다는 듯 바라보자 이준이 말을 덧붙였다.

"그냥 누나가 적응하는 게 더 빠를 거예요."

"……."

"진정으로 누나의 손발을 위한다면."

야생이 아닌 이상 곰이 여우를 이길 수는 없는 법이다.

……그래. 내 본성이 쉽게 변하지 않듯 네 본성도 쉽게 변할 순 없는 거겠지.

오늘도 패배한 유경은 입을 꾹 다물고 이준을 슬쩍 흘겨보았다.

순간 그의 뒤편으로 아홉 개의 새하얀 꼬리가 흩날리는 것처럼 보이는 건…… 아마도 기분 탓인 거겠지.

쾅!

책상 위를 묵직하게 때리는 마찰음에 유경은 깜짝 놀라 모니터에서 시선을 떼고 고개를 돌렸다. 한 뭉치의 서류철을 책상 위에 거칠게 내려놓은 보라가 유경을 향해 고개를 획 돌렸다.

"대리님!"

"응?"

"커피 한잔 안 하실래요?"

거절하면 안 될 것 같은 분위기였다. 심상치 않은 보라의 표정에 유경은 얼른 자리에서 일어났다. 탕비실로 온 두 사람은 갓 뽑은 커피를 든 채 테이블에 마주 앉았다.

"대리님, 저 생각하면 할수록 너무 억울해요."

투덜거리는 보라의 표정이 샐쭉하기가 그지없었다. 오늘 하루 종일 같은 표정이었다. 유경은 걱정스러운 듯 물었다.

"왜, 무슨 일 있어?"

"이번 일이요."

친절한 설명은 아니었지만 곧바로 짐작 가는 것이 있었다. 유경은 '아…….' 하며 고개를 끄덕였다.

오늘이 바로 CF 촬영 날이었다. 누구보다 보라가 가장 고대하던 날이 아닐 수 없었다. 모델은 물론이고 CF 촬영 콘셉트도 보라가 제출한 기획으로 진행되게 됐다. 그 소식에 보라는 뛸 듯이 기뻐했다. CF 촬영장에 가서 업무를 보는 것도 기획팀의 몫이었기에 보라는 당연히 자신이 선택받을 줄 알았던 것이다. 그런데 전날인 바로 어제, 부장의 입에서 청천벽력 같은 소식이 전해졌다. 출시일이 조금 더 앞당겨지는 바람에 업무가 과다하게 몰려서, 책임자인 팀장을 제외하고는 누구도 자리를 비워서는 안 된다는 것이었다.

사실 다른 팀원들의 입장에서는 오히려 반가운 소식이었다. 외근을 하는 것보다는 회사에서 업무를 보는 게 훨씬 덜 피곤한 일이었으니까 말이다. 그러나 오늘 하루만 고대했던 보라에게는 말 그대로 청천벽력이 아닐 수가 없었다. 보라의 팬심이 얼마나 대단한지 잘 아는 선우와 유경은 어제 하루 종일 그녀의 눈치를 봐야만 했다. 그런데 역시나. 하루만으로 끝날 사안은 아닌 모양이었다. 생각할수록 억울하다는 본인의 말처럼, 어제보다 오늘이 더 심각해 보였다.

"모델 제안서 제가 올렸잖아요. 아니에요?"

"⋯⋯그렇지."

"솔직히 제품 이미지에 딱 맞는 모델 구하기가 어디 쉬운 일이에요?"

"⋯⋯어렵지."

"그런데 어떻게 관련된 업무엔 쏙 빼놓을 수가 있어요? 모델로 권이준 추천을 누가 했는데에에! 뱀파이어 콘셉트를 누가 냈는데에에!"

보라가 두 주먹을 꽈악 그러쥐고는 소리를 내질렀다. 분해 죽겠는 모양이었다. 심심한 대꾸만 하던 유경은 손을 들어 보라의 어깨를 가볍게 토닥여 주었다. 가벼운 위로의 손길에 보라의 눈이 새빨갛게 달아오른다. 짜증이 서렸던 얼굴엔 어느덧 서러움이 가득 차올랐다. 보라는 울먹이며 말했다.

"저 진짜로 CF 촬영장에 가고 싶었단 말이에요……!"

"그래. 나도 알지."

"짜증 나요, 우리 회사……!"

"그래. 회사가 너무했네."

토닥토닥.

이어지는 손길에 보라는 풀썩, 테이블 위로 엎어졌다. 그리고 이내 훌쩍이는 소리가 들려온다.

"죄송해요, 대리님……. 저 조금만 울게요……."

원래 기대가 크면 실망도 클 수밖에 없는 법이다. 꼭 이준의 팬이 아니더라도 이번 문제는 보라의 입장에서 서운할 수밖에 없는 일이었다. 제가 일한 만큼 인정받고 싶은 건, 너무도 당연한 일 아니겠는가.

"그래, 실컷 울어. 못 본 걸로 해 줄게."

유경은 보라의 어깨에 닿았던 손을 떼어 냈다. 그러자 보라의 등이 간헐적으로 들썩이기 시작했다. 아무래도 이번 일뿐만 아니라 지금까지 회사생활을 하면서 쌓인 스트레스가 터진 것 같았다. 그런 모습을 안쓰럽게 바라보던 유경은 고개를 돌리며 속으로 한숨을 낮게 내쉬었다. 사실은 이번 사태 때문에 그녀 역시도 여간 곤란한 게 아니었다.

어제 이준도 그녀가 촬영장에 갈 수 없게 되었다는 소식을 듣고는 완전히 삐져 버렸다. 어쩔 수 없는 일이라고 설명을 해 주었지만 좀처럼 표정이 풀리지 않았다. 알겠다고 말은 하면서도 표정은 전혀 딴판이었다. 결국 오늘 아침까지도 냉랭한 분위기는 계속 유지되었다.

……잘하고 있으려나. 제게 삐진 거야 몇 번 더 달래 주면 풀리겠지만, 그것보다도 걱정되는 것은 선우와 이준이 다시 한번 마주치게 됐다는 사실이었다. 팀장님에 대한 경계가 생각보다 훨씬 심한 것 같던데……. 혹시 또 저번처럼 우발적인 사고를 치는 건 아니겠지…….

유경은 심란한 눈으로 제 휴대폰을 바라보았다. 스탠바이 시간인 10시에 맞춰 촬영 준비 잘하고 있냐는 문자를 보냈었다. 그런데 평소 같았으면 보내자마자 도착했을 답장이 한 시간이 지난 지금까지도 깜깜무소식이다. 물론 바빠서 연락을 못 한 걸 수도 있겠지만, 아무래도 그편보다는 심기가 불편해서 의도적으로 답장을 미루고 있을 가능성이 더 컸다.

오늘따라 유난히 조용한 휴대폰이 꼭 태풍 전야의 고요함처럼 느껴진다면 너무 오버일까. 유경은 휴대폰을 꽈악 그러쥔 채 속으로 기도했다.

부디, 무사히 오늘 하루가 지나가도록 해 주세요.

제발……!

분주한 촬영장을 가로지른 형욱은 곧장 대기실 문을 열었다. 대기실 안은 정신없는 밖과는 정반대로 절간처럼 고요했다.

헤어와 의상, 메이크업까지. 준비를 끝마친 이준은 홀로 긴 다리를 꼰 채 눈을 지그시 감고 있었다. 대기실 문을 닫은 형욱은 이준의 앞으로 다가섰다. 인기척을 느낀 듯 이준이 감았던 눈을 떴다. 뱀파이어 분장 때문에 낀 새빨간 렌즈 때문에 안 그래도 날카롭던 눈빛이 한층 더 섬뜩하게 보인다.

"어우, 깜짝이야!"

형욱은 저도 모르게 뒷걸음질을 쳤다. 그러곤 스스로도 민망한지 괜스레 주절주절 말을 늘어놓았다.

"……음, 정주 씨 실력이 날로 좋아지는구나. 분장이 아주 리얼하네. 앞으론 몸값을 좀 더 올려 줘야겠는걸."

아하하하…….

어색한 웃음소리가 고요한 대기실 안에 애처롭게 흩어졌다. 웬만하면 반응을 해 줄 만도 하건만, 이준은 덤덤한 표정으로 제 용건을 말할 뿐이었다.

"커피는?"

"자. 여기."

형욱은 얼른 손에 들고 있던 테이크아웃 커피 잔을 건넸다. 아이스 아메리카노. 이준의 주문이었다.

"으."

컵에 꽂힌 스트로를 쪼옥 빨아 당긴 이준의 미간이 순간 확 일그러진다. 놀란 형욱이 물었다.

"왜? 맛이 이상해?"

"너무 써."

"뭐?"

"너무 쓰다고. 이거 왜 이렇게 써?"

아니, 아메리카노를 주문해 놓고 왜 쓰냐고 묻는 게 말이야, 막걸리야? 형욱은 기가 차서 인상을 찌푸렸다.

"그럼 아메리카노가 쓰지, 달아? 평소엔 더 쓰게 먹으면서."

"샷 추가한 거 아니야?"

"안 했어."

"정말이야?"

"야! 내가 이런 쓸데없는 거짓말을 왜 하겠어? 뭘 얻는다고?"

억울해서 소리치자 이준이 고개를 갸웃한다.

"근데 왜 이렇게 쓰지."

"네 입이 쓴 거 아니야? 가끔 그럴 때 있잖아. 뭘 먹어도 쓰게 느껴지는 날."

"그런가……."

이준은 낮게 중얼거리며 들고 있던 커피를 내려놓았다. 커피 잔을 바라보는 그의 눈빛이 평소와 달리 짙었다. 벽에 삐딱하게 기대선 형욱은 눈을 가늘게 뜨고 그런 이준을 물끄러미 바라보았다. 요즘 들어 하루도 이상하지 않은 날이 없긴 했지만, 오늘도 참으로 이상하기 그지없었다. 사실 이번 일에 비하면, 제주도에서 갑자기 서울행 비행기를 구해 달라고 닦달했던 그날은 별것도 아니었다.

'형, 나 할게.'

며칠 전. 아침 일찍부터 사무실로 찾아온 이준이 형욱을 보고 인사도 생략하고 대뜸 뱉은 말이었다.

'앞뒤 다 자르고 그게 무슨 말이야?'

'하겠다고.'

'아니, 그러니까 뭘 하겠다는…….'

'J식품 신제품 광고 모델.'

무덤덤하게 뱉어진 그의 말에 형욱이 반응을 한 건, 그로부터 몇 초 후였다. 전혀 예상하지 못했던 상황인지라 버퍼링이 걸려 버린 것이다.

'……뭐? 진심이야?'

'그래.'

'공중파 CF도 찍어야 하는 건 알지?'

'알고 있어.'

'정말로 괜찮다고?'

'그렇다니까.'

몇 번이나 거듭 확인하는 형욱의 질문에 이준의 얼굴에는 귀찮은 기색이 역력하게 떠올랐다. 하지만 그럼에도 불구하고 형욱은 다시 한번 더 물을 수밖에 없었다. 도저히 믿어지지가 않았기 때문이었다.

'아니, 대체 갑자기 왜 마음이 변한 거야? 내가 그렇게 바짓가랑이 붙들고 부탁할 땐 눈 하나 깜짝 안 하더니!'

'그래서. 싫다는 거야?'

이준이 삐딱하게 되물었다. 그제야 형욱은 더 이상 이준의 심기를 거슬러서 좋을 게 없으리라는 판단을 내리고는 얼른 대답했다.

'아니이! 내가 언제 싫다고 했어? 아주 좋아 죽겠는데! 이럴 게 아니라 우리 계약서부터 쓸까? 잠깐, 아니, 딱 1분만 기다려 봐. 당장 계약서 하나 뽑아 올 테니까. 알았지?'

혹시라도 이준의 마음이 변할세라 형욱은 쏜살같이 컴퓨터를 향해 달려갔다. 급하게 없는 계약서를 만들어 내면서도 도저히 이 상황이 믿어지지가 않았다. 꼭 콩 심은 데 팥이 나고, 팥 심은 데 콩이 나고, 서쪽에서 해가 뜬다는 말을 들은 것처럼 머리가 멍했다.

고집스럽게 방송 노출을 꺼리더니, 갑자기 그의 마음이 바뀐 이유가 형욱은 너무도 궁금했다. 그러나 더 캐물을 수는 없었다. 저 때문에 이준의 마음이 바뀌어 버리면 매우 곤란했으니까 말이다.

"뭔데?"

여전히 의심이 그득한 시선으로 이준을 빤히 바라보던 형욱이 대뜸 물었다.

"뭐가."

"왜 또 심기가 불편한 거냐고."

형욱의 말에 이준은 앞에 놓인 거울을 바라보았다. 누가 봐도 티가 날 정도로 딱딱하게 굳은 제 얼굴이 눈에 들어온다. 그는 심드렁하게 대구했다.

"아직은 안 불편해. 곧 불편해질 예정이지만."

"그게 무슨 소리야?"

원래도 그랬지만, 요즘 이준의 입에서 나오는 말들은 평소보다도 훨씬 더 알아들을 수 없는 말투성이였다. 의미 불명의 대사에 형욱이 되묻는 순간이었다.

똑똑.

대기실 문을 두드리는 노크 소리가 들려왔다.

"네. 들어오셔도 됩니다."

당연히 스태프겠거니 생각한 형욱이 대답했다. 그러나 문이 열리고 나타난 건 촬영 스태프가 아니라 J식품의 기획팀 팀장이었다.

"엇! 안녕하세요. 한 팀장님."

형욱은 자세를 얼른 바로하며 선우에게 꾸벅 인사를 건넸다. 계약서를 작성하던 날 인사를 주고받은 적이 있는 두 사람이었다. 선우 역시 가볍게 웃으며 고개를 까딱했다.

"팀장님께서 여긴 어쩐 일이세요? 무슨 일이 있나요?"

"아뇨. 특별히 일이 있는 건 아니구요. 그냥 권이준 씨한테 개인적으로 인사를 드리러 왔어요."

"네? 개인적으로요……?"

형욱은 고개를 갸웃했다. 인사를 하러 왔다는 것까지는 이해가 되지만 '개인적으로'라는 말이 어쩐지 묘하게 들린 탓이다.

"형, 잠깐 자리 좀 비켜 줘."

질문은 선우에게 했는데 대답은 엉뚱한 곳에서 들려왔다.

"……어? 아, 그래."

삽시간에 딱딱하게 굳어 버린 이준의 표정에 형욱은 별다른 말을 하지 못하고 그의 요청대로 대기실을 나설 수밖에 없었다. 문밖으로 나오면서도 마음 한편이 찝찝했다. 정말로.

탁.

두 사람만 남겨 두고 문을 닫으면서도 마음 한편이 영 찝찝했다.
정말로 제가 자리를 비키는 게 맞는 건지 모르겠다.

"뭐지? 두 사람, 분위기가 영 심상치 않은데……?"

닫힌 문을 바라보며 형욱은 걱정스럽게 중얼거렸다.

✳

대기실 안.

형욱이 자리를 비켜 주었지만 두 남자 사이에 흐르는 긴장감은
여전히 팽팽했다. 그 침묵을 먼저 깬 건, 이준이었다.

"용건이 있어서 찾아오신 거 아닙니까?"

언뜻 들으면 정중한 듯하면서도 날이 잔뜩 선 어투였다. 하지만
선우는 인상을 찌푸리기는커녕 여전히 부드러운 미소를 지어 보
이며 말했다.

"생각해 보니 감사 인사를 못 했던 것 같아서요."

"……"

"지금까지 방송 관련 일을 피했다고 들었습니다. 그럼에도 불구
하고 저희 회사의 제안을 받아 주신 점, 조금 늦었지만, 이번 프로
젝트의 책임자로서 진심으로 감사하다는 말씀 드리고 싶습니다."

꾸벅.

표정만큼이나 부드러운 목소리에다가 고개까지 숙이는 선우의
깍듯한 모습에 이준의 눈썹이 꿈틀거렸다. 감정을 숨기지 못하고
드러내 놓고 있는 자신과는 달리 그는 너무도 여유로워 보였다.
자신을 향한 선우의 감정 역시 그리 좋지 않다는 것이, 본능적으

로 분명하게 느껴지는데도 말이다. 이런 걸 보고 연륜의 차이라고 하는 걸까. 은근히 부아가 치밀어 오른다.

"고맙게 생각하지 않아도 됩니다. 감사 받을 이유도 없고요."

이준은 최대한 표정을 드러내지 않으려고 애쓰며 덤덤하게 말했다.

"이미 잘 알고 있겠지만, 그쪽 좋으라고 한 일이 전혀 아니니까요."

하지만 눈빛까지는 숨길 수가 없었다.

"권이준 씨는 매우 솔직하시네요."

자신을 향한 적의가 가득 담긴 노골적인 그의 눈빛에 선우는 낮게 웃음을 흘렸다.

"그런 소리 많이 듣습니다."

이준도 지지 않고 받아쳤다.

"그렇군요."

"네."

딱딱한 말을 주고받은 후, 두 남자 사이에 다시금 무거운 침묵이 흘렀다. 둘은 마치 눈싸움이라도 하듯 서로를 빤히 바라보고 있었다. 표면적으로는 용건이 끝이 났지만, 사실 정작 하고 싶은 얘기는 아직 꺼내지도 못했기 때문이었다.

"한선우 팀장님."

이번에도 역시, 참을성이 먼저 바닥난 건 이준이었다.

"서유경한테 관심 있습니까?"

이 상황에서는 너무도 뜬금없는 질문이 아닐 수 없었다. 하지만 이 질문이야말로 진정한 본론이었다.

"동생분에게 꼭 대답을 해야 하나요?"

선우 역시도 이런 질문이 나올 거라 예상했다는 듯이 눈 하나 깜빡하지 않고 되받아쳤다.

"동생 아닙니다."

"아, 동거인이라고 했던가요."

처음 봤던 날이 떠오른 듯 선우의 한쪽 입꼬리가 살짝 말려 올라갔다. 분명한 비웃음에 이준이 주먹을 꽈악 그러쥐었다. 그날은, 그에게 그리 유쾌한 기억이 아니었다.

"맞아요."

그런 이준을 바라보며 선우가 차분하게 말을 이었다.

"나, 서유경 씨한테 관심 있습니다."

더 빼는 것 없이, 순순하게 뱉어지는 대답에 순간 꽉 그러쥔 이준의 주먹이 저도 모르게 살짝 풀어졌다. 이미 예상하고 있었지만 막상 본인 입으로 들으니 기분이 한결 더 나쁜 건 어쩔 수 없었다. 저를 향한 도발처럼 느껴지기도 했다.

"보면 볼수록 매력 넘치는 사람이잖아요, 서유경 씨."

"……."

"아, 물론 권이준 씨도 나만큼이나 잘 알고 있겠지만."

아니, 도발이 분명한 것 같았다. 이준을 바라보는 선우의 얼굴엔 더 이상 업무용 미소는 없었다.

"나도 하나 묻겠습니다."

그는 조금 전과 달리 이준을 향한 자신의 감정을 숨기지 않은 채 말을 이어 갔다.

"서유경 씨 좋아합니까?"

"아뇨."

생각할 것도 없다는 듯 단호하게 뱉어지는 이준의 대답에 의외라는 듯 선우의 눈이 살짝 커졌다. 그러나 이준의 대답은 그게 끝이 아니었다.

"사랑하는데요."

당돌한 대답. 단단하게 빛나는 그의 두 눈빛에서는, 유경을 향한 자신의 마음에 대한 자신감이 대단하다 못해 철철 넘쳐흐르고 있었다.

"그런데, 그쪽은 아니잖아."

이준은 조금 전 선우의 도발에 대한 복수라도 하듯, 그의 두 눈을 빤히 바라보며 붉은 입술을 달싹였다.

"사랑까진."

단호한 목소리였다. 내 감정에 비하면 네 감정은 한없이 가볍다고. 그의 자신감 넘치는 눈빛이 선우를 향해 그리 말하고 있었다.

"……."

선우는 선뜻 대답하지 못했다. '사랑'이라는 단어의 무게 때문이었다. 분명한 건, 조금 전 이준의 입에서 나온 말도 그리 가볍지만은 않게 들렸다는 것이었다.

"사랑이라……."

선우가 이준의 말을 낮게 곱씹어 볼 때였다.

똑똑.

다시금 노크 소리가 들려오더니, 곧바로 스태프의 커다란 목소리가 이어진다.

"스탠바이 하겠습니다!"

꽤 괜찮은 타이밍이었다. 선우는 싱긋 웃으며 선우를 향해 손을 척 내밀었다.

"지금부터 사적인 감정은 넣어 둬야겠군요. 권이준 씨도 공과 사는 구별해 주시리라 믿습니다."

이준의 입장에서는 타이밍이 영 못마땅했지만, 어쩔 수 없이 선우의 손을 가볍게 붙들었다가 떼어 냈다.

"걱정 마시죠. 안 그래도 그럴 생각이었으니까."

삐딱한 대답에도 선우는 마지막까지 정중하게 고개를 다시 한 번 꾸벅 숙였다.

"모쪼록, 잘 부탁드립니다."

마주한 선우의 얼굴엔 감정이 담겨 있던 눈빛은 더 이상 보이지 않았다. 그저 업무용 미소만 머금고 있을 뿐이었다. 재수 없게 느껴질 정도로 완벽한 포커페이스였다. 마치 아까의 대화 따위는 전혀 없었다는 듯이.

이준은 대기실을 빠져나가는 선우의 뒷모습을 빤히 바라보았다. 그러다 이내 선우가 나가고 문이 탁, 닫히는 순간 씹어뱉듯 말을 내뱉었다.

"……능구렁이 같은 자식."

왜 유경이 전혀 눈치를 못 채는지 답답했는데 이젠 조금 알 것도 같았다. 유경의 앞에서도 저렇게 사람 좋은 미소만 짓고 있을 게 분명했다. 그러니 남들보다 훨씬 둔한 곰과인 유경에겐 전혀 먹히지 않았을 테고.

"후우."

그는 길게 한숨을 내쉬며 의자 등받이에 몸을 깊숙이 기댔다. 스탠바이 요청을 들었지만 선뜻 일어날 수가 없었다. 지금은 감정부터 추슬러야 했다. 그의 말대로 공과 사는 구별해야 하니까 말이다. 하지만 좀처럼 널뛰는 감정이 사그라지지 않는다. 오히려 조금 전 들었던 그의 목소리만 생생하게 떠오를 뿐.

'맞아요.'
'나, 서유경 씨한테 관심 있습니다.'

하, 붉은 입술을 비집고 헛웃음이 절로 흐른다.
"뭐? 관심이 있다고?"
이준은 주먹을 꽈악 그러쥐었다. 금세 피가 통하지 않는 주먹이 하얗게 질려 갔다. 마음 같아서는 당장이라도 그의 멱살을 붙들고 내 여자한테 눈독 들이지 말라고 소리치고 싶었다. 그럼에도 불구하고 목구멍 끝까지 차오른 그 말을 애써 삼켜야만 했다. 이곳이 촬영장이라서 그런 건 아니었다. 이성적으로 생각해서도 아니었다. 이유는 단 하나, 또다시 제 치기로 그녀를 곤란하게 만들 순 없다는 생각 때문이었다. 그녀에게서 미움 받고 싶지 않았다. 그런 끔찍한 경험은 그때 한 번이면 충분했다. 그는 지그시 눈을 내리깐 채 낮게 중얼거렸다.
"……그래. 참자, 참아."
누가 뭐라 한들, 어떤 마음을 가졌든. 어차피 서유경이 권이준의 여자라는 건 변하지 않는 사실이었으니까.

퇴근길.

여느 때와 마찬가지로 동네 버스정류장에 내린 유경은 순간 멈 칫, 걸음을 멈추고는 눈을 둥그렇게 떴다. 버스 정류장에 삐딱하 게 기대서 있는 이준 때문이었다.

"왜 나와 있어?"

그의 앞으로 빠르게 다가서며 유경이 질문했다.

"누나가 회사론 못 가게 하니까."

이준이 삐딱하던 자세를 바로하며 불퉁스레 대답했다. 입술도 살짝 마중이 나와 있는 것이, 토라진 기색이 역력해 보인다. 이준 에게서 연락이 왔었다. 퇴근 시간에 맞춰 회사로 데리러 오겠다 는 연락이었다. 물론 유경은 그럴 필요 없다고 거절했다. 평소에 도 위험했지만, 특히나 오늘은 보라의 심기가 매우 불편한 상태였 기에 더욱더 위험한 상황이었으니까 말이다.

"그거야, 너 피곤할까 봐 그런 거지."

"내 생각해서 그랬다는 거예요?"

"……그렇다니까. 오늘 촬영도 힘들었을 거 아니야."

의심 가득한 눈초리를 받으며 유경은 변명하듯 말했다. 양심이 조금 찔리기는 했지만 그래도 100프로 거짓말은 아니라고 위안 했다.

"맞아요. 엄청 힘들었어."

고개를 끄덕인 이준은 팔을 뻗어 그녀의 허리를 감쌌다. 그러 곤 자신의 품으로 화악 끌어당겼다. 유경의 몸이 이준의 품에 폭 안겼다.

"권이준! 여기 길바닥이거든?"

갑작스러운 스킨십에 당황한 유경이 꽥 소리를 질렀다. 그냥 길바닥도 아니고 큰 차들이 쌩쌩 지나다니는 차도였다. 게다가 사람들이 많이 오가는 버스 정류장 바로 앞이기도 했다.

"알고 있는데?"

능글맞은 이준의 말에 유경은 있는 힘껏 그의 가슴팍을 밀어냈다.

"빨리 놔줘."

"싫어요."

"고집부리지 말고 얼른. 사람들 쳐다보잖아."

"보라고 해요."

"야!"

"괜찮잖아요. 키스하는 것도 아니고 겨우 포옹인데."

이준은 물러날 기색이 전혀 없어 보였다. 누가 타인의 시선을 별로 신경 쓰지 않는 젊은 세대 아니랄까 봐 당당하기까지 했다. 이럴 때마다 유경은 이준과의 엄청난 세대 차이를 느끼곤 했다. 고작 네 살 차이인데도 이런데, 띠동갑 이상 차이 나는 커플들은 도대체 어떻게 극복을 한 건지. 평소엔 전혀 관심 없었던 그들의 연애사까지 너무도 궁금해지는 요즘이다.

"안 놓을 거야?"

"응. 안 놔요."

대답이 너무도 단호했다. 아예 작정을 한 모양이었다. 이준의 가슴팍에 얼굴이 박혀 있는 덕분에 시야는 차단됐지만, 그래도 이쪽으로 쏠리는 은근한 시선은 느껴졌다.

키라도 작았으면 모를까. 둘 다 남달리 길쭉한 편이라 눈에 띄지 않으려야 않을 수가 없었다. 민망한 마음에 유경은 그의 품에서 벗어나려고 애를 썼다. 하지만 미약한 그 힘은 이준을 뿌리치기엔 역부족이었다. 뿌리치려고 하면 할수록 밀려나기는커녕 오히려 더 세게 그녀의 몸을 끌어안을 뿐이었다. 그의 고집에 결국 유경이 제풀에 지쳐 포기해야만 했다.

"충전 중이에요."

얌전해진 유경의 정수리 위에 턱을 보란 듯이 괴며 이준이 말했다.

"오늘 촬영이 너무, 엄청, 굉장히 힘들어서 지금 나 완전히 방전 상태거든."

"……."

"그러니까 이 정도는 봐줘요."

머리 위에서 흐트러지는 이준의 목소리는 퍽이나 달콤했지만 유경은 속지 않았다. 이미 촬영이 끝나고 사무실로 복귀한 선우에게서 오늘 촬영장의 분위기에 대해 들었던 것이다.

NG도 거의 없이 대부분 한 번에 OK 사인이 나왔다고 했다. 대단한 물건이 나타났다며, CF 감독이 탐을 낼 정도였다고. 덕분에 촬영은 예상보다도 훨씬 빠르게 끝이 났고, 현장의 분위기는 그야말로 화기애애, 그 자체였다고도 했다.

그런데 '너무, 엄청, 굉장히' 힘들었다니. 이건 분명 헛소리가 분명했다. 굉장한 엄살이거나. 하지만 그럼에도 불구하고, 유경은 차마 어리광 부리지 말라며 매정하게 뿌리칠 순 없었다. '촬영'이라는 핑계 앞에서 그녀는 언제나 작아질 수밖에 없었으니까 말이다.

……아, 정말. 이럴 줄 알았으면 그냥 입도 벙긋하지 말걸 그랬어.

뒤늦게 후회가 밀물처럼 밀려왔지만 이미 늦어도 너무 늦은 상황이었다. 이제 신제품 출시까지 보름도 채 남지 않았다.

그래. 이제 다 끝났어. 조금만 더 참자, 조금만. 유경은 속으로 길게 한숨을 내쉰 후, 입을 열었다.

"오늘 못 가서 미안해."

피할 수 없으면 즐기라고 했던가. 그녀는 채찍 대신 당근을 선택했다. 그를 뿌리치는 대신 등을 가볍게 토닥이며 달래듯 말했다.

"대신 맛있는 거 사 줄게. 우리 오랜만에 외식하자."

최대한 목소리에 애교를 섞어서 말했다. 쥐어짠, 애교 같지도 않은 애교가 통할까 걱정했는데, 이준의 몸이 움찔하는 게 느껴진다. 다행히도 무뚝뚝한 유경에게 익숙해진 그에게는 이런 허접한 애교도 먹히는 모양이었다.

"내가 어린앤가, 뭐. 먹는 거에 넘어가게."

"그래서 싫다고?"

"싫다는 말은 안 했어요."

빠른 속도로 냉큼 뱉어진 대답에 유경은 피식, 작게 웃으며 되물었다.

"뭐 먹고 싶어?"

"음……."

잠깐 고민하는가 싶더니 이내 이준이 그녀에게서 떨어지며 말했다.

"장어요."

"……장어?"

그 많고 많은 음식 중에 왜 하필이면 장어인 거니……?

불안하게 떨리는 눈빛을 읽은 건지, 이준이 그녀의 두 눈을 똑바로 마주한 채 한쪽 입꼬리를 씨익 말아 올린다.

"맞아요. 지금 생각하는 그거."

"……."

"그러니까 많이 먹어 둬요, 누나."

적게 먹으라는 것도 아니고 많이 먹으라는데. 친절하기 그지없는 저 한마디가, 어째서 공포영화 속 대사만큼이나 섬뜩하게 느껴지는 걸까.

유경은 대답 대신 두 눈을 질끈 감았다. 오늘 밤도 왠지 하염없이 길 것만 같았다.

22. 실검 1위

점심시간.

유경은 구내식당이 아닌 회사 밖으로 나왔다. 외근 때문에 이 근처에 왔다는 지민과 함께 점심을 먹기로 했다. 약속했던 식당 안으로 들어갔다. 먼저 와 있던 지민이 유경을 발견하곤 손을 흔들어 보였다. 패션쇼가 있었던 그날 이후로 처음 보는 것이었다. 유경 역시 반갑게 손을 흔들어 보인 후, 얼른 지민의 맞은편으로 가서 앉았다.

"일찍 왔네?"

"정시 땡, 하자마자 나왔지."

"일은 괜찮아? 요즘 워낙 바쁘다고 해서 못 볼 줄 알았는데."

"타이밍이 좋았어. 딱 오늘로 끝났거든."

유경은 시원하게 대답했다. 오랜 시간 꽉 막혀 있던 체증이 내려간 것처럼 후련했다. 그동안 폭풍 같았던 시간이 지나고, 오늘 드디어 지긋지긋한 프로젝트에 마침표를 찍게 되었다. 서두른 덕에 라이벌 회사보다 조금 이르게 출시할 수 있게 된 것이다.

신제품에 대해 언론에 보도 자료도 다 돌렸고, 대형 마트에는 이미 제품이 깔려 있는 곳들도 꽤 있었다. 내일 공중파 CF만 현시되고 나면 정말로 끝이었다.

"축하해."

그간 매일 같이 야근을 하던 유경의 고생을 잘 알고 있었기에 지민은 진심으로 말해 주었다.

"고마워."

유경도 진심으로 대답했다. 끔찍했던 야근도 어제로써 끝이라고 생각하니 입술을 비집고 웃음이 절로 나온다. 직원을 불러 불고기백반 2인분을 시켰다. 직원이 돌아가고 지민은 물을 홀짝이는 유경을 빤히 바라보았다. 그러다 문득 묻는다.

"근데 너, 저번에 봤을 때보다 살이 더 빠진 것 같다?"

"티 나?"

"응. 엄청 많이 나."

단호한 친구의 대답에 유경은 괜스레 볼에 바람을 슬쩍 넣어 보았다. 그래 봐야 오래가지 않아 금방 원래의 홀쭉한 볼로 돌아오지만 말이다.

"조금 빠졌어."

"조금이 아닌 것 같은데? 대체 그동안 얼마나 고생을 한 거야?"

지민이 눈살을 찌푸렸다. 안 그래도 마른 편인 유경이었다. 애초에 빠질 살이 없던 몸에서 살이 빠지자, 이제는 예쁜 걸 넘어서 안쓰러워 보일 지경이었다.

"그나마 네 얼굴 자체가 어려 보이는 얼굴이라 다행인 줄 알아. 내가 너처럼 빠졌으면 할머니 소리 들었을걸."

"그 정도는…… 아니지 않아?"

"아니. 완전 그 정도거든?"

"……."

"너희 회사 진짜 너무한 거 아니야? 아니, 밥은 먹여 가면서 일을 시켜야 할 거 아니야. 내가 확 노동청에 고발해 줄까?"

저를 대신해서 화를 내주는 친구의 모습에 민망해진 유경은 어색하게 웃으며 작게 대꾸했다.

"……아니야. 먹는 건 잘 먹었어."

이 말만큼은 사실이었다. 야근을 끝내고 집으로 가면 이준이 늘 맛있는 야식을 준비해 주었다. 늦은 시간에 먹기엔 조금 부담스럽게 느껴질 정도의 대단한 메뉴들도 나왔었다. 그때마다 맛있어서 과식까지 했었다.

다만 문제는…… 매일 밤 먹은 만큼, 아니, 어쩌면 먹은 것보다 더 많이 에너지를 사용해야만 했다는 것이었다. 그 말인즉, 너무한 건 회사가 아니라 이준이라는 뜻이었다.

물론, 유경도 싫은 건 아니었다. 가끔은 그보다 그녀가 먼저 원할 때도 있었다. 두 사람은 시간이 흐를수록 아주 빠른 속도로 서로의 몸에 더욱더 익숙해져 갔다. 어찌나 잘 맞는지 '속궁합'이라는 단어가 당연하다는 듯 떠오를 정도였다.

늦게 배운 도둑질이 무섭다는 말은 이준에게만 국한된 얘기는 아니었다. 그녀도 뒤늦게 성에 눈을 뜬 건 마찬가지였다. 몸이 피곤해도 응할 수밖에 없었다. 그 결과 친구에게 걱정을 받을 정도로 살이 빠지는 부작용을 겪게 된 것이다. 하지만 아무리 비밀 따위 없는 친구라도 이런 부분까지 솔직하게 다 털어놓을 순 없는 노릇이었다. 심지어 몇 년째 솔로로 지내고 있는 지민이었기에 더더욱 말할 수 없었다.

"서 대리님."

유경이 곤란함에 눈을 데굴데굴 굴릴 때였다. 뒤에서 귀에 익은 목소리가 들렸다. 유경은 고개를 획 돌렸다. 이쪽으로 다가오고 있는 선우의 모습이 보인다.

"팀장님도 식사하러 나오셨어요?"

유경은 눈을 동그랗게 뜨고 물었다.

"네. 친구가 근처에 왔다고 해서요."

"아, 정말요? 신기하네요. 저도 딱 그 상황인데."

유경의 말에 선우의 시선이 맞은편에 앉아 있는 지민을 향했다.

"서 대리님 친구분이신가 봐요."

그는 지민을 향해 꾸벅 고개를 숙였다.

"안녕하세요."

"앗, 네. 안녕하세요……."

갑작스러운 선우의 인사에 지민도 덩달아 고개를 꾸벅 숙였다. 그런데 당황했던 모양이다. 어찌나 숙였는지 긴 머리가 앞으로 후

두두 쏟아졌다.

뒤늦게 오버했다는 것을 깨달은 지민은 얼른 고개를 들어 올렸다. 그와 동시에 긴 머리가 휙 뒤로 넘어간다. 그마저도 우스꽝스럽기는 마찬가지였다.

아니, 얘가 지금 뭐하는 거야…….

유경은 당황스럽다는 듯 지민을 바라보았다. 하지만 정작 당사자 역시 당황한 것처럼 보이는 건 마찬가지였다. 그래도 매너 좋은 선우는 우스꽝스러운 그 모습에도 웃음을 터뜨리거나 눈살을 찌푸리지는 않았다. 격한 답인사를 해준 지민을 향해 선우는 평소와 다름없이 부드럽게 웃어 보일 뿐이었다. 그는 곧 유경에게로 시선을 돌렸다.

"그럼 맛있게 먹고 사무실에서 봐요. 서 대리님."

"네, 팀장님도 식사 맛있게 하세요."

인사를 끝낸 후 선우는 대각선 쪽의 빈자리로 가서 앉았다. 아직 친구가 오지 않은 모양이었다. 자리에 앉는 모습까지 본 후에야 유경은 고개를 바로 했다. 그와 동시에 상기된 얼굴의 지민과 시선이 딱 마주쳤다.

"너 방금 뭐 한 거야?"

"나 많이 이상했니?"

"많이는 아닌데, 조금?"

"아씨. 쪽팔려……."

지민이 붉게 달아오른 양 뺨을 두 손으로 감싸 쥐며 낮게 중얼거렸다. 그녀는 얼이 조금 빠진 것처럼 보였다. 왠지 모르게 이상하다는 느낌이 들었다. 하지만 그 이상함의 정체에 대해 깊게 생각하기도 전에 주문한 음식이 나왔다. 허기가 졌던 유경은 곧바로 식사를 시작했다.

"저 남자, 혹시 너희 팀장이야?"

쉬지 않고 수저를 움직이는 유경과 달리 먹는 둥 마는 둥 하던 지민이 대뜸 물었다. 유경은 고개를 끄덕였다.

"저번에 새로 부임했다는?"

"맞아."

대답이 끝나기가 무섭게 지민은 또 다른 질문을 던졌다.

"보기엔 젊어 보이는데?"

"실제로도 젊어."

"몇 살인데?"

"서른다섯."

"헐. 서른다섯에 팀장이라고? 능력 좋네."

지민이 눈을 깜빡이며 진심으로 감탄했다. 이 와중에도 그녀의 시선은 유경의 뒤쪽으로 흘긋흘긋 향하고 있었다. 굳이 뒤로 돌아보지 않아도 지민의 시선 끝에 선우가 있으리라는 건 알 수 있었다.

유경은 들고 있던 숟가락을 테이블 위에 내려놓았다. 그러곤 눈을 가늘게 뜨고서 지민을 바라보며 말했다.

"왜. 우리 팀장님한테 한눈에 반하기라도 했어?"

장난으로 던진 질문이었다. 그런데 돌아오는 대답은 너무도 진지하기만 했다.

"……어. 그런 것 같아."

"뭐라고……?"

"네 말대로 저 남자한테 반한 것 같다고, 나."

"반했다고? 팀장님한테? 너 지금 진심으로 하는 소리야?"

믿기지 않아서 빠르게 되물었다. 지민은 대답 대신 고개를 끄덕였다. 사뭇 진지한 얼굴이었다. 먼저 물은 건 자신이면서도, 유경은 예상과 전혀 다른 친구의 반응에 너무도 놀라 입을 쩍 벌렸다. 그러다 뒤늦게야 지민이 여태 좋아했던 남자들과 선우의 분위기가 비슷하다는 것을 떠올렸다. 듬직한 체형. 구릿빛 피부. 남자답게 생긴 얼굴. 그러나 웃을 땐 선해 보이는 이미지까지…….

"……아. 그러고 보니까 우리 팀장님이 완전 네 타입이었네."

선우는 지민의 이상형에 완벽하게 부합하는 인물이었다. 그동안 왜 그쪽으로는 생각도 하지 못했는지 의아할 정도로.

"유경아."

지민이 은근하게 그녀의 이름을 부르며 눈을 반짝였다.

"뭐야. 부담스러운 그 눈빛은?"

"에이, 알면서."

"……나더러 지금 두 사람 사이에 다리 놔 달라고?"

시원하지 않은 유경의 반응에 지민이 실망한 듯 되묻는다.

"왜, 유부남이야?"

"……아니, 유부남은 아니신데."

"그럼 만나는 여자 있대?"

"아니, 그것도 아닌데……."

유경은 다시 한번 고개를 내저었다. 일전에 보라와 함께 치킨을 뜯으며 본인 입으로 솔로라고 하기는 했었다.

"그럼 뭐가 문제야? 혹시 내가 소개해 주기엔 영 부끄럽니?"

지민은 진심인 것 같았다. 어물쩍 넘기면 안 될 것 같아 유경은 솔직하게 대답했다.

"그런 게 아니라 조금 당황스러워서 그렇지. 그리고 동기나 부하 직원도 아니고 상사잖아. 부임한 지도 얼마 안 돼서 그런 말 할 정도로 친하지도 않고……."

사실 무엇보다도 남녀사이의 중간에 끼고 싶지 않은 마음이 컸다. 중매는 잘 서면 양복을 얻어 입을 수 있지만, 잘못하면 뺨 석 대라는 말도 있지 않던가.

"부담스럽지 않게 슬쩍 운만 떼 줘. 오늘 본 친구 어떠냐고. 으응?"

"……."

"그쪽 반응이 별로면 정말로 쿨하게 포기할게. 응? 응?"

지민이 두 손을 곱게 그러모은 채 눈빛 공격을 시전했다. 지금껏 알고 지낸 세월은 분명 짧지 않았지만, 이런 지민의 모습은 정말로 처음이었다. 정말로 첫눈에 빤한 모양이었다.

애초에 지민이 뭔가를 부탁한다는 것 자체가 자주 있는 일은 아니었다. 심지어 남자 문제로 인한 부탁이라니. 난생처음이었다.

"아……."

난감함에 유경은 아랫입술을 살짝 깨물었다. 진심으로 간절해 보이는 친구에게 차마 '절대 안 돼.' 하고 거절을 할 수는 없었다. 사실 조건으로 따지자면 지민도 어디 가서 꿀리는 타입은 아니었다. 외모도 조금 날카로운 이미지가 있어서 그렇지 예쁜 축에 속했다. 과연 선우의 취향일지는 모르겠지만 말이다.

잠깐 망설이던 유경은 이내 조심스럽게 대답했다.

"······알았어. 기회가 되면 말은 꺼내 볼게."

너무도 어려운 미션에 유경의 마음이 무거워졌다.

신제품을 무사히 출시하게 된 기념으로 기획팀은 오늘 회식을 갖기로 했다. 퇴근 후, 팀원들은 모두 회사 근처의 소고기집으로 모였다.

오랜만의 회식이어서 그런지, 아니면 마음이 홀가분해서인지, 그것도 아니면 장소가 한우전문점이어서 그런 건지. 팀원들의 표정이 다른 회식 때와는 달리 유난히 밝았다. 이 중에서 표정이 어두운 건 유경밖에 없었다.

물론 그녀도 다른 팀원들처럼 마음이 홀가분했으며, 한우가 반갑기는 했다. 그리고 오늘은 부장과 멀리 떨어진 자리까지 선점할 수 있었다. 지금까지의 회식 중 최고의 회식임은 분명했다. 하지만 마냥 즐길 수는 없었다. 조금 전 도착한 이준의 문자 때문이었다.

[장소가 어디예요?]

[장소? 무슨 장소?]

[회식장소요.]

[회식장소는 왜······?]

[끝날 때 데리러 가려고.]

뭐? 유경의 눈이 동그랗게 커졌다.

그 순간이었다. 띠링, 문자 한 통이 더 도착했다.

[주소 보내요.]

알딸딸하게 올라오던 술이 확 깨는 듯했다. 마지막 메시지를 다시 한번 확인한 유경은, 휴대폰을 그러쥔 채 조심스럽게 자리를 빠져나왔다. 통화를 하기 위해 아예 가게 밖으로 나왔다. 밤공기가 선선했다. 한층 더 술이 깨고 정신이 맑아지는 기분이었다. 주위를 살펴 아무도 없다는 것을 확인한 후에야 유경은 이준에게 전화를 걸었다.

– 주소 보내라니까 왜 갑자기 전화를 해요?

이준의 목소리는 벌써부터 삐딱선을 타고 있었다. 아무래도 그녀가 전화를 건 이유를 눈치챈 모양이었다.

"정말로 오겠다는 건 아니지?"

– 맞는데? 내가 이런 걸로 농담하는 거 봤어요?

고집스러운 이준의 말에 유경은 한숨을 살짝 내쉬었다.

"……곤란한 거 알잖아."

– 바로 앞으로 안 가고 멀찍이 떨어진 곳에서 기다릴게요. 최대한 눈에 안 띄게.

"그렇게까지 수고스럽게 할 필요 없어. 난 그냥 택시 타고 가면 돼."

– 믿을 수가 있어야지.

"뭐?"

– 전에도 누나 택시 타고 온다고 해 놓고 그 남자 차 타고 왔잖아요.

또 팀장님 얘기야?

이준의 비아냥거림에 유경은 눈살을 확 찌푸렸다.

제가 걱정돼서 온다는 건 줄 알았는데 그런 이유였을 줄이야. 9

만큼의 곤란함 사이에 그래도 1만큼 남아 있던 고마움이 확 날아가 버리는 순간이었다. 최근 들어서 이준은 하루에 한 번씩 선우를 거론하고 있었다. 마치 하루라도 거르면 입에 가시가 돋기라도 하는 것처럼 말이다.

이 녀석은, 정말로 지겹지도 않나…….

듣기 좋은 소리도 한두 번이었다. 같은 소리를, 그것도 그다지 유쾌하지 않은 이야기를 너무 많이 들었더니 진절머리가 난다.

휴대폰이 마치 이준의 얼굴이라도 되듯 못마땅하게 내려다보던 유경은 이내 스피커에 대고 꽥 소리를 내질렀다.

"걱정 마! 이번엔 정말로 택시 타고 갈 테니까. 그럼 됐지? 끊어!"

대답도 듣지 않고 제 할 말만 하고 전화를 뚝 끊었다. 곧바로 이준에게서 전화가 걸려 왔다. 이번에도 망설임 없이 액정을 터치해 거절 버튼을 눌렀다.

"이번에야말로 버릇을 고쳐 놔야지."

다시는 괜히 선우를 거론하지 않도록.

유경이 결심을 했을 때였다. 닫혀 있던 가게 문이 열리더니 선우가 나왔다.

"여기서 뭐 해요?"

"아, 그냥요. 술 좀 깨려고요."

"술 많이 마셨어요?"

"아뇨. 다행히 오늘은 부장님과 멀리 떨어져 있어서 적당히 먹었어요."

"정말 다행이네요."

선우가 옅게 웃었다.

"팀장님은 왜 나오셨어요?"

"저도 술 좀 깨려고요."

"아, 팀장님은 많이 드셨죠? 하필 이번에도 부장님 바로 옆자리여서……."

유경이 안쓰럽다는 듯 바라보자 선우가 부드럽게 웃으며 고개를 내젓는다.

"전 괜찮아요. 유일한 장점이 술이 센 거거든요."

술이 유일한 장점이라니. 전혀 동감할 수 없었다. 너무도 겸손한 발언이었다. 지금 그녀의 머릿속에 당장 떠오르는 그의 장점만 해도 다섯 손가락을 접고도 남았으니까 말이다.

유경은 새삼스럽게 선우를 물끄러미 바라보았다. 이렇게 가만히 보고 있자니 문득 욕심이 난다. 다른 게 아니라, 정말로 지민과 잘되면 좋겠다는 욕심이었다.

오래 알고 지낸 건 아니었지만 그래도 아침부터 저녁까지 한 공간에서 생활을 하면서 선우를 지켜본 바로, 그는 참 괜찮은 사람이었다. 매너도 좋고, 성실하고, 잘 웃고, 부하 직원에게도 절대 쉽게 대하는 법이 없었다. 상사를 대할 때도 깍듯하긴 하지만 과하게 아부하는 모습은 없었다. 약한 사람에겐 약하고 강한 사람에겐 오히려 더 강한, 전형적인 '약약강강' 스타일이었다. 사회생활을 할 때는 지키기가 결코 쉽지 않은 소신.

"팀장님은 이상형이 어떻게 되세요?"

다짜고짜 이런 질문을 하려던 건 아니었는데, 저도 모르게 말이 먼저 튀어나와 버렸다.

"이상형이요?"

되묻는 선우의 얼굴엔 당황한 기색이 역력했다. 하긴, 너무 뜬금없긴 했지.

"죄송해요, 팀장님. 방금 제 질문이 너무 뜬금없었죠?"

유경은 어색하게 웃으며 얼른 사과의 말을 뱉었다.

"그냥 갑자기 궁금해져서요……. 생각 없이 물은 거니까, 굳이 대답 안 해 주셔도 돼요."

"아니에요. 할래요, 대답."

이상하게 생각할 줄 알았는데 의외로 선우는 선뜻 대답해 주었다.

"전 성실한 사람 좋아해요. 자기가 맡은 일 열심히 하는 사람이요. 그리고 우는 것보단 씩씩하게 행동할 줄 아는, 어떤 상황에서라도 자기가 하고 싶은 말은 똑 부러지게 하는, 그런 사람이요."

마치 늘 이상형에 대해 생각하고 있었던 사람처럼 대답에 막힘이 없었다. 그리고 꽤 구체적이기까지 했다. 이상형이 확고한 사람인가?

차라리 이편이 쉽기는 했다. 들어 보고 지민의 얘기를 꺼내도 될지, 아닐지 결정하면 되니까 말이다. 내친김에 확실히 하고자 유경은 질문을 덧붙였다.

"외모는 어떤 스타일 좋아하세요?"

"외모라……."

"보통 연예인들로 예를 들잖아요. 김태희나 송혜교, 또는 전지현 등등이요."

대답하기 곤란할까 봐 일부러 보기까지 던져 줬다. 그러나 선우의 입에서 나오는 대답은 엉뚱하기 그지없었다.

"서 대리님이요."

"네?"

"예를 든다면, 연예인보다는 서 대리님이라고요."

아니, 이게 대체 무슨 엉뚱한 말이야?

"……저요?"

황당함에 눈을 둥그렇게 뜬 유경이 손가락으로 자신을 가리켰다. 그러자 선우가 고개를 끄덕인다. '당신 제대로 들은 것 맞아'라는 듯이.

"아하하……."

확인사살을 당한 유경은 어색한 웃음을 흘렸다.

"연예인도 아니고 저라니……. 팀장님 눈이 많이 낮으신가 봐요."

"글쎄요. 전 그렇게 생각 안 하는데요?"

한 치의 망설임도 없이 단호하게 뱉어진 부정의 말이었다. 그녀를 바라보는 그의 눈빛도 단호하기는 마찬가지였다. 짙은 시선이 그녀의 양 뺨에 닿았다. 순간 얼굴로 홧홧하게 열이 올라오는 듯했다. 그냥 하는 말이라는 걸 알지만, 그래도 노골적인 칭찬이 너무도 낯설고 민망했다. 물론, 그가 제 말에 동조를 했다고 해도 민망한 건 마찬가지였겠지만 말이다.

"서 대리님."

차마 그와 시선을 마주 보지 못하고 좌우로 시선만 굴리는 유경을 보며, 선우가 느릿하게 묻는다.

"모르는 척하는 거예요, 정말로 모르는 거예요?"

생뚱맞은 질문이었다. 유경은 내리깔았던 시선을 들어 올려 선우를 바라보았다.

"네? 뭘요?"

"……정말로 모르는 거구나."

낮게 중얼거린 선우가 픽, 엷게 웃는다. 이 상황이 재미있다는 듯한 웃음이었다. 하지만 유경은 따라 웃지 못했다. 아니, 어떤 반응을 보여야 하는지를 알 수가 없었다.

……도대체 왜 웃는 거지? 대체 어떤 부분이 웃음 포인트인 건데?

그녀의 얼굴에 혼란스러운 지금의 감정이 고스란히 드러났다. 그 모습에 선우의 눈꼬리가 부드럽게 휘어진다. 이마저도 그녀답다는 생각이 들었다.

"예전에 서 대리님한테 할 말 있다고 했던 거 기억나요?"

"아, 네. 기억해요. 다음에 하겠다고 하셨잖아요."

"그거 지금 할게요. 아무래도 지금 아니면 영영 못 할 것 같아서."

그리 말하는 선우의 눈빛이 결연해 보였다. 보는 그녀까지 덩달아 긴장이 될 정도였다. 선우는 잠깐 뜸을 들이더니 이내 결심했다는 듯 담담한 얼굴로 입술만 달싹였다.

"좋아해요."

"……"

"저, 서 대리님을 좋아합니다."

"……네에?"

반응이 한 박자 느리게 나왔다. 그의 말을 바로 받아들이지 못한 탓이었다.

내가 지금 무슨 소릴 들은 거지……?

잘못…… 들은 건가……?

분명 한국말을 들었는데 외계어를 들은 것처럼 혼란스러웠다. 믿을 수 없다는 듯 눈을 껌뻑이는 유경을 보며, 선우는 부드러운 음성으로 고백을 이어 갔다.

"회사에서 다시 만났을 때 반가웠어요. 나만 알아보는 게 조금 섭섭하기도 했고. 그런데 계속 눈길이 가더라고요."

"……."

"그런 일을 겪었는데도 회사에선 티 내지 않고 열심히 일하는 것 보고 멋진 사람이구나 생각했어요. 공과 사 구별 확실히 하는 거, 솔직히 쉬운 일은 아니니까."

"……."

"처음엔 그랬어요. 그냥 멋있는 사람이구나, 하고. 그런데 어느 순간부터는 나도 모르게 눈으로 서 대리님을 좇고 있더라고요. 서 대리님을 계속 봐서 좋아진 건지, 아니면 좋아서 계속 보게 된 건지. 순서는 잘 모르겠지만요."

담백한 고백이었다. 무겁지도, 그렇다고 가볍지도 않은. 딱 적당한 고백. 말도 안 되는 상황이 분명한데, 농담을 하는 것 같지는 않았다. 그녀를 바라보는 선우의 눈빛이 짙었다.

그 안에 담긴 그의 진심에 유경은 저도 모르게 마른침을 꼴깍 삼켰다. 살짝 떨리는 손끝을 말아 주먹을 그러쥐었다. 설마 선우가 제게 마음이 있었을 줄이야. 정말이지 눈곱만큼도 눈치채지 못했다.

'……미안해요. 정말로 거기까진 생각 못 했어요. 누나 말대로 내가 생각이 너무 짧았던 것 같아요. 순간 둘이 같이 있는 모습을 보니까 질투가 나서 나도 모르게…….'

'너, 팀장님인 거 알았잖아. 근데 대체 무슨 질투를 했다는 거야?'

'그 남자는 누나한테 딴 맘 품고 있으니까…….'

뒤늦게야 처음 선우를 봤던 날 이준이 했던 말이 떠오른다. 어디 그뿐이랴. 그 후에도 이준은 수시로 선우를 경계했었다. 심지어 1분 전까지도. 분명 헛소리라고 생각했었는데, 이제 보니 아예 없는 소릴 한 건 아닌 모양이었다. 하긴. 이준이 보통 촉이 좋은 게 아니기는 했다. 새삼 이준의 말을 콧방귀 뀌며 무시했던 게 미안해진다. 하지만 지금 당장 그녀가 신경을 써야 할 상대는 이준이 아니라 눈앞에 있는 선우였다.

"저어……."

무슨 말이라도 해야 할 것 같아 입을 열었다. 하지만 차마 말을 잇지 못하고 그저 입만 벙긋거렸다. 도대체 무슨 말을 해야 하는 건지 알 수가 없었다.

"서 대리님 표정을 보니 많이 당황하신 것 같네요."

혼란스러운 유경의 속마음을 읽은 듯 선우가 눈을 살짝 접으며 웃어 보였다. 평소와 다름없는 미소였다. 왠지 모르게 긴장이 살짝 풀리는 듯했다. 유경은 작게 고개를 끄덕였다.

"……네, 솔직히 너무 놀랐어요."

"전혀 몰랐어요?"

"전혀요……."

"내 딴엔 티를 많이 냈다고 생각했는데."

그저 친절한 사람이라고만 생각했다. 참 괜찮은 사람인 것 같다고. 그러나 그를 남자로 생각해 본 적은 단 한 번도 없었다. 심지어 조금 전까지만 해도 지민을 소개해 주려고 하지 않았던가. 하마터면 정말 큰일 날 뻔했다. 생각만 해도 소름이 끼친다.

"죄송해요."

"사과 받으려고 한 말은 아니었어요."

선우는 또다시 엷게 웃었다. 하지만 입가에 맺힌 웃음이 조금은 씁쓸해 보였다.

"저어……."

유경은 다시 한번 조심스럽게 운을 뗐다. 너무도 당황스럽긴 하지만 그래도 고백을 받았으니, 당연히 대답을 하는 게 예의라고 생각했기 때문이었다. 물론 그것이 긍정적인 대답이 아니라 할지라도 말이다. 만나는 사람이 있다고 얘기를 해야 하는 걸까. 그 상대가 이준이라는 건? 그 말까진 굳이 할 필요가 없으려나……. 짧은 시간, 유경은 어떤 말이 가장 적당할지 고민했다. 하지만 고민은 길어지지 않았다.

"대답은 굳이 안 하셔도 돼요."

그녀가 말을 채 꺼내기도 전에 선우가 먼저 선수를 쳤다.

"서 대리님이 무슨 말 할지 알고 있거든요."

"……."

"거절이죠?"

군더더기라고는 없는 핵심이었다. 다른 말을 하는 대신 유경은 고개를 푹 숙이며 또 한 번 사과의 말을 내뱉었다.

"……죄송해요."

"죄송할 거 없어요. 거절당할 거 알면서도 고백한 건 전데요, 뭘."

선우는 덤덤하게 대꾸했다.

"오히려 괜한 고백으로 서 대리님을 불편하게 했으니, 사과를 하려면 제가 해야죠."

"……."

"고백도 못 해 보고 끝내면, 미련이 오랫동안 남을 것 같아서 고백했어요. 미안해요. 내가 너무 이기적이었죠?"

오히려 사과를 받아 버리고 말았다. 미안하다는 선우의 목소리 위로 문득 이준의 목소리가 겹친다. 좋아해서 미안하다고. 언젠가 이준도 그렇게 말했었다. 고백과 함께 사과를 하게 만들다니. 도리어 미안한 마음이 든다. 유경은 아랫입술을 지그시 깨물었다. 그런 그녀를 바라보며 선우는 후, 하고 짧게 숨을 내쉬었다.

"그래도 말하고 나니 속이 후련하기는 하네요. 솔직히 그동안 미련하게 타이밍만 재고 있었거든요. 이렇게 완전히 늦어버릴 줄도 모르고서."

가볍게 말하며 앞머리를 쓸어 넘겼다. 덮여 있던 앞머리 아래로 살짝 드러나는 그의 얼굴은, 본인의 말대로 꽤나 후련해 보였다. 엷은 미소도 서려 있었다. 하지만 유경은 따라 웃을 수가 없었다. 가볍게 말하고 있기는 했지만, 그의 진심까지 가벼운 건 아니라는 게 너무도 잘 느껴졌기 때문이었다. 애초에 선우 자체가 경솔한 타입이 아니었다. 그런 그가 거절당할 걸 알면서도 고백을 했

다. 앞으로 계속 얼굴을 봐야하는데도 불구하고. 이미 그 자체만
으로도 가볍게 여길 수 없는 진심이었다.

"서 대리님."

"……네."

"제가 이런 말할 입장은 아닌 것 같지만……."

선우는 여전히 웃는 얼굴로 말을 이어 갔다.

"제 마음은 제가 알아서 정리할게요. 하루아침에 없던 것처럼
싹 비울 순 없겠지만, 그래도 부담 주는 일은 없을 거예요."

"……."

"그러니까, 서 대리님도 평소처럼 대해 줬으면 해요."

"……네. 그럴게요."

"진짜죠? 약속한 거예요."

확인하듯 묻는 선우를 향해 유경은 고개를 작게 끄덕였다.

"공기가 시원하고 좋네요. 전 바람 좀 더 쐬고 들어갈 테니까 서
대리님 먼저 들어가세요."

자신을 향한 배려라는 것을 알고 있었다. 유경은 네, 하고 대답
한 후 가게 안으로 걸음을 옮겼다.

"참, 서 대리님!"

가게의 입구 문을 열기 바로 직전이었다. 문득 뭔가가 생각났
다는 듯 저를 부르는 소리에 유경이 걸음을 멈추고 뒤를 돌아보
았다.

"그 친구한테도 꼭 전해 줘요."

선우가 장난스럽게 눈웃음을 지으며 말했다.

"이젠 나 경계 안 해도 된다고."

✳

아파트 입구에 택시가 멈춰 섰다. 계산을 하고 택시에서 내리는데 삐딱하게 어둠 속에서 움직이는 검은 형체가 보였다. 이준이었다. 아까 택시에 올라타며 이제 출발한다는 문자를 보냈었는데, 그걸 보고 마중을 나온 모양이었다. 보라와 따로 택시를 타서 다행이라고 생각하며 유경은 이준에게로 다가갔다.

"택시 타고 오는지, 아닌지, 감시하러 온 거야?"

"감시라니. 단어 선택이 뭐 그래요?"

"아니라고?"

"밤길이 걱정돼서 나온 거거든요?"

"내가 혹시라도 팀장님 차 타고 올까 봐 걱정 된 건 아니고?"

"뭐, 그런 마음이 아예 없었던 건 아닌데……."

솔직한 대답이었다. 그럼 그렇지. 유경은 풋, 작게 웃었다.

"오해하지 마요."

이준이 빠르게 덧붙였다.

"누나를 못 믿어서 그런 건 아니니까."

"글쎄. 내가 봤을 땐 못 믿었던 거, 맞는 것 같은데?"

유경이 눈을 가늘게 뜨자 이준이 시선을 피하며 황급히 화제를 돌린다.

"술 많이 마셨어요?"

그의 속셈이 뻔히 보였지만 이번엔 그냥 넘어가주기로 했다.

"아니. 얼마 안 마셨어."

"그럼 좀 걷다 들어갈래요? 하루 종일 집에만 있었더니 답답해서 밤공기 좀 쐬고 싶은데."

"그러자, 그럼."

두 사람은 집이 아닌 아파트 단지 안에 마련돼 있는 산책로로 향했다. 군데군데 가로등이 세워져 있어서 밤이지만 주위는 환했다. 나란히 서서 걷다보니 서로의 손끝이 살짝 부딪혔다. 이준이 자연스럽게 그녀의 손을 붙들었다. 유경 역시 자연스럽게 그의 손가락 사이로 깍지를 꼈다. 이젠 손을 잡는 것이 전혀 어색하게 느껴지지 않았다. 나란히 걷는 두 사람의 모습은 누가 봐도 어엿한 연인으로 보였다. 그렇게 함께 잘 가꿔진 산책로를 천천히 거닐고 있을 때였다. 문득 떠오른 생각에 유경이 그의 이름을 낮게 불렀다.

"……이준아."

"왜요?"

유경은 잠깐 망설이다가 이내 입술을 다시금 달싹였다.

"……미안."

뜬금없이 뱉어진 사과의 말에 이준이 뚝 걸음을 멈췄다.

"갑자기 웬 사과예요? 나 몰래 무슨 사고라도 쳤어요?"

"그런 거 아니야."

"그럼 뭐가 미안하다는 건데?"

이준이 한쪽 눈썹을 치떴다. 유경은 기어갈 듯 작은 목소리로 대답했다.

"……그냥. 갑자기 너한테 미안한 게 이것저것 생각나서."

특히나 그동안 널 의심병 환자 취급했던 게 제일 미안해. 차마 입 밖으로 내뱉지 못할 말은 속으로 덧붙였다. 이준은 그런 유경을 빤히 바라보았다. 정말로 무슨 사고라도 친 건 아닐까, 의심이 가득한 눈초리였다. 그러다 이내 걱정스럽다는 듯 묻는다.

"회사에서 무슨 일 있었어요?"

유경은 대답을 망설였다. 솔직하게 얘기를 해야 하는 건지 고민이 됐다. 솔직하게 얘기를 한다면 이준이 앞으로 선우에 대한 경계를 늦출 것인지, 아니면 오히려 더 경계를 바짝 세울 것인지 짐작할 수가 없었다.

"……아니야. 없었어."

고민 끝에 유경은 고개를 내저었다. 어차피 다 끝난 일이었다. 선우 역시도 제 마음을 정리하겠다고 했고. 그러니 제가 굳이 긁어 부스럼을 만들 필요는 없을 것 같았다. 하지만 쉽게 넘어갈 이준이 아니었다. 그는 날카로운 눈빛으로 유경을 살피더니 이내 뭔가 짚이는 것이 있다는 듯 말했다.

"혹시 그 남자가 고백이라도 했어요?"

"……!"

놀란 유경의 눈이 동그랗게 커졌다. 입도 쩍 벌어졌다. 정말이지 그의 대단한 촉에 소름이 끼칠 지경이었다. 강남의 유명하다는 점쟁이도 이렇게 잘 맞히진 않을 것 같은데 말이다.

"맞구나, 그거."

투명한 그녀의 반응에 이준은 확신을 한 듯 인상을 살짝 찌푸리며 말했다.

"……어떻게 알았어?"

"나 귀신 보이는 거, 잊었어요?"

"야! 그런 말 좀 하지 마. 이젠 농담처럼 안 들린단 말이야."

유경이 진심으로 겁먹은 채 말하자 이준이 장난스럽게 웃는다.

"아무튼. 내 말이 맞았죠? 그 남자가 누나한테 마음 있다고 했잖아요."

고백을 받았다고 하면 펄쩍 뛸 줄 알았는데, 이준은 마치 예상했다는 듯 덤덤한 얼굴이었다. 유경은 그를 향해 고개까지 꾸벅 숙이며 진심으로 사과했다.

"그동안 너한테 핀잔 줬던 거 미안해."

"이제라도 알면 됐어요."

이준이 커다란 손으로 그녀의 머리를 가볍게 헝클어뜨렸다.

"그리고 앞으로는 내 말 좀 잘 들어요. 알겠어요?"

똥고집을 피우다가 결국 틀려서 엄마에게 한소리 듣는 어린아이가 된 기분이었다. 왠지 자존심이 상했지만 유경은 그저 고개를 끄덕일 수밖에 없었다.

"······알았어."

작게 대답한 유경은 결백을 주장하기 위해 다시 한번 말했다.

"그런데 난 정말 몰랐어. 진심이야."

괜한 오해는 하지 말아 줘. 눈빛으로 말했다. 이준은 그녀의 눈빛을 읽은 듯 가볍게 어깨를 으쓱하며 대답했다.

"알아요. 누나 눈치 더럽게 없잖아요."

"······."

"길고 길었던 내 짝사랑도 전혀 눈치 못 챘는데, 시작된 지 얼마 안 된 그 남자의 마음을 어떻게 눈치채겠어. 심지어 어느 순간은 그 남자가 조금 불쌍하다는 생각까지 했을 정도라니까요?"

"······."

"그 남자도 참 안타까워요. 어쩌다가 곰 같은 서유경을 좋아해서는."

고개를 절레절레 내젓는 이준을 보며 유경은 잠깐 동안 진지하게 고민했다. 결백을 믿어 줘서 고맙다고 해야 하는 걸까. 아니면, 지금 면전에 대놓고 내 욕을 하는 거냐고 화를 내야 하는 걸까 하고.

유경은 진하게 내린 커피 한 잔을 들고 탕비실을 나왔다. 1분 1초라도 빨리 잠을 깨기 위해 복도를 걸으며 커피를 홀짝였다. 아까 점심을 먹고 보라와 함께 커피 한 잔을 마셨음에도 여전히 졸렸다. 입안 가득 맴도는 쓴맛에도 정신이 쉽게 들지가 않는다. 카페인도 내성이 생기는 경우가 있다더니, 지금 제가 딱 그 짝인 것 같았다.

"커피 약발이 벌써 떨어지면 안 되는데……."

유경이 한숨을 내쉬며 낮게 중얼거리는 순간이었다. 문득 그녀의 앞으로 그림자가 졌다. 유경은 살짝 내리깔았던 고개를 들었다. 이쪽으로 오고 있던 선우와 시선이 마주쳤다.

"또 커피 타 오셨어요? 아까도 드시는 것 같던데."

"……오늘따라 잠이 잘 안 깨서요."

"그래도 커피는 너무 많이 마시면 안 좋은데……."

안쓰럽다는 듯 그녀를 바라보던 선우는 문득 뭔가가 떠올랐다는 듯 자신의 재킷 주머니를 뒤적거렸다. 그러곤 뭔가를 꺼내 유경에게 건넸다.

"목캔디예요. 커피만큼의 각성 효과는 아니지만, 그래도 물고 있는 동안엔 입안이 시원해져서 그런지 정신이 좀 차려지더라고 요."

"아, 감사합니다."

유경은 고개를 살짝 숙이며 그가 건네는 캔디를 받아 들었다.

"그럼 수고해요."

선우는 싱긋 웃어 보이고는 그녀를 스쳐지나 제 갈 길을 갔다. 유경 역시 멈칫거리다 이내 걸음을 옮겼다. 자리로 돌아와 커피를 내려놓고 캔디의 포장을 벗겼다. 작은 내용물을 입안에 쏙 집어넣었다. 혀로 살짝 굴리자, 선우의 말대로 입안이 시원해지면서 정신이 차려지는 느낌이 드는 것 같기도 했다.

"커피보다 나은 것 같기도 하고……."

낮게 중얼거리며 유경은 고개를 슬쩍 들어 대각선으로 보이는 선우의 빈자리를 바라보았다.

'그 남자가 또 집적거리면 바로 얘기해요. 알았죠?'

오늘 아침. 출근을 하기 위해 현관을 나서려는 유경을 붙들고 이준이 당부하듯 말했다. 그의 눈빛은 불이 타오르는 듯 이글거리고 있었다. 어젯밤. 이준이 별로 대수롭지 않다는 듯 넘어가기에 웬일인가 싶었는데, 역시나였다. 그녀가 우려했던 대로 경계가 누그러지기는커녕 오히려 더 심해진 것 같았다.

'그럴 일 없어. 말했잖아. 나랑 어떻게 해 보려고 고백한 게 아니

불순한
동거동락 *351*

라, 그냥 본인 맘 정리하려고 고백한 거라고 했다고.'

상황을 설명했지만 이준은 들은 체도 않았다. 결국 유경은 그가 원하는 대답을 해야만 했다. 알겠다고. 꼭 그러겠노라고. 같은 말을 다섯 번이나 반복한 후에야 유경은 이준의 손아귀에서 벗어날 수 있었다. 사실 이준에게 걱정 말라고 말하면서도 유경 역시 내심 걱정이 되긴 했었다. 평소처럼 지내자고 말은 했지만 그래도 어색할 텐데. 정말로 괜찮을까. 혹시라도 사무실 사람들이 이상하게 여기면 어떡하지. 이런저런 걱정을 하며 회사에 들어섰다. 그런데 사무실에 도착하기도 전에, 그녀는 자신의 걱정이 괜한 기우였음을 확인할 수 있었다.

"좋은 아침입니다, 서 대리님."

엘리베이터에서 마주친 선우는 활짝 웃으며 유경에게 아침 인사를 건넸다. 여느 아침보다 더 환한 미소였다. 그뿐만이 아니었다. 우연히 눈이 마주칠 때도. 업무 지시를 내릴 때도. 팀원들과 함께 구내식당에서 식사를 할 때도. 그녀를 대하는 모든 행동이 평소와 다름이 없었다. 어찌나 평소와 같은지. 어제 그에게서 고백을 받았던 것이 꿈이었던 건 아닐까, 헷갈릴 정도였다. 물론, 겉으로 아무렇지 않게 행동한다고 해서 선우의 속까지 그럴 리는 없겠지만 말이다.

마음을 정리하겠다더니, 혹시 벌써 정리가 된 건 아닐까. 그랬으면 좋겠는데…….

죄책감을 덜기 위해 부질없는 기도를 하고 있을 때였다. 별안간 옆에서 다급한 목소리가 들려왔다.

"대리님!"

멍하니 허공을 응시하던 유경은 재빠르게 고개를 옆으로 돌렸다. 보라의 얼굴에는 경악 비슷한 것이 서려 있었다.

"왜, 무슨 일이야?"

"이것 좀 보세요!"

보라는 대답 대신 자신의 PC 모니터를 가리켰다. 녹색의 인터넷창이 떠 있었다. 그저 웹사이트일 뿐, 특별한 건 보이지 않았다.

"보라 씨, 대체 뭘 보라는 거야?"

"여기요! 실시간 검색어!"

보라가 화면 상단의 한 곳을 검지로 쿡 찍었다.

"실시간 검색어……?"

유경은 고개를 갸웃하며 보라의 말대로 시선을 옮겼다. 보라의 손끝에서 숫자와 그 옆에 바로 뜨는 검색 키워드가 빠르게 바뀌고 있었다.

18, 19, 20……. 점점 올라가넌 숫자가 갑자기 다시 원점인 1로 돌아간다.

그 순간이었다. 유경의 눈이 둥그렇게 커졌다.

"뭐야……? 방금?"

"보셨어요?"

"너무 빨리 지나가서 제대로 못 봤어. 다시 볼 수 있어?"

"잠시만요!"

보라는 얼른 마우스를 클릭했다. 그러자 흰 네모박스와 함께 1위부터 20위까지의 실시간 검색어가 주르륵 뜬다.

1위 권이준

2위 붉은 묘약 권이준

3위 붉은 묘약 뱀파이어

4위 J식품 붉은 묘약

'붉은 묘약'이라는 건 이번 신제품인 석류 음료의 이름이었다. 그 말인즉, 현재 실시간 랭킹의 1위에서부터 4위까지가 모두 이번 신제품에 관한 키워드라는 것이었다.

"이거…… 실화야?"

유경이 눈을 껌뻑이며 되물었다. 제 두 눈으로 보고 있으면서도 도무지 믿을 수가 없었다.

"제가 아까부터 확인했는데 30분째 붙박이예요. 밑에 순위는 엎치락뒤치락하는데 1위는 계속 권이준! 완전 대박이죠?"

보라의 말에 유경은 다시 한번 모니터를 빤히 바라보았다. 그녀의 말대로 여전히 1위 옆에는 낯익은 이름 석 자가 떡하니 떠 있었다. 애초에 이준을 모델로 선정한 이유가 화제성을 기대해서이기는 했다. 그런데 이건 예상했던 것보다 훨씬 빠르지 않은가.

준비를 하면서 슬쩍슬쩍 흘리기는 했지만, 그래도 공식적으로 신제품을 출시한 지는 고작 하루가 지났을 뿐이었다. 심지어 이준이 찍은 CF는 오늘부터 현시되었는데 말이다.

"CF가 SNS에서 지금 핫 하다나 봐요. CF가 아니라 영화 예고편인 줄 알았다고, 영화로 나오면 좋겠다고. 다들 난리예요."

"오늘 뜬 CF가 벌써?"

"요즘은 뭐든 빠르잖아요. 반나절이면 충분하죠."

대답한 보라가 두 팔을 벌려 컴퓨터 모니터를 끌어안으며 소리쳤다.

"대리님! 우리 이번에 진짜로 대박나려나 봐요! 권이준도요!"

아무래도 그녀는 신제품보다는 이준의 성공이 조금 더 기쁜 듯했다.

"다녀왔습니다."

학교에서 돌아온 나은은 현관을 들어서며 습관처럼 인사말을 건넸다. 그러나 돌아오는 대답은 없었다. 집 안을 휘 둘러보았다. 거실 불은 환하게 밝혀져 있었지만 넓은 집 안은 적막하기만 했다. 그제야 집안일을 도와주는 거창댁이 오늘부터 일주일간 휴가를 떠났다는 것을 깨달았다. 부모님은 오늘도 집에 없는 모양이었다. 둘 다 워낙 바쁜 분들이라 집에 있는 날이 더 드물었다.

"집인지 절간인지……."

낮게 중얼거린 나은은 곧장 제 방이 있는 2층으로 향했다.

방으로 들어오자마자 교복을 갈아입을 생각도 않고 재빠르게 컴퓨터 앞에 앉았다. 인터넷 창을 켰다. 오늘 하루 종일 인터넷을 뜨겁게 달구었던 몇몇의 키워드는, 밤이 된 지금도 여전히 핫했다. 연예 기사란부터 시작해서 SNS까지. 온통 한 사람에 관련된 이야기들로 시끄러웠다. 인터넷 창에 도배된 익숙한 이름 석 자에 나은은 작게 웃으며 중얼거렸다.

"우리 오빠 하루아침에 벼락스타 됐네."

나은은 검색창에 핫한 키워드 중 하나를 써 넣었다.

[붉은 묘약 CF 영상]

엔터키를 누르기가 무섭게 관련 영상들이 주르륵 뜬다. 가장 위에 있는 영상을 클릭했다. 커다란 화면을 가득 채운 짧은 영상이 재생되었다.

둥근 보름달이 떠 있는 늦은 밤. 바닥에 낮게 깔린 희뿌연 안개와 새빨간 천들이 휘날리는 묘한 분위기. 그곳에 덩그러니 놓여 있는 새하얀 침대. 그 위에는 연인 분위기의 남녀가 누워 있는데, 남자는 붉은 눈과 날카로운 송곳니를 가진 섹시한 뱀파이어다. 갈증을 느낀 뱀파이어가 여자의 목덜미를 물어뜯으려는 순간, 장면이 변환되며 새빨간 캔에 든 석류 음료가 화면 정중앙에 뜬다.

"CF가 아니라 영화 같네, 진짜."

영상이 끝나고 나은은 감탄하듯 중얼거렸다. 이미 휴대폰으로 몇 번이고 봤지만 큰 화면으로 보니 색다른 느낌이었다. 휴대폰으로 봤을 때보다도 더욱더 영화 같은 느낌이었다.

"근데…… 이래도 되는 건가?"

영상의 마지막 장면에서 멈춘 화면을 빤히 바라보던 나은은 문득 떠오르는 기억에 고개를 갸웃했다. 남매의 아버지인 석훈은, 이준이 처음 모델 일을 시작하고 싶다고 했을 때 완강하게 반대했었다. 다행히 이준이 설득을 잘했는지 어렵게 허락을 받아 내기는 했다. 그러나 여전히 석훈은 이준의 모델 일을 탐탁지 않아 하고 있었다.

석훈은 매우 권위적이고 보수적인 사람이었다. 자신의 아들이 이런 식으로 세상 사람들에게 알려지는 걸, 분명 원치 않을 것이었다. 자세한 내막은 모르겠지만 오빠가 지금껏 방송을 피한 이유도 그 때문이었을 거라고 생각했다. 그런데 왜 갑자기 이런 일을 한 걸까. 의문이 든다.

"아빠가 가만히 두고 보지만은 않을 텐데……."

왠지 모를 불길한 예감과 함께 걱정이 밀려든다. 그러나 이내 나은은 생각을 떨쳐 내려는 듯 고개를 휘휘 내저었다.

"에이, 설마. 오빠가 생각 없이 그러진 않았겠지."

점심 무렵부터 슬슬 나타나던 반응은 시간이 지날수록 사그라지기는커녕 점점 더 거세지고 있었다. 한편의 영화 같은 CF의 콘셉트가 대중의 시선을 사로잡는 것에 크게 한몫을 한 것 같았다. 제품뿐만 아니라 CF에 나오는 음악이며, 심지어는 CF를 촬영한 감독까지 거론되고 있었다. 물론 그중에서도 피에 굶주린 섹시한 뱀파이어를 연기한 이준에게 관심이 가장 많이 쏠리고 있었다.

"……대박!"

휴대폰을 보고 있던 유경이 별안간 비명과도 같은 감탄사를 내지르며 소파에서 벌떡 일어났다.

"이준아! 이것 좀 봐. 네 기사가 지금 연예면 1위야!"

흥분한 유경이 휴대폰 액정을 옆에 앉아 있는 이준에게 들이밀었다. 하지만 이준은 자신의 시야를 가리는 그녀의 휴대폰을 덤덤하게 손으로 치울 뿐이었다.

"TV 가리지 마요."

무심하기 짝이 없는 어투였다.

"지금 TV가 중요해?"

유경은 황당하다는 듯 눈을 동그랗게 뜨고 되물었다.

"네 기사가 1위라니까? 무려 1위!"

"그래서요?"

"그래서라니. 넌 기쁘지도 않아?"

"전혀요."

무뚝뚝하게 대답하는 이준의 한쪽 눈썹이 씰룩였다. 아무래도 뭔가가 굉장히 못마땅한 듯했다.

아니, 얘는 대체 반응이 왜 이래……? 이준의 반응에 유경은 황당함을 넘어서 당황스럽기까지 했다. 축배를 들어도 모자랄 판국이건만, 이준은 마치 초상집에라도 온 듯 칙칙하기가 그지없었다.

"뭐 기분 나쁜 일 있어?"

"네, 있어요."

새침한 대답. 유경은 조심스럽게 다시 한번 물었다.

"……저기 말이야. 혹시, 그 원흉이 나니?"

"아닐 거라고 생각하고 묻는 건 아니죠?"

설마, 했는데 역시나였다.

불퉁하게 내뱉어진 이준의 말에 유경은 속으로 낮게 한숨을 내쉬었다. 아무리 요즘은 남자와 여자의 역할에 구별이 없는 세상이라고는 하지만, 그래도 보통 커플들 사이에서 삐지는 포지션은 웬만하면 여자들의 몫이 아니던가. 그런데 어찌된 건지 여긴 완전히 반대였다. 이준이 어찌나 자주 삐지는지. 유경은 이마에 삐돌이라는 이름표를 붙여 주고 싶은 심정이었다.

"이번엔 내가 또 무슨 잘못을 했는데?"

"정말로 그걸 몰라서 묻는 거예요?"

세상에서 가장 어려운 질문이었다. 유경은 재빠르게 그간 제 행적을 되짚어 보았다. 오늘은 칼퇴를 했고 집에 와서 함께 식사를 했다. 후식으로 과일도 먹었다. 그리고 지금은 나란히 소파에 기대앉아 TV를 보고 있는 중이었다.

아무리 생각해 봐도 평소와 다름없이 평온하기 그지없는 하루였다. 이준이 대체 왜 세모눈을 하고서 저를 쳐다보는 건지에 대해서는 전혀 짚이는 게 없었다. 이럴 땐 그냥 솔직한 게 최고였다. 괜히 이것저것 쿡쿡 찔러 봤다가는 괜히 없던 책까지 잡힐 수 있는 법이니까 말이다.

"난 정말로 모르겠는데……."

유경이 솔직하게 실토하자 이준이 한숨을 푹 내쉰다. 그러곤 마치 지난밤 술 먹고 들어온 아빠에게 바가지를 긁는 엄마처럼, 더없이 새침한 얼굴로 그녀를 쏘아보며 묻는다.

"누나, 오늘 퇴근해서 하루 종일 휴대폰만 쥐고 있는 거, 알아요?"

아, 그게 문제였던 건가…….

그러고 보니 그랬던 것 같기도 하다. SNS에 실시간으로 올라오는 반응이 신나서 저도 모르게 휴대폰을 손에서 놓지 못하고 계속 확인했다. 지금도 마찬가지였다. 새로 고침을 계속하다가 이준의 기사가 연예면 1위에 랭크되는 걸 실시간으로 확인한 것이었으니까 말이다.

내가 너무 심했나…….

이번엔 이준이 삐졌을 법하다는 생각이 들었다. 하지만 곰곰이 생각해 보니 못내 억울한 마음도 든다.

"근데 내가 딴짓하느라 그런 건 아니잖아?"

할 말이 떠오른 유경은 당당하게 어깨를 편 채로 반박했다.

"이게 다 네 기사랑 반응 보느라고 그런 건데."

"날 위해서 그랬다는 거예요?"

"악플엔 싫어요, 누르고 선플엔 좋아요, 눌렀어. 이 정도면 내 조 아니야?"

내조라니. 단어 선택 실수였다. 말을 뱉어 놓고도 '아, 이건 아닌 데……' 싶었다. 그리고 역시나, 그녀의 '내조'는 이준에게도 조금 도 먹히지 않는 듯했다. 그는 자비라고는 눈곱만큼도 없는 냉정 한 얼굴로 말했다.

"그딴 내조 필요 없어. 나는 그런 것보다 누나랑 보내는 시간이 더 중요해요."

순간 유경의 눈썹이 위로 추켜 올라간다.

"'그딴'이라니. 너 말이 너무 심한 거 아니야?"

물론 이준의 말뜻을 못 알아들은 건 아니었다. 그가 진정으로 하고자 했던 말은 '그딴'이 들어간 앞문장이 아니라 뒷문장이었 으리라는 것 역시도 잘 알고 있었다. 하지만 그럼에도 서운한 건 어쩔 수 없다. 내조라는 말이 어울리지 않는다는 것까지는 인정 하는 바이지만, 그래도 그를 위한 일이었음은 사실이었다. 제 딴 에는 그가 화제의 중심에 선 게 너무 기쁘고 좋아서 한 일이었다. 고맙다는 말까지는 바라지도 않지만, '그딴'이라는 말을 듣는 건 너무도 서럽다.

"나도 다른 사람이었으면 그렇게 신경 안 썼어."

왈칵 치솟는 섭섭한 마음에 유경은 그를 향해 쏘아붙였다.

"남이야 기사가 뜨든 말든, 실시간 검색어 1위를 하든 말든, 욕을 먹든 말든 무슨 상관이야. 근데 네 일이잖아. 온 신경이 집중되는 게 당연한 거 아니야? 이게 내가 그렇게 잘못한 일이니?"

말을 하다 보니 한층 더 서글퍼졌다. 입에서 나오는 대로 다다다 쏘아붙인 유경은, 잠깐 동안 이준을 미워 죽겠다는 듯 노려보다가 휙 돌아섰다.

"갑자기 어디 가요?"

"내 방에 간다, 왜! 너랑 하하 호호 TV 볼 기분이 아니라서!"

그의 얼굴도 보지 않고 꽥 소리를 내지른 유경이 한 걸음을 떼었을 때였다. 이준이 재빠르게 팔을 뻗어 유경의 손을 붙잡았다.

"미안해요."

사과의 말에도 유경은 꼼짝도 하지 않았다. 여전히 당장이라도 달려갈 듯 닫혀 있는 방문만 바라보고 있었다.

"그 부분은 내가 실언했어요. 말이 너무 심했어."

"……."

"진심으로 한 말은 아니었어요. 그러니까 화내지 마요. 응?"

이준이 애교 있게 말하며 맞잡은 손을 살짝 흔들었다. 유경은 그제야 느릿하게 고개를 돌려 그를 마주 보았다. 이렇게 빠르게 사과를 하는데. 그것도 진심으로 제 잘못을 뉘우친 얼굴인데. 제가 무슨 말을 더 하겠는가.

병 주고 약 주는 타이밍이 늘 기가 막힌다. 진짜 여우라니까…….

이준을 슬쩍 흘겨보며 유경은 이내 못 이기는 척 그의 손에 이끌려 소파에 다시금 엉덩이를 붙였다.

"이번 한 번만 그냥 넘어가 주는 거야. 또 그러면 그땐 국물도 없을 줄 알아."

"알았어요. 절대 안 그럴게요."

이준은 얼른 고개를 끄덕였다. 그러곤 그녀의 손에 깍지를 끼며 말했다.

"근데, 나도 섭섭해서 그랬어요."

"내가 매일 그런 것도 아니고, 오늘 하루 딱 그런 건데. 그게 그렇게 섭섭했어?"

"누나는 하루 종일 회사에서 시간 다 보내고, 나랑 같이 보낼 수 있는 시간은 퇴근하고 잠들기 전까지 몇 시간이 전부잖아."

한층 누그러진 분위기 속에서 이준이 차분하게 말을 꺼냈다. 여전히 손은 맞잡은 상태였다.

"누나는 어떨지 모르겠지만, 나한텐 이 시간이 너무 소중해요."

"……"

"그래서 그 시간만큼이라도 누나가 다른 거 말고 나한테 집중해 줬으면 좋겠어요."

잡고 있던 그녀의 손을 들어 자신의 뺨에 가져다 댔다. 느릿하게 뺨을 스쳐 지나간 손은 그의 입술 앞에서 멈췄다. 보드라운 손등에 제 입술을 댄 채, 그는 속삭이듯 말했다.

"내가, 너무 큰 욕심을 부리는 거예요?"

이과 출신인 이준은 논리적인 부분뿐만 아니라 감성적인 부분까지 문과 출신인 유경보다 월등했다. 그의 이야기를 듣고 있다 보면 이상하게 저도 모르게 수긍을 하게 된다. 이번에도 역시 그의 말이 다 맞는 것 같았다.

그가 무패신화를 이어 갈 수밖에 없는 이유는, 아마도 사람을 홀리는 저 짙은 눈빛 때문이 아닐까…….

저 잘난 얼굴로, 사람을 녹이려고 작정이라도 한 듯 그윽하게 바라보기까지 하는데, 과연 어느 누가 넘어가지 않을 수 있겠는가. 비단 여자들뿐만 아니라 남자들도 결코 외면하기가 쉽지 않을 것이었다.

"미안."

그가 그랬던 것처럼 유경 역시 제 잘못을 빠르게 인정하고 사과했다.

"그 부분에서 네가 서운할 거라는 생각은 못 했어. 그리고 나도 이 시간이 소중한 건 마찬가지야. 그러니까 앞으로는 조심할게."

진심 어린 유경의 사과가 만족스러웠는지 이준의 입가가 한결 느슨해진다.

"약속한 거죠?"

유경이 '응' 하고 고개를 끄덕이자, 그가 잡은 손을 자신의 쪽으로 끌어당겼다. 순식간에 두 사람의 얼굴이 가까워졌다. 우뚝 솟은 서로의 코끝이 부딪혔다. 숨결도 느껴졌다. 이준이 그녀의 두 눈을 빤히 바라보며 말했다.

"미안하면 뽀뽀해 줘요."

누가 뽀뽀 귀신 아닐까 봐, 이 와중에 또 뽀뽀 타령이었다. 게다가 당당하다 못해 뻔뻔하기까지. 왠지 괘씸하게 느껴져 유경은 눈살을 찌푸리며 이준을 밀어냈다.

"됐거든? 너도 아까 미안할 짓 했잖아."

뱉어 놓고 곧장 후회했다. 스스로가 생각해도 과하다 싶을 정도로 유치한 반박이었으니까 말이다. 요즘 계속 이런 식이었다. 사소한 것에도 기쁘고, 서운하고. 감정 컨트롤이 쉽지가 않았다. 이러다가는 연상의 여유를 보여 주기는커녕 나잇값 못 하는 여자라고 생각되지는 않을까, 걱정될 정도였다.

……제발 나잇값 좀 하자, 서유경. 응?

뱉은 말을 주워 담고 싶다고, 뒤늦은 후회를 했을 때였다.

"알았어요. 그럼 나도 해 줄게요."

그녀의 유치함 따위 상관없다는 듯. 그리고 뽀뽀쯤이야 전혀 어려울 거 없다는 듯. 이준은 망설임 없이 불쑥 다가오더니 그녀의 입술에 자신의 입술을 갖다 댔다.

쪼옥.

아주 중요한 서류에 인감도장을 눌러 찍듯 묵직하게 닿았다가 떨어졌다. 무슨 일이 일어난 건지, 그녀가 채 인지하기도 전에 순식간에 지나갔다.

"됐죠?"

뻔뻔하게 웃어 보인 이준은, 잘 뻗은 검지 끝으로 제 입술을 톡톡 치며 말했다.

"이젠 누나 차례예요."

기적이 일어나지 않는 한, 자신이 이준을 이기는 순간은 영원히 안 오지 않을까.

하. 유경은 짧게 헛웃음을 흘렸다. 그러곤 이내 졌다는 듯 그에게 다가갔다. 살짝 내밀어진 그의 입술 위로 그녀의 입술이 마치 나비가 꽃에 앉듯 살포시 내려앉았다. 가볍게 닿았다가 떨어지려고 하는 순간이었다.

타악—

이준이 그녀의 어깨를 가볍게 눌렀다. 그와 동시에 유경의 몸이 뒤로 풀썩 뉘어졌다. 푹신한 소파 쿠션이 등에 닿았다. 이준이 그녀의 위로 올라타듯 다가섰다. 유경은 두 눈을 느리게 깜빡였다.

"뭐 하자는 거야?"

"글쎄요. 뭐 하자는 것 같아요?"

능글맞게 웃으며 이준이 그녀의 목덜미에 입술을 내렸다. 뜨거운 그의 숨결이 목덜미를 타고 온몸으로 퍼져 나갔다. 이준은 그녀의 가늘고 흰 목덜미부터 시작해서 쇄골까지 자잘한 키스를 퍼부어 댔다.

"웃, 간지러워."

발끝까지 간지러움이 퍼져서 몸을 피했다. 하지만 작정하고 들이대는 그의 품에서 벗어날 수 있을 리가 없었다. 소파에 갇힌 상태로 유경은 꼼짝없이 그의 뜨거운 키스 세례를 받아야만 했다. 한참을 여린 살결 위를 지분거리던 이준의 입술이 다시금 유경의 입술에 닿았다. 그는 입을 살짝 벌려 그녀의 윗입술과 아랫입술을 한 번에 머금었다. 입술 틈을 혓바닥으로 훑다가 틈이 생기자 놓치지 않고 안으로 들어갔다.

고른 치열을 훑은 혓바닥이 입안을 헤집기 시작했다. 말캉한 살덩이들이 얽혀 들어가며 타액이 빠르게 섞여든다. 달콤하고 뜨거웠다. 입술이 조금씩 떨어질 때마다 벌어진 틈으로 뜨거운 숨과 함께 옅은 신음이 흘러나왔다. 농밀한 키스에 유경은 도무지 정신을 차릴 수가 없었다. 작정하고 들이대는 그의 키스는 끈적끈적한 애무와 다름이 없다.

그러는 사이 잠옷 원피스 안으로 커다란 손이 들어오는 게 느껴졌다. 매끈한 허벅지를 천천히 쓰다듬는가 싶더니 이내 위로 올라와 속옷 위를 부드럽게 훑는다. 얇은 천 위를 뭉근하게 비벼대던 손가락이 팬티 안으로 쑥 들어왔다. 수풀을 가르고 계곡을 찾아낸 그의 손끝이 야릇하게 훑어 내린다. 찌릿한 감각에 얼른 다리를 오므렸다. 하지만 금세 이준에 의해 다시금 제자리를 찾아야만 했다. 아래에서 전해지는 예민한 감각에 유경은 두 눈을 질끈 감았다. 발끝까지 힘이 들어간다.

"오늘은 소파에서 해요."

입술을 뗀 이준이 그녀의 귓가에 속삭이듯 말했다.

"색다르게."

그리고 지금의 유경에게는 거절할 정신이 남아 있지 않았다. 그의 손에 의해 잠옷 원피스와 속옷이 순식간에 벗겨졌다. 한기가 몸을 덮쳐오는 순간이었다. 그가 그녀의 양다리를 벌려 그사이에 무릎을 꿇고 앉았다. 무슨 상황인지 인지를 하기도 전에 그의 얼굴이 가까워진다. 뜨거운 숨결이 예민한 피부를 자극했다.

"훗!"

가느다란 교성과 함께 허리가 뒤틀렸다. 그러나 꼼짝도 할 수 없었다. 그가 가녀린 허리를 양손으로 단단히 받치고 있는 탓이었다. 뾰족하게 세운 혀끝이 바짝 긴장한 음핵을 핥아 올렸다. 작은 구슬이 뜨거운 입안에서 이리저리 굴려졌다. 미칠 듯 아찔한 감각에 유경의 아래가 경련했다. 깊은 곳에서부터 젖어 드는 것이 느껴진다.

"……히익! 그, 그만!"

도톰한 살덩이가 질구를 비집고 들어오는 순간 유경은 고개를 뒤로 휙 젖히며 절규했다. 울음과도 같은 신음이었다. 그제야 이준이 파묻었던 고개를 들었다. 혀로 번들거리는 제 입술을 핥으며 그는 야릇하게 웃었다.

"누나 점점 더 예민해지는 거 알아요? 사람 미치게."

준비된 그녀를 확인한 이준이 자리에서 일어나 자신의 옷을 하나둘 벗기 시작했다. 드로즈를 벗자 빳빳하게 발기한 페니스가 발딱 고개를 든다. 그녀의 손길은커녕 시선조차 닿지 않았는데 터질 듯 부풀어 올라 있었다. 늘 그랬던 것처럼. 문득 심술궂은 생각이 머릿속을 스쳐 지나간다. 그는 입매를 삐딱하게 말아 올리며 자신의 것을 그녀의 아래에 아주 천천히 비볐다.

"말 해봐요."

"훗."

"누나도 날 원한다고."

"하앗."

"박아달라고."

뭉툭한 페니스 끝이 주위를 문지르자 그녀의 아래가 작게 경련했다. 부끄러운 듯 입을 악다물고 바들바들 떠는 모습이 안쓰러우면서도 묘한 쾌감이 드는 것이다.

"매번 나만 안달 나는 것 같아 억울하단 말이야. 응?"

가장 예민한 곳을 집요하게 자극했다. 그제야 애써 신음을 참아내던 유경의 새빨간 입술이 힘없이 떨어진다.

"……어줘."

"안 들려요. 더 크게 말해봐."

"넣어줘. 훗. 이준아……."

결국 오늘도 그녀에게 백기를 들게 했다. 가느다란 음성이 애원하듯 그의 귀로 흘러들었다. 넣어달라니. 그녀의 입에서 나온 말은 생각했던 것보다도 훨씬 더 자극적이었다. 지금 이 순간, 그녀가 진심으로 저를 원하고 있다는 걸 알기에 더욱더.

　　이준은 기꺼이 그녀의 안으로 들어갔다. 삐걱거리며 좁은 질구를 가르고 들어간 페니스가 안에서 터질 듯 팽창했다.

　　천천히 허리를 움직이며 고개를 숙여 그녀의 입술을 머금었다. 자연스럽게 흘러드는 타액과 함께 단내가 훅 끼쳐온다. 서유경은 너무도 달았다. 온 신경이 마비될 정도로. 그래서 당신 외엔 아무것도 생각할 수 없을 정도로. 이준은 조금 더 거칠게 허리를 놀렸다. 아찔한 감각과 함께 머릿속이 텅 빈다.

　　그녀의 깊은 곳까지 치받고 또 치받으며 그는 생각했다. 역시 나는 당신만 있으면 된다고. 다른 건 필요 없다고.

23. 나만 몰랐던 이야기

　토요일 오전. 이준은 회사로 향했다. 형욱에게서 호출을 받은 탓이었다. 건물 안으로 들어서자 여기저기서 전화 벨소리가 요란스럽게 들려왔다. 복도를 오가는 직원들의 걸음걸이도 평소보다 더 분주한 것 같았다. 오늘이 주말인지, 평일인지 헷갈릴 정도였다.

　이준은 형욱의 사무실로 들어섰다. 형욱도 전화를 받고 있는 중이었다. 안으로 들어서는 이준을 보며 형욱이 입모양으로 '잠깐만.' 하고 말했다. 고개를 끄덕인 이준은 테이블에 앉았다.

“예, 그럼요. 네, 네. 아하하. 감사합니다, 네.”

꽤나 반가운 연락인 모양이었다. 형욱은 통화를 하는 내내 싱글벙글이었다.

“네. 그럼 들어가세요.”

형욱은 보이지 않을 상대에게 고개까지 꾸벅 숙이며 통화를 끝냈다. 휴대폰을 내려놓은 뒤 자리에서 벌떡 일어났다.

“이야, 이게 누구야. 지금 제일 핫한 우리 스타님 아니셔?”

이준을 향해 다가오며 형욱은 과한 미소를 흩뿌렸다.

“뭐 마실래? 커피? 녹차? 아이스티? 핫초코? 말만 해. 우리 스타님이 원하는 건 내가 다 대령할 테니까.”

“오버 좀 하지 마.”

“내가 지금 오버를 안 하게 생겼어? 분위기 진짜 장난 아니야. 완전 대박이라니까!”

이준의 맞은편에 앉으며 형욱이 엄지를 척 치켜들었다.

“어제, 오늘. 광고 제의가 얼마나 들어왔는지 알아? 무려 일곱 군데야. 럭키 세븐!”

“……”

“스케줄도 그렇고, 조건도 그렇고. 일곱 개 다 하는 건 무리겠지만, 잘하면 두어 개 정도는 건질 수 있을 것 같아.”

“……”

“참. 방금 받은 전화는 화장품 광고 연락이었어. 화장품 CF는 진짜 아무나 못 하는 거 알지?”

이준은 조잘조잘 떠드는 형욱을 물끄러미 바라보았다. 지금까지 이준이 대답은커녕 아무런 반응도 보이지 않고 있었음에도 형욱의 눈에는 전혀 보이지 않는 모양이었다. 여전히 흥분한 얼굴로 말을 이어 갔다.

"네가 방송 타면 터질 거라고 예상은 했지만, 이렇게까지 엄청난 반응이 올 줄이야. 네가 진작 마음을 고쳐먹었으면 얼마나 좋았겠어? 응? 그동안 날린 기회들이 아까워서 죽을 맛이다, 정말."

기대감에 차 있는 형욱에게는 정말로 미안한 일이었지만, 그는 마음을 고쳐먹은 게 결코 아니었다. 이번 일은 유경과 연관되어 있었기에 예외일 수밖에 없었던 것뿐. 평소 같았으면 단호하게 얘기했을 것이다. 하지만 오늘만큼은 쉽사리 입을 떼지 못했다. 지금까지 알고 지낸 세월이 짧지 않지만, 형욱이 이렇게까지 즐거워하는 모습은 본 기억이 없었기 때문이었다.

저렇게 좋을까…….

측은지심마저 들었다. 괜한 말로 그의 흥을 깨트리고 싶지 않았다. 비록 그것이 곧 깨고 말 짧디짧은 꿈일지라도 말이다.

"근데 넌 표정이 왜 그래?"

단꿈에 젖어 있던 형욱의 눈에 뒤늦게야 이준의 표정이 들어온 모양이었다. 좋은 날 왜 그리 어두운 표정이야. 이준을 빤히 보며 그가 의아하다는 듯 묻는다.

"무슨 일 있어?"

"없어. 아직은."

"……아직은?"

묘한 뉘앙스에 형욱이 고개를 갸웃했다. 이준은 대답 대신 말을 돌렸다.

"근데 회사로 부른 이유가 뭐야?"

"뭐겠어. 당연히 CF에 대해 얘기하려고 하는……."

형욱이 말을 꺼냈을 때였다. 휴대폰 벨소리가 들려왔다. 이준에게 온 전화였다.

"전화부터 받아. 이쪽은 급한 거 아니니까."

형욱의 배려에 이준은 휴대폰을 집어 들었다. 그 순간이었다. 그의 표정이 삽시간에 굳어 버린 것은.

[회장님]

액정에 떠 있는 이름을 바라보며 이준은 속으로 낮게 한숨을 내쉬었다.

"……칼 같네, 정말."

오랜만에 가족이 모두 모인 주말.

정인과 석훈, 그리고 나은은 점심을 먹은 후 함께 티타임을 갖고 있는 중이었다. 말 그대로 차를 마시는 티타임일 뿐이었다. 언젠가부터 습관처럼 행해진 의무적인 시간. 간단한 대화조차 없었다. 세 사람은 각자 제 할 일을 했다. 석훈은 신문을 보고 있었고 정인은 잡지를 봤다.

부모님은 어떨지 모르겠지만, 나은에겐 이 의무적인 티타임이 너무도 지루한 시간일 뿐이었다. 방으로 돌아가고 싶은 마음이 굴뚝이었다. 하지만 차마 엉덩이를 뗄 수는 없었다. 자신이 빠지면 부모님은 1분 1초라도 나란히 앉아 있지 않을 거라는 걸 잘 알고 있기 때문이었다. 물론, 지금 이 그림도 딱히 아름다운 그림은 아니었지만 말이다.

그래, 조금만 더 참자. 가정의 평화를 위해서…….

속으로 참을 인을 새기며 나은은 휴대폰을 들고 인터넷을 확인했다. 오늘도 역시 실시간 랭킹에 '권이준'의 이름이 수시로 올라오곤 했다. 지금 이 순간에도 마찬가지였다. 인터넷 창을 켜자마자 상위 랭킹에서 이준의 이름을 발견한 나은은 슬그머니 시선을 들어 맞은편을 바라보았다. 신문을 넘기는 석훈의 얼굴은 평소와 다름이 없었다. 여전히 썰렁하고 무뚝뚝하긴 했지만 딱히 화가 났다거나 하는 격한 감정은 보이지 않았다.

아직 모르시는 건가……? 흐음……. 그럴 리가 없는데…….

나은이 속으로 중얼거리는데, 석훈이 문득 신문에 고정하고 있던 시선을 들어 올렸다. 동시에 나은과 시선이 딱 마주쳤다.

"권나은."

"네?"

"왜 그렇게 빤히 뵈? 뭐 할 말 있어?"

"아뇨. 아무것도 아니에요."

나은은 얼른 고개를 내저으며 시선을 바로 했다. 다행히도 석훈은 별로 대수롭지 않게 생각한 듯 다시금 신문으로 시선을 내렸다. 나은은 자꾸만 석훈에게로 향하려는 시선을 잡으며 괜스레 휴대폰을 확인했다. 하지만 신경은 온통 석훈에게로 향해 있었다.

CF가 현시된 지 이제 고작 이틀째이기는 했다. 그러나 그 파급력만큼은 엄청났다. 게다가 이준의 일이었다. 석훈의 귀에 아직까지 들어가지 않았을 리가 없었다. 아무리 생각해 봐도 이상했다.

알게 된다면 분명 가만히 있을 위인이 아니었다. 하지만 알았다고 하기엔 너무도 반응이 없었다. 제가 괜한 걱정을 했던 걸까. 그런 거라면 좋겠는데……. 나은이 속으로 작게 한숨을 내쉴 때였다.

딩동—

초인종 소리가 고요를 가른다.

"손님? 이 시간에 누가?"

정인이 고개를 갸웃했다. 초대한 손님은 없었다.

"제가 볼게요."

휴가를 떠난 거창댁을 대신해 나은이 자리에서 일어났다. 안 그래도 지루해서 죽을 맛이었는데 잘됐다 싶었다. 빠르게 달려가 인터폰을 확인했다. 그 순간이었다. 나은의 눈이 둥그렇게 커진 것은.

"……오빠?"

놀란 음성이 절로 튀어나왔다.

"누구라고?"

정인이 눈을 크게 뜨고 되물었다. 제가 잘못 들은 걸까. 헷갈리는 모양이었다. 나은은 얼른 대문부터 열어 주었다. 그런 다음 뒤를 돌아 정인을 바라보며 말했다.

"오빠예요."

나은의 입에서 '오빠'라고 불릴 사람은 이준뿐이라는 것을 잘 알고 있었다. 정인은 믿을 수 없다는 듯 느리게 되물었다.

"그 아이가 왔다고……?"

당황스러울 수밖에 없었다. 독립을 한 뒤로 지금까지 이준이 집으로 온 것은 손에 꼽을 정도였으니까 말이다. 그마저도 명절 때

잠깐 얼굴을 비치고 가는 게 전부였다.

도대체 왜…….

잠깐 의아해하던 정인이 문득 드는 생각에 고개를 틀어 석훈을 바라보았다. 갑작스러운 이준의 등장에 놀란 모녀와 달리 그는 덤덤한 얼굴로 신문을 넘기고 있는 중이었다.

"혹시, 당신이 불렀어요?"

"그래."

석훈은 간단하게 대답하며 들고 있던 신물을 탁, 덮었다. 정인의 한쪽 눈썹이 위로 치켜 올라간다.

"왜요?"

"왜는 무슨 왜야. 내가 심심해서 불렀겠어? 할 말이 있으니까 불렀지."

"그러니까 그게 무슨 말이냐고요."

"내가 그런 것까지 일일이 당신한테 보고해야 하는 거야?"

"여보……!"

정인은 아직 묻고 싶은 게 많은 눈치였지만, 석훈은 더 이상 말해 줄 생각이 전혀 없다는 듯 신문을 내려놓고는 자리에서 일어났다.

"네 오빠 들어오거든 서재로 오라고 전해."

석훈의 말이 향하는 곳은 정인이 아닌 나은이었다. 나은은 '네' 하고 대답했다. 제 할 말을 끝낸 석훈은 정인에게 시선도 주지 않고 서재로 향했다. 석훈의 등을 바라보던 정인은 주먹을 꽈악 그러쥐며 입술을 질끈 깨물었다. 그리고 나은은 그런 부모님의 모습을 보며 속으로 생각했다.

조금 전까지의 평온함은 아무래도 태풍전야의 고요였던 모양
이라고…….

✳

똑똑.

노크 소리가 들려왔다. 석훈은 의자 등받이에 몸을 기대며 대
답했다.

"들어와."

문이 열리고 이준이 들어왔다. 그는 성큼성큼 다가오더니 적당
한 거리를 남겨 두고 뚝, 걸음을 멈췄다.

"……."

"……."

두 사람 사이에는 무거운 침묵이 흘렀다. 오랜만에 보는 부자지
간이었지만 반가움이라고는 전혀 느껴지지 않았다. 어색하다 못
해 냉랭하게 느껴지는 분위기였다. 에어컨이라도 틀어 놓은 듯 찬
바람이 쌩 분다.

"이젠 인사도 안 해?"

침묵을 먼저 깬 건 석훈이었다. 노기 어린 음성에 이준은 까딱,
고개만 숙였다. 엎드려 절 받기였다. 아들의 성의 없는 인사를 받
은 석훈은 못마땅해 죽겠다는 듯 쯧, 혀를 찼다.

"도대체 누구를 닮은 건지."

낮게 중얼거리는 석훈의 목소리가 정확하게 귀에 꽂혔다. 무슨
뜻인지도 단번에 알아들었다. 하지만 이준은 못 들은 척 말을 돌

렸다.

"무슨 일로 부르셨어요."

"무슨 일로 불렀는지는 네가 더 잘 알 텐데?"

"……."

이준은 입을 딱 다물었다. 석훈의 말대로였다. 그는 지금 제 아버지의 입에서 무슨 말이 나올지 너무나도 잘 알고 있었다. 그리고 역시나. 석훈은 그의 예상을 한 치도 벗어나지 않는 말을 뱉어 내었다.

"회사로 들어오거라."

"회사 일 관심 없습니다."

"지금부터라도 관심 갖도록 해. 지금 당장 시작해도 늦었어."

"여사님께서도 같은 생각이세요?"

"여기서 네 어머니의 생각이 왜 나와? 내 회사, 내가 아들에게 맡기겠다는데."

네 어머니. 내 회사. 내 아들.

귀에 콕콕 꽂히는 낯선 단어들의 향연에 이준은 피식, 낮게 웃었다.

"어떻게 모르는 척할 수가 있겠어요. 그 회사가 누구 덕에 그렇게 컸는지, 저도 잘 알고 있는데 말입니다."

삐딱한 이준의 대답에 석훈이 미간을 확 그러모았다.

"말 대답 말아라. 먼저 약속을 깬 건 너다."

크게 일갈한 석훈이 테이블 위에 놓여 있던 에이포 용지를 툭, 던지듯 건넸다. 그것들은 이준의 바로 앞에서 좌르륵 펼쳐졌다. 그에 대한 인터넷 기사들이 복사되어 있었다.

"내가 그리 조용히 살라고 일렀거늘. 하루아침에 아주 유명인이 되었더구나."

비아냥거리는 석훈의 목소리에 이준은 주먹을 꽈악 그러쥐었다.

'모델은 안 된다.'

스무 살. 그가 모델 일을 시작하겠다고 선언했을 때, 석훈은 단칼에 잘랐다. 완강한 반대였다. 반대할 거라는 생각은 조금도 못 했던지라 이준은 적잖이 당황했다. 그도 그럴 것이 석훈은 지금까지 단 한 번도 그의 장래에 대해서 관심을 보인 적이 없었으니까 말이다.

'안 되는 이유가 뭡니까.'

'몰라서 묻는 게야?'

'정말로 몰라서 묻습니다.'

당돌한 이준의 대답에 석훈은 혀를 쯧, 차며 말했다.

'하고 많은 직업 중에 왜 하필 딴따라야? 사업하는 이 애비 얼굴에 먹칠을 할 생각이야?'

'제가 모델이 되는 것과 회장님 사업이 무슨 상관인지 모르겠습니다.'

'어째서 상관이 없어? 딴따라가 얼마나 뒷말이 많은 직업인데! 혹시라도 네가 사람들 입방아에 오르내리기라도 해 봐. 우리 집안일에 대해 소문이 나지 않는다는 보장이 어디 있어?'

역시나. 석훈의 걱정은 오직 하나였다. 아들의 장래에 대한 걱정이 아닌, 사업가로 쌓아올린 자신의 평판에 그가 조금이라도 누를 끼칠까 염려가 되는 것이었다. 버렸던 여자와 자식에 대한 소문이 날까 겁이 나기는 하느냐고. 그러기에 왜 그리 행동을 했었느냐고. 따져 묻고 싶은 말이 목구멍까지 차올랐다. 하지만 애써 삼켜 내야만 했다. 석훈과 자신의 관계는 일반적으로 생각하는 '아버지와 아들'이 아니라 '갑과 을'에 가까웠다. 물론 자신은 철저하게 '을'이었다.

'있는 듯 없는 듯 조용히 지내겠습니다. 혹시라도 회장님의 눈에 거슬리게 된다면, 회장님의 얼굴에 먹칠을 하게 된다면. 그땐⋯⋯.'

'⋯⋯.'

'군말 없이 그만두겠습니다.'

그게 그 당시 그가 할 수 있는 최선이었다. 원하는 것을 얻어 내려면, 늘 그랬던 것처럼 제가 먼저 한걸음 물러나야만 했다. 그제야 석훈은 못 이기는 척 넘어가 주었다. 하지만 결코 양보는 아니었다. 석훈의 입장에서는 하등 손해 볼 것이 없는 거래였으니까 말이다.

"반항은, 이쯤 했으면 됐다. 7년도 길었어."

그동안 내가 널 많이 봐줬노라고.

"언제까지 철없는 어린애처럼 굴 생각이야?"

더 이상의 양보는 없다고.

"딱 보름 주마."

네 본분인 꼭두각시로 돌아오라고.

"정리하고 회사로 들어와."

이번에도 역시 '아버지'가 아닌 '갑'의 일방적인 통보였다.

✳

　서재를 나오자마자 이준은 앞에서 기다리고 있던 정인과 눈이 딱 마주쳤다. 안에서 무슨 얘기를 나눴는지에 대해 궁금한 눈치였다. 무엇이 묻고 싶고, 어떤 것이 걱정되는지는 너무도 뻔했다. 하지만 이준은 못 본 척 정인을 지나쳐 집을 나왔다. 친절하게 설명해 줄 이유가 없었다. 그럴 기분은 더더욱 아니었고. 집 앞에 주차해 두었던 차에 올라탔다. 시동을 걸려다가 멈췄다. 지금 이 기분으로 운전을 했다가는 음주운전보다도 더 위험할지도 몰랐다.

　'회사로 들어오거라.'

　조금 전 들었던 서훈의 한마디가 귓기에 이명처럼 울렸다. 마치 맡겨 놓은 물건을 찾듯 당당한 어투였다. 이준은 주먹을 꽈악 그러쥐었다.

　'먼저 약속을 깬 건 너다.'

　그래. 맞았다. 석훈의 말대로 먼저 약속을 깬 건 자신이었다. 이 상황이 그리 놀랍지는 않았다. CF를 찍기로 결심했던 그 순간부터 이렇게 되리라는 건 이미 충분히 예상하고 있었으니까 말이다. 아니, 이번 일이 아니었더라도 분명 석훈은 어떤 구실을 만들어서라도 자신을 불러들였을 것이다. 그것을 너무도 잘 알고 있었기에 이번 선택 역시 그리 어렵지 않았던 것이고.

석훈은 오로지 회사밖에 모르는 사람이었다. 제 아이를 품고 있는 여자를 버린 이유도 그 때문이었다. 그 당시 석훈은 아무것도 가진 게 없는 사랑하는 여자가 아닌, 자신의 사업에 도움이 될 친정의 백이 든든한 여자가 필요했다.

물론 버렸던 자식을 다시 찾은 이유 역시 마찬가지였다. 아들이 그리워서도, 불쌍해서도 아니었다. 그저 자신의 회사를 물려받을, 자신의 핏줄이 필요했을 뿐이었다.

언제였는지 기억도 나지 않을 정도로 아주 오래전부터, 이준은 그러한 사실을 알고 있었다. 누군가 알려 준 건 아니었다. 그냥 본능적으로 깨달은 것이었다. 아니, 모를 수가 없었다고 하는 편이 더 정확한 설명일지도 모르겠다. 석훈의 행동 하나하나에서 억지로 저를 거둬들였다는 것이 너무도 또렷하게 티가 났으니까 말이다.

7년의 자유가 한정적이었음을. 석훈이 저를 필요로 하게 되는 순간 무참히 깨어질 한여름 밤의 꿈이라는 것을. 누구보다도 잘 알고 있었다. 석훈이 아니었으면 평생 고아로 클 뻔했다. 그런 그를 데려와 큰 집에서 돈 걱정 없이 먹여 주고 재워 주고 공부시켜 주었다. 그것만큼은 부정할 수 없는 사실이었다. 그러니 자신은 빚을 졌고, 상대가 원할 땐 그 빚을 갚아야 한다는 것도. 너무도 잘 알고 있었다. 그러나 그럼에도 불구하고 막상 이렇게 마주하고 나니 짜증이 치미는 건 어쩔 수가 없다. 저도 모르게 마음 한구석에서는 석훈이 조금은 변했을지도 모르겠다는 헛된 기대를 했었나 보다.

'반항은, 이쯤 했으면 됐다. 7년도 길었어.'

'언제까지 철없는 어린애처럼 굴 생각이야?'

'딱 보름 주마.'

'정리하고 회사로 들어와.'

한평생 들어왔던 명령조의 말이 귓가에서 윙윙거린다.

"젠장할!"

이준은 욕지거리를 내뱉으며 두 주먹을 꽉 그러쥐고 쾅! 핸들의 정중앙을 내려쳤다.

빠아앙-!!

요란스러운 클랙슨 소리가 고요한 동네를 날카롭게 가로지른다.

- 고객님께서 지금은 전화를 받을 수가 없어…….

기계음에 유경은 인상을 찌푸리며 휴대폰을 귀에서 떼어 냈다. 다시 한번 전화를 더 걸어 보았지만 이번에도 역시 같은 문구만 반복될 뿐이었다.

"뭐야. 왜 전화를 안 받아. 걱정되게."

유경은 중얼거리며 시계를 확인했다. 12시가 넘어가고 있었다. 시계에서 시선을 떼고 현관 쪽을 바라보았다. 고요했다.

[오늘 좀 늦게 들어갈 것 같아요.]

점심 무렵 도착한 문자 한 통이 끝이었다. 그 후로 지금까지 이준에게서는 연락이 전혀 없었다. 처음에는 일이 있어서 늦나 보다 생각했다. 그런데 점점 시간이 지날수록 슬그머니 걱정이 드는 것이다. 물론, 늦겠다는 연락은 받았지만 그래도 연락 한 통 정도는 더 해 줄 수 있는 거 아닌가. 특히나 이렇게 연락이 두절 됐던 적이 단 한 번도 없었기에 더욱더 걱정이 들었다.

"그때 이준이가 이런 기분이었으려나……."

예전 일이 떠오른다. 이제야 완벽하게 이준의 마음을 이해할 수 있었다. 새삼스레 또다시 이준에게 미안해진다.

"무슨 일 생긴 건 아니겠지……."

걱정되는 마음에 가만히 앉아 있지 못하고 왔다갔다 걸음을 옮겼다. 연락이 오면 바로 받을 수 있게 휴대폰도 손에 꽉 쥔 채였다. 좁은 거실을 열 바퀴쯤 돌았을 때였다.

띡띡띡.

고요한 집 안으로 도어록 비밀번호 풀리는 소리가 흘러들어왔다.

유경은 걸음을 뚝 멈췄다. 그러곤 얼른 소파에 앉았다. 다리를 꼬고 팔짱까지 꼈다. 마치 네 걱정 따위 한 적 없었다는 듯. 기다린 적 없었다는 듯.

"어? 누나. 아직 안 자고 있었네요?"

그런데 너무 연기를 완벽하게 했던 모양이다. 그녀의 속도 모르고 이준이 환하게 웃으며 이쪽으로 성큼성큼 다가오기 시작한다.

"나 기다렸어요?"

"그럼 내가 옆집 아저씨를 기다렸겠니?"

뾰족하게 쏘아붙이는데도 이준은 뭐가 그리 좋은지 여전히 웃는 얼굴이었다.

"나 때문에 못 갔다니. 감동인데요?"

"감동 같은 소리 하네."

유경은 새침한 얼굴로 콧방귀를 흥, 뀌었다.

"나 지금 화내고 있는……."

말을 끝마치지 못했다. 어느덧 그녀의 바로 앞까지 다가온 이준이 별안간 팔을 뻗어 그녀를 끌어안았기 때문이었다. 어찌나 확 끌어안았는지, 이준의 단단한 복근에 유경의 뺨이 뭉개지듯 닿았다. 그와 동시에 알싸한 알코올 향이 유경의 코를 찌른다.

"술 마셨어?"

재빠르게 이준의 품에서 벗어나며 유경이 물었다.

"조금요."

고개를 끄덕이는 이준의 얼굴을 빤히 바라보았다. 이제보니 뱀파이어라고 해도 믿을 수 있을 정도로 새하얗던 양 뺨이 발그스름하게 달아올라 있는 게 보인다. 늘 날카롭던 눈도 살짝 풀려 있는 것 같고.

조금 전까지만 해도 유경의 얼굴에 서려 있던 짜증은 언제 그랬냐는 듯 사라졌다. 대신 그 자리엔 걱정이 슬그머니 떠올랐다. 그럴 수밖에 없었다. 오늘 이준의 행동은 평소와는 너무도 동떨어져 있었으니까 말이다. 이 시간까지 연락이 없는 것도 이상했지만, 술을 마시고 들어온 건 더욱더 그랬다.

"혹시…… 무슨 일 있었어?"

유경이 조심스레 묻자 이준은 단번에 고개를 내저었다. 아무 일도 없다고. 그런데 왜 안 믿기는 걸까. 유경은 두 눈을 가늘게 뜬 채 그의 얼굴을 살피며 다시 한번 물었다.

"근데 왜 안 하던 술을 마셨어?"

이준은 그녀의 옆에 엉덩이를 붙이며 담담하게 대꾸했다.

"그냥, 먹고 싶어서 먹었어요."

"먹고 싶었다고? 너 원래 술 안 좋아하잖아."

"가끔 그런 날 있잖아요. 원래는 별로 좋아하지도 않는 게 갑자기 당기는 날. 오늘이 딱 그런 날이었어요."

"……정말로 아무 일 없는 거 맞지?"

"그렇다니까. 정말로 없어요. 그 어떤 일도."

확실하게 대답해 주었다. 하지만 그럼에도 불구하고 유경이 의심의 눈길을 쉽게 거두지 못하자 이준이 기다란 검지로 그녀의 동그런 볼을 쿡 찌르며 묻는다.

"그러는 누나는 무슨 일 있어야만 마셔요?"

"뭐?"

"맨날 그냥 먹으면서."

장난스레 내뱉는 이준의 말에 유경은 입을 꾹 나물었다. 그가 지금 찌른 것은 그녀의 뺨이 아니라 정곡이었다. 술 때문에 이준에게 업혀 들어온 횟수만 무려 두 번이었다. 할 말이 있을 리가 없었다.

"근데, 전화는 왜 안 받았어?"

민망한 마음에 유경은 제 뺨에 닿은 그의 손길을 떼어 내며 얼른 화제를 돌렸다. 눈에 뻔히 보이지만 넘어가 주겠다는 듯 이준은 순순히 대답했다.

"배터리가 다 나갔어요."

"그럼 충전을 했어야지."

"집에 오는 길에 휴대폰이 꺼진 거라 그냥 왔어요. 1분 1초라도 더 빨리 누나가 보고 싶어서."

"보고 싶었다는 사람이 지금까지 연락도 한 통 없이 늦어?"

유경이 새침하게 얘기하자 이준이 씨익, 입꼬리를 말아 올린다.

"넌 지금 웃음이 나오니?"

웃는 그의 얼굴은 예뻤지만, 그래서 한층 더 얄미웠다. 잘생기면 다야? 유경은 인상을 찌푸리며 이준의 뺨을 살짝 꼬집었다.

"대체 아까부터 뭐가 그렇게 좋다고 웃어? 응? 사람 걱정만 잔뜩 시켜 놓고!"

"좋아서요."

"좋다고?"

대체 뭐가? 나한테 욕먹는 거? 아니면 볼 꼬집히는 거? 유경은 어이가 없다는 듯 이준을 비라보았다. 그러자 이준이 여전히 웃는 얼굴로 대답했다.

"지금까지는 매일 나만 그랬잖아요. 연락 기다리고. 걱정하는 거."

"……."

"근데 누나도 그랬다니까 행복해요. 이젠 정말로 누나도 나랑 같은 마음이 된 것 같아서."

뭐 저런 소소한 행복이 다 있담…….

볼을 꼬집고 있던 손에 힘이 스륵 빠졌다. 그는 정말이지 사람을 미안하게 만드는 재주가 있는 것 같았다.

아직도 내 마음이 불안한 걸까. 그렇다면 내가 그렇게 만든 거겠지…….

미안한 마음에 유경은 살짝궁 발갛게 달아오른 그의 뺨을 달래주듯 손끝으로 부드럽게 매만지며 말했다.

"나도 너랑 같은 마음이라고 했잖아."

"말만 했잖아요. 행동으로 보여 준 적은 없고."

배꼼 얼굴을 내밀었던 미안한 마음이 한순간에 쏙 들어가 버렸다. 뺨을 어루만지던 손길도 뚝 멈췄다. 유경은 한쪽 눈썹을 씰룩였다.

"……넌 나한테 그렇게 믿음이 없는데 어떻게 사귀니?"

"좋아 죽겠으니까?"

"좋아 죽겠다면서 왜 못 믿어?"

유경이 새침하게 되묻자 이준이 피식, 작게 웃으며 제 뺨에 닿아 있는 그녀의 손을 부드럽게 감싸 쥐었다.

"누나한테 믿음이 없는 게 아니라, 나한테 자신이 없는 거예요."

의외의 말에 유경의 눈이 살짝 커졌다. 그도 그럴 것이 이준과는 너무도 어울리지 않는 느낌의 말이었다. 그 누구보다 자신에게 관대하고 자신감이 철철 넘치던 녀석이 아니던가.

사실 객관적으로 봐도 그랬다. 자신이 없어야 할 사람은 그가 아니라 오히려 그녀였다. 나이도 많고, 가진 것도 없고……. 그에 비하면 자신은 한없이 부족한 존재인데 말이다.

"왜 자신이 없어?"

"그냥요. 원래 더 많이 사랑하는 사람이 약자라고 하잖아요."

"그래서 우리 관계에선 네가 약자다?"

"누나가 날 더 사랑할 리는 없으니까."

단호한 대답이었다. 차마 아니라는 말은 할 수 없었다. 제 마음이 진심이고, 점점 커져 가고 있기는 하지만, 이준에 비해서는 한없이 작으리라는 걸 잘 알고 있었으니까 말이다. 연애를 시작한 후 계속 느끼고 있는 바였다. 저를 향한 그의 감정이 얼마나 클지에 대해선 감히 상상도 되지 않을 정도였다. 하지만 이대로 그가 '약자'가 되고 자신이 '강자'로 정리되는 건 못내 억울했다. 유경은 입을 비죽 내밀었다.

"글쎄. 네가 약자라기엔, 난 한 번도 널 이겨 먹은 기억이 없는 것 같은데……."

"그랬나……?"

"응, 그랬지."

단호한 대답에 이준은 잠깐 뭔가를 생각하는가 싶더니 이내 말을 돌렸다.

"누나, 나 식당 차릴까요?"

아무래도 제가 생각해 봐도 반박은 못 하겠던 모양이다. 너무도 갑작스러운 화제 전환이었지만, 아까 자신도 한 번 써먹었던 스킬이었으므로 이번만큼은 그냥 넘어가 주기로 했다.

"뜬금없이 웬 식당?"

"나 음식 잘한다면서요. 혹시 모르잖아요. 가게 차리면 유명한 맛집으로 성공해서 돈도 많이 벌게 될 수 있을지도. 아니면, 역시 회사원이 더 나으려나? 안정적이니까?"

고민하는 이준의 표정이 그냥 하는 말이 아니라 진심처럼 보였다. 유경은 고개를 갸웃했다.

"벌써 노후 걱정하는 거야?"

"모델 일이라는 게 언제까지고 할 수 있는 건 아니니까요."

"내가 잘 몰라서 그러는데, 모델은 생명이 짧은 편이야?"

"사람에 따라 다르죠."

"그런 거라면 최대한 길게 모델 일 계속 하는 게 낫지 않아?"

"모델 일이요?"

"응. 돈 때문이 아니라, 식당 주인이나 회사원보다는 모델 일이 너한테 훨씬 더 잘 어울리는 것 같아서 하는 말이야."

유경의 대답에 이준의 눈빛이 짙어졌다.

"누나는 그렇게 생각해요?"

"이번에 패션쇼 보고 내가 반했다고 했잖아. 그거 거짓말 아니었어."

유경은 눈을 느리게 깜빡이며 말했다. 화려한 무대 위에서 보석처럼 반짝이던 이준의 모습이 아직도 눈앞에 생생했다.

"진짜 새삼 또 느꼈다니까? 와, 내 남자친구 진짜 대단한 사람이었구나, 하고."

그녀 딴에는 마음먹고 제대로 한 칭찬이었다. 결코 흔한 일이 아니었다. 당연히 기뻐할 줄 알았다. 그의 웃는 얼굴을 기대했다. 그런데 돌아오는 이준의 반응은 영 미지근하기만 하다.

"……그랬구나."

기뻐하기는커녕 씁쓸해 보이는 건…….

기분 탓인 걸까.

일요일. 이준은 뒤늦게 찾아온 술병 때문에 하루 종일 앓아야만 했다. 평소에 술을 별로 즐기지 않는 이유도 숙취 때문이었다. 술이 약한 건 아닌데 숙취는 늘 달고 살았다. 이번엔 평소보다 더 무리를 했더니 숙취가 한층 더 강했다. 약까지 먹어야만 했다. 밥을 먹고, 약을 먹고, 잠을 자고. 또 밥을 먹고, 약을 먹고, 잠을 자고. 그렇게 두어 번 반복했더니 어느덧 하루가 훌쩍 지나가고 월요일이 찾아왔다.

"이제 정말 괜찮은 거야?"

출근 준비를 끝마친 유경이 집을 나서기 직전 다시 한번 이준의 얼굴을 살폈다.

"응. 누나 덕분에 완전 회복했어요."

"다행이네."

정말로 쌩쌩해 보이는 이준의 얼굴을 보며 유경은 안도의 한숨을 내쉬었다. 어제 하루 종일 간호를 하느라 그녀도 고생을 꽤나 한 터였다.

"그런데 앞으로 술은 나보다 네가 더 조심하는 게 맞는 것 같아. 숙취로 하루 종일 앓는 사람은 처음 봤어."

"내 핑계 대고 은근슬쩍 술꾼 복귀하려는 거예요?"

"……넌 다 좋은데 눈치가 너무 빨라."

"다 좋다는 말만 들리네."

이준의 능청에 유경은 못 말린다는 듯 작게 웃었다. 그러곤 시계를 확인하더니 걸음을 재촉한다.

"늦겠다. 다녀올게."

"잠깐만요."

이준이 서두르는 유경의 팔뚝을 붙들었다.

"아무리 바빠도 해 줄건 해 주고 가야지."

이젠 튕기는 게 무의미하다는 걸 깨달은 모양이었다. 유경은 가타부타하는 말없이 이준의 뺨에 입술을 가져다 댔다. 초옥. 보드라운 입술 감촉이 뺨에 닿았다가 떨어졌다.

"이제 됐지?"

유경이 확인하듯 말했다.

"너무 짧아서 아쉽기는 했지만. 그래도 뭐, 이 정도면 장족의 발전인 건 맞으니까."

이준은 그제야 만족했다는 듯 씩, 웃으며 손을 흔들어 보였다.

"잘 다녀와요."

"응. 다녀올게."

작별인사가 끝났다. 유경이 나가고 현관문이 닫히는 소리가 크게 집 안을 울렸다. 그와 동시에 위로 올라가 있던 이준의 입꼬리가 제자리를 찾았다. 언제 그랬냐는 듯 어두운 표정이었다. 어제, 오늘. 혹시라도 그녀에게 걱정을 끼칠까 싶어 표정 관리를 하느라 힘들었다. 물론 그녀와 함께 있노라면, 굳이 표정 관리를 할 것도 없이 저도 모르게 절로 웃음이 새어 나오기는 하지만 말이다.

이준은 잠깐 동안 텅 빈 집을 물끄러미 바라보다 곧장 운동 갈 채비를 했다. 평소엔 집안일을 간단하게 한 후 느직이 움직이지만 오늘은 집안일을 뒤로하고 바쁘게 준비했다. 머릿속이 너무도 복잡하고 시끄러웠던 탓이었다. 얼른 아무 생각 없이 땀을 빼고 싶어졌다. 트레이닝복으로 갈아입고서 현관을 이제 막 나서려고 할 때였다. 휴대폰이 울렸다. 형욱의 전화였다.

- 어디야?

전화를 받기가 무섭게 형욱이 질문했다.

"집."

– 잘됐네. 바로 사무실로 와.

요즘 들어 사무실 호출이 잦았다. 이준은 귀찮다는 듯 미간을 살짝 찌푸렸다.

"또 왜."

– 중요한 일이야.

"운동 갔다가 갈게."

– 잔말 말고 빨리 와. 너, 지금 속편하게 운동이나 할 상황 아니야.

형욱의 목소리가 짐짓 심각해졌다. 그리고 이준은 형욱이 말하는 '상황'이라는 게 무슨 상황인지 바로 짐작할 수 있었다. 석훈의 얼굴이 눈앞에 떠오른다. 이준은 낮게 한숨을 내쉬며 대답했다.

"알았어."

✳

"야! 권이준!"

이준이 사무실로 들어서기가 무섭게 형욱이 다짜고짜 빼액 소리를 내질렀다. 자리에 앉기도 전이었다.

"너 대체 나 모르게 밖에서 무슨 짓을 하고 다니는 거야?"

대답 대신 형욱을 빤히 바라보았다. 전화 통화를 했을 때부터 눈치챘지만 목소리뿐만 아니라 얼굴에도 흥분한 기색이 역력해 보였다. 이준은 침착하게 자리에 앉았다. 그러곤 뻔히 다 알면서도 물었다.

"왜. 무슨 일인데."

"오늘 아침에 K건설 권석훈 회장 비서실에서 연락 왔더라."

역시나. 그의 예상이 맞았다. 이준은 눈꺼풀을 내리깔았다. 형욱의 말이 이어진다.

"계약해지 통보받았어."

형욱이 들고 있던 파일철을 툭 던지듯 이준의 앞으로 내밀었다.

"이건 그쪽 법무법인에서 보낸 서류들. 계약해지는 물론이고 앞으로 이쪽 업계에는 발도 못 딛게 할 생각인가 봐. 문서 내용이 죄다 아주 공격적이던데?"

"……."

"뭐야. 너 반응이 왜 이래?"

서류를 확인하기는커녕 눈 하나 깜빡하지 않는 이준의 행동에 형욱이 믿을 수 없다는 듯 되물었다.

"……설마, 알고 있었어?"

"그래. 알고 있었어."

"정말로 알고 있었다고? 근데 왜 얘기를 안 했어? 어?"

"이렇게 빠를 줄은 몰랐으니까."

지금 그걸 말이라고! 형욱은 당장이라도 이준의 멱살을 붙들고 싶은 걸 꾹 참으며 목소리를 키웠다.

"너 이 자식! 무슨 사고를 친 거야, 대체!"

"그런 거 아니야."

"그런 게 아니면 이건 뭔데? 권석훈 회장이 왜 네 앞길을 막는데?"

"……."

이준은 대답 대신 파일철을 손끝으로 툭툭 건드릴 뿐이었다. 자신은 지금 핵폭탄이 머리 위로 떨어진 기분인데, 정작 당사자인 이준이 여유로워 보이는 이유가 뭘까. 형욱은 기가 막히고 코가 막히는 기분이었다. 화도 나지 않았다.

"너 대체 권석훈 회장이랑 무슨 사이야?"

"……."

"당장 대답 안 해? 뭐, 부자지간이라도 돼? 어?"

답답한 마음에 생각 없이, 입에서 나오는 대로 그냥 내뱉은 말이었다. 언젠가 그랬던 것처럼 코웃음을 칠 줄 알았다. 드라마 적당히 보라고. 그런데 이게 웬걸. 이준이 그것을 덥석 문다.

"맞아."

무심한 대답에 형욱의 눈이 튀어나올 듯 커졌다. 마치 뒤통수라도 한 대 세게 얻어맞은 듯 충격이 컸다.

"……뭐어?"

질문을 먼저 던진 건 자신이면서도, 형욱은 믿을 수 없다는 듯 다시 한번 되물었다.

"정말로 권석훈 회장이 네 아버지라고?"

"일단 생물학적으로는."

여전히 무심한 대답이었다. 순간 울컥하고 치미는 배신감에 형욱은 눈을 사납게 치떴다.

"왜 여태 숨겼어?"

"숨긴 적 없어. 말을 안 했을 뿐이지."

"넌 지금 이 상황에서 말장난이 나와?"

"말장난이 아니라 진심이야. 중요하지 않다고 생각해서 굳이 말해야 할 필요성을 못 느꼈어. 성인이 돼서 한 계약인데 부모님이 누구인지까지 얘기해야 할 이유는 없었잖아."

"그건 그렇지만……!"

틀린 말은 아니었다. 하지만 이건 '특수한' 상황이지 않은가. 계약해지 통보를 받았는데 어째서 이게 중요하지 않은 문제일 수가 있느냐고. 따져 묻고 싶었지만 형욱은 그저 지끈거리는 머리를 손으로 짚을 뿐이었다.

이준의 반응도 그렇고. 굳이 '생물학적'이라는 것을 강조하는 것도 그렇고. 또 지금의 이러한 상황까지. 이 모든 걸 종합해 봤을 때 이준과 석훈이 그리 사이좋은 부자지간이 아니라는 건, 굳이 그의 입으로 듣지 않아도 짐작할 수 있었다. 쉽게 말하지 못할 사연이 있는 게 분명했다. 지금 이준이 보이고 있는 건, '여유'가 아니라 '포기'라는 건가…….

'넌 도대체 왜 그렇게 방송이 싫으니? 다들 못 해서 안달인데. 응? 인지도 오르는 게 그렇게 싫어? 돈 벌고 싶지 않아?'

'인지도도 돈도, 지금도 충분히 만족하고 있어.'

'너 혹시 집이 엄청 부자야? 막 기업 회장의 숨겨진 아들, 이런 거?'

'드라마 좀 그만 보라니까.'

'아니, 그럼 뭐냐고! 어찌 된 인간이 이렇게 욕심이 없을 수가 있는 거냐고!'

'사정이 있다고 했잖아.'

'글쎄. 그게 대체 무슨 사정인 거냐니까? TV에 나오면 빚쟁이들이 찾아오기라도 할까 봐 그래?'

'뭐, 그 비슷해.'

문득 언젠가 이준과 했던 대화를 떠올린 형욱의 얼굴이 화악 일그러졌다.

"그럼…… 그때 네가 말했던 게, 이거였어?"

무슨 얘기를 하는지 바로 알아들은 듯 이준은 가볍게 어깨를 으쓱해 보였다. 형욱은 한숨을 푹 내쉬었다. 과하게 방송을 피하는 모습이 이상하다고 생각하긴 했지만 설마 이런 결과를 초래할 줄이야. 정말이지 눈곱만큼도 상상하지 못했었다. 그저 원체 고집이 세고 무슨 생각을 하는지 모를 이상한 녀석이니 그런가 보다 했을 뿐이었는데 말이다.

"이래서 네가 방송은 죽어도 안 하겠다고 한 거였구나……."

형욱은 혼잣말처럼 중얼거렸다. 무슨 사연이 있는지 궁금했지만 차마 물을 수 없었다. 물론 물어봐야 대답을 해 줄 생각도 없겠지만 말이다. 그저 정말로 드라마에나 나올 법한 어둡고 복잡한 가정사를 지니고 있으리라고 짐작만 할 뿐이었다.

지금 이 상황에서 한 가지 확실한 건, 아버지인 권석훈 회장이 아들이 모델 활동을 하는 것을 굉장히 못마땅하게 여기고 있다는 것이었다. 권력을 행사해서 이 바닥에서 매장을 시키겠다는 말을 전할 정도로, 아주 격렬하게.

"이 녀석아. 이런 상황이었으면, 진작 얘기를 해 줬어야 할 거 아니야. 그럼 일이 이렇게까진 안 됐을 텐데."

그래도 명색이 실장이고 매니저인데. 여태 그의 그늘에 대해서는 아무것도 몰랐다는 것이, 그리고 그 때문에 계속 제 욕심만 강요해 왔다는 것이 미안하게 느껴져서 형욱은 불퉁스레 말했다.

"근데 그럼 계속 하지 말 것이지. 왜 갑자기 방송을 한다고 한 거야?"

"언제는 하라며."

"내가 하라고 한 게 하루 이틀 일이야? 지금껏 다 무시했었잖아."

"그냥 하고 싶어졌어. 그리고 형이 제일 좋아했잖아."

"지금 그걸 말이라고 해? 내가 이럴 줄 알았으면 좋아했겠냐? 어?"

형욱은 짜증스레 한숨을 푹 내쉬었다.

"그래서 이제 어떡할 거야?"

"어떡하긴 뭘 어떡해. 계약해지 통보 받았다며."

"그게 그렇게 간단한 일이야?"

"그쪽에서 위약금은 다 물어 줄 거야. 걱정 마."

"야! 넌 내가 지금 돈 걱정하는 거 같아?"

"그럼 설마 내 걱정하는 건가?"

"농담 아니야, 이 자식아. 나 지금 매우 진지하다."

그리 말하는 형욱의 얼굴은 본인의 말대로 정말로 진지해 보였다. 그는 사뭇 진지한 눈빛으로 이준을 빤히 바라보며 말한다.

"네 아버지의 뜻 말고. 네 생각을 묻는 거야."

"……."

"정말로 모델 그만두고 싶은 거야?"

그만두고 싶은 거냐고……?

형욱의 질문에 이준은 저도 모르게 주먹을 꽈악 그러쥐었다. 그러나 이내 손에 힘을 빼며 가볍게 대답했다.

"그게 뭐가 중요해."

"지금 이 상황에서 이것 말고 뭐가 더 중요해?"

"형도 대충 눈치챘겠지만, 지금 이 상황에서 내 생각은 전혀 중요하지 않아. 회장님껜 휴지조각만큼이나 가치 없을 테니까."

아니. 어쩌면 휴지조각보다도 훨씬 더 못할지도 모르지. 이준은 쓰게 웃었다. 그 미소가 너무도 쓸쓸해 보여서 보고 있는 자신의 입안까지 쓰게 느껴지는 기분이었다. 형욱은 양손으로 책상 위를 쾅, 소리 나게 찍었다.

"방법이 있다면 어떡할래?"

"방법?"

되묻는 이준의 눈빛에는 일말의 기대조차 없었다. 석훈은 대단한 권력자였다. 그리고 누구보다도 그 권력을 편리하게 이용할 사람이기도 했다. 대한민국에서 그의 입김이 통하지 않는 곳은 아마도 없을 것이었다. 그런데 방법이라니. 가진 것이라곤 고작 석훈의 호적에 파묻혀 있을 뿐인 자신이 그의 그림자에서 벗어날 수 있는 방법 따위 있을 리가 없지 않은가. 그런데 형욱은 그 사실을 아는 건지, 모르는 건지. 정말로 그 '방법'이라는 것이 있다는 듯 눈을 반짝이며 말했다.

"가자, 미국."

삑삑삑.

러닝머신 위에서 이준은 속도를 조금 더 올렸다. 이미 미친 듯이 달리고 있었지만, 이제는 턱을 꽉 깨물고서 최선을 다해 달리지 않으면 안 될 정도로 엄청난 속도였다. 이미 머리카락은 완전히 젖어 있었다. 한 발을 내디딜 때마다 땀이 비 오듯 후드득 떨어져 내렸다. 마치 사우나를 하는 듯 엄청난 양이었다. 하지만 이렇게 무리를 해서 달리고 있음에도 불구하고 머릿속은 좀처럼 비워지지가 않는다.

한순간에 모든 게 정리가 됐다. 제가 직접 도장을 찍은 계약은 석훈의 한마디로 그저 종잇조각이 되어 버렸고, 수많은 워킹 끝에 드디어 메인까지 올라온 무대에는 이제 더는 설 수 없게 됐다. 석훈의 힘이 새삼 실감이 난다. 석훈은 파도였다. 그리고 그 앞에서 7년간 쌓아 온 그의 커리어는 한낱 모래성일 뿐이었다. 백사장까지 겨우겨우 밀려온 옅은 파도에도 무너지고 마는, 어설픈 모래성.

"기분 정말 엿 같네."

헛웃음을 흘리며 이준은 전원 버튼을 꾹 눌렀다. 쉴 새 없이 돌아가던 라인의 속도가 점점 느려지더니 이내 뚝 멈췄다.

'가자, 미국.'

기계에서 내려서는 이준의 귓가에 형욱의 목소리가 울렸다.

'갑자기 미국은 왜?'

'전에 오퍼 들어왔다고 했던 거 기억나지?'

'기억이 나기는 한데. 나한테 묻지도 않고 거절했다고 하지 않았

어? 형이 직접.'

'그래. 맞아. 그땐 조건이 그리 구미가 당기지 않아서 거절했어. 그런데 지금은 상황이 달라졌잖아.'

형욱은 새삼 진지한 얼굴로 말을 이어 나갔다.

'너 한국에서 모델 활동하긴 힘들 거야. 네 아버지가 워낙 입김이 센 사람이니까.'

'……'

'그러니까 미국 가서 활동하자.'

'……'

'아무리 K건설이라지만 미국에까지 영향력을 끼칠 순 없을 거 아니야. 그쪽 바닥이 한국처럼 호락호락하지도 않을 거고.'

형욱의 말이 맞았다. 제 아무리 한국에서는 난다 긴다 하는 K건설이지만 세계적으로 영향을 끼칠 수 있는 수준은 아니었다. 미국에서 활동을 시작한다고 하면 석훈도 어쩔 수 없을 것이었다.

'물론 지금처럼 대우받으면서 활동하긴 힘들 거야. 자존심도 상할 거고. 그래도 차근차근 밟아 올라가다 보면 분명 성공할 수 있을 거야. 내가 책임지고 너 미국에서 성공하게 만들어 줄게.'

'지금 형도 나랑 같이 미국으로 가겠다는 거야?'

'네가 미국으로 가겠다면 당연히 나도 가야지. 널 이 바닥으로 데려온 게 나잖아. 그러니까 내가 끝까지 책임질 거야.'

형욱의 말은 언뜻 들으면 허무맹랑하게 느껴졌지만 그렇다고 엉뚱한 얘기는 아니었다. 그리고 그냥 하는 말 같지도 않았다. 형욱은 진심으로 그에게 미국으로 갈 것을 제안하는 것이었다. 아마도 계약해지 통보를 받는 순간, 형욱은 저 나름대로 수많은 생각을 한 모양이었다.

'네가 싫다면 강요는 안 해. 그런데 모델 일 계속하고 싶다면, 난 끝까지 널 서포터 할 생각이야.'

형욱은 이미 결심이 선 것 같았다. 결코 쉽지 않은 결정이었을 것이다. 오직 저를 위해서 내린 결정이라는 것도 너무도 잘 알고 있었다. 하지만 섣불리 대답을 할 수가 없었다. 싫다는 말도. 좋다는 말도. 그 어떤 말도 차마 할 수가 없었다. 입이 떨어지지를 않았다. 단 한 번도 생각해 보지 못한 방향이었다. 그저 헛소리만 할 거라고 생각했던 형욱의 입에서 예상과 달리 제대로 된 '방법'이 나온 것이, 너무도 갑작스러웠다.

'지금 당장 대답할 필요는 없어.'

선뜻 대답하지 못하는 이준을 향해 형욱은 생각할 시간을 가지라고 말했다. 결국 이준은 끝까지 그 어떤 대답도 하지 못하고 형욱의 사무실을 나왔다.

"미국이라……."

어쩌면 형욱의 말대로 아주 좋은 방법일 수도 있었다. 그리고 죽음 외에 석훈을 벗어날 수 있는 유일한 방법이기도 했다. 솔직히 조금 전 형욱의 제안에 귀가 쫑긋하긴 했다. 하지만 쉽게 선택할 순 없었다. 석훈과의 인연을 끊게 되겠지만, 그게 아쉬운 건 아니었다. 단 한 번도 석훈과 자신의 관계를 천륜이라고 생각한 적이 없었으니까 말이다. 그렇다고 해서 바닥에서 시작해야 한다는 것이 두려운 것도 아니었다. 성공하게 만들어 줄 자신이 있다던 형욱의 말처럼, 그 역시도 자신은 있었다.

지금 걸리는 건, 단 하나였다. 이제야 제 손을 잡아 준 그녀, 서유경. 얼마나 힘들게 잡은 손이던가. 이렇게 쉽게 놓을 순 없는 일이었다.

"그래. 내가 누구 때문에 이 일을 시작했는데……."

이준은 고개를 내저으며 머릿속에 드는 생각을 떨쳐 내려 노력했다. 고민할 것도 없었다. 처음부터 답은 정해져 있었다. 그의 저울의 추는 늘 한쪽으로 기울어 있었다. 아주 오래전 그녀를 마음에 담았던 그 순간부터.

모니터를 바라보고 있는 유경의 눈꺼풀이 점점 아래로 처진다. 졸음이 밀려왔다. 요즘 계속 점심을 먹고 들어오면 침을 수 없을 정도로 졸음이 밀려오곤 했다. 물론 원래도 아예 그러지 않았던 건 아니지만 요즘 들어 유독 심했다.

"봄만 올 것이지. 춘곤증도 같이 왔나 보네."

낮게 중얼거리며 기지개를 켜고 뺨도 톡톡 쳐 봤다. 하지만 졸음은 쉽사리 물러나지 않았다. 결국 자리에서 일어났다. 카페인이 필요한 순간이었다.

"보라 씨, 나 커피 마시러 갈 건데. 같이 갈래?"

"아뇨, 전 못 마시겠어요. 오전에 커피를 너무 먹어서 그런지 속이 쓰려요."

옆자리에서 역시나 졸음과 사투를 하고 있던 보라가 울먹였다. 그런 보라의 어깨를 가볍게 툭툭 쳐 주고는 곧장 탕비실로 향했다. 커피 머신 버튼을 누르고 그 앞에 기대섰다. 쪼르륵, 내려오는 검은 액체를 바라보고 있는데 휴대폰이 울렸다. 발신인을 확인한 유경의 눈이 살짝 커졌다. 지영의 전화였다.

"여보세요?"

유경은 재빠르게 전화를 받았다. 번호가 저장되어 있기는 하지만 개인적으로 연락할 일은 거의 없는 사이였다. 혹시나 지민에게 무슨 일이 생긴 걸까 봐 덜컥 겁부터 났다.

– 언니! 나야, 지영이!

다행히도 수화기 너머에서 들려오는 목소리는 까랑까랑했다. 나쁜 일이 있는 건 아닌가 보다며, 유경은 제 가슴을 쓸어내렸다.

– 내가 갑자기 전화해서 놀랐지?

"아냐. 근데 웬일로 전화를 했어?"

유경은 부드럽게 웃으며 휴대폰을 고쳐 들었다.

– 언니, 혹시 나은이 기억나?

"나은이?"

– 내 친구 있잖아. 얼마 전에 패션쇼장에서 봤던.

간단한 설명에 인형처럼 예쁘장하게 생긴 얼굴이 떠올랐다. 그리고 왠지 모르게 묘하게 느껴지던 저를 향한 시선까지도.

"응, 기억나."

유경은 고개를 끄덕였다.

"근데 갑자기 네 친구는 왜?"

– 걔가 언니 번호를 묻더라고.

"내 번호를 물었다고?"

– 응. 언니한테 꼭 해야 할 말이 있대.

"무슨 할 말?"

－그건 나도 모르겠어. 무슨 일이냐고 물어도 안 가르쳐 주네. 그냥 진짜 꼭 해야 할 말이래.

지영의 말에 유경은 고개를 갸웃했다. 딱 한 번 마주했을 뿐이었다. 그런데 저한테 무슨 할 말이 있단 말인가.

－그래서 말인데……. 친구한테 언니 번호 알려 줘도 괜찮아?

뜬금없는 부탁이 조금, 아니, 꽤나 당황스러웠다. 하지만 단번에 거절하기에는 '해야 할 말'이라는 게 궁금하기는 했다. 아주 잠깐 망설이던 유경은 이내 대답했다.

"응, 괜찮아."

제법 흔쾌히 뱉어진 수락의 말에 지영은 고맙다는 말과 함께 전화를 끊었다. 검게 변한 액정을 내려다보며 유경은 낮게 중얼거렸다.

"할 말이 대체 뭘까……."

그러는 사이 커피가 추출됐다는 기계음이 들려왔다. 휴대폰에서 시선을 떼고 머그잔을 집어 들었다. 그 순간이었다. 조용해졌던 휴대폰이 다시금 울린다. 커피를 입에 가져다 대지도 못하고 휴대폰을 확인했다. 액정에 뜨는 건 저장이 되어 있지 않은 전화번호였다.

딸랑.

머리 위에서 흐트러지는 풍경소리와 함께 커피숍 안으로 들어선 유경은 주위를 둘러보았다. 어렵지 않게 나은을 찾을 수 있었다. 회사가 밀집된 이곳과는 어울리지 않는 반듯한 교복 차림이라 단번에 눈에 띄었다. 유경은 나은이 있는 창가 자리로 걸음을 옮겼다. 테이블에 도착하기 직전, 유경을 발견한 나은이 고개를 꾸벅 숙였다. 제법 정중한 인사였다. 유경은 어색한 웃음으로 인사를 대신하며 맞은편 자리에 앉았다.

"미리 시켰는데, 아메리카노 괜찮으세요?"

나은이 제 앞에 놓여 있던 머그컵 중 하나를 건넸다. 짙은 커피 향이 훅 끼쳐 왔다.

"고마워요."

받아 들기는 했지만 입으로 가져가지는 않았다. 그저 어색하게 나은을 바라볼 뿐이었다.

"제가 갑자기 찾아와서 당황하셨죠."

유경의 마음을 읽은 듯 나은이 먼저 운을 뗐다.

"솔직히 좀 놀랐어요. 너무 의외라."

"꼭 만나서 해야 할 얘기가 있어서요. 실례인 거 알면서도 지영이한테 언니 번호 알려 달라고 부탁했어요."

"안 그래도 지영이한테 들었어요."

유경은 괜찮다는 듯 웃어 보였다.

"그런데 꼭 해야 할 얘기라는 게……."

조심스럽게 나은을 바라보았다. 뜬금없이 저를 찾아온 용건이 너무도 궁금했다.

"언니, 그냥 단도직입적으로 물을게요."

왠지 무섭게 느껴지는 말이었다. 그리 말하는 나은의 표정도 어쩐지 결연해 보였다. 유경은 저도 모르게 마른침을 꼴깍 삼켰다. 그런 그녀를 빤히 바라보며 나은이 질문을 던졌다.

"권이준 아시죠?"

"……권이준이요?"

"네, 모델 권이준이요."

나은이 단호하게 대답했다. 유경은 차마 부정할 수가 없었다. 다 알고 있다는 듯한 눈빛이었기 때문이다.

도대체 왜 그런 걸 묻는 걸까…….

유경의 얼굴에 당황한 기색이 역력하게 비쳤다. 하려는 얘기가 뭔지 감도 잡히지 않았지만, 설마 그게 이준과 관련된 이야기일 거라고는 더더욱 생각하지 못했었다.

"……."

유경은 상대의 속을 가늠해 보려는 듯 맞은편에 있는 나은의 예쁜 얼굴을 빤히 바라보았다. 하지만 얼굴만 봐서는 여전히 짐작조차 할 수가 없었다. 이 상황에서는 뭐라고 대답을 해야 하는 걸까. 혹여나 경솔한 발언 때문에 이준에게 피해가 가게 될까 봐 섣부르게 입을 열지 못했다. 잠깐 망설이던 유경은 이내 대답 대신 넌지시 질문을 던졌다.

"그게 왜 궁금한지 물어봐도 될까요?"

"저희 오빠랑 언니가 어떤 사이인지 알아야 얘기를 할 수 있어서요."

"저희 오빠……?"

어감이 이상해서 되물었다. 그러자 나은이 간단하게 대답했다.

"저, 이준 오빠 동생이에요. 남매지간."

꼭 '커피 맛있네요'라고 말하는 듯 덤덤한 얼굴이었다. 하지만 듣는 이는 결코 덤덤할 수가 없었다. 유경의 눈이 둥그렇게 커졌다. 입도 살짝 벌어졌다. '남매'라는 단어가 너무도 충격적이었다.

"……동생이 있다는 말은 못 들었는데."

"오빠가 얘기 안 했을 거라고 생각했어요. 본인 얘기 잘 하는 타입도 아닐뿐더러, 저희 집 사연이 꽤나 복잡하거든요."

유경은 이럴 거라 예상했다는 듯 담담하게 대꾸하는 나은의 두 눈을 빤히 바라보았다. 거짓말을 하는 것 같지는 않았다.

"못 믿으실 수도 있을 것 같아서 챙겨 와 봤어요."

그런 유경을 향해 나은이 뭔가를 내밀었다. 일반 노트보다 조금 더 큰 크기의 직사각형 액자였다. 액자 속에는 사진 한 장이 들어 있었다.

"저희 집 가족사진이에요. 예전에 찍은 거긴 하지만, 오빠 얼굴은 알아볼 수 있을 것 같아서요."

나은의 말대로 단번에 알아볼 수 있었다. 사진 속에는 고등학생 정도로 보이는 앳된 이준이 있었다. 그녀의 기억 속에도 있는 얼굴이었다.

그래, 맞아. 이런 얼굴이었지…….

새삼스러운 시선으로 사진 속 이준을 빤히 바라보았다. 이때도 눈에 띄게 잘생긴 얼굴이기는 했다. 하지만 지금과는 느낌이 많이 달랐다. 그땐 어린왕자처럼 보였다면 지금은 위험한 향을 풍기는 남자 같은 느낌이랄까. 그런데 그런 그녀의 표정을 잘못 읽은 모양이었다. 나은이 다급하게 말을 덧붙였다. 믿어 달라는 듯.

"합성 아니고 진짜예요."

너무 엉뚱한 말이라 하마터면 저도 모르게 풋, 웃음을 흘릴 뻔
했다. 유경은 표정 관리를 하며 나은을 바라보았다. 설마 합성을
하는 수고까지 들여서 저를 속이려고 한다는 생각은 하지 않았
다. 그 정도까지 의심할 여지는 없었다. 남매라는 말을 듣는 순
간, 두 사람이 풍기는 분위기가 닮은 것 같다는 생각이 들기도 했
다. 게다가 가족사진까지 챙겨 오는 철저한 준비성까지. 남매가
분명한 것 같았다.

"걱정 말아요. 두 사람 남매라는 거, 믿으니까."

유경의 대답에 나은은 안도의 한숨을 크게 내쉬었다. 차가워 보
이는 외모와 달리 귀여운 구석이 있었다. 딱 열아홉 여고생 같은
느낌이었다.

"그럼 이제 제 질문에 대한 대답을 해 주셨으면 좋겠어요."

나은이 두 손을 꼬옥 붙든 채 눈을 반짝이며 묻는다.

"혹시 우리 오빠랑 연인 관계인가요?"

백 퍼센트 확신을 갖고 있는 것 같지는 않았다. 시침을 뗀다면
그런가 보다 하고 넘어갈 수 있을 것 같기도 했다. 하지만 비밀연
애를 하는 이유는 이준의 특수한 직업 때문이었다. 그의 가족에
게까지 거짓말을 해야 할 이유는 없었다.

"맞아요."

고민 끝에 유경은 솔직하게 대답했다.

"역시!"

긍정의 대답에 나은의 표정이 환하게 펴졌다. 자신의 예상이 맞
아서 기쁘다는 듯.

"근데 날 어떻게 알고 찾아왔어요? 오빠가 얘기해 준 건 아닌

것 같은데…….”

“오빠 중학교 졸업식 날, 같이 사진 찍었었죠?”

“아, 맞아요. 아마 그랬을 거예요. 제 동생 졸업식이기도 해서
갔었으니까.”

“유현 오빠 말이죠?”

“유현이를 알아요?”

“오빠가 친절하게 소개를 시켜준 건 아니지만, 대충은 알고 있어
요. 오빠 주변엔 유현 오빠밖에 없으니까요.”

아주 명쾌한 대답이었다. 유경은 금방 수긍이 된다는 듯 고개를
끄덕였다. 나은은 말을 이어 갔다.

“아무튼, 그날 찍은 그 사진이요. 우리 오빠랑, 유현 오빠, 그리
고 언니. 이렇게 셋이 찍은 사진. 그걸 오빠가 엄청 소중하게 보
관했거든요.”

“…….”

“처음엔 유현 오빠랑 워낙 사이가 각별하니까 그런가 보다 하고
생각했는데, 나중에 보니까 언니 때문인 것 같더라구요. 어떤 여
자일지 계속 궁금했어요. 무뚝뚝한 우리 오빠가 좋아하는 여자
는 대체 어떤 여자일까, 하고.”

물론 오빠에게서 직접적으로 들은 건 아니었다. 하지만 눈치를
챌 수밖에 없었다. 가끔 오빠의 방에 들어갈 때마다 침대 머리맡
에 있는 사진이 유독 눈에 띄었으니까 말이다. 제 오빠가, 다른 장
소도 아니고 침대 머리맡에 두고 볼 정도로 친구를 각별하게 생
각할 성격이 아니라는 것은, 가족인 자신이 누구보다도 더 잘 알
고 있었다. 게다가 사진은 오빠와는 전혀 어울리지 않는 아주 예

쁜 액자에 반듯하게 꽂혀 있었다. 의심스러울 수밖에 없었다. 그 사진이 5년째 같은 자리를 차지하고 있을 때, 비로소 나은은 확신했다. 분명 오빠만의 짝사랑일 거라고.

"그래서 며칠 전 패션쇼에서 언니를 봤을 때 왠지 낯이 익다고 생각했어요. 바로 알아보지는 못했는데, 곰곰이 생각해 보니까 알겠더라고요. 오빠가 소중하게 생각했던 사진 속 그 여자라는 걸."

유경을 바라보는 나은의 두 눈이 초롱초롱하게 빛났다. 반가움과 호기심이 섞여 있었다.

"아, 그랬어요? 난 전혀 몰랐네······."

그 눈빛이 어쩐지 조금은 부담스럽게 느껴져 유경은 어색하게 웃으며 말을 돌렸다.

"그런데, 해야 할 말이라는 건 뭐예요?"

용건을 묻는 유경의 질문에 나은이 조심스럽게 운을 뗐다.

"아까 말씀드렸다시피 저희 집안 사정이 좀 많이 복잡해요. 오빠랑 저도 사이가 그리 좋진 않구요. 음, 오빠가 절 싫어한다고 표현하는 게 더 맞겠네요."

쓰게 웃은 나은은 이내 말을 이었다.

"그래서 오빠한테 바로 묻지 못하고 언니한테 물으려고요. 언니라면 알고 있지 않을까 해서······."

"어떤 게 궁금한데요?"

"오빠의 진심이요."

오빠의 진심이라니······? 생뚱맞게 들리는 말이었다. 바로 알아듣지 못하고 그게 무슨 말이냐는 듯 바라보자 나은이 되묻는다.

"정말로 모델 활동 그만두고 회사 물려받을 생각이래요?"

나은의 질문에 유경의 눈이 둥그렇게 커졌다.

"네……?"

무슨 말을 들은 건지 이해할 수가 없었다. 그런데 나은은 그녀의 표정을 읽지 못한 모양이었다. 이상함을 느끼지 못한 듯 말을 이어 갔다.

"오빠는 이대로도 괜찮은 게 맞는지, 궁금해서요. 만약 그게 아니라면, 제가 아빠를 설득해 보려고요. 물론 별 도움은 되지 않겠지만, 그래도……."

"……잠깐만요."

유경은 멍한 얼굴로 나은의 말허리를 뚝 잘랐다.

"모델 활동을 그만두고 회사를 물려받다니……."

그녀는 믿을 수 없다는 듯 되물었다.

"그게 대체 무슨 말이에요?"

꼭 마른하늘에 천둥번개가 치는 느낌이다.

24. 끝과 시작

이준은 젖은 머리를 툭툭 털며 걸음을 옮겼다. 운동을 한 후 씻고 바로 나오는 길이었다. 조금 전, 뜬금없이 형욱에게서 연락이 왔다. 형욱은 그가 다니는 피트니스센터 앞이라며 당장 나오라고 닦달을 했다. 결국 머리를 말릴 새도 없이 바쁘게 나와야만 했다.

이준은 형욱이 말한 커피숍 안으로 들어섰다. 딸랑, 머리 위에서 풍경 소리가 울리기가 무섭게 자리에 앉아 있던 형욱이 손을 번쩍 들어 알은체를 했다.

"여기까지 웬일이야?"

형욱의 맞은편에 털썩 앉으며 이준이 말했다. 그러자 형욱이 어이가 없다는 듯 목청을 키운다.

"그걸 지금 몰라서 물어? 네가 내 연락을 다 쌩까니까 이렇게 찾아온 거 아니야!"

최근 형욱의 연락을 의도적으로 피하고 있었던 건 사실이었다. 오늘 형욱의 전화를 받은 것도 순전히 실수였다. 거절 버튼을 누르려다가 손가락이 삐끗해 통화 버튼을 누른 것이다. 할 말이 없어진 이준은 알겠다는 듯 고개를 끄덕였다. 그런 이준을 보며 답답하다는 듯 '으휴!' 하고 한숨을 내쉰 형욱은 곧바로 본론을 꺼냈다.

"생각은 해 봤어?"

"뭘."

"뭐긴 뭐야. 미국행 말이지."

"아, 그거?"

"아, 그거? 지금 '아, 그거'라고 했냐?"

무심한 반응에 형욱이 질린다는 듯 눈을 사납게 치떴다. 하지만 이준의 표정은 여전히 변함이 없을 뿐이었다.

"거절이야?"

형욱은 낮게 한숨을 내쉬며 되물었다.

"응."

기다렸다는 듯 이준이 대답했다.

"도대체 왜!"

이미 예상했던 대답이었지만 막상 들으니 울컥하는 건 어쩔 수 없다. 형욱은 다시 한번 목소리를 키웠다.

"설마 부친에 대한 예의를 차리고 싶은 건 아닐 테고. 역시 여자 친구 때문이야?"

날카로운 질문이었다. 예상치 못한 질문에 의외라는 듯 이준의 눈이 살짝 커진다.

"알고 있었어?"

"몰랐! 네가 말을 안 해 주는데 어떻게 알겠어?"

"그럼 그냥 찔러 본 건가?"

"네가 감도 아니고 찌르긴 뭘 찔러! 오늘 아침에 민아가 얘기해 줘서 알았다!"

민아에게 연애를 한다는 말까진 하지 않았다. 그저 좋아하는 여자가 있다고만 했을 뿐. 그런데 아마도 그때부터 이미 눈치를 챘던 모양이다. 하긴. 민아는 감이 매우 좋은 편이긴 했다. 유경을 딱 한 번 보고도 바로 눈치를 챘을 정도였으니까 말이다.

"내가 얼마나 놀랐는지 알아? 민아도 아는 걸 왜 나한텐 비밀로 해? 내가 언제 연애하지 말랬어?"

격한 배신감을 느낀 모양이었다. 형욱의 얼굴이 붉으락푸르락 해졌다.

"그럴 수밖에 없는 일이 있었어."

이준은 달래듯 말했다. 물론 그다지 친절하지 않은 어투였지만 말이다. 그 부분에 대해서 더 말을 해 봐야 입만 아플 것 같았다. 형욱은 다시 용건으로 돌아와 진지하게 질문했다.

"정말로 여자친구 때문에 미국 안 가겠다는 거야?"

"그 이유가 전부는 아니야."

"전부가 아니라도 100 중에 99 정도는 되겠지. 안 그래?"

"……."

"이 자식, 끝까지 아니라는 소리는 안 하는 것 좀 봐."

못마땅하다는 듯 미간을 와락 구기는 형욱을 보며 이준은 피식, 낮게 웃었다.

"거짓말 싫어하잖아, 형."

"얼씨구! 퍽이나 생각해 주시네!"

'하!' 하고 크게 콧방귀를 뀐 형욱은 이준을 빤히 바라보았다. 안 그래도 고집이 센 녀석이었다. 이미 미국에 가지 않는 쪽으로 마음을 굳힌 것 같았다. 사실 처음부터 이미 답이 정해진 문제라는 것을 형욱, 자신도 알고 있기는 했다.

"늦게 배운 도둑질이 무섭다더니. 아주 푹 빠졌구나, 너."

그럼에도 불구하고 답답한 마음이 드는 건 어쩔 수가 없다. 형욱은 고개를 절레절레 내저었다.

"아무리 그래도 그렇지. 여자친구 때문에 일을……."

"미안해, 형."

멈칫.

잔소리를 퍼부으려던 형욱의 입이 딱 다물어졌다. 형욱은 눈을 크게 뜨고 이준을 바라보았다. 자신이 지금 무슨 말을 들은 건지. 정말로 이준의 입에서 미안하다는 말이 나온 게 맞는지. 두 귀로 똑똑히 들었음에도 불구하고 도저히 믿을 수가 없었다. 이준의 입에서 고맙다는 말이 나오는 것도 흔치 않은 일이지만, 미안하다는 말은 단연코 처음이었다.

"너 정말……."

뭔가를 말하려던 형욱은 이내 한숨을 내쉬며 고개를 절레절레 내저었다.

"하. 됐다, 됐어. 말을 말자."

형욱은 대화를 이어 나갈 의욕을 잃어버렸다. 천하의 권이준에게서 미안하다는 사과까지 들었다. 그건 곧, 더 이상의 대화는 무의미하다는 뜻이나 마찬가지였다.

퇴근 후 집으로 돌아온 유경은 도어록을 향해 손을 뻗었다. 그러나 숫자 버튼에 닿기 전에 손끝을 오므렸다. 손길을 거둬들이고 닫혀 있는 현관문을 바라보았다. 퇴근을 하고 집으로 돌아온 사람이라고 하기엔 너무도 표정이 어두웠다. 마치 월요일 아침 출근을 앞둔 사람처럼.

유경은 현관문을 바라보며 낮에 나은과 했던 대화를 곱씹어 보았다.

'……전혀 모르고 계셨어요?'

나은이 그렇게 물었을 때, 유경은 아무런 대답도 하지 못했다. 정말로 전혀 모르고 있었으니까 말이다.

'하긴.'

그런 그녀를 바라보며 나은이 알만하다는 듯 낮게 중얼거렸다.

'오빠 성격이라면 가능하죠. 워낙 자기 얘기 안 하는 타입이니까.'

'……'

'그래도 언니한텐 얘기했을 줄 알았는데……'

나은은 슬쩍 유경의 눈치를 보며 작게 중얼거렸다. 나은의 얼굴에 곤란한 기색이 역력하게 떠올라 있었다. 번지수를 완전히 잘못 찾은 것이었다.

'방금 그 얘기…… 설명 좀 해 줄래요?'

유경의 질문에 나은은 쉽게 대답을 하지 못하고 머뭇거렸다. 그러나 이미 엎질러진 물이었다. 나은은 결국 조심스럽게 이야기를 시작했다.

'……이건, 저도 이번에 알게 된 사실인데. 모델 일 시작할 때 아빠랑 약속을 하나 했나 보더라고요. 눈에 띄지 않게 활동할 것. 저희 아빠가 엄청 보수적이거든요. 고집도 엄청나시고요.'

'……'

'사실 말이 안 되는 거잖아요. 모델 일 자체가 사람들 눈에 띄어야만 하는 직업인데, 눈에 띄지 말라니……. 아빠가 억지를 부린 거죠. 반대하려고.'

나은은 낮게 한숨을 내쉬었다. 자신의 부친을 떠올리자 가슴이 답답해진 듯.

'알겠다고 하지 않으면 끝까지 반대하실 테니 오빠도 그러겠노라고 약속을 했었나 봐요. 그래서 그동안 계속 방송을 피했었던 것 같아요. 최대한 조용히 지내려고.'

'……'

'그런데 이번엔 대체 무슨 생각인지……'

나은의 뒷말이 귀에 들리지 않았다. 그저 움직이는 입 모양만 바라봤다. 머리가 멍했다. 멍한 머릿속에는 내도록 방송을 피하던 이준에게 무리한 부탁을 했던 그날의 장면만이 떠오를 뿐이었다. 최근 이준이 조금 이상하다는 생각은 했었다. 기력이 없어 보인다고 해야 할까. 설마, 이런 상황일 거라고는 정말이지 눈곱만큼도 상상하지 못했다. 그저 조금 피곤한가 보다 생각했다. CF 촬영과 패션쇼까지. 최근 일이 많았으니까.

나은과 헤어지고 회사로 복귀한 후에도 좀처럼 일이 손에 잡히지가 않았다.

'정말로 모델 활동 그만두고 회사 물려받을 생각이래요?'

나은의 말이 계속해서 귓가를 맴돌았다. 하루 종일 가슴에 돌덩이가 들어앉은 것처럼 답답하고 무거웠다. 상황이 이렇게 된 것에 대해 엄청난 죄책감이 느껴졌다. 물론 제 탓이 아니라는 건 잘 알고 있었다. 그 역시 결코 세 탓을 하지 않을 것이라는 것도. 하지만 좀처럼 생각을 떨칠 수가 없었다. 어쨌거나 결론적으로 그의 등을 떠민 건 분명 자신이지 않은가.

"하아……."

다시금 한숨이 절로 흐른다. 속이 텅 빈 것처럼 공허했다. 하루 종일 도대체 몇 번이나 한숨을 쉬었는지 모르겠다.

대체 어떤 얼굴로 이준을 봐야 하는 걸까…….

유경은 축 처진 입매를 애써 끌어 올렸다. 하지만 얼굴 근육이 굳은 것처럼 표정이 지어지지 않는다. 유경은 다시 한번 한숨을 내쉬고는 조심스럽게 도어록 비밀번호를 눌렀다. 현관문이 열리고 안으로 들어서자 기다렸다는 듯 맛있는 냄새가 훅 풍겨 온다. 오늘도 역시나 저녁을 준비한 모양이었다. 유경은 아랫입술을 잘근 씹으며 신발을 벗었다.

"왔어요?"

그녀의 기척을 느낀 듯 이준이 현관으로 다가왔다. 반갑게 그녀를 맞이하는 웃는 얼굴. 집 안을 가득 채운 밥 냄새. 모든 게 평소와 티끌만큼도 다름없었다. 헛웃음이 나올 정도로.

"……."

유경은 대답 대신 이준의 얼굴을 빤히 바라보았다. 아쉽게도 그녀에겐 그처럼 아무것도 모르는 척할 수 있는 연기력이 전혀 없었다.

"얼굴이 왜 그래요?"

그녀의 표정이 심상치 않다는 것을 눈치챈 이준이 물었다.

"회사에서 무슨 일 있었어요?"

지금 대체 누굴 걱정하는 거냐고. 무슨 일은 내가 아니라 네게 있는 거 아니냐고. 되묻고 싶었지만 유경은 꾹 참으며 고개를 내저었다.

"아니. 그냥, 조금 피곤해서."

"혹시 감긴가? 요즘 감기 많이 걸리던데."

걱정스러운 얼굴로 이준이 그녀의 이마에 손을 얹었다. 열이 나는지 재려는 듯.

"괜찮아. 감기는 아니야."

유경은 한 걸음 뒤로 물러나며 이준의 손길을 피했다.

"손 씻고 올게. 배고프다."

이준의 얼굴에 당황스러운 기색이 떠오르는 게 보였지만 유경은 못 본 척 뒤를 돌아 욕실로 향했다. 그녀의 얼굴은 여전히 경직된 상태였다. 손을 씻고 밖으로 나왔다. 주방에는 이미 저녁상이 완벽하게 차려져 있었다. 이준의 걱정스러운 시선이 그녀를 따라붙었지만, 이번에도 못 본 척 자리에 앉았다.

"잘 먹을게."

딱딱한 인사말을 던진 후 바로 식사를 시작했다. 이준 역시 그녀의 눈치를 보다 식사를 시작했다. 고요한 식사가 이어졌다. 수저가 그릇에 부딪히는 달그락거리는 소리만이 울릴 뿐이었다. 밥그릇을 반 정도 비웠을 때였다. 유경은 결국 더 이상 식사를 이어 가지 못하고 숟가락을 내려놓았다. 목이 메었다. 입안에 맴도는 밥알이 꼭 돌멩이처럼 느껴졌다. 물을 한 모금 마신 후, 갑자기 숟가락을 내려놓은 자신을 의아하게 바라보는 이준을 마주 보았다.

"권이준."

유경이 느릿하게 운을 뗐다.

"너, 나한테 할 얘기 없어?"

뜬금없이 뱉어진 질문에 이준은 조금 당황한 눈치였다. 그는 눈을 동그랗게 뜨고 되물었다.

"할 얘기요?"

무슨 말인지 전혀 모르겠다는 듯이 유경을 바라본다. 끝까지 그 얘기는 할 생각이 없는 모양이었다.

대체 언제까지 숨기려고 하는 걸까…….

유경은 이준의 얼굴을 빤히 바라보다 이내 한숨을 내쉬었다.

"오늘 네 동생 만났어."

한숨과 함께 뱉어진 말에 순간 이준의 눈빛이 흔들렸다. 설마 하는 것 같았다.

"회사로 찾아왔더라. 오빠가 걱정된다고."

도대체 어쩌다가 나은과 유경, 두 사람이 만나게 된 건지. 묻고 싶은 게 많은 눈치였지만, 지금 유경은 그에 대한 설명을 친절하게 해 줄 마음이 전혀 없었다. 흔들리는 그의 두 눈을 똑바로 바라보며 차갑게 되물었다.

"모델 일 그만두기로 했다며?"

"누나, 그건……."

"어떻게 된 일인지 대충 들었어. 그래도 네 입으로 제대로 듣고 싶어."

"……."

"그러니까 솔직하게 말해 줬으면 좋겠어. 숨기는 거 없이 전부 다."

유경의 기세에 당황한 듯 이준은 입술을 질끈 깨물었다.

"……."

"……."

두 사람 사이에 정적이 흘렀다. 유경은 그를 향한 눈빛을 거둬들이지 않았다. 그를 향해 있는 그녀의 새카만 눈동자에서는 꼭 이야기를 듣고 말겠다는 의지가 보였다.

"……먼저 약속해 줘요."

꽤 길었던 정적을 먼저 깬 건 이준이었다. 그는 한참 만에야 꽤나 힘겹게 입술을 떼었다.

"얘기를 다 듣고도 나 싫어하지 않는다고."

"그게 무슨 말이야?"

"지금부터 내가 할 얘기가, 그 정도로 거지같단 뜻이에요."

그리 말하며 이준은 쓰게 웃었다. 그리고 잠시 후, 유경은 그가 한 말의 뜻을 정확하게 이해할 수 있었다. 이준의 입에서 나오는 것은 아주 길고 긴 이야기였다. 요지는 낮에 나은에게서 들은 것과 별반 다르지 않았다. 하지만 제삼자가 전해 주는 이야기와 당사자에게서 듣는 이야기는, 깊이부터가 차원이 달랐다.

이준은 지금까지 단 한 번도 자신의 가정사에 대해 이야기를 한 적이 없었다. 그랬기 때문에 대충 눈치를 채고는 있었다. 평범한 가정은 아닐 거라고. 그리고 나은에게서도 대충 듣기는 했고. 그런데 막상 들어 보니, 그녀가 생각했던 것보다 훨씬 더 복잡했다. 이렇게까지 엉망이었을 줄이야. 고아원에서 컸다는 것도. 어느 날 갑자기 친부라는 사람이 나타났다는 것도. 가족이 생긴 줄 알았지만 결국 자신은 가족의 구성원이 될 수 없다는 것을 일찌감치 깨달았다는 것도. 지금까지 그렇게 지내 왔다는 것도……. 이 모든 이야기를 이준은 너무도 덤덤한 얼굴로 말하고 있었지만, 듣는 유경은 차마 덤덤하게 받아들일 수가 없었다. 손끝이 떨려 오더니 이내 입가와 눈가마저 바르르 떨려 왔다. 특히나 그가 친부에겐 그저 자신이 필요할 때 쓰일 '도구'에 불과하다는 얘기를, 너무도 당연하다는 듯이 말했을 때는 두 눈에 눈물마저 그렁 고였다.

"……여기까지가 내 이야기예요."

말을 마무리 지으며, 이준은 애써 웃어 보였다.

"평범한 집에서 자란 게 아니라서, 나 싫어진 거 아니죠?"

"그런 말이 어디 있어!"

유경은 꽥 소리를 내질렀다.

제삼자인 제가 듣기에도 이렇게 가슴이 미어지고 아프고, 슬픈

데. 지금 웃고 있는 이준의 속이 얼마나 아플지. 지금까지 이준이 얼마나 힘들었을지. 감히 가늠조차 할 수가 없었다. 평생 부모님의 사랑을 듬뿍 받아 오며 자란 그녀였기에, 괜히 더 미안했다.

"왜 울어요. 누나."

이준이 달래려는 듯 그녀를 향해 손을 뻗었다. 하지만 유경은 그의 손길을 뿌리치며 소리쳤다.

"미안해서 그러지……!"

"……"

"널 사지로 몰아넣은 줄도 모르고. 네 속도 모르고. 그동안 나 혼자 속 편히 지냈던 게 너무 미안해서……!"

점점 격해지는 목소리와 함께 결국 고여 있던 투명한 눈물방울이 툭, 바닥으로 떨어졌다. 그녀는 젖은 눈으로 그를 바라보며 말을 이어 갔다.

"미리 말 좀 해 주지 그랬어. 그랬으면 그런 부탁 안 했을 텐데."

화가 난다.

"아니, 부탁해도 그냥 거절하지 그랬어."

네가 아닌 나에게.

"도대체 무슨 생각으로 그런 거야? 어?"

아무것도 몰랐다는 것도. 네가 힘들어하는 동안 웃고 있었던 것도. 모두.

"이러면 내가 고마워할 줄 알았어?"

그냥 널 이렇게 만든 게 나 같아서. 다 내 탓 같아서.

"너 희생해서 나 도와줬다고 감동이라도 받을 줄 알았냐고……!"

그래서 나 지금 너무 화가 나.

"······미안해요. 미리 말 못 해서."

울며 소리치는 유경의 마음을 다 안다는 듯, 이준은 그녀의 몸을 와락 끌어안았다. 이번에는 뿌리치지 못하고 힘없이 그의 품에 안겼다. 따뜻한 온기가 그녀의 몸을 섬세하게 감싸 안았다.

"누나한테 설명하기가 어려웠어요."

이준은 그런 그녀의 등을 토닥이며 부드러운 음성을 내뱉었다.

"아니, 솔직히 누나만큼은 평생 모르길 바랐어요. 이런 거지같은 내 사정 따위······."

덤덤하게 말하려고 했지만 목소리가 짓눌리는 것까지는 막을 수 없었나 보다. 어떤 마음으로 이 말을 하는지 알 것 같아서, 듣는 이조차 아프게 느껴지는 목소리였다. 유경은 두 눈을 질끈 감았다. 뜨거운 눈물이 그의 어깨를 적셨다.

"아무튼, 나는 후회 안 해요."

나는 괜찮다고.

"그리고 내가 아까도 말했잖아요. 이번 일이 아니었어도 어차피 이렇게 될 거였다고."

그러니 속상해 말라고.

"누나 탓 아니에요. 미안해하지 말아요."

그는 끝까지 그녀의 마음을 먼저 위로했다. 지금 더 아픈 건 자신일 텐데도.

밤이 깊어졌지만 유경은 좀처럼 잠들지 못했다. 억지로 감고 있던 눈을 뜨고 상체를 일으켰다. 침대 헤드에 등을 기대고 옆을 바라보았다. 창밖에서 어슴푸레 흘러들어오는 달빛에 이준의 잠든 얼굴이 보인다. 곤히 잠든 얼굴이 아이처럼 순진무구해 보였다. 그 위로 어린 이준의 얼굴이 겹쳤다. 아팠을 어린 이준이…….

유경은 천천히 손을 뻗어 앞으로 흘러내린 그의 앞머리를 조심스럽게 쓸어 넘겨 주었다.

'누나 탓 아니에요. 미안해하지 말아요.'

그는 그녀의 탓이 아니라고 했지만, 신경이 쓰이는 건 어쩔 수가 없다. 그때였다. 어둠 속에서 환한 불빛이 반짝인다. 근원지는 침대 머리맡에 놓인 이준의 휴대폰이었다. 메시지가 도착한 것 같았다.

"이 시간에 누가……?"

야심한 시각이었다. 이준을 믿지 못하는 건 아니지만 호기심 때문에 슬쩍 시선을 휴대폰으로 던졌다. 액정에 메시지가 짧게 떴다가 이내 사라졌다. 그 순간이었다. 유경의 눈이 살짝 커진다. 언뜻 '여자친구'라는 단어를 본 것 같았다.

"……"

지금까지 단 한 번도 관심이 없던 휴대폰이었다. 정작 바람을 피우고 다니던 동건을 만날 때도 그랬었다. 그런데 이상하게 갑자기 강렬한 호기심이 생긴다. 동건에게 당했다고 해서 이준까지 못 믿는 건 결코 아니었다. 그렇지만 왠지 모르게 강한 느낌이 든다. 꼭 봐야 할 것만 같다고……. 이성과 본능 사이에서 유경은 고민했다. 평소 같았으면 이성이 이겼을 것이다. 그런데 야심한 밤이어서일까. 추가 본능 쪽으로 조금 더 기운다.

"여자의 촉이 무섭다던데……."

끝까지 고민하던 유경은 결국 두 눈을 질끈 감고 이준의 휴대폰을 집어 들었다. 눈을 가늘게 뜨고 휴대폰 액정을 터치했다. 그의 휴대폰엔 흔한 암호 설정도 걸려 있지 않았다. 바로 조금 전 도착한 메시지가 떴다. 발신인부터 확인했다. 형욱이었다. 기획사 실장이라는 얘기를 들은 적이 있었다. 일에 관련된 내용이라는 것을 깨닫자 눈이 더 커졌다. 유경은 장문의 메시지를 천천히 읽어 내려갔다.

[이준아. 아까는 무슨 말을 해도 네가 들을 것 같지가 않아서 그냥 물러났는데. 아무리 생각해 봐도 이건 아닌 것 같다. 여자친구한테 말은 해 봤어? 그냥 네 멋대로 결정한 거지? 너도 미국 얘기 했을 때, 분명 솔깃했었잖아. 네가 더 잘 알겠지만 이게 너한텐 마지막 기회야. 그러니까 다시 한번 진지하게 생각해 보고 연락 주라. 기다릴게.]

여자친구, 미국, 결정, 마지막 기회, 한 번에 조합되지 않는 단어들이 꼭 암호처럼 느껴졌다. 메시지를 읽었음에도 무슨 내용인지 단번에 알아들을 수가 없었다.

"대체…… 이게 다 무슨 소리야……?"

휴대폰을 쥔 손끝이 미세하게 떨려 왔다.

✱

　잔잔한 클래식 음악을 들으며 칼질을 하던 유경은 흘끗 시선을 옆으로 돌렸다. 통유리로 된 벽면 너머로 그림 같은 야경이 펼쳐져 있었다. 반사된 불빛들이 하염없이 흐르는 강물을 바라보던 유경은 다시금 시선을 바로 했다.

　맞은편에는 멋진 차림의 이준이 식사를 하고 있는 중이었다. 오늘 이준이 뜬금없이 데이트를 신청해 왔다. 사실 두 사람이 연애를 시작한 뒤로 제대로 된 데이트를 한 건 손에 꼽았다. 그게 내내 마음에 걸렸다며, 분위기도 환기시킬 겸 데이트를 하기로 한 것이었다. 작정하고 데이트 코스를 준비했다며 오늘은 자신만 믿고 따라와 달라는 말도 덧붙였다.

　미국 브로드웨이에서 엄청난 인기를 끌고 내한했다는 뮤지컬 공연을 즐겼고 예쁜 길을 따라 드라이브를 했다. 그리고 마지막으로는 한강이 내려다보이는 고급 레스토랑에서 맛있는 저녁 식사까지. 자신만만하던 이준의 말대로 데이트의 정석이자 완벽한 코스였다. 아마 모든 여자들의 로망이 아닐까.

　하지만 유경은 마음껏 즐길 수가 없었다. 하루 종일 데이트를 하는 내도록 마음이 무거웠다. 먹어 본 이들이 모두 찬양해 마지않는다는, 미슐랭 3스타에 빛나는 음식의 맛도 느낄 수가 없었다. 결국 유경은 들고 있던 칼과 포크를 테이블 위에 내려놓았다. 커다란 접시에 반쯤 썰린 스테이크가 지저분하게 흩어져 있었다.

　"음식이 입에 안 맞아요?"

　그녀의 포크질이 멈춘 것을 본 이준이 넌지시 묻는다.

"그냥. 입맛이 없네."

"아직도 그 일 때문에 신경 쓰는 거예요?"

제 딴에는 티를 내지 않으려고 노력한 것이었는데, 노력이 무색할 정도로 고스란히 드러났었던 모양이다. 이준은 그녀의 머릿속에 맴도는 것이 무엇인지 알겠다는 듯 말했다.

"신경 안 써도 된다고 했잖아요. 나는 괜찮다고. 어차피 결국은 이렇게 됐을 거라고."

이준은 시종일관 별일 아니라는 듯 가볍게 말했다. 이번에도 역시 이야기를 해 줄 생각이 없는 모양이었다.

정말 끝까지 너는 혼자 다 떠안으려고 하는구나…….

이준을 말가니 바라보던 유경은 결국 하루 종일 망설였던 말을 조심스럽게 꺼내 들었다.

"이준아. 정말 미안한데, 나 네 문자 봤어."

"문자요? 무슨……"

"미국 말이야."

"…….."

"정말로 나 때문에 안 가겠다고 한 거야?"

그제야 유경이 어떤 문자에 대해 이야기를 하는지 짐작이 되는 모양이었다. 이준은 설마 그녀가 그 문자를 봤으리라고는 전혀 예상도 하지 못했던 듯 눈을 크게 떴다. 그러다 이내 얼른 대답했다.

"……그런 거 아니에요."

"내용이 그렇던데."

"형이 오버한 거야."

이준이 살짝 웃으며 대꾸했다. 그는 이 화제에 대해 가볍게 넘어

가고 싶은 듯했다. 하지만 유경은 그럴 생각이 없었다. 집요하게
다시 한번 물었다.

"미국 가면 모델 일 계속할 수 있는 거야?"

"……."

이준의 입가에 맺혔던 웃음이 사라졌다. 쉽사리 대답하지 못했
다. 그저 그녀를 빤히 바라볼 뿐이었다. 역시나. 제 예상이 맞는
모양이었다.

아니기를 바랐는데…….

유경은 낮게 한숨을 내쉬었다. 눈을 내리깔고 술렁이는 마음을
가라앉혔다. 아주 잠깐 동안 호흡을 고르고 시선을 들어 올렸다.
그러곤 그의 두 눈을 똑바로 바라보며 말했다.

"미국 가."

대답은 곧바로 돌아왔다.

"싫어요."

생각할 것도 없다는 듯 뱉어진 대답에 유경의 눈썹이 위로 추
켜 올라간다.

"왜 싫다는 건데? 나 때문에?"

"……그런 거 아니에요."

"그럼 이유가 뭔데?"

"그냥, 내가 가기 싫은 것뿐이에요."

'그냥'이라고 대답했지만 도무지 믿을 수가 없었다. 오히려 이
화제를 얼른 넘기고 싶어 하는 이준의 표정을 보고 있자니 확신
이 든다.

정말로 나 때문이구나…….

유경은 아랫입술을 질끈 깨물었다.

"네 발목 잡고서 내가 웃으면서 네 옆에 있을 수 있을 것 같아?"

"그런 거 아니라니까."

그는 조금 답답해 보였다. 반복되는 상황이 지겨운 모양이었다. 그러나 답답한 건 이쪽도 마찬가지였다. 유경의 목소리가 살짝 높아졌다.

"넌 대체 아까부터 뭐가 아니라는 건데?"

따지듯 묻는 유경을 바라보며 이준은 작게 한숨을 내쉬었다. 그러곤 쥐고 있던 포크를 내려놓으며 담담하게 말한다.

"내가 말했었잖아요. 어차피 누나 때문에 시작한 일이라고."

"……."

"난 정말 이 일에 미련 없어요."

진심으로 그렇게 생각한다고. 그는 흔들림 없는 눈빛으로 말했다. 하지만 이번에도 유경은 믿지 않았다. 언제까지고 속아 넘어갈 순 없는 노릇이었다. 간밤에 몰래 본 문자 때문이 아니었다. 그의 괜찮다는 말이, 진심이 아니라는 걸 이미 알아 버린 탓이었다.

"거짓말 마. 시작은 어땠는지 모르겠지만 모델 일 하는 너, 즐거워 보였어. 내가 잘못 본 거라고?"

솔직하게 말하지 그래? 도발하는 유경의 시선에도 이준은 망설임 없이 대답했다.

"그래요. 누나가 잘못 본 거예요."

고집스러운 눈빛이었다. 이번에도 그냥 속아 넘어가 달라고. 그의 눈빛이 그렇게 말하고 있었다. 유경은 아랫입술을 질끈 깨물었다. 사실 어젯밤 몰래 그 문자를 봤을 때 적잖이 놀랐었다. 타

지역도 아니고 아예 지구 반대편인 '미국'이라니 너무도 당황스러웠다. 그래서 고민했다. 이번만큼은 모르는 척해도 되지 않을까. 미국이 옆 동네도 아니고 이준도 그게 부담스러웠을 수도 있으니까. 이대로 나만 입 다물고 있으면 괜찮지 않을까.

하지만 그게 얼마나 이기적인 생각인지 깨닫는 순간 정신이 번쩍 들었다. 지금까지 이준은 계속 절 위해 희생해 왔지 않았던가. 문자 내용대로, 어쩌면 이번이 그에게 마지막 기회일지도 몰랐다. 만약 정말로 이유가 단지 저 때문이라면, 쉽게 포기해선 안 될 일이었다.

"그래. 내가 몰라서 그런 걸 수도 있어. 네가 모델을 그만두고 네 아버지 밑으로 들어가는 걸 진심으로 원하는 걸 수도 있지."

"……."

"그런데 말이야. 나라면 절대로 날 이용하는 아버지 뜻대로 살고 싶진 않을 것 같거든?"

"……."

"넌 그게 갚아야 할 은혜라고 했지만. 나는 오히려 그게 너희 아버지가 억지로 떠넘긴 빚은 아닐까 싶어. 너무 주제넘은 말일지도 모르겠지만, 그 빚을 네가 책임져야 할 이유는 없다고 생각해."

진심 어린 유경의 말에 지금껏 단호하던 이준의 눈빛이 미세하게 흔들리기 시작했다. 그 두 눈을 똑바로 바라보며 유경은 힘 있는 음성을 뱉어 냈다.

"그리고 무엇보다, 적어도 다른 사람 때문에 네가 꿈을 포기하지는 않으면 좋겠어."

그러니까, 제발 이번만큼은 오직 널 위한 선택을 하라고.

"한 번밖에 없는, 소중한 네 인생이잖아."

그게 뭐가 되었든 나는 네 선택을 존중할 거라고.

무표정으로 모니터를 응시하던 유경은 이내 화면을 끄고 자리에서 일어났다. 해야 할 일이 많았지만 도저히 집중이 되질 않았다. 조용히 사무실을 나온 그녀는 탕비실이 아닌 옥상으로 향했다. 카페인은 이제 한계치였다. 바람을 쐬며 환기를 시켜야만 할 것 같았다.

옥상 철문을 열고 들어섰다. 오늘도 역시 옥상은 조용했다. 하늘을 바라보며 기지개를 쭉 켰다. 으, 앓는 소리가 절로 나왔다. 심호흡을 크게 한 번 했다. 모처럼 미세먼지 수치가 좋은 날이었다. 상쾌한 바람을 쐬니 답답한 가슴이 한결 편안해지는 것 같았다. 난간에 팔을 괴고 서서 빌딩 숲을 내려다보았다. 오랜만에 보는 푸른 하늘과 달리 그 아래에 보이는 것들은 어쩐지 삭막해 보인다. 유경은 무감한 시선으로 그것들을 찬찬히 훑었다.

'누나가 하는 말, 무슨 뜻인지 잘 알겠어요. 고민해 볼게요.'

미국행에 대해 이야기를 하던 날, 이준은 고집부리지 않고 순순히 대답했다. 웬일로 제가 원하는 대답을 해 주나 놀랐을 정도였다. 하지만 역시나 그 순간의 싸움을 모면하려고 그냥 한 말이었던 걸까. 고민하겠던 말을 끝으로 며칠이 지났지만 아직도 이준은 그 부분에 대해서는 아무 말도 없었다. 오늘 아침에도 이준은 평소와 다름이 없었다. 정말로 고민을 하고 있기는 한 건지 의심이 될 정도였다.

그런 그를 보는 유경도 마음이 편치만은 않았다. 아니, 솔직하게 말하자면 복잡하고 심란했다. 그가 마음이 바뀌어 미국을 가겠다고 하면, 과연 나는 웃으면서 보내 줄 수 있을까……. 그럴 수 없을 것 같았다. 사실 강하게 말을 던지기는 했지만, 정말로 그가 미국으로 떠나는 걸 바라는 건 아니었다. 이미 이준에게 길들여진 그녀였다. 당장 이준이 제 곁에 없을 거란 생각만 해도 숨이 턱 막히는데, 표정 연기엔 소질 없는 그녀가 웃으며 그를 떠나보내 줄 수 있을 리가 없었다.

"장거리 연애라……."

상상만 해도 눈앞이 캄캄해져 오는 듯했다. 지금껏 주변에서 장거리 연애에 대한 이야기를 많이 들었었다. 장점이 1이라면 단점이 9라는 장거리 연애. 지방만 되어도 힘들다는데 하물며 지구 반대편인 미국은 얼마나 더 힘들까. 벌써부터 겁이 날 정도였다. 그 생각만 하면 이준이 미국에 가지 않겠다고, 한국에 남겠다고 얘기해 줬으면 하는 마음도 들었다.

"……그건 너무 욕심인 거겠지."

시작은 어땠을지 몰라도 그가 모델 일을 좋아하는 건 잘 알고 있다. 무대 위에서 반짝반짝 빛나는 남자였다. 무대 위의 이준은 멋있었고, 또 행복해 보였다. 그리고 무엇보다 가장 중요한 건, 그런 아버지 밑에서 또다시 불행하게 살아갈 그가 너무 안쓰럽다는 것이었다. 그동안 얼마나 힘들었을까. 그 생각만 해도 가슴이 미어지는데, 앞으로도 또 더 힘들어야 한다니. 그건 정말이지 끔찍한 일이 아닐 수 없었다.

"그래. 무슨 선택을 하든, 존중해 주자."

유경은 고개를 들어 넓게 펼쳐진 하늘을 바라보며 스스로를 달래듯 중얼거렸다. 그렇게 다시 한번 마음을 다잡았다.

✽

"여, 권이준!"

운동을 끝내고 탈의실로 들어서는데 익숙한 목소리가 그를 불렀다. 이준은 소리가 나는 쪽으로 고개를 돌렸다. 이제 막 도착한 듯 옷을 갈아입고 있는 재규의 모습이 보인다.

"이제 오냐?"

"응. 아침에 미팅 있어서 늦었어. 근데 너는 벌써 가는 거야?"

"오늘은 좀 피곤해서 일찍 들어가 보려고."

"그래. 얼굴 보니 많이 피곤해 보이기는 하네."

재규가 이준의 얼굴을 물끄러미 바라보다 문득 물었다.

"아직 결정 못 한 거야?"

무엇을 말하는지 바로 알아들을 수 있었다. 이준은 대답 대신 라커룸을 열고 상의를 훌러덩 벗었다.

"혼자 가기 겁나서 그래?"

이준의 옆으로 바짝 다가온 재규가 능글맞게 묻는다.

"내가 같이 가 줄까?"

"영어는 할 줄 아는 거지?"

"네가 잘하는데 뭐가 문제야."

당당하다 못해 뻔뻔한 재규의 말에 이준은 피식, 낮게 웃음을
흘렸다. 그러자 재규가 그의 라커룸 문에 손을 턱, 짚는다. 장난으
로 하는 말이 아니라는 듯.

"잘 생각해 봐."

언제 그랬냐는 듯 웃음기를 싹 지운 재규는 새삼 진지한 얼굴
이었다.

"지금 네가 얻은 기회, 그거 아무나 가질 수 있는 게 아니라는 거
너도 잘 알잖아. 나는 가고 싶어도 못 가는 곳이야, 미국."

알고 있었다. 누구나에게 쉽게 오는 기회가 아니라는 것쯤은.
그래서 그답지 않게 쉽게 결정내리지 못하고 고민하고 있는 것
이었다.

"솔직히 너도 느꼈을지 모르겠지만, 지금까지 나, 너한테 질투
도 많이 했어."

"이민아 때문에?"

"야! 넌 나를 뭐로 보고. 내가 고작 여자 때문에 친구를 질투했
겠냐?"

일부러 가볍게 던진 말에 재규가 눈썹을 치뜨며 반박했다. 그러
다 이내 작게 중얼거린다.

"아니, 뭐. 물론, 그 부분도 전혀 신경이 안 쓰였던 건 아니지
만……."

솔직한 재규의 말에 이준은 그럴 줄 알았다는 듯 여유롭게 웃
어 보였다. 그러자 민망했는지 재규는 '지금은 그게 중요한 게 아
니라!' 하고 소리쳤다.

"분명 같이 시작했는데 넌 한참 앞서 나갔잖아. 그렇다고 나보다 더 노력을 하는 것 같지도 않고, 절실해 보이지도 않는데 말이야. 그게 얼마나 분통하고 억울했는지, 넌 아마 죽었다 깨어나도 모를걸."

살짝 흐트러졌던 분위기가 다시금 차분하게 가라앉았다. 어울리지 않게 진지한 분위기 속에서 재규는 계속 말을 이었다.

"그런데 어느 순간 인정했어. 아, 이런 게 바로 재능의 차이인가 보다, 하고."

"……."

"쿨하게 인정하고 나니까 속이 편하더라."

처음으로 털어놓는 친구의 고백에 이준은 별다른 대꾸 없이 재규를 바라보았다. 그는 이런 분위기가 쑥스러운 듯 얼굴을 살짝 붉히면서도 끝까지 말을 이어갔다.

"난 모델이 네 천직이라고 생각해. 그러니까 쉽게 그만두지 않았으면 좋겠다. 10년 후에도 같이 무대에 서고 싶어."

재규가 이준의 어깨를 터억, 붙들었다.

"좀 오글거리기는 하지만 이게 내 진심이야."

손이 닿은 어깨너머로 친구의 묵직한 진심이 고스란히 전해졌다.

퇴근 직전, 유경은 이준에게서 문자 한 통을 받았다. 회사 앞에서 기다리고 있다는 연락이었다. 어설픈 거짓말로 보라를 따돌리고 누구보다 빠르게 회사를 나섰다. 골목길로 들어서자 언젠가 봤던 자리에 멈춰서 있는 이준의 차가 보인다.

"여긴 어쩐 일이야? 연락도 없이."

자연스럽게 조수석에 올라타며 유경이 이준을 향해 물었다. 그는 싱긋 웃으며 답했다.

"알잖아요. 내가 서프라이즈 좋아하는 거."

그래. 알다마다.

유경은 납득이 된다는 듯 고개를 끄덕였다.

"오늘 누나랑 같이 한강에서 치맥 하려고요."

"한강?"

"날씨 좋잖아요. 오늘은 미세먼지도 별로 없고. 날씨도 많이 풀렸고요."

거절할 이유가 없었다. 그의 말대로 한강에서 데이트하기 딱 좋은 날씨였다. 유경은 고개를 끄덕였다. 두 사람은 가는 길에 가게에 들러 치킨을 한 마리 포장했다. 잊지 않고 캔 맥주도 샀다. 두 번째로 함께 찾은 한강은 여전히 예뻤다. 날씨가 완전히 풀려서 그런지 사람들이 바글거렸다.

"생각했던 것보다 사람이 너무 많네요."

"복작거리니까 더 좋은 것 같은데?"

"그럼 다행이고요."

적당한 곳에 자리를 잡았다. 돗자리를 펴고 치킨과 맥주를 세팅했다. 고소한 튀김 냄새가 훅 끼쳐 왔다. 사실 차안에서부터 맡느라 허기가 져 있었다.

"아, 맛있겠다."

군침을 삼키자 이준이 휴지를 접어 닭다리 하나를 집어 주었다. 그것을 받아 든 유경은 냉큼 입으로 가져갔다. 바삭한 튀김옷과 야들야들한 살코기의 조화가 예술이었다. 닭다리 하나를 금세 해치우자 이번엔 맥주가 당겼다. 그녀가 맥주 하나를 집어 들었을 때였다. 이준 역시 팔을 뻗어 남은 맥주 한 캔을 집어 든다.

"너도 먹으려고?"

유경의 눈이 살짝 커졌다.

"왜요. 술 나눠 주기 아까워요?"

정곡을 찔렸다. 저번에 왔을 때 이준이 맥주를 먹지 않았던 게 떠올라서 오늘도 제 몫의 맥주 두 캔만 사 왔는데 말이다.

"아니, 그게 아니라…… 너 차 가져왔잖아."

"대리 불러서 가죠, 뭐."

네 마음 다 안다는 듯. 혀를 살짝 내밀며 약 올리듯 웃어 보인 이준은 냉큼 남은 캔 맥주 하나를 집어 들었다. 유경은 아쉽다는 듯 입맛을 쩝 다셨다. 두 사람은 사이좋게 맥주 한 캔씩을 나눠 들고 치킨을 뜯었다. 선선한 바람과 평온한 강의 풍경, 그리고 사람들의 웃음소리까지. 최근 복잡했던 마음이 한결 편안해지는 느낌이다. 마음에 여유가 생기는 기분. 흐르는 강물을 바라보던 유경의 입가가 느슨해졌을 때였다. 이준이 문득 그녀를 불렀다.

"누나."

유경은 강물에서 시선을 떼고 이준을 바라보았다. 그는 할 말이 있는 눈치였다. 어떤 얘기를 하려는지 알 것 같았다. 아마도 이번 일에 관련된 이야기겠지.

고민을 하긴 했던 걸까…….

유경은 얌전히 이준의 뒷말을 기다렸다. 그런 유경의 시선에도 이준은 선뜻 말하기가 어려운 듯 잠깐 머뭇거리더니, 이내 조심스레 입술을 달싹였다.

"장거리 연애, 정말로 괜찮겠어요?"

순간 심장이 철렁했다. 무슨 뜻인지 단번에 알아들은 탓이었다.

아아, 결국 너는 그쪽으로 마음을 굳혔구나…….

용기 내 본인을 위한 선택을 했다는 게 기뻤지만, 한편으로 쓸쓸한 마음이 드는 건 어쩔 수 없었다. 한 귀퉁이에 스멀스멀 피어나는 감정을 애써 억누르며, 유경은 활짝 웃으며 대답했다.

"응, 괜찮아."

분명 힘든 선택이었을 것이다. 등을 떠민 건 자신이면서, 이제 와서 그를 심란하게 만들 수는 없었다.

"정말로 괜찮은 거 맞아요?"

확인하듯 묻는 이준의 말에 유경은 맥주를 한 모금 마시고는 다시 한번 시원하게 말했다.

"그렇다니까."

이번엔 표정 연기가 제법 괜찮았던 모양이다. 이준은 그녀의 말을 믿는 듯 살짝 안도의 한숨을 내쉬었다.

"그럼 약속 하나만 해 줘요."

그가 그녀를 향해 새끼손가락을 척 내밀었다.

"나 자리 잡을 때까지 기다려 주겠다고."

당연한 말이었다. 유경은 웃으며 그의 손가락에 자신의 손가락을 망설임 없이 걸었다.

"응, 기다릴게."

이준이 다른 손으로 얽혀 있는 두 손을 감싸 쥐었다.

"오래 걸릴지도 몰라요."

"너도 날 10년도 훨씬 넘게 기다려 줬잖아. 그러니까 이번엔 내가 기다릴게."

"10년이 뭐예요. 약 20년의 세월인데."

이 와중에도 제 기다림의 시간이 줄어드는 건 용납하지 못하겠다는 듯 곧바로 정정하는 이준을 보며 유경은 엷게 웃었다. 예쁜 웃음이었다. 그녀의 미소를 빤히 바라보며 이준은 조심스럽게 말을 이어 갔다.

"어쩌면…… 자리를 못 잡을지도 몰라요."

그답지 않은 약한 소리였다. 하지만 충분히 이해할 수 있었다. 미국에 가면 지금까지 쌓아 온 커리어를 버리고 다시 바닥에서부터 시작해야 한다고 했다. 아무리 권이준이라 할지라도 불안할 수밖에 없을 것이다.

"그것도 괜찮아."

유경은 이번에도 망설임 없이 대답했다.

"난 네가 분명히 할 수 있을 거라고 믿어. 하지만 못 해도 상관없어. 네가 널 위한 선택을 했다는 것만으로도 나는 기뻐. 그러니까 부담 갖지 마."

진심으로 하는 말이었다. 그리고 그 진심이 그에게도 느껴졌는지, 이준이 벅찬 얼굴로 그녀의 둥근 어깨를 살며시 끌어안았다.

"지금까지는 아무래도 상관없다고 생각했어요. 누나만 있으면 됐어요. 그것만으로도 너무 큰 욕심이라고 생각해서 다른 건 바라지도 못했어요."

"……."

"그런데 사람이라는 게 참 간사한 것 같아요. 점점 욕심이 나."

응. 이해해. 얌전히 그의 품에 안긴 채 유경은 속으로 대답했다.

"나, 믿어 줘서 고마워요."

그녀의 정수리에 턱을 괸 채 이준이 부드러운 목소리로 말했다.

"누나도 쉽게 말한 거 아니라는 거 알아요."

"……."

"내가 더 잘할게요. 허전하지 않게. 불안하지 않게."

말 한 마디로 천 냥 빚을 갚는다는 게 이런 걸까. 제 마음을 알아주는 이준의 말에 오히려 그녀가 더 고마워졌다. 유경은 대답 대신 팔을 뻗어 그의 허리를 꽈악 끌어안았다. 웃으며 그를 응원해 줘야 하는데, 저도 모르게 왈칵 눈물이 날 것만 같아서였다.

「회장실」

눈앞에 보이는 문패를 빤히 응시하며 이준은 마른침을 꼴깍 삼켰다. 제 발로 먼저 석훈의 회사를 찾아온 건 처음이었다. 지금까지 살아오면서 그는 그녀와 관련 된 일이 아닌 이상, 그 어떤 부분에서도 초조한 적도 긴장한 적도 없었다. 그런데 오늘만큼은 이상하게 긴장이 됐다. 결정을 했으니 통보를 할 생각이었다. 물론 그냥 조용히 사라져도 문제가 될 건 없었다. 마무리가 어찌 됐건 인연이 끊어지는 건 당연한 순서일 테니까 말이다. 하지만 그래도 마지막은 얼굴을 보고 하고 싶었다.

마지막만큼은…….

"후우."

짧게 한 번 심호흡을 한 이준은 이내 문고리를 잡고 비틀었다.

"시간을 질질 끌더니, 그래도 정리를 하긴 했나보구나."

안으로 들어서는 이준을 향해 석훈은 기다렸다는 듯 말했다.

"오늘부터 당장 회사 일 시작해라. 준비는 다 해뒀……."

"아뇨."

이준이 석훈의 말허리를 끊으며 제 할 말을 했다.

"회장님 제안, 거절하겠다는 말씀 드리러 왔습니다."

"뭐라고?!"

"회사로 들어갈 생각이 없다고 말씀드렸습니다."

눈 깜짝할 새에 일어난 일이었다. 석훈의 책상 위에 놓여 있던 재떨이가 이준을 향해 날아든 것은.

"네 녀석이 감히 내 말을 거역해!!!!!"

퍼억—!

재떨이는 그의 뒤쪽 벽에 맞고 커다란 소리와 함께 묵직하게 바닥으로 떨어졌다. 자칫 잘못했으면 이준의 얼굴에 그대로 맞았을지도 모르는 일이었다. 그러나 그는 이 정도쯤은 진작 예상했다는 듯 눈 하나 깜빡하지 않았다.

"지금껏 먹여주고 재워줬더니, 이제 와서 네가 이런 식으로 뒤통수를 치겠다는 거야? 은혜를 원수로 갚겠다고!"

"글쎄요. 은혜라는 말이 과연 어울리는지는 잘 모르겠습니다."

"뭐야?!"

당돌한 이준의 대답에 석훈이 눈을 부라렸다.

"물론 회장님께선 좋은 일 하셨다고 생각하시겠죠. 불쌍한 아이 하나 거뒀으니까."

그런 석훈을 똑바로 바라보며 이준은 담담하게 말을 이어갔다.

"하지만 그 불쌍한 아이는, 그 집에서 크면서 매일 밤 생각했습니다. 보육원으로 다시 돌아가고 싶다고. 차라리 그곳이 더 온기가 있었다고."

석훈을 똑바로 향하고 있는 두 눈동자엔 흔들림이 전혀 없었다. 올곧은 그 시선에 잠깐 사로잡혀 있던 석훈은 이내 코웃음을 크게 쳤다.

"하! 배부른 소리 하고 있구나!"

석훈은 전혀 믿지 않는 눈치였다. 으리으리한 이 집보다 보육원이 더 낫다니. 말도 안 되는 소리라고. 하지만 정말이었다. 이 집에서 지내는 동안 그는 단 한 번도 이곳이 보육원보다 더 낫다는 생각을 해본 적이 없었다. 이 집만 벗어나면 숨통이 트일 것 같았다. 그것이 설사 길 바닥이라고 할지라도. 그래서 스무 살이 되자마자 지체 없이 집을 나섰다. 독립이라는 이름으로 이 집을 당당하게 나설 수 있는 그날만 그리며, 버티고 또 버텨왔었기에……. 독립한 이후로는 집에 손을 벌린 적이 단 한 번도 없었다. 아니, 그건 어릴 때도 마찬가지였다. 제게 주어진 생활만 했다. 뭘 더 원한다고 얘기 해본 적 없었다. 그저 석훈이 원하는 대로, 시키는 대로만 살았었다.

"감히 네가 내 그늘을 벗어나서 살 수 있을 것 같아? 결국은 네 발로 기어들어오게 될 게다!"

기세등등한 목소리였다. 석훈은 그가 고개를 숙이고 돌아올 거라고 장담하고 있었다. 본인이 그렇게 되도록 만들 생각이었으니

까 말이다. 설마 그가 한국에서 쌓아온 모든 것을 버리고 미국행
을 결정했으리라고는 눈곱만큼도 생각하지 못하는 듯했다.

"그럴 일은 없을 겁니다."

이준은 가타부타 설명하는 대신 단호한 음성을 내뱉었다.

"이만 나가보겠습니다."

꾸벅.

마지막 인사인 만큼 정중하게 허리를 숙인 후, 곧바로 돌아섰다.

"저, 저! 고얀 것!"

석훈의 노기 어린 음성이 이준의 등에 매섭게 꽂혔다.

"이래서 옛말에 검은머리 짐승은 거두는 게 아니라고 했는데!"

멈칫.

순간 문고리를 잡은 손이 굳었다.

검은 머리 짐승……

그래, 당신에게 나는 그저 필요에 의해 거둔 짐승이었을 뿐이었
겠지. 어째서 진작 떠날 생각을 하지 못했을까. 도대체 나는 무슨
미련이 남아서…….

"……"

이준은 쓰게 웃으며 문고리를 비틀었다. 씁쓸하지만 더 없이 깔
끔한 마무리이기도 했다. 차라리 다행이었다. 미련이라고는 먼지
한 톨만큼도 남지 않을 테니까.

그래. 이제 진짜 끝이었다.

토요일 오전.

느직이 일어난 유경은 방을 나서다가 멈칫했다. 현관 앞에 커다란 캐리어 두 개가 나란히 놓여 있는 게 보였다.

"그러고 보니 벌써 내일이구나……."

시선을 떼지 못하고 낮게 중얼거렸다. 이준이 떠나는 날이 벌써 내일로 다가왔다. 미국으로 가겠노라고, 이준이 결정을 하자 기다렸다는 듯 모든 일은 일사천리로 진행이 됐다. 이준이 형욱에게 미국으로 가겠다고 말을 하던 날, 바로 떠나는 날짜가 잡혔다. 보름 뒤였다.

생각했던 것보다 너무 급해서 당황스러웠다. 이준 역시도 같은 마음이었는지, 형욱에게 항의를 했지만 이미 그가 늦장을 피운 탓에 하루라도 더 빨리 서둘러야 해서 어쩔 수 없다는 답변을 받았다. 덕분에 번갯불에 콩 구워 먹는다는 속담이 떠오르는 요즘이었다. 보름이라는 시간이 도대체 어떻게 지나갔는지 모를 정도였다. 그 시간 동안 두 사람은 얼굴도 제대로 보지 못했다. 이것저것 준비해야 할 게 많다며 이준은 아침 일찍 집을 나서고 늦은 밤에야 집으로 돌아왔다. 그마저도 피곤해서 금방 기절하듯 잠에 빠져들곤 했다.

"……이제야 실감이 나네."

완벽하게 떠날 준비가 된 캐리어를 보고 있자니 코끝이 찡해졌다. 계속 보고 있자면 눈물이 나올 것 같아 등을 돌렸다. 하지만 돌아서서 보이는 풍경도 별반 다르지 않았다. 오늘따라 깔끔하게 정리가 된 텅 빈 집이 더욱더 크게 느껴지는 건 왤까. 잊고 있던 쓸쓸함이 훅 끼쳐 왔다. 유경은 고요한 집 안을 둘러보다가 두 눈을 질끈 감았다. 뒤늦게 실감나는 이별에 서글퍼졌다.

재깍재깍.

오늘따라 시계 초침 소리가 유난히 크게 들리는 기분이다. 거실 소파에 앉아 있던 유경은 맞은편에 걸려 있는 시계를 노려보듯 바라보았다. 시간은 벌써 오후 9시에 가까워지고 있었다. 시선을 내려 테이블 위를 바라보았다. 미리 준비한 음식과 와인이 덩그러니 놓여 있었다. 한 시간 전까지만 해도 김이 폴폴 나던 음식은 이미 차갑게 식어 있었다. 분위기를 내려고 일부러 와인까지 준비했는데, 오늘도 늦는 모양이었다.

"아니, 권이준. 진짜 너무하는 거 아니야?"

유경은 입을 비죽 내밀고서 허공에 대고 말했다. 가만히 빈 와인 잔을 보고 있자니, 처음으로 그를 향한 섭섭한 감정이 왈칵 치솟는다. 지금까지 단 한 번도 그녀를 섭섭하게 만든 적 없는 이준이었다. 감정표현에 있어서는 늘 솔직하고 또 섬세했던 남자라 오히려 그녀가 섭섭하게 만든 일이 더 많았었는데 말이다.

"바쁜 건 알지만, 그래도 오늘 같은 날은 좀 일찍 들어오지……."

오늘은 두 사람이 함께 보낼 수 있는 마지막 날이었다. 물론 정말로 '마지막'인 건 아니었다. 거리가 꽤 멀어서 힘들기는 하겠지만, 마음만 먹으면 언제든 보러 갈 수도 있었다. 그리고 지금 그가 바쁠 수밖에 없다는 것도 알고 있었다. 체력이 좋은 편인데도 집에 오면 요샌 늘 기절부터 하는데 모를 수가 없었다. 세상모르고 잠들어 있는 그의 모습을 보고 있노라면 안쓰럽게 느껴지기도 했다. 하지만 그것과 이것은 별개의 문제였다. 다 알면서도 섭섭한 건 어쩔 수가 없다. 머리로는 백번 천 번 이해하지만, 아무래도 마음은 이 상황을 온전히 받아들이지 못하고 있는 모양이다.

"······왜 이렇게 쿨하지를 못하냐, 서유경."

자조적으로 중얼거린 유경은 고요한 집 안을 바라보았다. 아직 하루가 남았지만 벌써부터 가슴이 뻥 뚫린 것처럼 허전했다. 연애를 시작하기 전에도 이준 없이 생활하는 게 어색하고 허전했었다. 그런데 감정이 깊어진 지금은 얼마나 더 강하게 느껴질까. 상상만으로도 두려워진다. 나는 오늘이 지나면 떨어져야 한다는 사실이 아쉬워 죽겠는데. 지금부터 내일 아침까지 한 몸처럼 꼭 붙어 있어도 모자랄 것 같은데······.

감정이 점점 복받쳐 오른다. 괜스레 눈물도 찔끔 나올 것 같았다. 이러다간 정말 울어버릴 것 같아서 유경은 감정 환기를 시키기 위해 고개를 좌우로 획획 내저었다.

"에잇! 그냥 나 혼자 다 먹어버릴까보다!"

갑자기 술이 확 당긴다. 와인 오프너를 물끄러미 바라보며 유경이 진심으로 그렇게 생각했을 때였다. 하루 종일 잠잠하던 휴대폰이 울린다. 냉큼 휴대폰을 집어 들었다. 발신인은 예상대로 이준이었다.

"빨리도 연락 주네."

'흥!' 하고 콧방귀를 뀌며 얄미워 죽겠다는 듯 휴대폰을 노려보았다. 하지만 오래 끌지 못하고 전화를 받았다. 지금은 섭섭한 마음을 표현할 여유가 없었다. 1분 1초가 아쉬웠으니까 말이다.

"응, 왜."

그래도 섭섭한 마음은 어쩔 수가 없어서 뚱하게 전화를 받았다.

– 집이죠?

"이 시간에 집이지, 그럼."

– 나 지금 집 앞이에요. 외출 준비해서 내려와요.

예상치 못한 말에 유경의 눈이 살짝 커졌다.

"어디 가려고?"

– 그건 비밀이에요.

그녀가 더 캐물을 새도 없이 이준은 용건만 간단히 하고 전화를 끊었다. 뚝. 매정하게 끊어진 휴대폰을 내려다보며 유경은 황당하다는 듯 중얼거렸다.

"뭐야……. 또 서프라이즈야?"

하도 많이 당해서 이젠 별로 놀랍지도 않았다.

"아무리 그래도 어딜 가는지를 알려 줘야 할 거 아니야. 그래야 어떤 옷을 입을지를 정하지."

투덜대며 자리에서 일어났다. 그러나 말과는 달리 그녀의 입가엔 이미 엷은 미소가 걸쳐져 있었다.

✽

이준이 유경을 데리고 간 곳은, 한 번 와 본 적이 있는 호텔이었다. 첫날밤을 치른 바로 그 호텔. 성큼성큼 호텔 로비를 가로지르는 이준의 뒤를 따르면서도 '설마' 했다. 그런데 엘리베이터에 올라탄 이준이 17층을 누르는 순간, 유경은 '설마'가 아니라는 것을 깨달았다.

"우리가 묵었던 그 방이야?"

제법 날카로운 유경의 질문에 이준은 작게 웃으며 대꾸했다.

"눈치가 많이 빨라졌네요?"

"엉큼해, 권이준."

"마지막 밤이잖아요. 의미 있는 곳에서 보내야죠."

"……."

"나한텐 굉장히 의미 있는 장소거든요, 여기."

무슨 의미인지는 굳이 묻지 않아도 알 수 있었다. 두 사람의 몸
과 마음이 처음으로 완벽하게 하나가 된 곳이었다. 자연스럽게 그
날의 기억이 떠올랐다. 유경의 얼굴이 살짝 달아오른다.

"얼굴 빨개졌어요, 누나."

"말 안 해 줘도 알거든?"

"대체 지금 무슨 생각을 하는 거예요?"

"생각은 무슨. 아무 생각도 안 했거든?"

"거짓말. 야한 생각 한 것 같은데?"

계속되는 이준의 짓궂은 질문을 더 이상 받아칠 자신이 없어서
유경은 고개를 옆으로 휙 틀었다. 얼굴이 터질 것만 같았다. 이
상한 일이었다. 이미 현재의 두 사람은 수많은 밤을 함께 보냈음
에도 불구하고, 지금 이 순간만큼은 마치 처음 그날처럼 두근거
린다.

장소 때문일까. 아니면 아직도 생생한 그날의 기억 때문일
까…….

띵.

17층에 도착한 엘리베이터 문이 열렸다. 이준이 머뭇거리는 그녀의 손을 덥석 붙들고 성큼성큼 걸음을 옮겼다. 예상했던 대로 그날 묵었던 그 방이었다. 이준은 자연스럽게 룸 키를 가져다 댔다. 문이 열리자 그녀의 등을 먼저 떠밀었다. 쭈뼛거리며 방 안으로 들어섰다. 그와 동시에 유경의 눈이 둥그렇게 커졌다. 그녀는 놀란 눈으로 방 안을 훑었다. 기억 속의 방과 완전히 달랐다. 색색의 꽃들이 여기저기 놓여 있었고 새하얀 침대 위에는 새빨간 장미꽃잎이 흩뿌려져 있었다. 달큰한 꽃향기가 방 안에 가득했다.

"이게 다…… 뭐야?"

"마지막 밤이니까 좀 특별하게 보내고 싶어서 꾸며 봤어요. 시간이 없어서 촛불이나 풍선은 준비 못 했지만요. 그래도 꽤 분위기 있죠?"

바쁜 와중에 꽃을 사서 호텔로 옮기고, 또 꽃잎을 하나하나 뜯어 침대에 뿌렸을 이준의 모습을 떠올리자 웃음이 절로 났다. 유경은 꽃처럼 활짝 웃으며 고개를 끄덕였다.

"응. 너무 예쁘다."

섭섭했던 마음은 어느덧 눈 녹듯 사라진 후였다. 게다가 테이블 위에는 룸서비스로 시킨 먹음직스러운 음식과 와인이 놓여 있었다. 신기하게도 마음이 통한 모양이었다. 웃음이 절로 나왔다.

"이리 와 봐요."

이준이 입구에 서서 방 안을 감상하고 있던 유경의 손을 잡아끌었다. 그녀는 그의 손에 이끌려 침대 앞에 멈춰 섰다. 이준이 곧바로 그녀를 넘어뜨렸다. 침대 위로 풀썩 두 사람의 몸이 뉘어졌다.

"밥부터 먹으면 안 돼?"

"걱정 마요. 굶기진 않을 테니까. 지금은 그보다 더 급한 게 있어서요."

대답을 끝으로 이준은 그녀의 입술을 집어 삼켰다. 입술을 비집고 말캉한 혀가 침입했다. 유경은 자연스럽게 입을 벌려 그를 받아들였다. 배가 고프기는 했지만, 그녀 역시 오늘 밤을 특별하게 보내고 싶은 건 마찬가지였다. 오랜만에 제대로 분위기를 잡고 나누는 키스는 농밀했다. 누가 먼저랄 것도 없이 서로를 탐했다. 입술을 잘근잘근 씹고 혀를 옭아매었다. 몸은 금세 달아올랐다. 맞닿은 입술이 떨어졌다.

하아, 하아.

그 사이로 뜨거운 숨이 흩어진다.

"……."

유경은 천천히 감은 눈을 떴다. 그와 동시에 그녀를 바라보고 있던 이준의 시선과 그녀의 시선이 허공에서 맞닿았다. 이준은 그녀를 아주 짙은 시선으로 내려다보고 있었다. 평소에도 그녀를 향한 눈빛은 늘 뜨거웠지만 오늘은 어쩐지 온도가 더 높은 것 같았다. 이글이글 타오르는 것처럼 보였다. 얼굴이 타들어 갈 것 같아 시선을 피하려고 할 때였다. 이준이 시선을 여전히 마주한 채로 그녀의 손을 들어 제 입으로 가져갔다. 그가 펼친 손바닥 위로 자신의 입술을 내렸다. 간지러움에 유경의 몸이 움츠러들었다. 그는 아랑곳 않고 엄지를 입에 넣고 혀로 굴렸다. 그다음엔 검지, 이번엔 중지…….

차례대로 맛보며 자잘한 키스를 퍼부어 갔다.

"으응……."

입술이 벌어지고 신음이 절로 흐르고 몸이 살짝 뒤틀렸다. 손가락을 애무하고 있을 뿐이었지만 몸속 깊은 곳에서부터 진동이 느껴졌다. 두 눈을 질끈 감았다. 그때였다. 순서에 맞게 차근차근 그에게 괴롭힘을 당하던 약지에 차가운 뭔가가 닿는 느낌이 들었다. 그와 동시에 완전히 겹쳐 있던 이준의 몸이 살짝 떨어졌다.

"……"

유경은 느릿하게 감았던 눈을 떴다. 이준이 씨익, 웃으며 그녀를 보고 있었다. 손을 살짝 들어 올렸다. 약지에 끼워져 있는 반지가 호텔 조명등에 반사되어 반짝 빛났다.

"이게 뭐야……?"

"커플링이에요."

이준이 자신의 왼손을 활짝 펼쳐 보였다. 그의 약지에도 그녀의 약지와 마찬가지로 같은 디자인의 반지가 끼워져 있었다.

"디자인은 어때요? 마음에 들어요?"

물결 무늬였는데 디자인이 조금 독특했다.

"독특한데, 그래서 더 예쁜 것 같아."

"세상에서 하나밖에 없는 반지예요. 내가 디자인했거든."

유경의 눈이 둥그렇게 커졌다.

"디자인이라고? 이런 재주도 있었어?"

"급하게 배웠어요. 누나 손에 처음으로 끼워주는 반지잖아요. 특별한 걸로 해주고 싶었어요."

"……"

유경은 마치 꿈을 꾸는 듯 멍한 얼굴로 눈을 천천히 깜빡였다. 설마 제 인생에 남자친구가 직접 디자인한 커플링을 손에 끼게 되는 날이 오리라고는 상상도 하지 못했었다. 그러고 보면 이준과 연애를 시작한 후 '처음'인 게 유독 많았던 것 같다. 꼭 이번이 첫 연애이기라도 하는 것처럼…….

"최근에 너 많이 바빴잖아. 근데 대체 언제 이런 걸 다 준비를……."

"무리 좀 했죠."

이준이 그녀의 약지에 끼워진 반지에 입술을 살짝 내리며 말했다.

"떠나기 전에 도장 꾹 찍어 놓고 가려고."

차갑게 느껴지던 금속에 이준의 입김이 닿자 온기가 느껴졌다. 그 때문일까. 갑자기 눈 주위가 뜨거워진다. 유경은 그의 입술이 닿은 제 손을 살짝 그러쥐며 아랫입술을 질끈 깨물었다. 전혀 슬프지 않은데. 아니, 오히려 지금 이 순간 너무도 행복한데. 왜 이렇게 눈물이 나오려는 건지 모르겠다.

"혼자 두고 가서 미안해요."

이준이 그녀의 눈가에 맺힌 눈물을 손으로 부드럽게 훑으며 말했다.

"그래도 꼭 데리러 올 거야."

"……."

"그러니까 그때까지 한눈팔지 말고 기다려 줘요."

"……."

"그래 줄 수 있죠?"

유경은 대답 대신 그의 목덜미를 화악 끌어안았다. 그가 불안하지 않게끔 시원하게 대답을 해주고 싶은데 입술이 좀처럼 떨어지질 않는다.

"사랑해요, 누나."

귀가 녹을 듯 달콤한 사랑 고백에 뜨거운 눈물이 뺨을 타고 흘러내린다. 그에게서 사랑한다는 말을 들을 때마다 가슴이 떨렸었지만, 이번엔 느낌이 많이 달랐다. 가슴이 터질 듯이 부풀어 오르는 느낌이었다.

벅차고 또 벅찬 기분…….

"……나도."

유경은 잔뜩 젖은 얼굴로 힘겹게 입술을 떼어냈다. 지금 당장 입 밖으로 내뱉지 않으면 뻥, 하고 터져버릴 것만 같아서였다.

"사랑해. 이준아. 사랑해. 사랑해."

한번 마음을 뱉어 내고 나자 둑이 무너진 것처럼 감정이 쏟아져 내렸다. 유경은 계속해서 사랑한다 말했다. 내가 널 사랑하는 걸 잊지 말라고. 각인을 시키듯이 계속.

"내가 훨씬 더 사랑해."

애틋한 사랑 고백을 가만히 듣고 있던 이준이 깔끔한 고백과 함께 다시금 그녀의 입술을 찾았다. 아까보다 훨씬 더 농밀하고 뜨거운 키스가 이어졌다. 사랑한다는 말이 서로의 입안에서 끊임없이 흩어졌다. 그리고 지금 이 순간, 두 사람은 확신했다. 비록 몸은 떨어져 있게 되더라도 결코 마음만큼은 멀어지지 않으리라고.

우리의 끝은 반드시 해피엔딩일 거라고.

25. 마지막 프러포즈

조용한 분위기의 이탈리안 레스토랑. 흐르고 있던 클래식 음악을 비집고 놀란 목소리 하나가 튀어나온다.

"뭐어? 프러포즈?"

놀란 얼굴의 유경은 포크를 든 채 맞은편을 바라보았다.

"짜잔!"

지민이 씨익 웃으며 왼손을 들어 보였다. 그와 동시에 조명 불빛에 뭔가가 반짝인다. 약지에서 발광하고 있는 건, 분명 반지였다. 그것도 그냥 반지가 아니라, 매우 의미심장해 보이는 반지.

"어때, 예쁘지?"

유경의 눈에도 반지는 예뻤다. 하지만 그보다도 예쁜 건 미소를 머금고 있는 친구의 얼굴이었다. 지금까지 오랜 시간을 봐 왔지만, 지금처럼 행복해하는 모습을 본 적은 없는 것 같았다.

"어쩐지. 웬일로 네가 먼저 보자고 연락해서 이상하다 싶었어. 요즘 데이트하느라 정신없이 바쁘다더니, 이거 자랑하려고 나 부른 거구나?"

유경이 장난스레 타박하듯 말하자, 지민이 쑥스러운지 얼굴을 살짝 붉힌다.

"어우야, 너는 그걸 그렇게 콕 짚어서 얘기하냐. 민망하게."

"민망하라고 한 말이거든?"

"네가 이해 좀 해 줘. 진짜 오랜만에 하는 연애잖아."

틀린 말은 아니었다. 유경은 더 놀리는 대신 알겠다며 고개를 끄덕였다.

지민은 현재 선우와 1년째 연애를 이어 가고 있는 중이었다. 유경이 소개를 해 준 건 아니었다. 2년 전 선우의 고백 아닌 고백을 들어 버렸기에 지민에겐 입도 벙긋하지 못했었다. 그렇게 흐지부지되는 줄로만 알았다. 그런데 '인연'이라는 건 실제로 있는 모양이었다. 그 일이 있고 한참 후에 두 사람은 어떤 자리에서 우연히 마주쳤는데, 그때부터 새로운 관계로 발전되었다고 했다. 연애를 시작한 후, 두 사람은 부러울 정도로 사이가 좋았다. 특히나 선우가 어찌나 지민을 예뻐하고 사랑해 주는지. 처음 정식으로 소개 받는 자리에서 두 사람을 봤을 때, 유경은 회사에서 보는 모습과 지민 앞에서의 모습이 너무 달라서 당황스러웠을 정도였다. 초반엔 셋이서 만나 몇 번 식사를 함께한 적이 있었다. 하지만 부럽다 못해 손발이 오그라드는 탓에 어느 순간부터는 아예 끼지 않고 있었다.

지민에겐 굳이 선우와의 일에 대해 이야기하지 않았었다. 들어서 좋을 이야기가 아니기도 했지만, 그 이후로 선우가 선을 제대로 그었기에 딱히 할 이야기가 없기도 했으니까 말이다. 그리고 지금까지도 그 부분은 참 잘한 일이라는 생각이 든다.

"근데 뭐가 이렇게 갑작스러워?"

유경은 다시금 지민의 왼손에 자리 잡은 반지를 바라보며 말을 이었다.

"얼마 전까지만 해도 아직 결혼까진 생각 없다더니."

"너랑 대화할 때까지만 해도 정말로 생각 없었어. 우리 만난 지 1년밖에 안 됐잖아. 그래서 나는 아직 결혼은 이르다고 생각했던 거거든. 그런데 선우 씨는 그게 아니었나보더라고. 얘기를 들어 보니까 지금까지 집에서 은근히 압박을 받고 있었나 봐."

"하긴⋯⋯ 팀장님도 나이가 있으시니까."

유경은 이해한다는 듯 고개를 끄덕였다. 사실 남 일 같지가 않았다. 그녀 역시도 최근엔 엄마에게서 하루걸러 하루 시집 타령을 듣고 있는 중이었다. 엄마를 떠올리자 갑자기 가슴이 답답해진다. 유경은 속으로 살짝 한숨을 내쉬고는 말을 돌렸다.

"내 생각엔 1년이면 짧게 만난 건 아닌 것 같아. 사계절은 겪어 본 거잖아. 그리고 10년 만나고도 헤어질 커플은 헤어지고, 3개월 만나도 결혼해서 잘 사는 커플은 또 잘 산다더라."

내심 이 부분을 걱정하는 듯한 친구를 향해 유경은 진심 어린

응원의 말을 건넸다. 그러자 지민의 표정이 눈에 띄게 밝아지는
게 보인다.

"근데 정말로 프러포즈 받을 줄 몰랐던 거야?"

"응, 전혀. 그 전까진 단 한 번도 티를 낸 적이 없거든."

"놀랐겠네."

"솔직히 많이 놀랐어. 그런데 신기하게 막상 프러포즈를 받으니
까, 이 사람이라면 평생을 함께해도 괜찮겠다는 생각이 번쩍 들
더라? 그래서 고민 별로 안 하고 바로 받아들였어."

프러포즈를 받았던 그 순간이 떠오르는 듯, 지민의 입가에 행복
한 웃음이 번져 갔다. 그 모습에 유경은 장난스레 되물었다.

"설마, '감사합니다' 하고 받아들인 건 아니지?"

"너무 없어 보이나……?"

"뭐, 없어 보일 것까진 없지만. 그래도 좀 튕기지 그랬어."

"그러다가 영영 튕겨져 나가면 어떡해. 나 밀당 같은 거 못 하
는 거 알잖아."

낮게 중얼거리는 지민의 말에 유경은 푸훗, 작게 웃음을 터뜨
렸다.

"농담이고. 잘 생각했어."

유경은 이내 얼굴에 서려 있던 장난기를 싹 지우고 친구를 향해
새삼 진지한 얼굴로 말했다.

"내가 봐도 팀장님 사람 참 괜찮더라. 팀장님이라면 믿고 너 맡
길 수 있을 것 같아."

물론 회사에서 제가 봐 온 모습과는 분명 다른 부분도 많이 있
을 것이다. 하지만 둘만 있을 때 더 좋은 모습이면 좋은 모습이었

지 나쁜 모습일 것 같지 않다는 믿음이 든다.

"고마워, 유경아."

"나한테 고마울 게 뭐 있어."

"네 덕분에 선우 씨 만나게 됐잖아."

"그게 어떻게 내 덕분이야? 내가 소개해 준 것도 아닌데."

조금 찔리는 게 있어서 유경은 고개를 내저었다. 하지만 지민은 정말로 고맙게 생각한다는 듯 다시 한번 고집스레 말한다.

"그래도 네 덕이야. 너 아니었으면 우연히 다시 만났을 때도 그냥 스쳐 지나갔을 테니까."

지민의 말이 틀린 건 아니었다. 그리고 계속하면 끝이 없을 것 같아서 유경은 제가 졌다는 듯 씨익 웃으며 말했다.

"그래, 내 덕인 걸로 치자! 그런 의미에서 오늘 밥은 네가 사는 거지?"

"콜!"

서로를 마주 보고 쿡쿡, 웃은 두 사람은 다시금 식사에 집중했다. 음식이 가득 담겨 있던 접시가 어느 정도 바닥을 드러냈을 즈음이었다.

"근데 너희는 아직도 멀었어?"

지민이 문득 묻는다.

"뭐가?"

"결혼 말이야."

"……결혼?"

순간 저도 모르게 놀라서 되묻는 유경의 얼굴을 보며 지민이 고개를 갸웃했다.

"반응이 왜 그래? 거기까지 생각하고 만나고 있는 거 아니야?"

"그건 맞는데……."

유경 괜스레 식탁 아래로 늘어진 식탁보를 만지작거리며 말을 덧붙였다.

"그 얘기 나오려면 한참은 더 걸릴지 싶어."

아니, 정말로 할 수는 있으려나 모르겠네…….

유경은 쓰게 웃으며 차마 뱉지 못할 뒷말을 삼켰다.

2년 전, 그날 이후로 지금까지 결혼의 '결' 자도 나온 적이 없었다. 그녀는 물론이고 결혼 타령을 곧잘 하던 이준도 그랬다. 그러다 보니 이제는 결혼이라는 단어가 너무도 멀게만 느껴지는 건 어쩔 수 없다.

"이준이 한국엔 언제 들어온대?"

"그런 얘긴 아직 없었어."

"계속 미국에서 지낼 생각은 아닌 거 맞지?"

지민의 질문에 유경은 잠깐 멈칫했다. 그러다 이내 힘없이 대답한다.

"모르겠어. 한국에 들어오고 싶어는 하는 것 같던데. 일단은 자리를 완벽하게 잡을 때까진 미국에서 계속 지내야 하지 않을까 싶어."

"롱디를 2년이나 했는데, 더 해야 한다고? 그것도 기약도 없이?"

지민은 안쓰럽다는 듯 유경을 바라본다. 한국과 미국 장거리 연애 2년차였다. 시차 14시간. 지구 반대편 거리. 밤낮이 반대라 연락을 주고받기도 쉽지가 않고, 한 번 보려면 둘 중 하나는 엄청난 시간과 돈을 투자해야만 했다. 게다가 이준이 1년 차엔 새로운 생활에 적응하느라 바빴고, 2년 차인 지금은 일이 많아져서 바쁜 상황이었다. 보기가 더 힘들 수밖에 없었다.

괜히 보내 준 건가…….

솔직히 말하자면 한 번씩 후회가 들기도 했다. 장거리 연애가 힘들 거라는 건 예상하고 있었지만 이렇게까지 힘들 줄은 정말이지 몰랐었다. 무엇보다도 사랑하는 연인을 보고 싶을 때 볼 수 없다는 것은, 생각했던 것보다 훨씬 더 힘든 일이었다. 이준에게 이렇게까지 의지를 하고 있었는지, 또 이렇게까지 제 마음이 컸는지. 장거리 연애를 하면서 하루하루 느끼고 있는 중이었다.

"그래도 생각보단 꽤 할 만해."

하지만 유경은 저를 안쓰럽게 바라보는 친구를 향해 애써 괜찮은 척 웃으며 말했다.

"요즘은 세상이 변해서 영상통화도 가능하고, 메시지도 바로바로 주고받을 수 있고. 또 아예 나쁜 것만 있는 건 아닌 게, 휴가 시즌엔 이준이 덕분에 편하게 미국 여행도 했잖아. 이럴 때 아니면 내가 미국 여행을 언제 해 보겠어."

"그래. 그건 그러네……."

친구의 자기합리화에 지민은 여전히 안쓰러운 눈으로 고개를 끄덕인다. 그리고 유경은, 끝까지 억지 미소를 지어 보일 수밖에 없었다.

지민과 헤어진 유경은 곧장 집으로 향했다. 현관문을 열고 들어

선 집 안은 컴컴했다. 마치 사람이 사는 집이 아닌 것처럼 온기도 느껴지지 않았다. 유경은 익숙하다는 듯 신발을 벗고 들어와 거실 불을 켰다. 그러곤 꽉 닫힌 유현의 방문 앞에서 잠깐 멈춰 섰다.

"또 야근하나 보네⋯⋯."

텅 빈 집 안을 바라보며 유경은 씁쓸하게 중얼거렸다. 이준이 떠나고 얼마 있지 않아 유현이 바통터치를 하듯 한국으로 돌아왔다. 유경은 태어나서 처음으로 동생의 등장이 반가웠다. 안 그래도 떠난 이준의 빈자리가 너무 허전했던 탓이었다. 그러나 기쁨도 잠시. 유현은 졸업과 동시에 곧바로 취업 전선에 뛰어들었다. 그리고 걱정과 달리 의외로 금방 취업에 성공했다. 무려 알아주는 대기업이었다.

취업 후 유현은 엄청난 업무량에 시달리고 있었다. 유경의 회사도 바쁜 편인데 유현의 회사는 더했다. 정말로 한 달에 야근이 없는 날이 손에 꼽을 정도였다. 일찍 출근하고 늦게 퇴근하고, 심지어는 주말에도 바쁘기까지 한 유현 탓에 유경은 혼자 있는 것과 진배없는 생활을 하고 있었다.

예전 같았으면 유현이 집에 있든 없든 조금도 신경 쓰지 않았을 것이다. 아니, 오히려 혼자 여유롭게 집에 있을 수 있다며 좋아했을 것이다. 하지만 이상하게도 요즘은 텅 빈 집에 혼자 있는 게 못 견디게 싫다. 외롭다는 말이 절로 나올 정도로.

"외롭다고, 나⋯⋯."

입 밖으로 절로 흐르는 말을 뱉어 내며 유경은 방 안으로 들어섰다. 옷도 갈아입지 않고 침대에 털썩 드러누웠다. 손으로 목을 한 번 슥 훑었다. 손가락 끝에 뭔가가 걸린다. 그것을 그대로 꺼내 들었다. 목걸이 줄에 걸려 나오는 건 반지였다. 그녀의 심장과 가장 가까이 있었던 반지엔 온기가 그득했다. 물결무늬의 링을 손아귀에 꽈악 그러쥐었다. 온기가 손바닥을 통해 전달된다.

이준과는 여전히 비밀연애를 하고 있는 중이었다. 아니, 비밀연애를 하는 건 유경 혼자였다. 이준은 미국에서 활동하면서 여자친구가 있다는 사실을 굳이 숨기지 않았으니까 말이다. 덕분에 CF 이후 와글와글 몰려든 이준의 팬 카페 회원들도 모두 알게 되었다. 그 사실이 전해진 바로 다음 날, 보라는 띵띵 부은 눈으로 출근을 했었다.

그럼에도 비밀연애를 유지하는 건, 오로지 그녀의 부모님 때문이었다. 처음엔 동생 친구와 연애를 한다는 것이 못내 쑥스러워서 연애 사실을 밝히지 못했었다. 그런데 한 번 타이밍을 놓치자 그다음 타이밍을 잡기가 어려웠다. 게다가 어느 순간부터 부모님의 결혼 압박이 심해졌다. 이준과 연애를 한다는 사실을 밝히면 당장이라도 시집을 보내려 달려들 게 분명했다. 그래서 차마 말을 할 수가 없었다. 물론 이준과 결혼 약속을 하긴 했지만, 지금은 그럴 시기가 아니었다. 안 그래도 힘들어하는 이준에게 괜한 부담까지 지울 순 없었다.

"후우……."

긴 한숨과 함께 한참을 쥐고 있던 반지를 도로 내려놓았다. 눈을 감았다. 감은 눈 위로 이준의 얼굴이 둥실 떠오른다.

지민의 앞에선 애써 괜찮은 척했지만 사실은 전혀 그렇지 않았다. 괜찮은 것 같다가도 문득문득 보고 싶고, 만지고 싶고, 마주보고 얘기하고 싶어지는 것이다. 그럴 때면 못 견디게 외로워지곤 했다. 특히나 기쁜 일이 있거나 슬픈 일이 있을 때, 또는 아플 때. 그리고……. 바로 지금 같은 순간.

'나 프러포즈 받았어.'

조금 전, 지민이 그렇게 말했을 때 유경은 심장이 철렁, 아래로 떨어지는 것을 느꼈다. 잠깐이었지만 어떤 표정도 지을 수가 없었다. 분명 기쁜 일이고 축하해 줘야 마땅한 일이라는 걸 머리로는 알고 있었지만, 이상하게도 입꼬리는 쉽사리 위로 올라가질 않았다.

"지민이까지 가면 외로워서 어떡하지……."

한숨처럼 낮게 중얼거릴 때였다. 별안간 휴대폰이 울린다. 유경은 재빠르게 휴대폰을 집어 들었다. 발신인은 이준이었다.

"벌써 9시인가 보네."

먼저 시간을 가늠한 후에 시계를 확인했다. 역시나. 그녀의 예상대로 이제 막 9시가 조금 넘어가고 있었다. 지구 반대편에서 지내고 있는 이준이 일어날 시간이었다. 이준은 매일 아침 눈뜨자마자 유경에게 전화를 하곤 했다. 시간대가 안 맞기도 하지만 워낙 바쁜 스케줄 탓에 통화를 할 수 있는 시간대는 지금이 유일했기 때문이다.

"여보세요."

전화를 받는 유경의 입꼬리가 언제 그랬냐는 듯 호를 그린다.

– 굿모닝.

아침이라 꽉 잠긴 목소리가 섹시했다.

“잘 잤어?”

– 응, 잘 잤어요. 누난 어디예요?

“집이야.”

– 벌써? 오늘 지민이 누나 만난다더니.

“밥만 먹고 헤어졌어.”

– 왜요, 오랜만에 보는데 술도 마시고 좀 더 놀지.

예전엔 자신이 없는 곳에서 술 마시는 걸 싫어했던 이준이었지만, 요즘엔 오히려 권장하고 있었다. 본인이 함께 있어 줄 수 없어서 미안한 마음에 그러는 것 같았다.

“그냥. 피곤해서 일찍 들어왔어.”

– 무슨 일 있어요?

“그건 아닌데, 오늘 회사 업무가 좀 많았어.”

혹시라도 눈치 빠른 이준이 제 기분이 다운되어 있다는 것을 알게 될까 싶어, 유경은 대충 둘러댄 다음 얼른 화제를 바꿨다.

“참. 팀장님이랑 지민이 결혼할 것 같아.”

– 응? 정말요?

“프러포즈 받았다더라. 알고 보니까 오늘 그거 자랑하려고 만나자고 한 거였어.”

– 우와, 진짜 빠르네요. 그 두 사람 만난 지 1년 정도 되지 않았나?

“아무래도 둘 다 나이가 있으니까.”

– 잘됐네. 그 두 사람한테 내가 아주 격렬하게 축하한다고 전해 줘요!

티 나게 밝아진 이준의 목소리에 유경은 작게 웃었다. ‘격렬하게 축하한다'는 본인의 말처럼 이준은, 정말로 누구보다도 이 소식을 반기는 듯했다. 이준은 두 사람의 연애 소식을 전했을 때도 이런 반응이었다. 미국에 가서도 한동안은 선우를 견제하던 이준이었다. 그는 두 사람의 연애 소식을 들은 후 그제야 마음이 편해졌다고 했다.

　－ 참. 나도 좋은 소식 있는데.

"좋은 소식?"

　－ ······.

"뭐야. 뭔데 뜸을 들여? 괜히 기대되게."

유경의 재촉에도 이준은 기어이 한 박자를 더 쉬고 말했다.

　－ 나, 어쩌면 한국에서 활동할 수도 있을 것 같아요.

눈이 번쩍 뜨인다.

유경은 스프링이 튕기듯 자리에서 일어났다. 휴대폰을 고쳐 들고는 되물었다.

"그게 정말이야?"

　－ 아직 확정은 아니고. 그럴 수도 있을 것 같다, 정도예요.

이준이 진정하라는 듯 차분하게 말을 고쳐 준다. 그녀의 목소리에서 기뻐하는 티가 너무 적나라하게 드러났던 모양이었다.

그래. 너무 기대하지 말자. 기대가 크면 실망도 큰 법이니까······.

그제야 유경은 심호흡을 한 번 크게 했다. 하지만 한번 들뜬 기분은 쉽게 가라앉지 않는다.

"근데, 그게 가능한 거야?"

위로 치솟는 입꼬리를 애써 다잡으며 조심스레 되물었다.

"한국에서 활동 못 하게 돼서 미국까지 간 거였잖아."

- 나도 아직 정확하게는 못 들었는데, 형 말에 따르면 예전 회사에서 복귀하지 않겠냐고 연락이 왔다나 봐요. 시간이 지나서 괜찮다고 생각한 건지, 아니면 회장님이 포기를 한 건지는, 가서 직접 들어 봐야 알 것 같아요.

'회장님'이라는 단어에 유경은 문득 얼마 전 만났던 나은의 얼굴을 떠올렸다. 나은과는 이준이 미국으로 떠난 후에도 종종 연락을 주고받고 있었다. 그러다 얼마 전 우연히 길에서 마주쳤는데, 제 아버지가 이제 오빠를 포기한 것 같다는 말을 했었다.

'원래 모델의 '모' 자라도 나오면 버럭, 화를 냈었거든요. 그런데 최근엔 영 잠잠해졌어요.'
'……겨우 그거 갖고 긍정의 신호라고 말할 수 있을까?'
'일단은 호적도 아직 그대로잖아요. 사실 우리 아빠 성격에 오빠를 진짜 쳐낼 생각이었으면 호적부터 팠을 거예요.'

나은의 말을 듣고 보니 그런 것도 같았다. 석훈을 만나 본 적은 없지만 두 남매를 통해 들은 바로는, 나은의 말대로 당장이라도 호적을 팠을 정도로 냉정한 사람인 것 같았으니까 말이다.

나은의 말이 맞는 걸까…….

유경은 제발 그런 거였으면 좋겠다고 생각했다. 사실 아무리 그래도 부모와 자식 관계는 천륜이라는데, 제삼자인 자신이 너무 간섭했던 건 아닌가 싶어서 신경이 쓰이던 참이었는데 말이다.

- 아무튼, 그래서 조만간 한국에 나갈 거예요.
"언제 올 거야?"

- 글쎄요. 아직 날짜를 확정하진 않았어요.

대답한 이준이 이내 장난스레 되묻는다.

- 누난 내가 빨리 갔으면 좋겠어요?

"뭐 그런 걸 물어. 당연한 거 아니야?"

- 얼마만큼 보고 싶은데요?

집요한 질문이었다. 하지만 이젠 너무도 익숙했다. 유경은 눈 하나 깜빡하지 않고 거침없이 대답했다.

"하늘만큼 땅만큼!"

- ……영혼을 조금 더 실어서 대답해 줄 순 없어요?

"왜? 영혼 완전 빵빵하게 채워서 대답한 건데?"

- 입에 침은 바르고 하는 말이죠? 완전 기계적인 대답이던데?

"그럴 리가. 전혀 아닌데?"

사랑을 하면 사람은 모두가 유치해진다고 했던가. 이준과 연애를 하면서 유경은 그 말에 완전히 공감을 하고 있는 중이었다. 가끔은 제 속에 이런 유치한 모습도 있었나, 하고 깜짝깜짝 놀라기도 했다.

그 뒤로도 스물아홉 남자와 서른셋 여자의 유치하면서도 너무도 팽팽한 말싸움이 한동안 이어졌다.

- ……알았어요. 그렇다고 쳐요.

결국 먼저 백기를 든 건, 의외로 이준이었다. 유경에겐 지금이 여유로운 저녁 시간이었지만 정반대로 이준에겐 한창 바쁠 아침 시간이었기 때문이다.

- 나 이제 출근 준비 해야 해요.

"그래. 알겠어. 오늘도 수고해."

– 참. 잠들기 전에 메시지 한 통 보내 주고 자요. 또 어제처럼 말 없이 잠들지 말고.

마지막까지 잔소리를 잊지 않는다. 유경이 알겠노라고, 꼭 얘기하고 잠들겠다고, 대답을 한 후에야 통화는 끊어졌다. 유경은 아직도 열감이 있는 휴대폰을 꽈악 붙든 채 침대에 벌러덩 드러누웠다. 매일 하는 통화였지만 짧아서인지 늘 아쉽고 여운이 길게 남았다.

'나, 어쩌면 한국에서 활동할 수도 있을 것 같아요.'

조금 전 이준이 했던 말을 곱씹어 봤다. 결정 난 일이 아니니 기대하지 말아야 한다고 머리로는 생각하지만, 그럼에도 저도 모르게 기대가 되는 건 어쩔 수가 없다. 쿵쿵쿵. 설렘 탓에 심장도 빠르게 뛰기 시작한다. 유경은 두 눈을 꼬옥 감았다. 그러곤 태어나서 처음으로 아주 간절하게 기도했다.

하느님, 부처님, 알라신이시여. 제발, 그가 한국으로 돌아올 수 있게 해 주세요. 이 지긋지긋한 롱디 좀 끝내게 해 주세요오오……!

주말.

유경은 유현과 함께 고속도로 위를 달리고 있었다. 엄마 생신이라 부모님 집으로 가는 길이었다.

"참. 권이준 한국 들어올 수도 있다더라?"

차창 밖으로 지나쳐가는 풍경들을 바라보고 있는데 유현이 문득 말했다. '권이준'이라는 이름에 유경은 저도 모르게 아주 빠른 속도로 고개를 휙 돌렸다.

"응?"

"이준이 말이야. 한국에서 활동 다시 할 수도 있을 것 같다고."

도대체 어떤 반응을 보여야 하는 걸까. 지금처럼 유현의 입에서 이준의 얘기가 나올 때가 가장 난감했다. 사실 부모님보다 유현에게 밝히는 게 더 어렵게 느껴질 정도였다. 자신의 가장 친한 친구와 가족이 연애를 한다고 하면 얼마나 충격적일까. 이준은 유현에게만큼은 밝히고 싶다고 했지만, 입장을 바꿔 생각해 보니 너무도 충격적이라 도무지 입이 떨어지질 않는다.

"……아, 그래?"

잠깐 머뭇거리던 유경은 이내 어색하게 대답했다. 그래도 다행히 유현은 이상함을 느끼지 못한 듯했다.

"이 차도 이제 안녕이네."

아쉽다는 듯한 얼굴로 핸들을 툭툭 건드린다. 지금 타고 있는 차는 이준의 차였다. 이준이 미국으로 떠나면서 유현에게 차키를 넘겨준 것이다. 방에 이어 두 번째의 바통터치였다.

"난 언제쯤 이런 차 한 대 뽑을 수 있으려나……."

유현은 친구가 돌아온다는 반가움보다 차와 이별해야 한다는 것이 조금 더 아쉬운 모양이었다.

부모님 댁에 도착했을 땐 어느덧 해가 지고 있었다. 도심과 확실히 다른 상쾌한 공기를 폐부 깊숙이 들이마시고는 집 안으로 들어섰다.

"오느라 수고들 했다."

현관에서 남매를 반기는 건 아빠였다.

"엄마는요?"

"주방에. 식사 준비하고 있어."

말이 끝나기가 무섭게 주방에서 앞치마 차림의 엄마가 배꼼 얼굴을 내밀었다. 손에는 국자를 든 채였다.

"생일 당사자가 밥을 왜 해. 나가서 사 먹으면 되는데."

"됐어. 여기선 한 번 나갔다가 오는 게 얼마나 일인데. 그리고 사 먹는 것보다 내가 만든 게 훨씬 더 맛있기도 하고."

호호호, 웃는 엄마를 보며 남매는 못 이기겠다는 듯 고개를 내저었다.

"근데 빈손으로 온 거니?"

엄마가 유경과 유현을 한번 훑더니 묻는다. 생일 선물은? 없어? 눈빛으로 묻는 엄마를 보며 유경은 가방에 넣어 두었던 봉투 하나를 꺼내 들었다.

"나는 올해도 현찰로 대신할게요."

"우리 딸, 땡큐. 나는 현찰이 제일 좋더라."

엄마가 웃으며 냉큼 받아들자, 유현도 품에서 봉투 하나를 꺼내 건넸다.

"그럴 줄 알고 이번엔 나도 현찰로 준비했어요."

"아들도 땡큐."

훈훈한 선물 증정식을, 마치 방관자처럼 한걸음 떨어져 지켜보던 아빠가 말했다.

"……애들 배고플 텐데, 식사나 합시다."

아무래도 아빠가 이번엔 엄마 생일 선물을 깜빡하고 잊은 모양이었다.

＊

주방 식탁에 네 식구가 모여 앉았다. 당사자가 준비한 생일상이었지만 남이 준비해 준 것 못지않게 엄청난 반찬 수를 자랑했다.

"우와, 엄청 많이 차렸네."

"당연하지. 누구 생일인데."

새침한 엄마의 대답에 가족들은 한바탕 크게 웃고는 식사를 시작했다. 오랜만에 먹는 집밥은 맛있었다. 이준이 떠난 뒤로 또다시 인스턴트식품으로 식사를 때우고 있던 유경은, 마치 며칠 굶은 사람처럼 밥을 크게 퍼서 입으로 가져갔다.

오물오물.

입안 가득 넣은 밥을 열심히 씹고 있을 때였다. 문득 엄마가 그녀를 향해 묻는다.

"근데 넌, 아직도 만나는 남자 없어?"

뜬금없는 질문이었다. 유경은 씹던 것을 뚝 멈추고는 미간을 잔뜩 찌푸리며 엄마를 바라보았다.

"또 그 얘기야? 지겹지도 않아?"

"나야말로 묻고 싶다. 넌 지겹지도 않니? 그 나이 먹고 계속 혼자 지내는 거."

"……."

말로 주고 되로 받는다는 건 이럴 때 쓰는 말인 걸까. 유경은 자신이 오히려 엄마의 잔소리 스위치를 제대로 눌렀음을 뒤늦게 깨닫고는 입을 다물었다. 그런 유경을 바라보며 엄마는 계속해서 잔소리를 이어 갔다.

"한 살이라도 어릴 때 얼른 남자를 만나야지. 너 정말 노처녀로 늙어 죽을 생각이야? 응?"

"……안 그래. 걱정 마요."

"남자도 안 만나면서 안 그러겠다는 말은 잘도 하네. 네가 이러니까 걱정을 안 할 수가 있겠어?"

"……."

유경은 기가 막힌다는 듯 엄마를 바라보았다. 2년 전, 동건과 헤어진 후 선을 보라는 엄마의 제안을 거절했을 때, 엄마가 했던 말을 그녀는 똑똑히 기억하고 있었다.

'그래. 보기 싫으면 보지 마. 굳이 안 봐도 돼.'

'…….'

'요즘은 세상이 변해서 꼭 결혼이라는 걸 해야 할 필요도 없지, 뭐. 능력만 있으면 혼자 살아도 괜찮을 것 같더라.'

당연히 빈말이라는 건 알고 있었다. 그저 혹시라도 딸이 기죽을까 봐 마음에 없는 위로를 했던 거라는 걸. 하지만 아무리 그렇다고 해도 이건 좀 너무하지 않은가. 마치 그런 말을 한 적 없었던 사람처럼 결혼을 강요하니까 말이다.

"유현아, 회사에 괜찮은 사람 없니? 있으면 네 누나 좀 소개해 주고 해."

급기야 동생에게까지 화살이 넘어갔다. 오늘은 엄마의 생일이라 좀 참으려고 했는데, 도저히 참을 수가 없어졌다.

"엄마, 제발……."

이제 그만 좀 하라고. 꽤액, 소리를 내지르려던 그 순간이었다. 기가 막힌 타이밍으로 딩동, 하고 초인종이 울린다.

"응? 누구지? 올 사람이 없는데……."

전혀 짐작 가는 것이 없다는 듯 엄마는 의아해하며 거실로 나섰다. 누군지 모르겠지만 감사합니다. 유경이 속으로 중얼거릴 때였다. 거실에서 엄마의 놀란 목소리가 부엌까지 들려왔다.

"어머!"

무슨 일이 생긴 모양이었다. 식탁에 앉아 있던 세 사람은 마치 약속이라도 한 듯 동시에 의자를 박차고 일어나 거실을 향해 나갔다. 가장 먼저 달려 나간 건 거실과 가까운 곳에 자리를 하고 있던 유경이었다. 하지만 부엌을 벗어나는 그 순간, 더 이상 앞으로 나서지 못하고 그 자리에서 굳어야만 했다.

활짝 열린 현관문 앞에 서 있는 건, 바로 이준이었다.

내가 지금 헛것을 보고 있는 건가……?

유경은 느리게 눈을 깜빡였다. 너무 간절해서 허상을 본 게 아닐까. 하지만 감았다 뜬 눈으로 보이는 풍경은 여전했다. 정말로 이준이었다.

"너 이준이 아니니……?"

엄마 역시 놀란 듯 더듬거리며 물었다. 엄마뿐만 아니라 의외의 인물인 이준의 등장에 가족들 모두 당황한 듯했다. 그럴 수밖에 없는 것이, 어느 순간부터 발길을 뚝 끊었던 이준이 아니던가. 그런데 예고도 없이 닥쳤으니 당황스럽지 않을 수가 없었다. 물론, 아무리 그래도 유경보다 더 당황스럽진 않겠지만 말이다.

지금 이 순간, 세상에서 가장 황당한 여자는 아마 자신이 아닐까. 진심으로 그렇게 생각하며 유경은 멍하니 이준을 바라보았다. 분명 이준이 하루라도 빨리 돌아왔으면 좋겠다고 생각하긴 했었다. 그렇다고 그게 오늘일 줄이야. 정말이지 눈곱만큼도 상상하지 못했었는데 말이다.

"안녕하세요. 어머님, 아버님."

꾸벅. 부모님을 향해 허리를 90도로 숙이며 이준이 예의바르게 인사를 건넸다.

"어머, 어머. 이게 얼마만이야!"

당황한 것도 잠시. 엄마는 죽은 줄 알았던 아들이 살아 돌아오기라도 한 듯 반가워하며 이준을 반겼다.

"근데 너, 미국에 있는 거 아니었니?"

"어제 한국 들어왔어요."

······어제라고?

유경은 튀어나올 듯 커진 눈으로 이준을 바라보았다. 조금 전 이준을 발견하고 받은 충격보다 지금 다가온 충격이 훨씬 더 컸다. 마치 뒤통수라도 한 대 세게 얻어맞은 듯 정신이 얼얼한 느낌. 바로 어제까지만 해도 문자를 주고받았지만, 그런 얘기는 전혀 못 들었다. 그래서 당연히 아직도 미국에 있는 줄로만 알았다.

어째서 말을 안 한 걸까? 도대체 왜……?

가족들만 아니면 당장이라도 이준의 멱살을 잡고 흔들고 싶은 심정이었다. 섭섭함을 느낄 새도 없었다. 그저 지금 이 상황이 기가 막히다 못해 코가 막힐 뿐. 분명 오랜만에 보는 얼굴이건만, 불과 5분 전까지만 해도 너무도 그리웠던 얼굴이건만, 지금은 반가운 마음보다는 충격이 더 크다.

"내가 불렀어."

충격에 얼어붙은 유경의 뒤편에서 유현의 덤덤한 목소리가 들려왔다.

"오늘 엄마 생신이라고 하니까, 와도 되냐고 물어서 그러라고 했어."

유경은 고개를 휙 돌려 유현을 바라보았다.

얘는 또 왜 이러는 건데……?

아까 내려오는 길에 차에서 대화를 했을 때까지만 해도 그런 말은 전혀 하지 않았으면서. 아니, 그것보다 더 황당한 건 따로 있었다. 한국에 들어왔다는 걸 알고 있었으면서 제겐 왜 '한국에 돌아올 수도 있다더라'라고 얘기를 했단 말인가. 도무지 받아들여지지 않는 이 상황에 대해서 유경이 채 정리를 하기도 전이었다. 이준이 엄마를 향해 말했다.

"먼저 어머님 허락부터 받았어야 했는데, 너무 갑자기 찾아와서 죄송해요. 놀라셨죠?"

"솔직히 조금 놀라기는 했는데, 그렇다고 죄송할 건 없어, 애. 우리야 너무 반갑고 좋은걸."

엄마의 말은 진심이었다. 원래도 나이답지 않게 어른스럽고 차분하고, 게다가 공부까지 잘하는 모범생인 이준을 워낙에 예뻐했었다. 본인 자식들보다도 더.

"반겨 주셔서 감사합니다."

이준은 다시 한번 고개를 꾸벅 숙여 보이고는, 이내 양손에 들고 있던 꽃다발과 쇼핑백을 건넸다.

"그리고 이건, 선물이에요. 생신 축하드려요."

"빈손으로 와도 되는데 뭘 이런 걸 다 사 왔어!"

새빨간 장미꽃과 안개꽃이 적절하게 섞여 있는 커다란 꽃다발은 화려했고, 길쭉한 쇼핑백은 한눈에 봐도 로고가 눈에 띄는 명품이었다. 명품에 대해서는 잘 알지 못하는 엄마도 한눈에 알아볼 수 있을 정도로 유명한 브랜드였다.

"어머, 이거 비싼 거 아니니?"

역시나. 엄마도 알아본 듯 놀라며 묻는다.

"비싼 거 아니에요. 부담 안 가지셔도 돼요."

"그래도, 이런 걸 받아도 될지……."

자식에게도 못 받아 본 명품 선물이었다. 그런데 오랜만에 만난 아들 친구에게 이런 선물을 받아도 되는 건지, 부담스러운 모양이었다.

"그래, 엄마. 이준이 돈 잘 벌어."

엄마가 선뜻 선물을 받아들이지 못하고 머뭇거리자 유현이 뒤에서 거든다.

"그러니까 부담 갖지 말고 받아."

"네, 어머니. 저 돈 잘 법니다. 그러니까 정말로 부담 갖지 마시고, 제 성의를 봐서라도 받아 주세요."

아들과 이준의 능청스러운 협공에 엄마는 결국 쭈뼛거리며 쇼핑백을 받아 들었다. 하지만 입꼬리만큼은 이미 천장을 뚫을 듯 승천해 있었다.

"크흠."

소녀처럼 좋아하는 엄마의 모습에 멋쩍어진 듯 아빠가 괜스레 헛기침을 크게 했다. 이 자리에 있는 사람 중 유일하게 엄마의 생일 선물을 준비하지 못한 사람이었다.

"언제까지 손님을 현관에 세워 둘 거야? 얼른 식사나 합시다."

"어머, 내 정신 좀 봐! 이준아, 얼른 안으로 들어와."

뒤늦게 이준을 현관에 계속 세워 뒀다는 것을 깨달은 듯 엄마는 얼른 이준의 팔뚝을 잡아끌었다.

"밥 아직 안 먹었지?"

"네."

"타이밍 딱 맞게 잘 왔네. 우리도 이제 막 식사 시작했거든."

엄마는 화장실 문을 가리키며 말을 덧붙였다.

"얼른 손 씻고 주방으로 오렴."

"네, 금방 갈게요."

가족들은 다시금 주방으로 향했다. 하지만 유경만큼은 걸음을 한 발자국도 떼지 못했다. 그러곤 가족들이 모두 사라지는 것과 동시에 기다렸다는 듯 이준을 휙 노려보았다.

"대체 이게 어떻게 된 거야?"

혹시라도 다른 가족이 들을까 봐 최대한 목소리를 낮춰 물었다. 그러자 이준이 입꼬리를 씨익 말아 올리며 얘기한다.

"서프라이즈―."

웃는 얼굴에 침 못 뱉는다는 옛말은 틀렸을지도 모르겠다. 지금 이 순간, 유경은 웃고 있는 이준의 얼굴에 침을 뱉으라면 망설임 없이 뱉을 수 있을 것 같았다.

"서프라이즈 같은 소리 하네. 넌 웃음이 나와, 지금?"

"많이 놀랐어요?"

"그럼 안 놀라게 생겼어?"

유경이 눈을 부라렸다.

"어제 왔다며. 왜 나한텐 말 안 했어? 아니, 그것보다 여긴 왜 온 거야?"

"누나가 여기 있으니까 왔죠. 빨리 보고 싶어서."

혼란스러운 제 마음과는 정반대로 너무도 여유가 넘치는 이준의 대답에 유경이 다시 한번 쏘아붙이려던 순간이었다. 주방에서 엄마의 목소리가 들려왔다.

"유경아! 안 오고 뭐 해?"

엄마의 재촉에 유경은 달싹이던 입술을 질끈 깨물었다. 하고 싶은 말이 넘쳐나지만 지금은 그럴 타이밍이 아닌 것 같았다.

후,

짧게 한숨을 내쉬고는 주방 쪽 눈치를 보다 이내 겨우 한마디 를 내뱉었다.

"나중에 얘기해."

어금니를 꽉 깨문 채로.

유경을 제외하고는, 너무도 화기애애한 식사 자리가 끝이 났다. 오랜만이기는 했지만 어렸을 적에 워낙 함께 식사를 했던 세월이 길어서인지 어색함은 전혀 없었다. 마치 한 가족 같은 분위기였다. 그 모습이 꽤나 보기 좋았던지라 이준의 말도 안 되는 서프라이즈에 치솟았던 유경의 화도 한층 누그러져 있었다.

"참."

식사 뒷정리를 대충 끝내고 간단하게 후식을 준비하는데, 엄마가 문득 운을 뗀다.

"이준이 만나는 아가씨 있나 보더라?"

생뚱맞은 말이었다. 사과 껍질을 깎던 유경은 멈칫, 손을 멈추고는 엄마를 바라보았다. 이준의 연애가 비밀은 아니지만, 그래도 팬들만 알고 있는 내용인데 그걸 엄마가 어떻게? 유현이 그런 얘기를 할 타입도 아니고. 혹시 뭔가를 눈치챈 거가……?

놀라서 커진 유경의 눈빛이 불안감에 살짝 흔들렸다.

"……엄마가 어떻게 알아?"

"아까 언뜻 봤는데, 왼손 약지에 반지 끼고 있더라고."

"아……."

"딱 보니까 커플링 같아 보이던데, 뭘."

다행히 뭔가를 눈치챈 건 아닌 듯했다. 유경은 남몰래 조용히 가슴을 쓸어내렸다.

"아깝다, 아까워."

쯧, 혀를 찬 엄마는 바로 옆에 서있는 유경의 표정을 보지 못한 채 계속해서 할 말을 이어 갔다.

"애가 어릴 때는 좀 무뚝뚝하다 싶었는데. 지금 보니까 그때랑 다르게 엄청 싹싹하고, 웃기도 잘 웃고……. 이제 보니 사윗감으로 아주 딱인 것 같은데 말이야.”

중얼중얼.

이준에 대한 엄마의 생각이 담긴 말에 유경은 다시 한번 눈을 동그랗게 뜨고 엄마를 바라보았다. 순간 제가 뭔가를 잘못 들었나 싶었다. 설마 엄마의 입에서 이준을 상대로 ‘사윗감’이라는 말이 나올 줄이야. 이게 바로 명품백의 효과인 걸까. 아니면 엄마의 말대로 정말로 예전과 많이 달라진 이준의 모습 때문인 걸까. 조금 헷갈린다.

“언제는 연하만큼은 절대로 만나지 말라며?”

유경은 엄마의 의중을 떠보기 위해 은근슬쩍 질문을 던졌다.

“어머, 애. 그게 대체 언제 적 얘기니?”

하긴. 꽤 오래전에 들은 말이기는 했다.

“그래서 지금은 마음이 변했어?”

“마음이 변한 게 아니라 세월이 변한 거지.”

“세월?”

“그땐 네 나이가 어렸으니까 연하는 반대한 거야. 근데 지금은 너보다 연하라고 해도 다들 어른 아니니, 어른.”

“…….”

뭘까. 엄마의 이런 반응이 기쁘면서도 못내 씁쓸한, 이 오묘한 기분은. 딱히 반박할 말이 없는 유경이 입을 꾹 다물고 있는데, 별안간 엄마가 그녀의 옆구리를 쿡 찌르며 면박 아닌 면박을 준다.

“그나저나 넌 여태 알고 지내면서 이준이 하나 못 꼬시고 뭐 했어? 응?”

……저 녀석이 엄마 딸을 꼬셨거든요?!

억울한 마음에 대뜸 외치고 싶었지만 아직은 때가 아니었다. 유경은 여전히 입을 다문 채 과일 깎는 것에 집중을 할 뿐이었다. 그래도 이준에 대해 좋게 생각하고 있다는 것만으로도 다행이다 싶었다. 혹시라도 어리다고 반대할까 봐 은근히 걱정했었는데 말이다.

✳

예쁜 접시 위에 가지런히 담은 과일과 집에 있던 빵, 그리고 허브차를 챙겨 거실로 나갔다. 달그락거리는 소리에 두 여자를 본 세 남자의 얼굴이 동시에 티 나게 환해졌다. 셋만 있으니 어색했던 모양이었다. 엄마와 유경은 서로 마주 보고 웃은 후, 거실 테이블 위에 간단하게 상을 차렸다.

유경은 일부러 이준과 떨어진 자리에 앉았다. 마음 같아서는 딱 붙어 있고 싶지만 자제해야만 했다. 그때였다. 이준과 유경의 시선이 허공에서 마주친 것은. 자연스레 시선을 피하려던 유경이 멈칫, 하고 다시금 시선을 이준에게로 옮겼다.

뭐지. 이 불길한 느낌은…….

이준의 눈빛이 왠지 평소와 조금 다른 것 같다고 생각하기가 무섭게 그가 별안간 비장한 얼굴로 무릎을 꿇는다.

"어머님, 아버님."

비장한 얼굴만큼이나 비장한 목소리였다.

……설마.

등허리를 빠르게 스쳐지나가는 불길한 예감에 유경의 낯빛이 하얗게 질리는 순간이었다. '아니겠지'라는 생각을 하기도 전에 이준이 빠르게 외쳤다.

"따님을 저에게 주십시오!"

투욱.

말이 끝나기가 무섭게 아빠가 들고 있던 포크가 바닥으로 떨어졌다. 하지만 아빠의 시선은 여전히 이준에게 고정이 되어 있을 뿐이었다.

"……."

거실에는 마치 폭풍이라도 한바탕 휘젓고 간 듯, 무거운 정적만이 감돌았다. 조금 전, 영원할 것 같던 정적을 깬 건 아빠의 한마디였다.

"다들 자리 좀 비켜 줘. 이준이랑 한잔해야 할 것 같으니까."

집에서 엄마에 비해 아빠의 발언권은 약한 편이었지만, 이번만큼은 모두 아빠의 뜻을 따를 수밖에 없었다. 그럴 수밖에 없는 것이, 처음 보는 무서운 얼굴이었다. 결국 나머지 세 사람은 방으로 쫓겨나듯 들어와야만 했다.

아니, 도대체 이게 어떻게 된 일이야…….

유경은 아직도 얼떨떨했다. 갑작스럽게 결혼 허락이라니. 분명 자신이 당사자이건만, 모든 일이 저를 제외하고 흘러가는 것처럼 느껴졌다.

"서유경, 너는 거기 신경 그만 쓰고 설명이나 해 봐."

걱정되는 마음에 문 쪽을 향해 있는 유경의 몸을 잡아 끌며 엄마가 말했다.

"이게 대체 무슨 일이야?"

"……."

"이준이랑 너, 정말로 2년을 넘게 만나고 있었던 거니?"

아직도 충격이 채 가시지 않은 듯 연신 확인하는 엄마를 향해 유경은 작게 고개를 끄덕였다. 그러자 엄마의 눈이 살짝 가늘어진다.

"너 혹시, 엄마한테서 잔소리 듣기 싫어서 이준이랑 짜고 이러는 거 아니야?"

아니. 놀란 건 이해하겠는데, 그 정도로 못 믿을 일은 아니지 않나……?

예상 범주에서 한참을 벗어난 엄마의 반응에 왠지 기분이 팍 상한다. 유경은 발끈해서 대꾸했다.

"그런 거 아니거든?"

"그럼 정말이라고?"

"그렇다니까. 도대체 몇 번을 말해야 해?"

유경이 짜증스레 대꾸했지만, 그럼에도 불구하고 여전히 엄마의 눈빛에는 의심이 서려 있었다. 100번을 더 얘기한다고 해도 믿을 것 같지가 않다. 그때 유현이 거들었다.

"엄마, 진짜 맞아."

유경에게 고정되어 있던 엄마의 시선이 재빠르게 유현에게 향한다.

"너도 알고 있었던 거야?"

"배신감 느낄 필요 없어. 누나가 말해 준 게 아니라 내가 눈치 챈 거니까."

유현의 말에 이번에는 유경이 놀랐다.

"정말로 알고 있었어? 언제부터?"

"봉사활동 다녀오자마자."

"대체 어떻게? 티 낸 적은 정말 없는 것 같은데……."

얼떨떨한 유경의 반응을 이해한다는 듯 유현이 고개를 끄덕이며 대꾸한다.

"티는 누나가 아니라 권이준이 냈으니까."

"이준이가?"

"다른 사람들은 걔더러 포커페이스라고 하던데, 나는 이상하게 걔 눈빛만 봐도 바로 무슨 생각하는지 알겠더라?"

유현은 여유가 철철 넘치는 얼굴로 말을 이었다.

"사실 아주 어렸을 때부터 이준이가 누나 좋아했다는 것도 다 알고 있었어. 권이준은 나한테 제 감정 들킨 걸, 아직도 전혀 모르는 눈치지만."

말을 끝낸 유현이 유경을 향해 눈을 찡긋해 보인다.

"아무튼, 누나. 알지?"

"뭘?"

"내가 두 사람 이어 줬다는 거."

"네가 무슨……."

콧방귀를 뀌려는데 문득 뭔가가 뇌리를 스쳐 지나간다. 이준이 집으로 들어오던 날 가져왔던 사기 계약서였다. 그러고 보니 그 계약서는, 동건의 바람을 목격한 유현이 이준에게 부탁해서 만든 것이라고 했었던 것 같기도 하다.

"설마, 너. 처음부터 이렇게 될 거 예상하고……?"

“이제 알겠어? 진짜로 내 덕인 거.”

유현은 긍정하듯 씩 웃었다. 하지만 유경은 차마 따라 웃을 수가 없었다. 내 동생이 이렇게까지 무서운 놈이었던가. 지금까지는 이 모든 게 이준의 계략인 줄 알았는데, 알고 보니 유현의 계략이었다니. 새삼스럽게 소름이 쫙 돋는다.

“그게 무슨 말이야?”

남매가 나누는 의미심장한 대화를 알아듣지 못한 엄마가 끼어든다.

“뭐가 유현이 덕이라는 건데?”

“……아니야. 아무것도.”

이 부분에 대해 이야기를 하다보면 동거 사실까지 들키게 될 게 뻔했다. 얼버무리며 대충 대답한 유경은 엄마가 다시 묻기 전에 얼른 말을 돌렸다.

“그나저나, 이준이 술 잘 못하는데 괜찮으려나…….”

혼잣말처럼 중얼거렸다. 그런데 엄마가 귀를 쫑긋 세우고 되묻는다.

“뭐? 이준이가 술을 못해?”

“응. 잘 못해.”

유경의 말이 끝나기가 무섭게 엄마가 놀란 얼굴로 자리에서 벌떡 일어났다.

“그걸 왜 이제 말해? 진작 말했어야지!”

아빠는 워낙에 술을 좋아하고 잘 마시는 편이었다. 남매도 술을 즐기지만 아직까지 아빠를 이겨 본 적은 단 한 번도 없었다. 그런 아빠를 상대해야 하는데, 상대가 술을 못 하는 이준이라니. 술자리에서 아빠의 모습을 잘 알고 있는 엄마는 이준이 걱정되는 모양이었다.

엄마는 망설임 없이 방문을 박차고 거실로 나갔다. 그 틈을 타 유경과 유현도 거실로 슬그머니 나왔다. 거실 테이블 옆에는 빈 소주병이 벌써 두 병이나 놓여 있었다. 술자리가 시작된 지 얼마 되지 않았는데도 말이다.

"왜들 나왔어?"

술을 마신 건지, 물을 마신 건지. 거실로 쪼르르 나온 세 사람을 바라보며 묻는 아빠의 얼굴은 멀쩡해 보였다. 하지만 그와 반대로 아빠의 맞은편에 앉아 있는 이준은 얼굴뿐만 아니라 훤히 드러나 있는 목덜미까지 새빨갛게 달아올라 있었다. 어찌나 붉은지 피를 흘리고 있는 것처럼 보일 정도였다. 생각했던 것보다 심각한 이준의 상태에 놀란 유경이 입을 열었을 때였다. 그녀보다 조금 더 빠른 사람이 있었으니, 엄마였다.

"여보, 그만!"

엄마는 큰 소리로 이준의 빈 술잔을 향해 술병을 기울이는 아빠의 행동을 저지했다.

"그만 좀 먹여. 이준이 상태 안 보여?"

"아닙니다. 저 더 마실 수 있습니다."

군기가 바짝 들어 대답하는 이준을 보며 아빠가 심드렁하니 대꾸한다.

"봐. 더 마실 수 있다잖아."

쪼르르.

빈 술잔이 채워졌다. 아빠가 술잔을 들자 이준 역시도 망설임 없이 제 앞에 놓인 술잔을 집어 들었다.

"이 양반이 정말! 이러다가 남의 집 귀한 자식 잡겠네!"

엄마는 덥석 이준이 든 술잔을 낚아챘다. 그러곤 그대로 자신의 입으로 털어 넣었다. 놀랄 새도 없이 금세 소주잔은 텅 비었다. 엄마는 빈 잔을 탁, 테이블 위에 내려놓은 후 유경을 향해 말했다.

"서유경, 넌 이준이 데리고 밖에 나가서 찬바람 좀 쐬다가 들어와."

모든 가족의 눈앞에 '사위 사랑은 장모님'이라는 문구가 떠오르는 순간이었다.

✳

두 사람은 구불구불한 흙길을 따라 천천히 걸음을 옮겼다. 산중턱에 위치한 마을이라 그런지 이제 곧 여름인데도 제법 쌀쌀했다. 술을 깨기엔 딱 적당한 온도 같았다. 물론 술을 마시지 않은 그녀에겐 전혀 아니었지만 말이다.

카디건을 챙겨 나올걸 그랬나…….

뒤늦게 후회하며 유경은 고개를 돌려 옆에서 걷고 있는 이준의 안색을 살폈다.

"괜찮아?"

"조금 어지러워요."

이준은 솔직하게 말했다.

"그래도 둘이서 소주를 두 병이나 마셨는데, 생각보다 멀쩡하네?"

488

"나도 놀랐어요. 술은 정신력이라더니, 그 말이 맞나 봐요. 나 정신 바짝 차리고 먹었거든."

"자랑이다."

유경은 어이가 없어서 타박하듯 툭 내뱉었다.

"그냥 못 마시겠으면 못 마시겠다고 하면 될 걸, 왜 주는 대로 다 받아먹고 있어?"

"다 받아먹어야 결혼 허락해 주실 것 같아서요."

술을 마신 탓일까. 배시시, 웃는 이준의 얼굴이 평소와 다른 느낌이었다. 어울리지 않게 귀여운 느낌이라고 해야 할까. 이번엔 웃는 얼굴에 침 못 뱉는다는 속담이 수긍이 된다. 하지만 여전히 제게는 묻지도 않고 서프라이즈로 일을 쳐 버린 이준에 대한 괘씸함은 남아 있었다.

"근데 이건 순서가 완전히 뒤바뀐 거 아니야?"

웃는 이준을 따라 풀어지려는 입매를 다잡으며 유경은 일부러 삐딱하게 질문을 던졌다.

"순서요?"

이준은 무슨 말인지 전혀 모르겠다는 듯 고개를 갸웃한다. 제가 무슨 잘못을 했는지 전혀 모르는 눈치였다.

하, 기가 막혀.

유경은 살짝 미간을 좁히며 대꾸했다.

"내 허락부터 받아야 하는 거 아니냐고."

유경의 말에 이준은 그제야 무슨 말을 하는지 알겠다는 듯 '아' 하고 작게 고개를 끄덕였다.

"근데 누나 허락은 이미 받았는데?"

"뭐? 내가 언제?"

"2년 전에."

이준이 자신의 왼손 약지에 자리한 커플링을 유경의 눈앞에 들이밀며 묻는다.

"기억 안 나요?"

아……. 그랬지, 참.

어떻게 잊을 수가 있겠는가. 무려 2년 전의 일이지만 마치 바로 어제 겪은 일처럼 그날의 날씨, 저를 바라보던 그의 눈빛, 방에 가득했던 꽃향기까지 전부 아주 생생한데 말이다.

"……."

유경은 할 말이 없어서 입을 꾹 다물었다. 사실 그 순간부터 지금까지 이준과의 미래를 생각하지 않은 적이 없었다. 물론 이렇게까지 갑자스러울 줄은 몰랐지만, 언제나 마음의 준비를 하고 있었던 건 사실이었다. 그리고 조금 더 솔직히 말하자면, 이준이 이렇게 시원하게 터뜨려 줘서 한편으론 고맙기도 했다. 그동안 내색은 못 했지만 내심 조금은 불안했었으니까 말이다.

혹시라도 이준의 마음이 변했을까 봐 걱정했던 건 아니었다. 이준의 마음에 대해서는 밑도 끝도 없는, 커다란 믿음이 있었다. 다만 너무 나이 들어서 웨딩드레스를 입게 될까 봐, 그게 조금 두려웠다.

"나, 한국에서 활동하기로 했어요."

이준이 걸음을 뚝 멈추며 말했다.

"알아."

유경 역시 덩달아 걸음을 멈추며 대답했다.

"나한테 말도 없이 어제 한국 들어온 것도, 그 일부터 해결하고 나한테 얘기하려고 했던 거지?"

"……어떻게 알았어요?"

"뻔하지, 뭐. 네가 아무리 서프라이즈를 좋아한다고 해도 나한테 상의도 없이 미국에서의 결혼 생활을 결정하진 않았을 테니까."

망설임 없는 유경의 대답에 이준은 씨익, 예쁘게 웃었다. 완벽하게 정답이었던 것이다. 한 치의 의심도 없이 자신을 믿어주는 유경을 사랑스러워죽겠다는 듯 빤히 바라보던 이준은 이내 천천히 손을 뻗어 그녀의 보드라운 손을 감싸 쥐었다.

"늦어서 미안해요. 그리고 고마워요."

진심이 가득 담긴 사과의 말과 감사의 인사가 차례차례 맞잡은 손을 타고 그녀의 가슴으로 전해졌다.

"2년 동안 나한테 섭섭한 일도 분명 많았을 거라는 거 잘 알고 있어요. 티 한 번 안 내고 응원해 주는 거, 쉽지 않았을 거라는 것도 너무 잘 알고."

"……."

"근데 나한텐 그게 얼마나 힘이 됐는지 몰라. 내가 2년을 잘 버틴 건, 다 누나 덕분이에요."

이준의 말대로였다. 2년 동안 장거리 연애를 하면서 크고 작은 어려움들은 분명 있었다. 하지만 단 한 번도 티를 낸 적은 없었다. 더 외롭고 힘든 건 타국에서 생활하고 있을 이준이라는 걸 잘 알고 있었기에. 제가 힘들어하는 걸 알게 되면 못 견디게 미안해할 이준이라는 걸 잘 알고 있었기에. 그저 늘 괜찮다고만 말했다. 넌 잘할 수 있을 거라고, 다독여 주었다.

"앞으론 누나가 나한테 기대요. 이제부턴 내가 든든하게 받쳐 줄게요. 그리고 살면서 손에 물 한 방울 안 묻히게 할 거야. 평생을 공주님처럼 살게 해 줄게요. 매일매일 누나가 행복할 수 있게, 내가 노력할게."

솜사탕처럼 달콤한 말이 귓가로 흘러든다. 표정 관리가 안 될 정도로 너무도 달콤한 말이. 이 말을 다른 사람이 말했다면 코웃음을 쳤을 것이다. 지키지 못할 약속을 너무 남발하는 거 아니냐며.

하지만 상대가 이준이기에 비웃을 수가 없었다. 정말로 매일매일 행복할 수 있을 것만 같았다. 게다가 이미 함께 살아 봤기 때문에 결혼 생활이 딱히 두렵지도 않았다. 그리고 무엇보다 이준이라면 절대 변하지 않을 것이라는 굳은 믿음도 있었다.

"누나."

이준이 유경을 마주 본 채로 천천히 한쪽 무릎을 꿇었다. 그러곤 미리 준비했던 반지를 꺼내 유경의 왼손 약지에 조심스럽게 끼워주며 말했다.

"나랑 결혼해 줄래요?"

이준의 입에서 2년 만에 나온 '결혼'이라는 단어에 유경은 가슴이 먹먹해지는 것을 느꼈다. 아직 멀었다고 생각했는데 말이다. 갑자기 그동안 마음고생 했던 게 떠오르면서, 외로웠던 시간들이 떠오르면서 뜨거운 눈물이 그렁 차오른다. 하지만 슬픔의 눈물은 아니었다. 앞으로 펼쳐질 행복한 나날들에 대한 기대와 설렘으로 가득 찬 눈물이었다.

"……."

유경은 차마 대답을 하지 못하고 제 손에 끼워진 반지만 물끄러미 내려다보았다. 알이 굵은 다이아가 어둠 속에서 반짝이고 있었다. 담백하면서도 달콤한 이준의 프러포즈와 너무도 잘 어울리는, 심플하지만 예쁜 반지였다. 한참 만에야 반지에 고정돼 있던 시선을 뗀 유경은, 이준을 똑바로 바라보며 울먹이며 대답했다.

"이준아. 내 인생에서 가장 잘한 일이 뭔지 알아?"

"뭔데요?"

"……네 손을 잡은 거."

유경은 젖은 눈으로 이준의 두 눈을 빤히 바라보며 말을 이어갔다.

"문득문득 생각해. 그때 네 손을 잡지 않았다면 어떻게 됐을까 하고."

"……"

"그런데 상상하기도 겁날 정도로 끔찍한 거야. 네가 없는 삶은 이제 상상할 수가 없어."

"……"

"나도…… 이젠 네가 아니면 안 될 것 같아, 이준아."

프러포즈 승낙이었다. 그것도 생각하지도 못했던 감격스러운 고백과 함께. 어느덧 이준의 눈시울도 붉어졌다. 가슴이 터질 듯 벅찬 그녀의 고백에 그는 잠깐 굳어 있었다.

말도 안 되게 지독했던 오랜 짝사랑. 이루어지지 못할 줄 알았던 좌절감. 그녀가 손을 잡아 주던 날 느낀 환희. 하루하루 지나면서 점점 더 커져 가던 감정들……. 그 모든 것들이 파노라마처럼 그의 뇌리를 스쳐 지나갔다. 그 모든 순간이 마냥 행복하기만 했던 건 아니었지만, 하나도 놓칠 수 없는 소중한 순간임엔 틀림없었다.

"······."

아주 잠깐 동안 옛 기억을 곱씹던 이준은 이내 자리에서 벌떡 일어났다. 그대로 유경의 몸을 끌어안았다. 지금 당장 그녀를 품에 안지 못하면 견디지 못할 것 같았다. 삽시간에 두 사람의 얼굴이 닿을 듯 말 듯 가까워졌다. 이준의 커다란 손이 그녀의 한쪽 뺨을 조심스럽게 감싸 쥐었다. 여전히 시선을 마주한 채 낮게 속삭이듯 말했다.

"사랑해요."

"······."

"어제보다 오늘 더 사랑해."

"······."

"그리고 분명히 나는 오늘보다 내일 더 사랑하게 될 거야."

이준은 자신의 감정에 대해 확신하고 있었다. 그리고 유경은 그의 확신을 한 치의 의심도 없이 믿어 줄 수 있었다. 세상 어느 누가 이보다 더 행복할 수 있을까.

두 사람은 꽤 오랫동안 젖은 눈에 서로를 담고 있었다. 먼저 눈꺼풀을 내리깐 건 유경이었다. 그와 동시에 이준은 곧바로 거침없이 그녀를 입술을 탐하기 시작했다. 그들의 감정만큼이나 뜨거운 키스였다.

그런 두 사람의 머리 위로는 어두운 밤하늘을 밝히는 휘영청 밝은 보름달이 떠 있었다. 꼭 그들이 마주하게 될 미래처럼.

〈The End〉